A BRUXA DO ÉTHER

PAIGE CRUTCHER

A BRUXA DO ÉTER

TRADUÇÃO

AUGUSTO IRIARTE

Editora **Melhoramentos**

Dados Internacionais de Catalogação na Publicação (CIP)
(Câmara Brasileira do Livro, SP, Brasil)

Crutcher, Paige
A bruxa do éter / Paige Crutcher; tradução Augusto Iriarte. – São Paulo: Editora Melhoramentos, 2023.

Título Original: The Orphan Witch
ISBN 978-65-5539-600-3

1. Ficção norte americana I. Título.

23-161927 CDD–813

Índices para catálogo sistemático:
1. Ficção: Literatura norte americana 813

Aline Graziele Benitez – Bibliotecária – CRB–1/3129

Tradução: Augusto Iriarte
Preparação: Carlos César da Silva
Revisão: Vivian Miwa Matsushita e Sergio Nascimento
Projeto gráfico e diagramação: Carla Almeida Freire
Capa: Túlio Cerquize

1ª edição, outubro de 2023
ISBN: 978-65-5539-600-3

Atendimento ao consumidor:
Caixa Postal 169 – CEP 01031-970
São Paulo – SP – Brasil
Tel.: (11) 3874-0880
sac@melhoramentos.com.br
www.editoramelhoramentos.com.br

Siga a Editora Melhoramentos nas redes sociais:
/editoramelhoramentos

Impresso no Brasil

Para as três deusas da minha vida,
Isla, Brinley e Ava

Pois não há companheira como uma irmã
Seja na tempestade, seja na plácida manhã;
Para animar a outra quando esta se entedia,
Para resgatá-la quando se desvia,
Para lhe dar a mão caso o chão lhe falte,
E, com a mão, ânimo e coragem.

CHRISTINA ROSSETTI, *O mercado dos goblins*

NOTA DA AUTORA

Querida leitora, querido leitor,

Para mim, a verdade reside na magia, e a magia, na verdade. Quando me sentei para escrever este livro, estava grávida de seis meses e me sentia incapaz de visualizar o que o futuro traria. Considerava que o que tinha em mãos era um livro de recortes do passado, um apanhado das perdas, dos milagres e dos equívocos carregados de promessa que compõem a história da minha própria vida. Olhando para o passado na tentativa de sonhar o futuro, tive convicção de algumas poucas coisas: mulheres são porretas demais, a magia é real (ainda que se possa discutir o que seja a magia em suas variadas formas) e livros são o melhor portal para outros mundos.

Eu sempre quis contar a história de *A bruxa do éter*, porém por muito tempo tive medo de começar a escrevê-la. É uma narrativa sobre irmandade entre mulheres e sacrifício, sobre o exorbitante preço de se viver com coragem, sobre a beleza e a maldição que um grande poder carrega. É sobre mulheres poderosas cuja história (como a de todas as mulheres incríveis que conheço) não segue um enredo linear. Carregamos mundos inteiros dentro de nós, e tais mundos são cheios de camadas, de nuances. Eu queria lançar luz sobre essa força, queria mostrar o tanto que ela se amplifica em face de uma irmandade feminina verdadeira.

Além disso, não conseguia parar de pensar que as sombras não fogem à luz – são, isto sim, um eco desta. Não precisamos temer a escuridão se soubermos usá-la. Pensei muito nas mulheres magníficas que conheço, incrivelmente fortes. E também imperfeitas. Mulheres que não permitem que suas feridas as impeçam de se tornar quem querem ser, quem estão destinadas a ser. Mulheres, independentemente de onde venham, do que tenham sido ou superado, quando aceitas e incentivadas a ser quem são, são capazes de *qualquer coisa*. Assim como nossas sombras, a magia sempre está presente, ainda que nem sempre possamos vê-la.

Com carinho,
Paige Crutcher

1

ILHA DE ASTUTIA

1919

No topo de um dos montes da Ilha de Astutia, Amara Mayfair não pensava sobre poder, ao menos não a princípio, embora o poder estivesse, sim, em jogo. Tampouco pensava sobre magia, ainda que a atmosfera estivesse carregada dela. Envolta em luzes dançantes, a eletricidade emanando de suas mãos, Amara pensava sobre família. Família perdida, como ancestrais à deriva no mar, e aquelas pessoas que amamos, mas que acabam se perdendo de nós mesmo que a pouca distância.

Afinal, fora para a irmã perdida que Amara criara o poema sobre os duendes no mercado – escrito e publicado com o nome de uma garota que havia conhecido em Londres durante uma de suas viagens ao exterior. Amara não teve dificuldade alguma para enfeitiçar a tal Rossetti. Era seu desejo que o poema proporcionasse à menina uma vida melhor, sem percalços. Porém não acreditava naquilo, não de verdade; a magia cobrava um preço, e Amara sabia que não havia a opção de não pagá-lo.

Ainda assim, tinha a esperança de que o poema um dia valesse a pena, que a guiasse ao caminho da redenção. Era um mapa, afinal de contas, que para funcionar requeria nada mais do que a pessoa certa em busca de orientação.

Amara virou o rosto para observar o freixo magicamente metamorfoseado em tenda. Estava iluminada por dentro, e a luz que vazava formava sombras ondulantes na terra. De onde ela estava, essas sombras se assemelhavam mais a seres vivos do que a meras projeções.

O solo tremia sob seus pés conforme a noite púrpura se transformava num violeta furioso. Era a pressa do tempo, um espetáculo teatral.

Cem anos antes, as ancestrais de Amara fizeram uma barganha por poder. As ilhas e seu povo haviam pagado caro. E ela temia que hoje uma nova barganha – ou algo assim – custasse à sua família o pouco que lhe restava.

O coração da ilha pulsava nas veias de Amara, a magia se fazia sentir. Estava sempre presente, sempre à espera. Feita nem de poder nem de perda, a magia era como a Deusa: misteriosa, onisciente, irreverente aos caprichos humanos.

Amara cerrou os olhos e se voltou para dentro de si, para as mulheres que a precederam – aquelas que desejaram tão profundamente a magia que não perceberam quando esta se tornou perversa. Sussurrou as palavras que escrevera, aquelas que manifestara quando fechou os olhos e enxergou a verdade, quando contemplou a visão da magia corrompida marcada no rosto de suas extintas ancestrais.

Um tinha de gato a face
Outra a cauda espanava
Um palmilhava como se rato fosse
Outra havia que rastejava
Um vagueando, texugo fofo e obtuso,
Outra cambalhotando tal qual ratel confuso
Escutou a voz de pombas, muitas pombas entoando:
Arrulhavam dóceis seus amores, sob o tempo brando.

Nunca se tratou de mulheres traindo mulheres, nem de homens traindo homens, nem de homens traindo mulheres, mas de magia e de poder, e da união destes para vencer quem quer que se colocasse no caminho. E, esta noite, em que o vento vinha da direção oposta, em que relâmpagos verdes incendiavam os céus, ora, esta noite, Amara sabia, era apenas o começo.

– Venham comprar, venham comprar – sussurrou.

Então se virou, percorreu a colina e atravessou o tecido ondulante da tenda.

FORA DA ILHA
2019

Perséfone May conhecia bem a sensação de estar perdida, pois sempre estivera assim. Supunha que, se houvesse nascido com o dom da música, saberia bastante sobre violões e flautas de Pã, tambores e trombones; como era, não conseguia sustentar uma nota nem tinha muita paciência para harmonias ou *sotto voce*. Contudo, desde o instante em que fora deixada na porta de um quartel dos bombeiros, aos seis anos, Perséfone se sentia deslocada.

– Ela me lembra o Urso Paddington. Digo, se ele tivesse navalhas afiadas no lugar dos dentes e facas em vez de patas. É complicado acolher algo *assim*. – Perséfone escutara uma assistente social falando sobre ela enquanto tentava obter uma vaga em outra casa de acolhimento. A garota tinha nove anos. – Enfim, uma pena não ter dado certo com a última família.

A última família, os Miller, quase fora a definitiva também: a que reivindicaria Perséfone, que finalmente lhe daria um pai, uma mãe, irmãos, um lar. Na casa dos Miller, Perséfone tinha o próprio quarto, com uma antiga escrivaninha branca, uma cama de solteiro com edredom cor de lavanda macio feito seda, travesseiros que acalentavam sua cabeça e um abajur com cúpula cinza e uma luz que parecia incandescer o quarto, em vez de ferir seus olhos. No momento em que se sentou na cama, Perséfone compreendeu que aquilo seria mais do que o suficiente... se durasse.

– Você parece tão tristinha, meu amor – costumava dizer a amável Mary Miller para a garotinha sentada em um toco de árvore no quintal, o olhar perdido no céu. – Vamos tentar colocar um sorriso nessa carinha, que tal?

Mary Miller então sorria com o rosto inteiro: os lábios se curvavam, os olhos vincavam e simpáticas linhas marcavam o contorno dos lábios. Na primeira vez que o viu, Perséfone sentiu uma vontade irresistível de pegar aquele sorriso e colocá-lo no bolso.

No entanto, os sorrisos não duraram. Mary não demorou a descobrir que Perséfone era desamparada, sim, mas também poderosa como pessoa nenhuma deveria ser.

Perséfone possuía habilidades que jamais compreendeu. Aos cinco anos, revolveu o ar e lançou um pequeno tornado contra um garoto desagradável que puxara suas tranças ruivas e a chamara de Pippi Meialonga. O tornado lançou o menino por dois campos, até a Represa de Lockland.

Aos sete, Perséfone fez uma irmã adotiva sumir por seis horas depois que a menina tentou dar descarga em seu tão querido exemplar de *Anne de Green Gables* e ainda culpou Perséfone pelo entupimento. Aos oito, quase nove, Perséfone sem querer envenenou uma professora melancólica ao mentalizar "risos" enquanto misturava o chá da mulher – que chorou de rir por três dias, até ser internada na ala psiquiátrica do hospital local.

Mas foi mesmo aos nove, quando Mary Miller, depois de encará-la por um longo tempo, cortou o próprio cabelo com uma tesoura de cozinha enquanto guinchava assustadoramente, que Perséfone realmente entendeu.

Era feita da matéria errada, era má, condenada a ser sozinha.

Nada melhorou dali em diante. Já não havia o quarto na casa dos Miller, com lençóis que cheiravam a luz do sol nem o mingau de aveia substancioso com frutas frescas no café da manhã. Foram substituídos por casas de acolhimento e seus cobertores que pinicavam, comida processada, pisos que grudavam na sola dos tênis e pessoas que nunca adotariam Perséfone como parte da *família*. Pelo resto da adolescência da garota, qualquer um que fizesse contato visual com ela por tempo demais inevitavelmente sofreria uma transformação: o sorriso simpático de repente daria lugar a um ódio puro e descontrolado.

Ela não entendia a *razão*. Ao longo dos anos, passou qualquer resquício de tempo livre enfurnada em bibliotecas. Quando não escapava para mundos em que mães e filhas eram melhores amigas, em que famílias se reuniam em torno da mesa de jantar, em que finais felizes eram garantidos para sempre, Perséfone estava estudando. Lia livros sobre ocultismo e assistia a qualquer documentário na internet, filme ou série sobre magia, porém sempre se via sem respostas.

O poder que possuía, qualquer que fosse, era perverso, era *malévolo*.

Sem que tivesse a intenção, Perséfone fez uma garota socar a parede, um garoto chutar um cãozinho, uma supervisora da casa de acolhimento dar com a própria testa contra um armário. Foi quando uma menina, num acesso de fúria, a empurrou da varanda do segundo andar (Perséfone pousou com a graça de um gato) que ela decidiu não mais fazer contato visual, para que mais ninguém se ferisse.

Então passou a manter a cabeça baixa e renunciou ao sonho de encontrar uma família e ter amigos. Por mais que o sistema de adoção fosse insuportável, tentou usar a seu favor a ausência de uma comunidade – ou de distrações de qualquer tipo. Concluiu os estudos pela internet com uma dedicação que beirou a obsessão, desafiando as probabilidades dentro de um sistema que se empenhava em esquecer pessoas que deveriam ser inesquecíveis. Conseguiu uma vaga em uma faculdade a distância e se formou bacharel em Letras enquanto fazia bicos em cidades nada memoráveis, ganhando o suficiente apenas para o básico. O amor pelo conhecimento e por bibliotecas (assim como o fascínio pelo próprio poder indomado) a levou a escrever e publicar por uma editora pequena seu próprio livro, *O culto oculto*, no qual investigava o uso da magia na literatura.

Entretanto, o livro foi um fracasso, como a capacidade de Perséfone de controlar seus poderes. Assim, embora permanecesse firme em sua busca por respostas, Perséfone May continuava perdida.

E o que está perdido almeja ser encontrado.

ꝏ

Em uma manhã cinzenta de setembro, as nuvens pairavam tão baixo no horizonte que os dedos de Perséfone, numa contração involuntária, fizeram menção de agarrá-las. Atrás do balcão da Alcafeinizado – a terceira cafeteria em que trabalhava naquele ano, na terceira cidade diferente –, ela sentiu que a vigiavam.

Um formigamento na espinha, a sensação de estar sendo observada. A primeira vez que sentira isso fora aos quatro anos, numa biblioteca em Asheville, na Carolina do Norte. Corria entre as prateleiras tão rápido quanto as pernas lhe permitiam num pega-pega com a irmã adotiva, esperançosa de que a menina finalmente lhe concedesse sua amizade, quando sentiu a espinha ser percorrida pelo que, à época, só conseguiu descrever como uma *cosquinha*. Ela parou, subiu na banqueta de dois degraus em frente a uma seção de livros de viagem e se viu cara a cara com um bibliotecário de feição muito obstinada. Perséfone examinou a bochecha dele e a barba grossa que nascia ali, e notou os lábios se contorcerem num sorriso.

– Olá – disse ele. – Perdida?

– Não. Por quê, você está?

Ele riu e balançou a cabeça.

– Melhor você continuar o que estava fazendo, então.

Por algum motivo, o sorriso do homem a fez pensar duas vezes, mas então, ao escutar a gargalhada da irmã adotiva, saltou da banqueta e partiu na direção dela, desesperada para ganhar a brincadeira e assim, quem sabe, o afeto da menina.

O formigamento estava de volta, e a Perséfone de 32 anos ligou o alerta. Virou a cabeça e afundou o queixo no peito para conseguir ver atrás de si enquanto preparava o *mocha latte* do cliente que aguardava no balcão.

O homem se encontrava a centímetros de sua estação de trabalho. Cliente assíduo da cafeteria, dava aula em uma faculdade nas proximidades e era fissurado em quadrinhos e broches vintage com frases espirituosas. O que levava preso à leve camisa de flanela hoje anunciava: IKE PRESIDENTE, IKE DELÍCIA! Chamava-se Tom e, havia semanas já, vinha fazendo a Perséfone perguntas inofensivas como "você precisou obter algum tipo de certificado para fazer esses *frappuccinos* tão complexos?" ou "você é mais dos filmes, dos livros ou dos filmes baseados em livros?".

Tom não era o primeiro homem a se interessar por Perséfone. Existia algo dentro dela, aquilo que também fazia dela uma degenerada, que atraía as pessoas. Percebera isso aos treze anos, época em que seus hormônios implodiam como fogos de artifício defeituosos. Sendo uma garota que ansiava pelo amor tal qual o tempo seco pela chuva, as paixões adolescentes tomavam conta de Perséfone de um modo particularmente avassalador.

A começar por Devon McEntire, com seus olhos cor de mel e a cabeleira negra que caía como uma cascata. Único sobrinho de uma das tutoras da casa de acolhimento onde Perséfone residia, Devon era lindo à sua maneira desajeitada e passava a maioria das tardes no rangente sofá marrom, desenhando em um surrado caderno cinza. Ela o observou por semanas, demorando-se no vão das portas ou levando o dobro do tempo para varrer o chão, apenas para admirar os ombros curvados e a boca do garoto comprimida numa linha fina enquanto ele trabalhava. Um dia, Devon perguntou seu nome e a convidou para se juntar a ele no sofá. Sabendo que não devia encará-lo, ela pegou os livros emprestados da biblioteca para as aulas a distância, e assim os dois passaram a ficar lado a lado, sem conversar, mas presentes, juntos.

À noitinha, quando a luz enfraquecia, Perséfone se sentia mais segura. Devon lhe lançava olhares que provocavam um rubor quente em seu peito, e ela passou a aguardar ardentemente por aqueles momentos em que podia contemplar a pinta acima da sobrancelha direita dele.

A escuridão tornava o ambiente mais quente, e o dragão do desejo que Perséfone descobriu residir em seu estômago abria as asas e as batia a cada sorriso que Devon lhe oferecia. Não era amor, mas era alguma coisa – ficar ali sentada com Devon, sem conversar, mas sorrindo... sorrindo muito. Quando veio a nevasca em janeiro, e Devon precisou passar a noite na casa, Perséfone entendeu aquilo como um sinal.

Naquela noite, ele entrou de fininho no quarto do tamanho de um *closet* em que ela dormia. Conforme a neve se desprendia do céu, o garoto abriu uma trilha de beijos em sua bochecha e, desajeitado, bateu o queixo contra seu nariz antes de as bocas se encontrarem. Devon tinha gosto de chiclete de hortelã e cheiro de sabonete cítrico. Pela manhã, ele mais uma vez se esgueirou para dentro do quarto, entrou debaixo das cobertas e a despertou com beijos. Parecia um sonho – um sonho comum, bonito. Justamente por isso, ela não raciocinou e olhou bem nos olhos dele.

Era solitário viver na casa de acolhimento. A maioria das crianças no sistema ia e vinha dos lares adotivos em ciclos de oito meses, um ano. Algumas chegavam tão à flor da pele que bastava roçar nelas sem querer para se ferir com os espinhos. Já era difícil criar amizades assim; com o *problema* de Perséfone então...

Havia crianças que traziam bagagens tão cheias de traumas que nem chegavam a desfazê-las. No ano anterior ao surgimento de Devon, uma garota entrou com uma lâmina no banheiro e nunca mais saiu. Assim, não era de se estranhar que ninguém tivesse feito muitos comentários depois da noite da nevasca. Quando, após fitar por tempo demais os olhos de Perséfone, Devon se afastou abruptamente dela, correu até a janela, abriu-a e pulou.

Perséfone soube meses depois que ele se recuperou completamente. A tia do rapaz pediu transferência, e a vida – se é que se podia chamar aquilo de vida – seguiu em frente, muito embora a crença de Perséfone no romance tenha ficado abalada.

Daí em diante, sempre que o dragão do desejo cometia a imprudência de despertar, Perséfone o distraía com livros sobre namorados fictícios. Não fosse isso, a dor seria insuportável. Ela acabou perdendo a virgindade com um bibliotecário temporário de olhos azuis penetrantes, em um depósito escuro de microfilmes que cheirava a odorizador de ambiente. Descobriu que, com as luzes apagadas, qualquer um poderia ser um namorado de mentirinha e que era possível satisfazer seus desejos mais básicos desde que não se deixasse envolver de coração.

A vida então se resumira a uma jornada em busca do básico, com a consciência de que qualquer coisa além disso era impossível. E ao desejo por mais toques, mais laços, mais… tudo.

Quando Tom apoiou o braço no balcão e Perséfone repousou o olhar no punho da camisa do homem, as grandes mãos a centímetros das dela, o desejo se espalhou pela ponta dos dedos da jovem.

Certa vez, lera um estudo que dizia que as pessoas precisam de ao menos quinze abraços por dia e que a quantidade de tempo para satisfazer a necessidade de afeto era vinte segundos. Esse fato a surpreendera, pois os abraços que observava – e Perséfone sabia bem, já que os cronometrava – duravam entre cinco e sete.

Ela aceitaria de bom grado qualquer segundinho que fosse.

– Bom dia, Mel – disse Tom, chamando-a pelo nome que ela escrevera à mão no crachá.

Perséfone imaginara que, com a mudança para a pequena cidade de Greenville, dois meses antes, talvez pudesse se transformar em Melissa. Já não inventava passados, e tinha consciência de que o nome falso não passava de um esforço vão, porém a esperança era uma droga viciante demais, mais forte do que ela.

– Como foi o dia até aqui, Tom?

– A oficina de poesia de hoje me agraciou com três poemas sobre partes do corpo e um sobre um cachorro muito amoroso – disse ele com bom humor. – Por outro lado, estou prestes a tomar café e conversar com uma garota ruiva muito instigante, ou seja, podia ser pior.

Perséfone observou o mindinho do jovem professor tamborilar sobre o balcão num tique nervoso. Ou Tom gostava muito do café que ela preparava ou então gostava dela. Apertou o laço às costas do avental e pensou: já fazia meses desde que ficara com o bartender daquele presunçoso bar de jazz, um acontecimento momentâneo e banal. Perséfone descobrira muito tempo atrás que os homens com quem transava – um sexo rápido e suado – não possuíam nem o conhecimento nem a destreza que as escritoras atribuíam aos seus objetos amorosos ficcionais.

Ela entregou o café americano, e a mão de Tom roçou seu braço; a leve sensação de calor permaneceu mesmo depois que ele a recolheu.

Perséfone inalou profundamente o cheiro de loção pós-barba, que fez cócegas em seu nariz.

– Talvez amanhã seja melhor – falou ela com um sorriso.

Tom riu alto, e o som a invadiu, vencendo as barreiras erguidas com cuidado. Ela estava tão farta da casualidade. Exausta de tanto tentar não se importar. Algo poderia ter mudado, não? Não era assim que o mundo funcionava, afinal? A mudança era a constante, e as pessoas, as variáveis. Mais uma vez, Perséfone desejou algo além, algo real, e, diante da hesitação de Tom, foi tomada pela urgência de um: "por que não?".

Perséfone ergueu o queixo e *olhou*.

Os olhos dele eram de um castanho-chocolate intenso, com minúsculas pintinhas de canela. Tom piscou, ela prendeu a respiração.

Por favor, pensou, *me enxergue, só desta vez*. Os lábios se curvaram em promessa, e então aconteceu.

O sorriso sumiu da expressão de Tom, os olhos se estreitaram.

– Eu... Eu... – balbuciou.

Ele sacudiu a cabeça como se despertasse de um transe, pegou o café pelando e foi embora.

O coração de Perséfone acelerou ao perceber que ele não iria parar. O homem não olhou para a direita nem para a esquerda. Ela contornou o balcão e correu em direção à saída quando Tom se meteu no meio do trânsito, provocando grasnados de buzinas e guinchos de pneus. Por pouco um Jeep azul não o acertou. Um jovem com uma mochila verde gritou o nome de Tom – um aluno, talvez – e correu para puxar o professor até a calçada.

Atônito, Tom ainda encarou o jovem antes de tentar se lançar ao trânsito novamente.

Perséfone engoliu as lágrimas enquanto recuava em direção à loja. Quando viu que o jovem e seus dois amigos tinham segurado Tom e o conduziam a um lugar seguro, deu as costas para as janelas largas.

Passando as mãos pelo avental uma, duas, três vezes, tentou transparecer uma calma que não sentia de verdade. Fora ela quem tinha feito aquilo. Quase matara o homem porque se sentia solitária. Como havia feito com Devon. Consequência de sua necessidade de ser vista, percebida. Com as mãos trêmulas, desviou do balcão e correu para o banheiro.

– Que otário – falou sua colega, Deandra Bishop, que preparava alguns cafés tamanho grande na estação de pedidos para viagem.

Deandra quase nunca conversava com Perséfone, que, no início, ainda tentara inabilmente fazer amizade com a garota, mas logo entendeu que ela não tinha tempo para jogar conversa fora no trabalho. A menos que fosse para discutir com Larkin, o outro funcionário.

Perséfone assentiu em concordância, detendo-se para puxar o ar e olhar para a multidão lá fora, que começava a se dispersar. A porta se abriu e um rapaz desajeitado entrou apressadamente.

– Vocês *viram* isso? – indagou Larkin, atrasado para o turno. – De duas, uma: ou o professor Tom tomou café demais ou tomou de menos!

– Que engraçado – falou Deandra, sem emoção alguma. – Deixa eu adivinhar, a experiência de quase morte dele inspirou mais um péssimo poema para a Sociedade dos Poetas Deprimidos?

– É uma *oficina* de poesia, Deandra, que saco. – Ele coçou o nariz e virou o rosto para Perséfone, cujo estômago se revirava com aquela conversa entre os dois. – Tomara que não cancelem hoje. Vocês acham que vão cancelar a aula por motivo de...

Perséfone piscou e olhou nos olhos de Larkin. Estava tão envolvida pela conversa, tão abalada por ter testemunhado a tentativa de Tom de se matar que não desviou o olhar a tempo.

Ah. Não.

Larkin a encarou. Os olhos se arregalaram notavelmente, as pupilas se dilataram e a boca formou um "O" perfeito.

– Larkin? – pronunciou suavemente Perséfone, o medo rastejando por sua pele. Esfregou os braços para tentar afastar a sensação.

Os lábios do rapaz de repente começaram a se mover e então a enunciar palavras numa precipitação melódica:

Os quadris
eram um
pêndulo
a me
seduzir
Ruge-ruge
A sereia urge
Vem, vem
Gesticulando
para mim.

Como uma marionete possuída, Larkin deu um passo na direção dela, que prendeu a respiração, preparada para reagir ao ataque, porém o rapaz seguiu em frente até os grandes copos de café que repousavam na estação de pedidos para viagem.

Pegou um em cada mão, olhou para Perséfone e apertou. O café quente jorrou dos dois copos conforme ele os erguia e despejava o conteúdo fumegante no próprio rosto.

Perséfone gritou. Deandra berrou. O alvoroço, no embalo da exaltação anterior, fez os transeuntes entrarem correndo. Larkin, o café escaldante pingando da pele derretida, virou-se para o balcão e mirou fixamente a máquina de *espresso*.

Perséfone se lançou atrás dele. Por um instante, a iluminação do ambiente mudou: as luzes cintilaram e bruxulearam. Ela pensou ter visto um chão de paralelepípedos e a torre de uma igreja antes de derrubar Larkin violentamente e sussurrar a primeira palavra que lhe ocorreu com nitidez: *solta*.

O corpo do rapaz se relaxou de imediato sob ela. A cabeça bateu contra o piso, os olhos tremularam sob as pálpebras e os braços e pernas cederam. O zunido que atormentava a cafeteria se transformou de repente em silêncio. Perséfone se virou para olhar.

Cada um dos presentes estava no chão, com os olhos cerrados.

Perséfone engoliu em seco, ergueu uma mão trêmula e a deslizou pela sobrancelha. Será que eles estavam…

Uma mulher de suéter marrom sentada com a cara contra o tampo da mesa roncou sonoramente, e Perséfone teve um acesso de riso. Ao lado, Larkin soltou um suspiro pesado. Adormecidos. Não mortos. Estavam todos *dormindo*.

Um farfalhar à esquerda fez Perséfone se levantar e se apoiar na mesa.

Deandra Bishop se encontrava a menos de dois metros de distância, nem um pouco adormecida, tamborilando o balcão com as unhas amarelas.

– Mas… – Perséfone sacudiu a cabeça. – Por que você não está…

Deandra se posicionou à frente de Perséfone e a fitou longamente. Deandra não recuou, não teve a reação que as pessoas costumavam ter, não ficou pálida ao contato visual com Perséfone, nem tentou se ferir ou ferir os outros. Emanando certa irritação nos olhos cor de âmbar, simplesmente desviou-se do riacho que corria da poça de café.

Então estufou o peito, ergueu o queixo e, com a voz um pouco mais aguda do que o normal, perguntou:

– Mas que tipo de *aberração* é você?

ꟹ

Perséfone não se deteve para tirar o avental nem limpar sua estação. Balbuciou por dez segundos antes de passar por Deandra e correr até a porta.

Mas que tipo de *aberração* é você?

Já na segurança do velho Volvo sedã, tentou encontrar uma resposta viável, porém nada explicava o fato de que havia induzido duas pessoas à autodestruição e colocado para dormir várias outras. Nada senão uma palavra: *monstro.*

Ligou o ar-condicionado no máximo, inspirou profundamente várias vezes e tentou manter as mãos firmes no volante. Lembrou que a outra mulher olhara bem nos seus olhos e nada acontecera, então prontamente se convenceu de que fora a sua imaginação. Deandra com certeza estava fora de alcance, talvez no banheiro, quando Perséfone se dirigira a Larkin; e por isso escapara ilesa.

Sua colega de trabalho deve ter ficado aterrorizada.

Perséfone estacionou na comprida garagem que conduzia a seu quarto, alugado por mês, na decadente casa vitoriana com venezianas rachadas. A cada passo que dava dentro da casa, seus nervos se afloravam.

Não era a primeira, a segunda, não era nem mesmo a décima vez que algo parecido acontecia; no entanto, era a pior. O que quer que houvesse de errado com ela, aquilo estava se amplificando, e só os deuses sabiam o que teria ocorrido se tivesse se demorado um minuto a mais. Perséfone imaginou a expressão confusa no rosto dos clientes quando acordassem, assim como o pavor e a repulsa de Deandra. Não tinha como se explicar; pareceria louca se tentasse, seria arrastada para uma clínica psiquiátrica. Ainda que *acreditassem* nela… provavelmente acabaria como cobaia no porão de um cientista maluco. Não, não, muito obrigada.

Retirou de baixo da cama o conjunto de malas de três peças. Mantinha uma das malas feita, de modo que bastava desocupar a cômoda e despejar os produtos de beleza e de higiene pessoal nas outras duas. Parou apenas para enviar um e-mail à proprietária e deixar o último aluguel em um envelope sobre a cama. Ainda considerou enviar uma segunda mensagem, desta vez para seu chefe na Alcafeinizado com um pedido de demissão, porém não sabia o que Deandra diria a ele sobre os eventos do dia.

E então partiu. Retornou ao carro, depositou o equivalente a seu mundo inteiro no banco de trás e dirigiu pela rua principal, depois pela estrada, depois pela rodovia interestadual. Sem olhar para trás. Nunca olhava para trás.

Não mais.

O tremor em suas mãos passou para as coxas, fazendo as pernas pularem enquanto dirigia. Num semáforo vermelho, Perséfone conferiu se havia chamadas perdidas do chefe – ou da polícia – e suspirou aliviada ao constatar que não. Tentou cantar junto com o rádio, mas a voz falhou. O programa de entrevistas fez sua mente zunir. A boca estava seca, e ela estava morrendo de medo de parar. Foi somente quando o indicador de combustível acendeu, após uma hora da viagem sem destino, que Perséfone saiu da rodovia e entrou em um posto de gasolina.

Pagou rapidamente pelas garrafas de água e barrinhas de cereal enquanto o tanque era abastecido. Quando voltou a sentar no banco do motorista, escutou o celular vibrando dentro da bolsa.

O coração deu pancadas no peito, até que leu o nome do remetente do e-mail: Jacinta Ever.

Perséfone conhecera Jacinta um ano antes, quando trabalhara como assistente de pesquisa em um emprego qualquer, numa cidade qualquer. Desde então Jacinta lhe enviava e-mails ocasionais: sempre mensagens felizes sobre os animados eventos da pequena Ilha de Astutia. No decorrer dos últimos meses, as duas tinham desenvolvido uma amizade a distância ou algo do tipo. Isso era uma novidade para Perséfone, tão preciosa quanto sua antiga edição de *Rebecca*, e ela não sabia bem como agir.

P,

Olha, eu sei que da última vez que perguntei você me deixou no vácuo, mas você tem que vir me visitar. Por favor, por favorzinho com cobertura de chantili e granulado e cereja e todas as gostosuras que você quiser?

Vem pra Astutia, fica na costa da Carolina do Norte. Nossa varanda é abarrotada de livros, tem chá de hortelã fresquinho, e a brisa do oceano vai levar para longe todos os seus problemas.

Estou anexando um mapa.

- J

Perséfone encarou a tela. Jacinta *de fato* a convidara antes, porém Perséfone não sabia se tinha sido um convite do tipo crosta-de-massa-podre (fácil de fazer e fácil de quebrar) ou se tinha sido sincero. Fora o primeiro convite do tipo que recebeu.

Releu o e-mail e foi invadida por uma estranha sensação de tranquilidade. Já imaginou se os problemas *pudessem* ser soprados pela brisa... Se existisse um lugar no qual pudesse se refugiar e ao qual talvez pertencesse. Era dos seus sonhos o mais antigo, e ela tentou afastá-lo, porém desta vez ele se desvencilhou agilmente e forçou passagem pelo seu coração.

Fez o download do mapa e o examinou com os lábios pressionados. A ideia de ir até lá pareceu extremamente arriscada, sobretudo depois do que tinha acontecido na cafeteria. Mas e se a mudança *fosse* possível, e se ela apenas não se apresentasse da forma esperada?

Quais eram as chances de receber esse e-mail específico neste momento específico? Perséfone estava a quatro horas de Jacinta e sua ilha. Quatro horas e 380 quilômetros da Ilha de Astutia, sem outro destino possível, e ela não precisava ficar lá se não se sentisse bem. Perséfone observou as malas no banco de trás. Se havia uma coisa em que era boa, era em ir embora, partir.

Passando a mão pelo cabelo, respirou fundo. O sal, o mar, um toque de mel e vinho. Sentiu o gosto dos quatro na língua e fechou os olhos.

Ilha de Astutia.

As palavras lhe vieram como a letra esquecida de uma canção antes querida. Soavam como um lugar para chamar de seu.

DIÁRIO DE JACINTA EVER

Doze meses atrás

As estrelas pairam baixo no céu. Passei a tarde inteira nesta nova cidade, com os dedos dos pés cravados na terra desconhecida, à espera de que o crepúsculo trouxesse a lua. Meu rosto se manteve voltado para as nuvens, meus olhos, fechados.

Convoca-noite. Assim diria Moira, e talvez ela tenha razão. Sei que minha irmã não aprovaria minha vinda, mas o que os olhos não veem o coração não sente.

Convoco a noite, pois ultimamente tenho enxergado melhor no escuro. É importante enxergar com clareza, agora mais do que nunca, e acho que a vi hoje - aquela que vai quebrar a maldição da ilha. Caminhava pela calçada em minha direção. O cabelo ruivo esvoaçando como uma capa, e o poder emanava em ondas crepitantes. Ela cantarolava baixinho, e a canção foi o que me alcançou primeiro. Reconheci a voz. Perséfone May. Mantinha os olhos no chão, o que significa que ainda não encontrou a liberdade. Eu posso ajudá-la a encontrar.

Pois esta noite, pela primeira vez em muito tempo, enxergo o caminho.

As estrelas pairam baixo no céu, porém meus dedos estão cravados nesta terra e isso... Se Moira estivesse aqui, eu lhe diria que essa é a sensação de não perder a esperança.

2

EQUINÓCIO DE OUTONO, 23 DE SETEMBRO

A bruma da noite se arrastava pelo solo como a cauda de um vestido de noiva. A terra formava o leito úmido de um santuário, e a grama era verde a ponto de ferir os olhos, não fosse a neblina a cobri-la. O ar fantasma, como o povo da Ilha de Astutia chamava o vapor da água entrante, de acordo com o que Jacinta explicara a Perséfone, se adensava por um metro e meio de altura. O contraste conferia algo de conto de fadas à mata de carvalhos que se espalhava desde a doca.

Perséfone era só nervosismo e expectativa. Nervosismo porque reencontraria em pessoa a amiga, o que era um risco; e expectativa com as possibilidades que surgiriam do fato de finalmente ter uma amiga de verdade.

Observou as ondulações da água que irradiavam conforme o barco se aproximava cada vez mais da ilha e lembrou-se do dia em que conheceu Jacinta, mais de um ano antes. Foi durante o breve período em que Perséfone trabalhou como assistente de pesquisa; Jacinta, de férias, dera as caras no escritório à procura de alguém, e acabou ficando para conhecer melhor Perséfone. Foi a primeira vez que uma pessoa se deixou ficar mesmo depois de olhar para ela, o que por si só era um milagre.

– Como você se chama? – indagou Jacinta no dia em que se conheceram. – Acho que nunca a vi por aqui, e já estive na cidade algumas vezes.

– Perséfone. Perséfone May.

– Deusa dos mares, acertei? Perséfone?

– Da primavera. – Perséfone ergueu o olhar pelo mais breve dos instantes. – Rainha do Submundo.

Jacinta coçou o queixo, e Perséfone ficou perplexa com a familiaridade da visão, como se já a tivesse visto fazer o gesto antes – uma vez ou um milhão delas.

– Uma Rainha do Submundo Sequestrada – falou Jacinta numa voz mais macia do que veludo. – Hades a raptou, não?

– Ele tentou – respondeu Perséfone, o olhar fixo nas páginas sobre a mesa. – Prefiro pensar que ela raptou a si mesma. As mulheres são sempre muito mais fortes do que propagam os mitos.

Jacinta riu.

– Fato.

Perséfone decidiu que Jacinta Ever, cujo nome *ela* roubara do formulário ao devolvê-lo, era alguém de quem gostaria de ser amiga. Uma vez roubado é difícil libertar um nome, e Perséfone pensou que Jacinta desapareceria aos poucos, como uma polaroide às avessas. No entanto, Jacinta lhe enviou um e-mail na semana seguinte.

"Minha ilha começou a despertar esta semana. As ruas estão cheias de carrinhos de flores e de bicicletas com cestos abarrotados de livros da biblioteca pública montada na orla da praia, e também tem uma feira orgânica onde o pessoal mais excêntrico de Astutia vende suas mercadorias", dizia a mensagem de Jacinta. "Você bem que podia me visitar. Vem conhecer o meu pedacinho de mundo."

Esperança é um troço perigoso, e, conforme o barco se aproximava da doca, Perséfone abraçou o otimismo. Imaginou mais uma vez o reencontro com a amiga, e no mesmo instante sentiu um formigamento elétrico nos dedos dos pés, que logo subiu pela parte posterior das pernas, fez cócegas no couro cabeludo e desceu pelos antebraços, até pulsar na pontinha dos dedos das mãos.

Ah.

A atmosfera da ilha era carregada de uma energia que se embrenhou por Perséfone, fazendo suas mãos tremerem. Ela não as fitou por medo de ver faíscas saindo delas; em vez disso, as colocou no bolso e respirou lenta, profundamente.

Será que *Jacinta* tinha noção de que a energia da ilha era tão forte assim?

– Parece que atrai, não é mesmo?

Perséfone se sobressaltou. De tão distraída pelos próprios pensamentos, não percebera a presença de outra passageira no que o capitão havia chamado de balsa, mas que qualquer outra pessoa chamaria de rebocador.

– Não quis assustá-la. – A voz da mulher era melódica, aguda e cristalina, e ondeava como o mar nas sílabas finais.

– A ilha é linda – comentou Perséfone, palpitante agora.

Sentia como se o seu sistema estivesse despertando. As ondas lambiam a doca na direção para a qual Perséfone estava virada; a garota só desviou o olhar do mar quando a mulher se colocou a seu lado. Com cuidado, examinou o perfil da passageira: o queixo pronunciado, os olhos fundos, o casaquinho de linho cor de tempestade.

Um raio cortou o céu, e os pelos dos braços de Perséfone se eriçaram, vigilantes.

– Vale a confusão – disse a estranha. – E o caos.

Perséfone esfregou os braços, porém não se livrou do calafrio repentino. Deduziu que a desconhecida se referia às limitações da ilha, como o sinal ruim de internet ou mesmo a impossibilidade, mais cedo, de embarcar o carro na balsa devido à estrada alagada. A mulher então abriu um sorriso malicioso, e os dedos das mãos de Perséfone formigaram como se conduzissem eletricidade.

– Você sabe para onde está indo? – indagou a passageira.

– Vim… ficar com uma amiga – respondeu Perséfone, de modo a testar a palavra em voz alta, e sacudiu os dedos; torceu para que a mulher não a achasse estranha demais.

Seus pensamentos retornaram a Jacinta. Sua *amiga*. Enunciar aquela palavra provocava um efeito maravilhoso. Perséfone se viu como a protagonista de uma comédia de comparsas, prestes a se reunir com a amiga do peito e se lançar numa sequência de aventuras que terminariam em risos e abraços exuberantes. Não conteve o sorriso.

Avistou os indícios de uma cidade para além da doca: ao longe, viu luzes, uma estrada e lojas de pedra com telhado de ardósia. Parecia uma cidadezinha charmosa, ainda que envolta em um mundo silencioso.

Um trovão ribombou, e a estranha deu um passo para trás.

– Uma *amiga*, é? – falou a mulher. – Ora, ora. E assim começa.

Surpresa, Perséfone virou-se. Havia uma malícia inegável no tom de voz da mulher, não havia? E *o que* começa?

Puf. A mulher não estava mais ali. Perséfone olhou ao redor em busca de um lugar para o qual a outra pudesse ter ido, porém não havia nenhum. Mais uma vez, esfregou os braços na tentativa de afastar o frio fantasmagórico. Era impossível que a mulher houvesse desaparecido, por mais que o ar fosse denso como uma manta de lã e Perséfone chegasse mesmo a sentir a energia na ponta da língua – doce e ligeiramente adstringente, tal qual uma viçosa maçã verde.

Magia.

A mulher. A ilha. Será?

Perséfone engoliu um soluço de... esperança. Era melhor não presumir nada, precisava ter certeza. Pegou as bagagens e encaixou a bolsa menor no topo da mala de rodinhas antes de jogar a alça da maior sobre o ombro e desembarcar.

Outro relâmpago iluminou o céu e provocou uma vibração que Perséfone sentiu até nos ossos, como se tivesse metido não apenas um dedo, mas o braço inteiro numa tomada.

Magia.

A suave luz das lamparinas tremeluzia na doca, e Perséfone finalmente avistou a passageira: encontrava-se vários metros adiante na praia, as mãos na cintura e um olhar severo e distinto – bem fixo nos olhos de Perséfone.

Havia no ar uma forte maresia, prenúncio de chuva. O gosto era de quentão de vinho, de mistérios arrancados da superfície da ilha. Uma brisa cortante fez esvoaçar a bainha do casaco da mulher.

– Este equinócio de outono aciona os ponteiros do relógio. Cuidado com as novidades da Ilha de Astutia – sussurrou em seu ouvido a voz da passageira, o que era impossível.

Perséfone se arrepiou. Outro relâmpago cortou o céu desde o ponto em que a estranha se encontrava, a trinta metros. A mulher deu um salto para trás e lançou os braços para cima em proteção, ao que o raio pareceu responder, pois se afastou.

Ela abaixou os braços, e seus olhos – agora salpicados de pânico e de... algo mais – novamente encontraram os de Perséfone.

A respiração de Perséfone cessou. Com um volteio do casaco, a estranha se virou e marchou em direção à costa, onde foi acolhida pela noite. Levou um longo tempo até Perséfone soltar o ar que não percebera estar segurando.

Incerta do que estava acontecendo, ela precisava encontrar Jacinta.

Tinha um milhão de perguntas para fazer à amiga, porém também não queria meter os pés pelas mãos. O problema de sempre ter sido tão só era que Perséfone havia aperfeiçoado a arte de fantasiar: era especialista em viver no mundo da lua, ligada apenas por um fio a este lado da realidade. Só assim conseguira sobreviver à infância; entretanto, ao mesmo tempo que lhe permitira suportar os traumas, essa postura era um convite à desilusão. E ela tinha consciência disso, motivo pelo qual se esforçava para se manter atenta e não fazer nada precipitado. Por isso, dava um único passo de cada vez.

Virou-se para a cidade, e a lua brilhou mais intensamente, iluminando o caminho ladeado por lampiões que partia da doca. Perséfone seguiu apressadamente pelo canto da estrada em curva. À sua esquerda, havia densos arbustos, e à direita, árvores musgosas, de modo que os tons de verde formavam uma colcha a cobri-la de ambos os lados do caminho. Ela deixou espaço caso um ser vivo surgisse, mas não apareceu nenhum. A caminhada se transformou em subida, e mais uma vez sentiu um formigamento na espinha. Perséfone colocou as malas no chão, ergueu as mãos, espantada, e se virou lentamente.

Nunca havia pisado num *lugar* assim.

Olhou adiante; tinha de haver uma cidade no fim do caminho, porém tudo o que viu foi a lua, a vereda e a própria sombra. À direita, avistou duas casas: uma se erguia alta na praia, enquanto a outra, escondida pela metade, parecia empilhada na colina. Examinou a casa da praia e a pequena fogueira em brasa em um de seus cantos.

O cheiro de sal fez cócegas em seu nariz, seguido pelo aroma doce e fresco da folhagem madura ao redor. Sentiu uma comichão nos pés e o ímpeto de mergulhar na vegetação que se comprimia nas duas margens e que se vergava sobre ela.

Um segundo caminho de pedra, o qual ela não percebera até então, se estendia à direita. Música. Risadas. O perfume de rosas recém-desabrochadas. Viu o que pensou ser uma macieira carregada. Atraída pela lua e seduzida pela mata, envolvida em magia e confusão, Perséfone sentiu-se tentada a abrir caminho pela vegetação rasteira, a se deixar ir, a seguir o caminho estreito e ver aonde ele a levaria. Compelida a seguir em frente, deu dois passos sem firmeza na direção dos convidativos sons.

Uma luz intensa vinda da direção oposta se despejou sobre ela, pausando sua descida rumo ao escuro. Uma voz suave e imponente se fez ouvir.

– Perséfone May.

Perséfone girou e tentou enxergar nas sombras. Sua pulsação se acelerou e seus olhos se estreitaram em busca de um rosto que correspondesse à voz.

Saída de sua própria cortina de escuridão, uma mulher apareceu na estrada. Alta como um carvalho e robusta como uma escultura renascentista, ela deslizou na direção de Perséfone, os braços balançando conforme o quadril requebrava. A voz era mais velha do que o rosto, que não devia ter mais do que cinquenta anos. Deu o último passo até Perséfone, cujos braços rebentaram em arrepios.

– Você é a Perséfone May.

– Sim – respondeu à afirmação que deveria ter sido uma pergunta. – E você?

A mulher contraiu o nariz.

– Moira, guardiã da Casa Ever. – Moira gesticulou para a construção cravada na encosta.

– Ah, claro! – disse Perséfone, tentando afastar os fios teimosos que caíam sobre a testa. – Você é a irmã da Jacinta. Muito prazer.

– Será? Enfim. – Moira fitou a lua. – A Jacinta a convidou.

Falou num tom factual, mas levemente ácido. Estava com raiva? O olhar de Moira encontrou o de Perséfone. Fixou-se nele. Perséfone piscou, preparada para desviá-lo, mas Moira apenas inclinou a cabeça para o lado. Perséfone inspirou profundamente, passou a contar os segundos.

Nada aconteceu.

Uma onda de alívio e surpresa quase a derrubou. Mordeu o lábio inferior para conter a vontade de gargalhar. Moira a estava *encarando*. Olhando-a bem nos olhos, sem um pingo de medo ou de desvario.

– Escutei maravilhas sobre a ilha – falou Perséfone, reprimindo com dificuldade o sorriso bobo que queria se espalhar por seu rosto. – Foi muita gentileza da Jacinta me convidar. Estou muito feliz de estar aqui.

Estava mesmo. Porque, embora Perséfone estivesse navegando em águas desconhecidas no que dizia respeito aos significados de uma amizade, Jacinta de fato *era* sua primeira amiga. E Perséfone suspeitava que fosse ainda mais do que isso, considerando a energia da ilha. Por outro lado, Jacinta nunca lhe parecera uma pessoa deslocada, ao contrário dela própria, que jamais se encaixou em lugar nenhum. Bem, se a capacidade de fazer contato visual fosse indicativo de algo, Moira também não era uma simples mulher.

– Minha irmã tem muitas características – disse Moira, virando-se e acenando para que Perséfone a seguisse. – Não sei se gentileza é a mais marcante delas, mas, até aí, o cheiro das rosas é doce para as abelhas e pesaroso para as pessoas que as ofertam aos mortos.

Perséfone lançou uma expressão atônita para as costas da mulher. Que coisa estranha de dizer.

Moira a olhou por cima do ombro.

– Por que você veio?

Ela arqueou uma sobrancelha, e as palavras se desprenderam da língua de Perséfone:

– Achei que era o momento perfeito para fazer uma visita.

Ah, a mulher definitivamente tinha poderes. Um calafrio percorreu a espinha de Perséfone. Nitidamente, Moira estava irritada com sua presença, o que fez Perséfone mascarar seu entusiasmo.

– A Jacinta me convidou *mesmo*.

Agora que estava ali, e após o encontro com a estranha na doca, Perséfone não via a hora de fazer as perguntas que só Jacinta, e talvez Moira, seria capaz de responder.

– Minha irmã faz muitas coisas. E, ao que parece, tem gostado de tomar decisões por conta própria.

Perséfone mordeu o interior da bochecha. Como deveria reagir a isso? O trajeto fez outra curva, desta vez mais acentuada, e se tornou mais inclinado. As duas não conversaram durante a subida do último morro, nem das íngremes e largas pedras fincadas na terra. Ao avistar a casa, Perséfone hesitou, mas apenas por um breve instante.

Ora, Jacinta a *tinha* convidado, e a ilha era diferente de qualquer outro lugar em que Perséfone já pisara, tão diferente quanto *ela* mesma. A ilha parecia ter vida própria, e, sim, tudo ali era algo improvável, porém não mais impossível do que outros eventos inconcebíveis de sua vida. Talvez o impossível finalmente estivesse a seu favor.

Perséfone assentiu com a cabeça em aprovação à própria determinação, depois estufou o peito e examinou o cenário: a larga varanda com a rede de dormir, os vasos com plantas nos últimos degraus da escada, os tapetes desbotados jogados a esmo sobre as tábuas. Uma pilha de livros repousava em uma jovial mesinha de canto perto de uma cadeira de balanço, e uma caneca de chá que emanava um cheiro forte de canela esfriava ao lado de um par de óculos de leitura de jade. Perséfone respirou aliviada: a varanda era exatamente como na descrição de Jacinta.

Uma pequena gata branca se desenrolou de baixo da cadeira e foi receber a dona e a visitante. Seu corpinho inteiro tremeu de entusiasmo e alegria, o que provocou uma risada em Moira – uma risada nascida no âmago e que desmanchou a sisudez de seu rosto. A expressão de Moira se suavizou como se alguém tivesse pegado uma pintura cubista extremamente colorida e a transformado em aquarela. Foi como ver ao mesmo tempo as duas faces de uma moeda.

– Oi, Opala – disse Moira para a gata. – Não demorei tanto, não é mesmo? – Apanhou o chá, deu um longo gole e assentiu com a cabeça. – Viu, ainda está morno, como falei que estaria. Voltei perfeitamente a tempo. – Examinou Perséfone através da alça da caneca. – Está preocupada, a nossa Opala, e a noite do equinócio é uma ocasião especial para todas nós.

Opala miou alto, como se respondesse à conversa.

– Não costumava ser de sua natureza se preocupar, porém as estações se transformam, e assim também os temperamentos quando certa pressão é liberada ou introduzida. – Moira lançou um olhar expressivo para Perséfone, que lhe ofereceu o seu melhor sorriso, ainda que ligeiramente confuso.

Perséfone se perguntou se Moira quis dizer que o equinócio tinha relação com ela. Perséfone nunca acreditou completamente que as estações afetassem o que quer que fosse. Compreendia que o equinócio era um dia de igual proporção de luz e escuridão; porém, como sempre sentiu a mais resoluta falta de igualdade, de equilíbrio, indagava-se se não era um mero lapso das estações.

Colocou a bagagem no chão. Opala flanou até Perséfone, o rabo balançando conforme caminhava. A gata não parou a fim de roçar nela nem disparou para longe; o que fez foi saltar direto para os braços de Perséfone.

– É como uma pequenina leoa – falou Perséfone após inalar o aroma almiscarado da gata para examinar melhor sua carinha curiosa.

– Opala, a Noturna, é quem ela é – corrigiu Moira, pegando os óculos na mesa. – Há algo no ar límpido e no solo poderoso desta ilha que atrai algumas de nós. Segure para mim, por favor.

Embalando a gata em um braço como se fosse um bebê de porcelana, Perséfone pegou os óculos com a outra mão. Estavam mornos. Uma onda de conforto percorreu seu corpo, e ela empinou o queixo, convicta de ter sentido o toque dos raios de sol em suas bochechas.

Moira exalou um murmúrio mal-humorado.

– Entendi.

Perséfone piscou, surpresa, ao lembrar que se achava sob a escuridão da noite. O que tinha sido aquilo? Começou a enunciar a pergunta, porém a expressão que recebeu de Moira a fez morder a língua.

– Atravessando aquela porta, você encontrará seu quarto no andar de cima, segunda porta à direita – falou Moira. – Ou então à esquerda. As duas portas estarão abertas. Pode escolher, mas escolha bem. A luz procura um dos lados, enquanto a escuridão espreita do outro.

Uma charada? Era uma charada mágica?

– Estou certa de que vou me encontrar – afirmou Perséfone. Parecia que Moira a estava avaliando em uma prova para a qual ela não havia se inscrito. Não permitiria que a mulher abalasse sua determinação.

No ponto da varanda onde se achava, Perséfone sentia uma pulsação, uma brisa se enroscando ao seu redor. Passara a maior parte da vida correndo, e pela primeira vez em 32 anos sentiu que podia parar. Quis desfrutar a sensação.

Moira encolheu os ombros.

– Quando Jacinta oferecer, diga que quer a mistura de sálvia e lavanda. Esse seu chacra em desequilíbrio está me distraindo. – Então Moira a dispensou e sentou na cadeira de balanço, metendo a cara nas páginas de um grosso livro com capa azul-marinho.

No caminho até a porta, Perséfone sentiu o olhar de Moira às suas costas. Olhou repentinamente por cima dos ombros, e Moira afundou o queixo no peito. Por um instante antes que ela o fizesse, Perséfone imaginou ter visto a mulher disfarçar uma leve curva nos lábios.

Entrar na Casa Ever, compreendeu Perséfone, era como adentrar um portal do tempo. Assim que passou pela soleira, foi recebida por um bafo morno, seguido do aroma pungente de jasmim. A sala oposta à varanda era ampla, com o pé-direito alto e paredes cor de champanhe. Duas mesinhas de mármore ladeavam um sofá em formato de lua crescente. Havia mais tapetes aqui, uns sobre os outros. Um grande relógio de pêndulo da cor da meia-noite estava preso à parede, com as fases da lua pintadas de branco no mostrador. Uma série de molduras preenchidas com o desenho de diversas flores e animais adornava a parede mais distante e, ao piscar,

Perséfone teve a impressão de que as imagens se transformaram em rostos que a encaravam.

Quando deu um passo à frente para enxergar melhor, Jacinta irrompeu das portas de vaivém brancas no lado oposto da sala, carregando uma bandeja com um bule e ostentando o característico sorriso.

– Você chegou na hora certa – disse a amiga com um brilho nos olhos escuros. – Não é incrível quando isso acontece? Quando os momentos passados e futuros batem em retirada para dar lugar ao presente? É tão raro, já que estão sempre se engalfinhando como um bando de valentões e valentonas doidos para darem o primeiro soco e pegarem o melhor pedaço da torta, ou então simplesmente para baterem uns nos outros por acharem emocionante. Hoje, contudo, neste exato instante, ou um instante atrás, o presente venceu.

Ao ver Jacinta deslizando até ela, falando sem parar, Perséfone se libertou dos últimos resquícios de inquietação. A curvatura no lábio de Jacinta era calorosa, o olhar era vivaz, havia contentamento em sua voz.

Jacinta pousou a bandeja na otomana redonda encostada no sofá em meia-lua e puxou Perséfone para um abraço. Após amassá-la por cinco gloriosos segundos – nem mais, nem menos –, afastou a convidada para observá-la.

– Vai ser hibisco, então. Um delicioso chá de hibisco, e não é porque estou influenciada pelo seu cabelo.

– Sálvia com lavanda – disse Perséfone, compelida a repetir a instrução de Moira. – Se tiver.

A cabeça de Jacinta tombou para o lado, os olhos se estreitaram. Murmurou algo incompreensível no fundo da garganta, mas assentiu comedidamente e se afastou para preparar o chá, resmungando sobre flores de sabugueiro. Manuseou as folhas soltas com o mesmo cuidado que um ourives dedicaria a um colar de esmeralda. Inspecionou os elementos, rearranjou-os, então cerrou os olhos antes de despejar a água quente sobre as ervas.

– Abençoado seja, pequeno caldeirão – disse Jacinta, abrindo os olhos e segurando o bule à frente. Um sorriso esticou suas bochechas. – Vamos, pegue, ele não morde. É equilíbrio, harmonia em forma líquida.

Perséfone se lembrou de colocar a mala no chão. Opala, a pequena leoa aos seus pés, alongou o músculo que faltava; ela também estava de olho em Perséfone.

– É fantástico estar aqui com você – falou com sinceridade e soltou uma leve risada.

Levou a xícara ao lábio, ainda atordoada pela surpresa de ter encontrado em Jacinta sua primeira amiga. Aquilo parecia certo. Mágico. A casa, a ilha, Jacinta, até mesmo Moira – tudo lhe era familiar e cristalino, ainda que longínquo. Era, concluiu Perséfone, como ver o mar de verdade pela primeira vez depois de só tê-lo visto em fotografias ou filmes. E, agora que ela tinha visto de perto, queria aproveitar. Queria preservar.

– Estou contente que você veio – disse Jacinta. – E na noite do equinócio, ainda por cima. É mesmo uma bênção.

– Obrigada por me receber – falou Perséfone, que então se interrompeu. – Apesar de... a sua irmã aparentemente não ter gostado muito.

Jacinta desviou o olhar.

– Mas vai. A Moira não gosta de surpresas, não importa o quanto eu tente convencê-la do contrário. Não se preocupe, você é uma surpresa maravilhosa; ela vai sossegar e passar a gostar da sua presença tanto quanto de petúnias. Como eu.

Sem saber o que responder, Perséfone sentou e envolveu a xícara com as duas mãos. Jacinta se aproximou e afofou a almofada na qual a amiga estava apoiada, e Perséfone riu.

– Também senti a sua falta – falou.

Jacinta sorriu, um lampejo de dentes retos, lindos. A sua felicidade em rever Perséfone era palpável, se espalhava pelo aposento como perfume, tingindo o ar. Não era fardo nenhum a alegria de estar diante de alguém que lhe sorria como se houvesse encontrado um diamante enquanto garimpava ouro.

Jacinta se inclinou contra o braço do sofá.

– Você conseguiu o que precisava do último bico como... O que era mesmo? Atendente numa cafeteria?

Com o olhar fixo na xícara, Perséfone franziu o cenho ao pensar no professor, em Larkin e Deandra, no que deu e no que teria dado errado.

– Foi como tinha que ser.

– Ah, Perséfone... Você não devia desperdiçar seus talentos nesses trabalhos sem futuro.

Ela ergueu o rosto, admirada.

– Vejo mais como tentar de porta em porta. Vai chegar o dia em que vou abrir a certa.

– Você deveria considerar isso tudo uma janela aberta – afirmou Jacinta, lançando os braços para cima antes de sentar na otomana. – Pela qual vai pular com um alegre empurrãozinho meu. – Jacinta cravou o olhar com o de Perséfone e seu lábio se curvou para cima. – A viagem foi muito turbulenta?

Perséfone contou os segundos, como havia feito com Moira, e aguardou. Nada aconteceu.

Balançou a cabeça, espantada.

– Como?

– O percurso até aqui, como foi?

Jacinta era mesmo imune ao seu contato visual? Seria a ilha, ou havia mais alguma coisa?

– Hum – murmurou Perséfone, que não conteve o sorriso, porém tentou manter a linha.

Mais cinco segundos se passaram, e Jacinta não fez mais do que aprumar a cabeça.

– A viagem para cá é sempre única – falou, ajeitando um dos cachos atrás da orelha. – E digo isso de modo bastante literal.

Os pulmões de Perséfone se inflaram com um respiro profundo. Jacinta mantinha os olhos fixos nos dela. Perséfone nunca tinha sustentado um contato visual por tanto tempo, e absolutamente *nada* estava acontecendo. Era bom demais para ser verdade.

– Perdão, o que você disse? – repetiu Perséfone, tentando recuperar o foco.

– A viagem para Astutia. Você pode seguir pelo norte ou pelo sul, mas, uma vez bifurcado, o caminho jamais se bifurca da mesma forma. Da última vez, eu cheguei pelo leste, de helicóptero. Foi como cavalgar na cauda de um dragão muito determinado, mas também distraído.

A palavra *bifurcar*, sabia Perséfone, significava dividir-se em dois. Jacinta falava de um jeito curioso, como se estivesse fazendo referência a algo – uma piada interna que Perséfone não entendia bem. Era estranho, e também uma distração boa.

– Eu vim no barco com o Capitão Danvers e uma mulher... peculiar – falou Perséfone, finalmente desfazendo o contato visual, e um pouco menos alegre agora que tinha se lembrado da estranha. Olhou para o teto e se indagou como poderia perguntar a Jacinta se a ilha era mágica.

Jacinta se inclinou para a frente e cruzou as pernas na altura do tornozelo.

– Fala rude, olhos bonitos, roupas sofisticadas?

– A mulher? Sim. – Perséfone concordou com a cabeça e se fixou nos olhos de Jacinta mais uma vez, e novamente se maravilhou com a ausência de mudança. – Foi uma descrição bem precisa. Você a conhece?

– É uma ilha pequena, conheço todo mundo. – Havia algo mais no tom em que Jacinta falou isso, uma camada oculta de significado. – É um ótimo lugar para chamar de lar. – O sorriso que aflorou em seu rosto provocou um calafrio de inveja em Perséfone.

Ela tentou imaginar como seria a vida na ilha que Jacinta descrevera nos e-mails. Bem lá no fundo, visualizava uma Mayberry flutuante, acolhedora e segura como em uma série de comédia em preto e branco, com amigos espalhados por todos os cantos. Deu mais um gole no chá; o sabor era suave e doce. Outro gole, e seu corpo ficou pesado, como que costurado à sola do sapato. Queria fazer perguntas sobre magia, sobre a mulher no barco, sobre Jacinta e Moira, queria entender como aquilo tudo podia ser real. Queria perguntar como se fazia de um lugar, qualquer lugar, um lar.

Perséfone bocejou, os pensamentos se embaralharam. Tentou recordar o motivo de seu receio em ir para a Ilha de Astutia.

– Oras, você está dormindo em pé.

– Acho que estou mais cansada do que achava – falou Perséfone, os ombros relaxando. De repente, mal conseguia manter os olhos abertos.

– Uma boa xícara de chá sempre revela o que precisamos, e o que você precisa é de um bom descanso. – Jacinta agilmente entrelaçou um braço no de Perséfone, ergueu a mala maior e conduziu a amiga até a longa escada situada no lado esquerdo da sala.

Perséfone só deu por si quando já estava com o pé no primeiro degrau, e ficou aliviada ao perceber que não era tão íngreme quanto parecia.

Houve um leve toque de boas-vindas quando Opala tomou a dianteira para liderar a subida. Já no topo, Jacinta não se deu ao trabalho de acender a luz; um feixe de luar iluminava o caminho. Ela guiou Perséfone pelo brilho prateado ao longo do extenso corredor até que parou abruptamente e mais uma vez sibilou algo.

– Imagino que esta seja a sua parada. – Jacinta indicou com o braço, embora Perséfone tenha apenas sentido o movimento. – Ou você pode ficar ali.

Perséfone se sentiu de volta à estrada de paralelepípedos. Teve a impressão de que havia uma linha rígida envolvendo sua espinha e que a puxava com força em todas as direções. Tentou respirar fundo e sentiu outro puxão.

Fechou os olhos, afinal, já estava numa quase completa escuridão – que diferença fazia? – e sentiu um calor na nuca. Uma sensação de *erro* a afastou da porta à direita.

– Esquerda – respondeu sem fôlego. – O quarto da esquerda, por favor.

Jacinta pressionou seu braço, e por um instante o apertão foi um pouco mais forte do que o necessário. Mas ela instantaneamente a soltou.

– Como preferir – falou a amiga.

Num gesto instintivo, Perséfone esticou o braço na direção da maçaneta. Quando abriu a porta, a luz se derramou no corredor.

Jacinta sorriu, e a visão de Perséfone se turvou ao examiná-la. Uma força poderosa e desconhecida fazia pressão contra ela. A gata entrou no quarto de Perséfone, que percebeu o chá tentando retomar seu efeito. Ela ergueu o queixo e o *repeliu*. A visão se desanuviou. Jacinta brilhava, como se o restante do mundo atrás dela tivesse sido lançado na escuridão; o rosto dela se esticou num sorriso largo e inesperado.

– Seja bem-vinda – disse Jacinta, dando um passo na direção do breu antes de acrescentar –, *prima* Perséfone.

Um antigo relógio verde sobre a mesa de cabeceira tiquetaqueou os segundos como um ilusionista abrindo suas cartas.

Um,

dois,

três.

A palavra *prima* ficou martelando no crânio de Perséfone depois que a porta se fechou com um clique. Ela então a escancarou e varreu a escuridão. Jacinta tinha desaparecido. No corredor, restava apenas odor de canela e nada mais.

Ah, sim, *sem dúvida alguma* Jacinta era mais do que parecia. Perséfone ergueu um pé para ir atrás dela no breu, porém suas pernas se transformaram em gelatina.

De repente, o sono se apossou dela. O cansaço fez com que fechasse a porta e caminhasse até topar com a cama queen, na qual caiu antes de cobrir o corpo com uma colcha desgastada. A cama soltou um suspiro e a abraçou completamente.

Perséfone só conseguia pensar em uma única palavra enquanto se deixava levar pelo sono.

Prima.

DIÁRIO DE JACINTA EVER

Equinócio da primavera, um ano e meio atrás

Minhas malas estão prontas e minhas esperanças são grandes. Maiores do que deveriam ser, talvez. Porém eu acredito. Sei que Moira me acusaria de um otimismo tolo. Eu me lembraria de que nos últimos 98 anos a profecia se provou ser os delírios de uma velha traumatizada e nada mais. No entanto, chegada a manhã, o encanto será suspenso e eu terei seis meses para encontrá-la.

A minha busca já leva muito tempo, e esta noite foi a primeira em que algo diferente aconteceu. Durou não mais do que um breve suspiro, mas a obsidiana que uso caiu sobre o mapa. Talvez tenha sido porque decidi ler o futuro perto do mar ou sob a lua cheia, talvez tenham sido o olíbano e a lavanda com que me ungi, não sei. Só sei que alguma coisa causou isso.

Não contei para Moira.

Talvez seja um agouro, guardar este segredo. Mas não é o primeiro nem será o último.

Preciso encontrá-la.

Penso nas duas irmãs cuja separação dividiu o mundo, e sei que não sou eu nem tampouco é Moira. Estou fazendo isso pela minha irmã. Por mim. Por nós todas.

Diz a profecia: uma tecelã do tempo da linhagem Mayfair um dia terá o poder de desfazer o mundo. Tenho buscado a tecelã do tempo por toda a minha vida. Tenho procurado a bruxa perdida desde que Ariel me contou sobre ela, dez anos atrás. Hoje busquei pelas duas, e a obsidiana escutou.

É ela.

Só pode ser.

3

Os olhos de Perséfone se depararam com uma cara peluda e um ronronar melódico. Opala havia se enrolado em seu pescoço. Moveu a felina e sacudiu a cabeça para afastar os últimos vestígios de sono. Tinha se sentido tão cansada na noite anterior. Não durante a noite inteira, mas depois que bebeu o chá. *O chá.* Passou uma mão pelo rosto. Será que Jacinta a tinha *drogado*?

Com certeza não. E ainda assim…

Perséfone afastou as cobertas. Não se demorou escovando os dentes no pequeno porém funcional banheiro no final do corredor, com banheira vitoriana e pia de coluna, em sua preparação para confrontar a anfitriã.

Ponderou mentalmente o que diria enquanto se vestia com a mais apropriada (e única) cor que trouxera – cinza – e soltava o cabelo ruivo. Decidiu ser direta, sempre agia assim, e saiu em busca de Jacinta.

Perto dos últimos degraus, um bem-aventurado aroma flutuou até ela: *scones* recém-assados e linguiça na frigideira. Perséfone se deteve em sua descida pela escada íngreme quando a voz de Moira a alcançou:

– Ela não sabe?

Perséfone se inclinou para a frente, pressionando a lateral do corpo contra o corrimão.

– Não, ainda não – disse Jacinta num tom mais calmo do que o de um instrutor de ioga.

Já a voz de Moira continha raiva:

– Ela não sabe por que foi convidada e você não teve a decência de me dizer que *a encontrou*?

Os dedos de Perséfone se fecharam em torno do corrimão.

– Eu não sabia se era *mesmo* ela – respondeu Jacinta. – Só saberia com certeza se a ilha permitisse a sua entrada, e cá está ela.

Perséfone teve a impressão de ouvir Moira rosnar.

– Você é uma reacionária, Jacinta, e desta vez a sua inconsequência pode nos custar absolutamente tudo.

– Não vai acontecer. Ela estar aqui é o certo. Precisamos dela. As coisas vão progredir agora.

A temperatura se elevou em cinco graus, o calor atingiu a face de Perséfone. As duas estavam em busca dela? Precisavam dela? Lembrou-se novamente do comentário de Jacinta: *prima*.

Havia muito a esclarecer sobre a conversa das duas, mas Perséfone concordava plenamente com Jacinta quanto a sua presença ali ser a coisa certa. Desde o instante em que deixara a doca, sentia que estava onde sempre deveria ter estado. Mas de onde vinha essa conexão com um lugar do qual nunca ouvira falar – e como assim *a ilha* tinha permitido a sua entrada?

Perséfone se virou e voltou pelo corredor até o banheiro, onde jogou água fria no rosto. Sabia que escutar às escondidas – as emboscadas, como uma de suas mães adotivas chamava – raramente fornecia informações confiáveis.

Precisava cobrar de Jacinta que lhe contasse o que estava se passando. Sem delongas. Com a cabeça empinada, Perséfone andou até a escada e começou a descê-la.

– Bom dia – disse ao avistar Jacinta na beirada do sofá em formato de meia-lua, com um baralho de tarô em uma mão e, na outra, uma pedra lápis-lazúli do tamanho de um pequeno seixo.

– Não é interessante que tantas palavras tenham mais de um significado? – perguntou Jacinta sem erguer o olhar, movendo as cartas entre uma mão e outra até Perséfone concluir sua descida. – Bom dia. É uma declaração, com um hífen se torna cumprimento e no plural é o nome de uma planta, sabia? Se você parar para pensar, o "dia" de "bom dia" não se refere ao tempo. Está mais para um cenário. Admito que soa melhor do que "Olá, que bom revê-la neste instante do tempo que é diferente do último em que nos encontramos", mas mesmo assim... Palavrinhas curiosas essas!

Perséfone esquadrinhou Jacinta. Maçãs do rosto salientes, olhos penetrantes, pele dourada.

– Acho que sim. – Os dedos de Perséfone bicaram as palmas de suas mãos conforme ela escolhia as próximas palavras. – Pelo cheiro da casa, vai ser um dia bom mesmo.

– Mais um modo de usar essas palavras. – Jacinta fez um gesto na direção da cozinha. – Os segredos de Moira estão na comida. São magnificamente benéficos.

Perséfone pigarreou.

– E no chá que você me serviu ontem, havia segredos também?

Jacinta arqueou uma única sobrancelha e sustentou o olhar de Perséfone.

– Por acaso você está me acusando de algo?

– Estou perguntando.

– Pergunte direito, então.

– Você colocou alguma coisa no meu chá?

– Eu coloquei *chá* no seu chá. Os seus chacras estavam desalinhados. O chá restabeleceu a harmonia vibracional. É medicinal, mas não como você está dando a entender.

– Ah. – Perséfone pressionou a clavícula com uma mão, tentando sentir se estava mais alinhada, pouco segura de onde exatamente os chacras ficavam. – Eu ouvi a sua conversa com a Moira agora de manhã.

– Ah, foi? – Jacinta se acomodou no sofá.

– Você estava me procurando?

– Estava.

O estômago de Perséfone se revirou com a emoção de ser procurada... e, consequentemente, com a ideia de estar sendo feita de boba.

– Por quê? Tem a ver com o fato de você ter me chamado de prima ontem?

O sorriso comedido de Jacinta não vacilou.

– Está aí uma boa palavra.

– Você está dizendo que é apenas um tratamento carinhoso?

O sorriso de Jacinta se esticou.

– É claro que sim.

– Não acredito em você.

– Acredite no que quiser. Apenas saiba que eu evito ao máximo mentir. Ainda mais para a minha laia.

– A sua *laia*?

Jacinta não respondeu; ignorou Perséfone e dirigiu sua atenção para o estardalhaço de portas de armários e louças na cozinha. Perséfone inspirou e expirou devagar.

Jacinta claramente a estava provocando. Parada ali, sendo flagrantemente ignorada, possivelmente drogada, persuadida a acreditar que as duas eram amigas para ser trazida à ilha sabe-se lá por quê, Perséfone se enfureceu. Contraiu a mandíbula e cerrou os punhos.

As luzes da sala bruxulearam duas vezes, e, com a precisão de uma exuberante criança soprando as velas do bolo, cada lâmpada do ornamentado lustre de teto se apagou.

– Filha da Deusa! – O grito de Moira na cozinha foi uma praga contra o prato que retiniu e quebrou.

Perséfone piscou, enquanto Jacinta soltou uma gargalhada primitiva.

Todas as luzes da casa se extinguiram.

– Nós *somos* aves da mesma plumagem. Ou flores de uma pétala similar. – Jacinta esticou os braços e tomou as mãos ainda cerradas de Perséfone. – Sente-se, *prima*.

Perséfone fitou o lustre, espantada. Não tinha pretendido causar a oscilação elétrica; o poder se acumulara dentro dela, como aliás fazia desde que Perséfone pisara na ilha, com a diferença de que agora ele irrompeu.

– Você não tem o menor controle sobre a sua magia, não é? – observou Jacinta, cujos olhos brilhavam quando soltou Perséfone.

O aposento estava inundado de raios de sol, e a iluminação natural realçava o brilho de sua pele. Ela se debruçou sobre o encosto do sofá e sacou do nada uma flor.

Um jacinto.

Os joelhos de Perséfone se chocaram, e ela imediatamente se deixou cair no sofá. Havia acabado de queimar metade dos fusíveis da Casa Ever enquanto a outra colhera flores do ar como se tudo fosse terrivelmente normal.

Moira irrompeu das portas de vaivém. Os óculos de pedra de jade quicavam no topo da cabeça, e a boca se retesou em completa reprovação.

– *Absolutamente tudo* o que é elétrico parou de funcionar – disse Moira lançando um olhar feroz para Jacinta; e então brandiu um pequeno prato diante do nariz de Perséfone. – É noite de lua cheia. Vamos, coma isto antes que você desfaleça ou bote fogo na casa.

Perséfone olhou para baixo, pegou o *scone* no prato e o cheirou. Observada por Moira, cujas mãos em punho repousavam nos quadris, deu uma mordida. Tal como um tônico, o açúcar e a frutose do pãozinho de mirtilo restauraram sua disposição.

– Quase todas as noites deste mês são de lua cheia – explicou Jacinta ao perceber a perplexidade na expressão de Perséfone. – Astutia dita as próprias regras.

– Isso é impossível – falou Perséfone.

– Nada é impossível – retorquiu Moira. – Termine de comer o *scone*.

Atônita, Perséfone deu outra mordida.

– Mirtilo? – perguntou, e seus olhos deram com as costas de Moira, que já marchava para a cozinha.

– Para proteção – afirmou Jacinta.

– Não estou entendendo. – Perséfone afastou o cabelo que caía sobre o rosto.

Jacinta deslizou para perto dela, estendeu os braços e apertou gentilmente seus ombros.

– Quando se trata de lançar magia, a raiva é como botar lenha na fogueira.

– Você estava sendo escrota de propósito?

– Eu estava provocando.

Perséfone esfregou o espaço entre as sobrancelhas e encarou Jacinta.

– O que eu sou?

– O que você acha? Você é uma bruxa, assim como eu.

A mão de Perséfone desabou. Segurou a palavra dentro da boca, revolveu-a na língua.

– Uma bruxa.

Os olhos de Jacinta reluziram.

Perséfone ponderou a palavra, experimentou-a como se provasse um par de tênis novos; achou que lhe caía bem.

– Você percebeu, não foi? Na primeira vez que nos vimos.

– O que você era, magicamente falando? – Jacinta deu de ombros. – Imaginei. Você não olhava de jeito nenhum nos meus olhos. Os olhos das bruxas têm poder, e esse poder pode escapar se você não aprender a armazená-lo. É fácil transferir poder pelo contato visual. O seu solta faíscas.

– Não literalmente, né? – indagou Perséfone, visualizando os próprios olhos exalarem fagulhas como os de um vilão de quadrinhos.

– Claro que não. É mais como um choque elétrico. Veja.

Jacinta apanhou sua mão. Encarou-a com concentração, até que algo em seus olhos mudou – como se uma cortina houvesse sido removida deles – e, em resposta, uma chama se acendesse dentro dos de Perséfone. O ímpeto a fez tentar se desvencilhar das mãos da amiga. Os olhos de Jacinta se alteraram de novo, então ela a soltou, e a chama se extinguiu.

– Mas quando outras pessoas olham para mim, elas...

– Agem como loucas?

– Elas se machucam.

Jacinta fitou Perséfone.

– E você acha que é por sua causa.

Perséfone franziu o cenho.

– Como *não* seria? É o meu poder emanando, certo?

– Quando olha para essas pessoas, você deseja mal a elas?

– Não! Claro que não. – Ela esfregou a nuca. – Só sei que acontece.

– Há trevas em todos nós, bruxas e não bruxas. Talvez o que você provoque seja a treva *que já habita esses indivíduos*, o que não significa que ela esteja em *você*.

– E como eu paro de fazer isso? – Perséfone se reclinou para trás. – Como você aprendeu a controlar?

– Prática.

– Ah.

– Que no seu caso é zero.

– É evidente – concordou Perséfone.

– *É óbvio*. – O grito abafado de Moira pareceu vir de baixo da casa, e na sequência as lâmpadas cintilaram e se acenderam. Ouviu-se uma porta abrindo e fechando antes que a mulher ressurgisse da cozinha e adentrasse a sala de estar onde se encontravam Jacinta e Perséfone. – Você é um fogo de artifício descompensado em pleno Dia da Independência em alguma cidadezinha americana.

– E é aí que *nós* entramos – falou Jacinta, revirando os olhos para a irmã.

– É porque vocês precisam da minha ajuda? – perguntou Perséfone em referência à conversa que escutara às escondidas.

– Ainda há controvérsias quanto a isso – afirmou Moira, que, com uma única careta, ignorou e ao mesmo tempo censurou Jacinta.

– Nós podemos ajudá-la – garantiu Jacinta. – E, *sim*, precisamos da sua ajuda. Esta ilha não é como as outras. – Ela trocou um olhar imperceptível com Moira. – Ela é amaldiçoada.

Perséfone piscou, surpresa.

– Amaldiçoada.

– Sim.

– Eu... achava que maldições não existiam.

– Magia tudo bem, já maldição é inconcebível? – indagou Moira.

Perséfone balançou a cabeça.

– Não sei explicar. Maldição parece outra coisa.

– É tão real quanto magia – falou Jacinta. – E nós podemos ensinar você a controlá-la. A magia, digo.

Moira bufou.

– De novo, há controvérsias.

– Você viu do que ela é capaz – retorquiu Jacinta.

Moira encolheu um ombro.

– Eu vi o que a *irritação* dela é capaz de fazer. – Encarou Perséfone. – Você *consegue* controlar o seu poder?

Perséfone esfregou as têmporas para tentar processar o que as duas diziam. Era tão desacostumada com conversas sobre magia e maldições quanto com contato visual.

– Às vezes.

Moira pigarreou.

– Estou falando...

– E nós podemos ajudá-la nisso, como *eu* estou falando. – Jacinta fechou a cara para a irmã.

– Mas como eu vou ajudar a quebrar uma maldição?

Moira resmungou algo inaudível, lançou um olhar de desaprovação na direção da irmã e abandonou a sala. Jacinta esperou até que a irmã se instalasse na cozinha e então ofereceu um sorriso que não passou de uma covinha.

– Existe esse feitiço. É um feitiço muito peculiar que requer o poder de três. Moira e eu somos duas, com você somos três.

– Não estou entendendo.

– *Ainda*. Mas vai entender.

Perséfone soltou o ar lentamente. Diante do sorriso de Jacinta, recobriu-se de esperança, a maior bolha do sentimento que já havia sentido. Ao piscar, percebeu que estava chorando.

– Ah, Perséfone – disse Jacinta, inclinando-se para a frente. Passou os braços ao redor dela e não a soltou por incríveis 38 segundos!

– Desculpa – falou Perséfone, desfrutando a sensação de ser abraçada, verdadeiramente abraçada. – Foi sem querer. – Fungou e secou o rosto após Jacinta se afastar. – Acho que estou em estado de choque.

– Você não está em estado de choque – Jacinta a repreendeu, e nesse momento Moira adentrou a sala com uma bandeja de chá.

Ela entregou a Perséfone uma caneca de pedra-sabão espessa.

Jacinta assentiu com um gesto de cabeça.

– Você foi encontrada.

– Beba – ordenou Moira antes de girar nos calcanhares e sair novamente.

Perséfone ficou comovida, pois compreendeu que aquela mulher ranzinza estava tentando cuidar dela com seus pães e chás. De repente, sentiu o ímpeto de gargalhar e de chorar com mais força ainda.

– Ela é espinhosa por fora e molenga por dentro – observou Jacinta. – Como um cacto.

Perséfone soluçou uma risada, bebeu o chá e aceitou a serenidade que se abateu sobre si. O calor da caneca aqueceu suas mãos, e os olhos cintilantes da amiga reconfortaram seu coração. Jacinta a fitava como se a enxergasse de verdade; como se a enxergasse e a aceitasse exatamente como ela era. Mais do que isso: como se *precisasse* dela.

Ninguém nunca a quis, que dirá precisar dela!

– Sério, eu não estou entendendo – disse Perséfone, tomada pela impressão de que tudo estava prestes a se transformar, desejando apenas ser capaz de lidar com o que viria.

– Eu sei. Há muito a explicar. – Jacinta ofereceu uma mão, e Perséfone não hesitou.

Encaixou a mão na da amiga e se deixou conduzir até a cozinha. Foi a primeira vez que botou os olhos no coração da casa e os arregalou espantada. O aposento comprido era a mais harmoniosa combinação entre o rústico-moderno (com uma cuba branca típica de fazendas, bancadas e armários perfeitamente combinantes com os eletrodomésticos azuis e utensílios de cobre) e detalhes que bem poderiam ter saído da bolsa da Mary Poppins.

Havia uma ampla mesa de carvalho, em cujo centro repousava um chamativo abajur da Tiffany, e ao longo de uma das paredes estavam enfileirados sete pôsteres retrô da Coca-Cola, além de uma coleção composta de treze relógios de cuco. As janelas sobre a pia eram largas e retangulares e permitiam a passagem de uma abundância de luz natural. Um antigo fogão cor de creme, aparentemente em perfeito estado, ocupava um canto, e sobre uma atarracada ilha de madeira pendia um rack carregado de todo tipo de utensílio de ferro fundido. Dava a impressão de ser um espaço muito estimado da casa, onde segredos, aromas e sabores impossíveis ganhavam vida.

De costas, Moira se achava reclinada sobre a pia, com um pano vermelho preso no cós da calça, uma bochecha cheia de farinha e os óculos de leitura de sempre no topo da cabeça, como uma disputada coroa de *miss*. A expressão não indicava absolutamente nada.

– É melhor conversarmos sobre isso num lugar em que as paredes não nos ouçam – disse Jacinta.

Moira concordou. Tirou o pano da cintura e o usou para limpar o rosto.

– Se no fim ela não for a Perséfone certa, vou apagar da memória dela tanto a ilha quanto você, antes de a mandarmos de volta. – Moira atravessou a cozinha até a passagem lotada de relógios, deixando Perséfone para trás, boquiaberta.

– Um cacto, não falei? – comentou Jacinta em um tom que não serviu para tranquilizar Perséfone. – Você é a terceira de nós, Perséfone. Quanto a isso, não tenho dúvida.

Perséfone engoliu em seco, mas foi atrás das irmãs. Finalmente tinha descoberto o que ela própria era, e as três só podiam ser a mesma coisa. Uma vibração percorreu sua espinha, pois, pela primeira vez na vida, Perséfone May teria respostas.

ꙮ

Moira se deteve diante do que, à primeira vista, Perséfone pensou ser um antigo relógio de cuco bávaro. Era talhado na forma de um chalé tradicional com varanda e possuía um cronômetro no centro, no lugar do mostrador – no entanto, enquanto um relógio de cuco típico exibiria meninos e meninas dançando e homens entornando canecas de cerveja, neste as estrelas eram exclusivamente mulheres, que bailavam com pergaminhos e ampulhetas com a areia congelada na metade do tempo. Era um quebra-cabeça cuja mensagem Perséfone pressentiu que descobriria se houvesse uma pecinha a mais.

Tomando a frente, Moira sussurrou na orelha da minúscula mulher posicionada perto do centro do relógio. A parede rangeu e começou a deslizar para trás; deslocou-se pouco mais de um metro e parou com um solavanco.

– Você primeiro – disse Moira, com um sorriso que era ou uma promessa ou um desafio, ou ambos.

A dúvida se abateu sobre Perséfone; não conhecia aquelas duas mulheres, não conhecia ninguém além dela mesma...

E essa era justamente a questão.

Podia permanecer naquela entrada, e nada mudaria; ou poderia confiar em Jacinta e Moira e correr o risco de viver algo bom pela primeira vez na vida.

Perséfone estufou o peito e deu um passo na direção do breu. Conforme avançava pela estreita passagem, a luz foi se intensificando até que a mulher se viu diante de um arco muito luminoso: era constituído de vidro brilhante em centenas de tons de azul e de pedras-de-rio brancas e tinha uma porta com uma grossa maçaneta de cobre.

O rosto de Jacinta estava semioculto pela sombra e, de onde Perséfone se achava, ela lhe parecia mais espectro do que pessoa.

– Para o princípio de tudo – enunciou Moira, cujo rosto também estava mergulhado em sombras, como na primeira vez que Perséfone a vira. – Nossos despenhadeiros.

Jacinta se colocou ao lado de Perséfone e esticou um braço, fechando a mão direita em torno da maçaneta; lançou um sorriso antes de puxar gentilmente a porta, que se abriu.

A sala que se apresentou não era uma sala. Era uma passagem para o impossível.

Para outro mundo.

Perséfone suprimiu um grito de surpresa e atravessou o Arco. A terra em que pisou era firme, mas não rígida. A vegetação era alongada em alguns pontos e baixa em outros, e seus tons de verde vibravam como acontece com as criaturas vivas quando atingem a plena estação.

Diante de Perséfone, estendia-se uma trilha com mais ou menos três metros de largura. Na borda da trilha, havia um declive, de modo que a terra se desprendia e desabava nas sedutoras águas do oceano azul.

– Esses são os tais despenhadeiros? – Perséfone nunca tinha testemunhado natureza tão bruta e tão íntegra, pressionou uma mão contra a barriga quando viu as ondas violentas. – Nós estamos na ilha?

– Estamos *numa* ilha – declarou Moira, e as palavras ditas com reverência foram rapidamente capturadas por uma brisa fresca. – Os despenhadeiros de Skye, na Escócia.

– Como?

– Magia – disse Moira em um tom no qual se subentendia um *dã*.

Perséfone deu um passo à frente, atraída pelos ranúnculos-dos-prados, as pequenas e encantadoras flores que cresciam em grupos às margens do caminho, como faixas de tinta borrifadas no solo. Acima, o rosa-néon das nuvens se derramava em um laranja, fluía para o púrpura, até se transformar em um azul nebuloso e cinza-claro. Perséfone jamais havia sentido tamanha paz em um lugar.

Percorreu o restante do caminho e verificou que a face plana do despenhadeiro era rochosa o bastante para ser imperfeita e dramática o bastante para dar a impressão de uma pintura ganhando vida. A visão sugou o que restava de seu fôlego.

– Esta foi a nossa ilha no passado – disse Jacinta, posicionando-se ao lado dela. – Isto aqui é uma lembrança, um presente do Arco para Qualquer Lugar. Quando você passa pelo Arco, se a magia correr em seu sangue, ele o leva para onde seu coração desejar.

– Não acho que meu coração desejou vir pra cá – falou Perséfone. Ela nem saberia como sonhar com um lugar como aquele.

– O seu desejo em nos seguir a trouxe aqui. E é aqui que a nossa história começa. – Jacinta inspirou profundamente, e a maresia pareceu deixá-la mais alta. Deslizou uma mão para dentro do bolso frontal da camisa e retirou três sementes. – Duzentos anos atrás, existiam três ilhas: Elúsia, Olímpia e Astutia. Eram ilhas irmãs, originadas da fragmentação de uma península maior.

Jacinta ergueu uma das sementes e com a outra mão gesticulou sobre ela, que se transformou em uma romã aos olhos de Perséfone.

– Minhas ancestrais escaparam para Astutia em 1620 – continuou Jacinta –, mas elas não eram as únicas refugiadas. Outros covens de bruxas já tinham chegado aqui. Nos diários, afirmavam que as ilhas haviam se erguido das águas especialmente para eles. Firmada a paz entre os povos das três ilhas, as bruxas descobriram que, quanto mais viviam do solo daquelas terras, mais poderosas se tornavam.

– Como? – questionou Perséfone, observando o rosa cheio de vida da romã.

– A magia brotava da terra, ia para as plantações e assim se tornava sustento para o corpo, a mente e o espírito. – Jacinta fez um gesto e as duas outras romãs amadureceram. – Por cem anos, nosso povo prosperou nas ilhas. Então, como é próprio do tempo, a vida se impôs.

Perséfone via as palavras de Jacinta se metamorfoseando em mundos, as cenas se revelando uma após a outra como se um filme estivesse sendo projetado no céu.

– Em 1720, a magia perversa se espalhou pelas ilhas de Olímpia e Elúsia depois que as bruxas se deixaram corromper pela cobiça do poder, e as duas terras começaram a se arruinar de dentro para fora. A magia egoísta e traiçoeira turvou o coração de cada pessoa em Olímpia e Elúsia.

Diante dos olhos de Perséfone, a escuridão se espalhou sobre as ilhas, o céu e as porções de terra ficaram pretos, as ondas do mar se avolumaram e o solo foi sugado para dentro do oceano que um dia o dera à luz.

– Por volta de 1820, as duas ilhas desapareceram no mar. As pessoas que viviam e cultivavam a terra sumiram.

A imagem desapareceu, e Jacinta ergueu as frutas – duas das romãs haviam perdido o viço. Se antes exuberavam vida, agora decompunham-se em morte. Jacinta gesticulou com uma mão e as frutas podres se recolheram às sementes. Ergueu a romã remanescente em sua mão.

– Só sobrou a Ilha de Astutia. A nossa pequena ilha. Então, cem anos atrás pós-Samhain, ela foi amaldiçoada.

– Certo. Amaldiçoada – disse Perséfone, sacudindo a cabeça. Era informação demais para assimilar. – Como?

E Jacinta começou a contar o estranho conto.

O CONTO DA COROA DA LUA DE SANGUE

Houve um tempo em que Amara Mayfair possuía tudo: era jovem, linda, mágica e sagaz. Já Vera, a sua irmã, nunca se sentira nem de perto tão formosa. Certo dia, as duas adolescentes encontraram o sagrado grimório da mãe e decidiram lançar um feitiço de verdade.

Era um feitiço simples, usado para fazer as rosas florescerem no inverno. Como a ilha já cultivava flores que não deveriam brotar ali, em épocas nas quais não deveriam florescer, elas resolveram manipular o feitiço para fazer uma árvore dar maçãs fora de estação.

Seguindo o que aprenderam com a mãe e as tias, compuseram o círculo mágico com três pedras preciosas, quatro conchas e oito velas, deram as mãos e enunciaram seus intentos. Era a primeira vez que praticavam magia oculta (normalmente, serviam de amplificadoras em um círculo ou então eram relegadas à cozinha, para ajudar a avó a preparar tisana), e o misto de liberdade e rebeldia se mostrou tentador e palpitante.

Com o círculo arranjado, convocaram os quatro cantos da ilha - os guardiães do Norte, Leste, Sul e Oeste - e ficaram encantadas quando as chamas, mantidas acesas com dificuldade até então, arderam intensamente.

O feitiço exigia prova de intenção e jura de dedicação. Amara ofereceu sangue obtido da picada do polegar. Pressionou as gotas contra o centro da metade de sua maçã e a enterrou no fundo da terra. Vera confessou ao círculo o seu segredo: não era tão esperta nem tão poderosa quanto a irmã e a invejava por isso. Sussurrou as palavras para o solo enquanto cobria de terra a maçã, antes de selar o feitiço com as próprias lágrimas.

O intento das irmãs se fincou no solo. Tal como muda de planta, o feitiço brotou e se alargou. Nascida da terra, uma árvore se formou durante a noite, vicejante de maçãs da cor do sangue. Então as suas raízes se ataram a cada uma das meninas dormentes, e a magia irrigou apenas uma das irmãs: Amara.

Quando acordaram, ambas foram tomadas de alegria ao verem a árvore com vida. Amara alcançou uma maçã, mas a achou quente demais para segurar sob o sol do meio-dia e desejou que estivesse mais fria, para que pudesse colhê-la e comê-la... E as maçãs balançaram na árvore. Adquiriram outra cor, pois o gelo se espalhou por sua superfície e as congelou. Maçãs de gelo, da cor de ameixa, jaziam agora no lugar das maçãs frescas e suculentas.

A magia de Amara era potente, porém Vera descobriu que a sua estava inalterada: ela não era capaz de transformar os frutos, nem de revolver o ar, nem de atiçar a maré.

Assim como a inveja de Vera crescia diante da injustiça, a magia de Amara também se fortalecia - poderosa demais para residir numa única pessoa. A magia sufocou Amara em seu sono, devorou-a por dentro; no dia seguinte, ao acordar, ela se viu incapaz de deixar a cama, de tão doente. As irmãs tentaram se desfazer da magia, cortar a árvore congelada e devolver o novo poder ao solo. No entanto, machados, feitiços e desejos batiam na casca aguçada da árvore e voltavam.

Vera, desesperada para ajudar a irmã, encontrou no grimório da mãe um feitiço chamado Clava do Fado-Espinhento, que extraía a magia. Qualquer bruxa sabia que roubar o poder de outra era magia perversa, mas o feitiço ainda implicava algo mais: uma barganha antiga.

Por causa da magia de Amara, elas descobriram que a Clava do Fado-Espinhento era o feitiço que as suas ancestrais usaram cem anos antes para fazer uma troca com Astutia depois que suas duas ilhas irmãs, Elúsia e Olímpia, afundaram no mar. Aquelas bruxas haviam criado um laço com Astutia, prometendo oferecer a magia que tinham à ilha, que, em retorno, trocaria com elas a própria magia livremente.

- É uma maldição - disse Amara, com a voz rouca, pois a magia que a preenchia também a drenava. - Foi por isso que a ilha deu a magia para mim, e não para você, fui eu que forneci o sangue quando lançamos o feitiço. Nosso sangue está ligado à nossa essência, está ligado à nossa magia. Somos conectadas a Astutia, foi o que a visão mostrou. É de nós que ela precisa. Somos dependentes de seu poder, e ela é dependente de nós.

- É a razão por que não saímos daqui?

- As pessoas vão embora. Eu já viajei com as tias e não vejo a hora de partir novamente. Quero encontrar um lugar ao qual pertença de verdade. É você, irmã, que nunca sai.

Ao contrário de Amara, que era inquieta e nunca se sentira parte do enigma que era a própria família nem da terra para a qual esta se mudara, Vera amava absolutamente tudo na ilha. Amava a horta que dava qualquer fruta ou legume que quisesse. Amava o fato de que as pessoas pareciam adorar visitar a ilha, nenhuma das quais olhava torto para as bruxas por elas passarem mais horas dormindo durante o dia e despertas à noite.

Vera leu e releu minuciosamente o feitiço da Clava enquanto a irmã dormia. Era simples, até. Requeria corda para amarrar, um pacto de sangue e a luz da lua, e o que fazia era drenar o poder de uma e cedê-lo à outra. Se as irmãs criassem um laço entre si, então o poder talvez fluísse entre ambas. Vera sabia que o feitiço poderia cobrar seu preço, a magia costumava fazê-lo, mas não se importava, desde que salvasse a irmã.

- Nós podemos usar o feitiço - falou Amara -, porque não vamos fazer um acordo com a ilha. Só queremos compartilhar o que temos, não queremos tirar nada de ninguém nem de coisa alguma.

Amara não se convenceu. Havia uma brecha em algum lugar, ou então um preço a ser pago - a magia sempre cobrava um preço. Entretanto, cada vez mais doente, ela aceitou.

O feitiço consumiu uma hora extra e uma mecha de cabelo, mas deu certo. As duas bruxas se amarraram uma à outra. Vera conseguiu drenar parte do poder de Amara (adquirindo no processo um nível de poder que só havia possuído em sonhos), e Amara conseguiu recuperar força o bastante para voltar a viver.

No entanto, a magia perversa é esperta.

Os anos se passaram, e ela aguardou pacientemente pela melhor oportunidade. A macieira congelada não definhou, tampouco a conexão da magia com as irmãs. Lá estava a brecha. O que as duas compartilhavam não era de posse apenas delas.

Quando Amara e Vera fizeram 25 anos, a magia perversa oculta infiltrou-se em ambas mais uma vez. As unhas de Amara ficaram pontiagudas e afiadas da noite para o dia, os olhos de Vera, antes verdes, adquiriram a cor do cobre; e quando as irmãs roncavam durante o sono faíscas voavam de suas bocas. A quantidade de visitantes da ilha não parava de crescer, e as trevas não viam a hora de sair para brincar.

- Precisamos fazer algo - falou Amara certa noite, após se sentir impelida pelas trevas a transformar em filhote de cachorro uma desobediente criança da vizinhança. - Precisamos encontrar uma maneira de nos livrar disto.

Vera continuou observando a lua e apenas suspirou. Ela não estava de acordo.

Assim, a irmã vasculhou a ilha e os livros de magia da família e viajou para longe em busca de uma cura. Vera permaneceu em Astutia, ocupada que estava em testar os limites de sua potente magia.

Vera conheceu um homem, enfeitiçou-o, depois fez o mesmo com outros quatro. Diferentemente da irmã, não cogitava deixar Astutia, ainda mais após descobrir que tudo o que quisesse saber sobre a vida fora da ilha podia aprender lendo as memórias de um viajante, governando a mente deste.

Com habilidades e sentidos mais aguçados, Vera ficou embriagada de poder. E o que conhecia sobre o mundo externo apenas reforçava o desprezo que sentia por ele. Era o mesmo mundo, afinal, que aniquilara o seu povo e que condenava ao martírio mulheres e bruxas.

Amara retornou das andanças exausta e angustiada. Percebeu a transformação da irmã, deu-se conta de que não fora a única a ser afetada pela magia perversa. Contudo, ao passo que Amara era exaurida por ela, Vera parecia florescer.

– É chegada a hora de romper o vínculo – afirmou Amara para Vera. – A barganha que fizemos nos amaldiçoou.

Entretanto, se não queria perder a irmã, Vera tampouco queria perder o poder.

– Não vou fazer isso – falou com uma determinação veemente. – Se rompermos o vínculo, você vai morrer.

Amara tentou cortar o dreno que a ligava à irmã, tentou destruir o feitiço, mas foi em vão. Estavam conectadas, e as trevas só cresciam. Então teve uma nova ideia. "Tudo de que precisamos é um lugar para armazenar o excesso de magia, as emanações sombrias", escreveu em seu diário certa noite. "Somos amplificadoras, mas não somos capazes de conter ou amplificar esta magia." Lembrou-se de que a avó comentava de uma hinterlândia – uma terra esquecida que se situava sob o véu desta, um lugar ao qual somente as bruxas mais poderosas tinham acesso – e planejou usá-la como uma espécie de urna para guardar a magia perversa que corria em suas veias.

Vera, por sua vez, estava envolvida nos próprios planos. Ciente de que seus poderes eram um meio de emancipar não apenas as demais bruxas da ilha, mas também as forasteiras, idealizou o Bestiário da Magia, uma noite em que exibiria sua magia e seu poder para o povo de Astutia. Vera confiava que, através da escuridão, elas alcançariam a luz e usariam a magia para ensinar cada mulher a acessar sua bruxa interior. Para se livrar daqueles que as oprimiam.

Assim, uma irmã queria guardar as trevas, ao passo que a outra desejava livrar-se delas.

– É forte demais – Amara falou a Vera, o que não era mentira.

Retirou-se para a cama após ingerir veneno de sanguinária, numa última tentativa de quebrar o vínculo.

Vera, pelo elo, sentiu os efeitos do adoecimento da irmã, a fraqueza, a dor. O que não percebeu foi que, sem a sua permissão, Amara tinha costurado um feitiço que a conectava à ilha além do véu. Amara, que amava intensamente a irmã e jamais se sentira pertencente a lugar nenhum, fez uma nova barganha com seu sangue: ofereceu a vida à hinterlândia para livrar Astutia da magia perversa à qual ela e a irmã tinham aberto as portas.

A noite do bestiário chegou, e Vera agiu com vista a salvar Amara. Sabia que com as trevas poderia fazer um bem maior. Poderia libertar a irmã e, ao mesmo tempo, refazer o mundo. Vera invocou a lua de sangue e drenou a magia da irmã sem sua permissão, tomando-a toda para si. No mesmo instante, Amara entrou às escondidas no bestiário e lançou o próprio feitiço, que abria uma passagem para a hinterlândia; salvaria Vera e a ilha do veneno que, como ela percebia, queria se libertar.

No fim, os feitiços ricochetearam e ambas as bruxas foram enviadas para além do véu – cada uma atada à outra e às promessas que fizeram. Amara e Vera ficaram confinadas na hinterlândia com aquelas a quem Vera prometera liberdade e magia – as forasteiras no bestiário e as bruxas da ilha que compareceram ao espetáculo.

O plano de Vera era compartilhar a poderosa magia com as bruxas, injetá-la em cada forasteira presente no bestiário, a fim de lhes dar poder e, com ele, liberdade. Ela havia se enlaçado à magia da ilha e às almas que convocara ao bestiário, enquanto Amara não conseguira romper o elo com a irmã, assim amarrando a si mesma, e a hinterlândia, a todas elas.

Como uma árvore cujas raízes se espalham e se conectam umas às outras, cada vida da Ilha de Astutia dentro do bestiário passou a ser uma barganha efetuada, e uma dívida não paga.

ꙍ

Concluída a história, Jacinta se apoiou contra uma pedra. O mundo dentro do Arco havia feito silêncio para ouvir a bruxa, e agora gaivotas grasnavam ao longe, ondas se elevavam e quebravam contra a base dos despenhadeiros; um trovão rugia na atmosfera distante, como uma justificativa tardia para a chuva que Perséfone sentia nos lábios.

– Como vocês vieram parar aqui, se todas as bruxas ficaram presas na hinterlândia? – indagou ela, esfregando os braços para afastar a sensação de arrepio.

– Todas menos duas, que abandonaram o bestiário de última hora: nossa bisavó e a irmã dela. Elas deixaram a ilha para realizar um feitiço de gratidão à Deusa, estavam no mar quando a maldição foi lançada – explicou Moira. – Eleanor Mayfair teve uma visão mais tarde naquela noite. Sentiu que levaria cem anos para que a maldição pudesse ser desfeita.

– Não que a profecia tenha nos impedido de tentar – acrescentou Jacinta. – Existem infinitas maneiras de desfazer uma maldição. – Ela estremeceu, e por um breve instante a sombra de uma tristeza profunda passou por seus olhos. – Há um custo a pagar por não conseguir desfazer uma maldição, e infelizmente nenhuma das nossas tentativas até hoje deu certo.

– E vocês não estão achando que *eu* vou conseguir desfazê-la, estão? Assim, do nada? – indagou Perséfone.

– Do nada, não – disse Jacinta. – Mas, sim, acreditamos que é você.

Moira fez um som que lembrou o bufo de um cavalo contra o feno, e Jacinta tomou a mão de Perséfone.

– Eu sei que é você.

Antes que ela continuasse, Perséfone recolheu a mão.

– Como, se esta ilha não significa nada pra mim? Não me leve a mal, o que aconteceu com elas foi trágico, foi horrível, mas o que essas pessoas têm a ver *comigo*?

– O que você acha? – perguntou Jacinta num tom suave, oferecendo--lhe uma expressão amável.

O olhar de Perséfone passou de Moira para Jacinta, então ela umedeceu os lábios e lançou a questão que não saía da ponta de sua língua.

– Nós somos parentes, eu e vocês?

Jacinta fez um gesto afirmativo com a cabeça.

– Somos.

Perséfone se deixou ser envolvida pela resposta. Observou Jacinta, o olhar expressivo, o sorriso vivaz. Sua prima. Sua *família*.

Foi acometida pela sensação de estar flutuando, o ar correndo sob os pés. Passara a vida inteira sonhando com aquilo. Porém...

Respirou fundo.

– Onde estão a minha mãe, o meu pai? Tudo... tudo o que eu sempre quis foi encontrá-los, encontrar *os dois*.

Moira e Jacinta travaram olhares por um brevíssimo instante. Perséfone percebeu que uma vasta conversa se deu durante a troca.

Tentou mais uma vez, a despeito do nó que se formava em sua garganta:

– Por que eles me abandonaram?

– Sua avó deixou a Ilha de Astutia há sessenta anos – informou Moira.

– E?

– Ela nunca retornou.

Perséfone passou os braços em volta da cintura.

– Por que não?

Em resposta, Jacinta apenas balançou a cabeça com pesar.

– Não sabemos. Estou procurando há anos, e você foi a única que apareceu em meu mapa, pouco mais de um ano atrás.

– Não estou entendendo. Como assim?

– Bem... – Jacinta hesitou, então segurou no braço de Perséfone. – Você não era a *única* que eu estava procurando. Passei a maior parte da vida tentando encontrar a sua avó, Viola. Tentando encontrar qualquer membro da sua família. Como você é a única que encontramos... achamos que é a única sobrevivente da sua linhagem. Eu sinto muito.

Perséfone teve de se obrigar a continuar respirando. Sua mãe e sua avó. Viola. Ela agora tinha um nome, e no entanto...

– Elas *morreram*? Fácil assim? Eu tinha tanta certeza de que... – Olhou ao redor. Ela *conhecia* a ilha, reconhecera o lugar assim que pisara ali.

Lá no fundo, sempre acreditou que todos os seus desejos estavam apenas esperando para se realizarem.

– Nós realmente sentimos muito – falou Jacinta, a compaixão por Perséfone estampada no rosto.

Perséfone não conseguia engolir o nó na garganta. Sentia-se como uma criança que ganhara um monte de balões – ela tinha família! – apenas para que dois deles fossem estourados logo em seguida. Perséfone não tinha conhecido a mãe nem a avó… ah, mas como queria!

Fechou os olhos por um instante, e um pensamento lhe ocorreu de repente.

– E o meu pai?

Fazendo um gesto com a mão, Moira dispensou a pergunta.

– Só a Deusa sabe. Ele não pertencia à ilha e, portanto, não é um de nós.

– O que você quer dizer com *isso*?

– Que nós não somos capazes de rastrear pessoas que não são da nossa linhagem – explicou Jacinta. – Até onde sabemos, o seu pai nunca pisou na ilha, então está fora do nosso alcance.

Perséfone se agarrou a esse fio de esperança como se fosse uma boia de salvação. Ele ainda *podia* estar vivo.

Virou-se para o horizonte; as lágrimas ferroavam seus olhos mais rápido do que as piscadelas eram capazes de afugentá-las. Pensou na sensação de paz que a vista lhe transmitira instantes atrás e então teve o olhar atraído para a agressividade das ondas que atingiam a base do despenhadeiro mais ao norte. A paz se transformara em violência num piscar de olhos.

– Como é que eu vou ajudar vocês a desfazer uma maldição? Não consigo nem controlar a minha magia, não entendo como ela funciona.

– Esta é a terra das suas ancestrais – falou Jacinta, que observava as manchas de lágrima se formando no rosto de Perséfone.

O murmúrio gutural de Moira fez a espinha de Perséfone se arrepiar.

– As bruxas de Astutia são capazes de fazer qualquer coisa, Perséfone.

Ela se lembrou da desconhecida na balsa.

– Vocês não são as únicas, são? As únicas bruxas nesta ilha, quero dizer.

Moira lançou-lhe um olhar gelado, e Perséfone esfregou os braços para bloquear o orvalho.

– Não. Também há as irmãs Way, chamadas Ellison e Ariel, que vivem na cabana amarela na praia.

– A nossa mãe e a nossa tia também viviam aqui – começou Jacinta –, mas as duas... partiram. – Ela pigarreou. – Há quinze anos, as duas fizeram a sua última, e fracassada, tentativa de derrotar a maldição. Quem deixa Astutia com a intenção de permanecer longe não pode mais retornar. É parte da maldição.

– Que horror – comentou Perséfone. – Mas, se vocês precisam de ajuda, por que não pedem para as outras irmãs...

– Ao contrário de nós – interrompeu-a Jacinta –, as irmãs Way não desejam salvar a ilha. Na verdade, elas não querem você aqui. *Você* é a maior ameaça que existe para elas.

O queixo de Perséfone caiu.

– Como *eu* posso ser uma ameaça?

– Sem você, a maldição não pode ser desfeita.

– Mas por que motivo elas iriam querer...

– Porque temem que libertar as bruxas condenadas seja a nossa ruína.

Perséfone esfregou os olhos.

– Estou confusa. – Virou-se para Moira. Mirá-la nos olhos era como encarar uma cortina. – Como assim, ruína?

– Ninguém sabe quais são as intenções de Amara ou de Vera após tanto tempo, o que elas planejaram nos últimos cem anos – explicou Jacinta. – Que tipo de poder elas acumularam na hinterlândia ou o que exatamente pretendem fazer com ele. Lá, as regras não são finitas. É uma terra completamente separada de nós, o que faz dela um perigo. Uma vez que a terra e as irmãs sejam libertadas... Bem, o medo do desconhecido pode conduzir as pessoas aos caminhos mais sombrios.

– Vocês não têm o mesmo medo?

– Nós temos fé na Deusa – afirmou Moira, sem devolver totalmente o olhar de Perséfone.

– Ainda não vejo como posso ajudar. Vocês mesmas disseram: eu não sei o que estou fazendo. Não consigo controlar a minha magia, nunca consegui.

– Se você for a chave, Perséfone May – falou Moira –, então é o seu destino retornar.

– A profecia?

Moira assentiu com a cabeça.

– Eleanor Mayfair pressagiou que uma tecelã do tempo da linhagem Mayfair um dia teria o poder de desfazer o mundo.

Sob o céu cada vez mais escuro, Jacinta arrancou um ramo de jasmim que pendia baixo. Enganchou o jasmim nos cachos escuros e esquadrinhou Perséfone.

– *É* você.

– Eu não teço o tempo, o que quer que isso signifique.

– Você não sabe do que é capaz.

Perséfone congelou.

– Quanto poder vocês acham que eu tenho?

– O bastante.

– Só existem vocês e essas outras bruxas mesmo? Vocês são as únicas na ilha? Não existe ninguém mais que possa ajudar?

– Nós somos as únicas remanescentes das bruxas que viviam aqui, nós e as Way – asseverou Jacinta. – No entanto, não éramos o único povo na ilha quando a maldição recaiu sobre ela. Astutia sempre atraiu viajantes, excursionistas, pessoas em busca da iluminação. Da mesma forma que você foi convocada, outros também o foram. Os antepassados deles permanecem aqui, porém não são versados na arte da magia.

– E podem ir embora, se assim quiserem – acrescentou Moira, cujo rosto se voltava para o outro lado.

– Sim – falou Jacinta, retesando os lábios. – Como mencionei, faz parte da maldição. Nós, bruxas de Astutia, só podemos deixar a ilha entre o equinócio da primavera e a véspera do equinócio de outono, e devemos retornar antes do nascer do sol. Durante a outra metade do ano, estamos condenadas a permanecer na ilha. Congeladas em nossa própria trilha. Não era para você ter conseguido desembarcar na ilha no equinócio, mas você é sangue do nosso sangue. Você *é* a pessoa que sempre buscamos.

Perséfone tentava processar o caminhão de informações que as bruxas haviam depositado sobre ela. Beliscou a pele dos cotovelos.

– Não sei o que dizer.

– É muita coisa para digerir – concordou Jacinta, com um sorriso contido porém tranquilizador. – Gostaria que tivéssemos mais tempo, mas infelizmente isso é o que temos de menos. Eleanor descobriu que a maldição seria desfeita cem anos depois de ter sido lançada porque é assim que tem de ser. A magia não vai se sustentar por mais de cem anos; se não a desfizermos agora, todas as bruxas sumirão para sempre. Temos até o Samhain. Você aceita nos ajudar?

Perséfone fitou o céu. Considerou tudo o que as duas haviam lhe contado. O improvável e o impossível. Pensou na mãe e na avó, ambas sem um rosto, e nos vários e esquecíveis pais adotivos. Retornou o olhar para as bruxas, que a encaravam.

– Quero aprender a usar a minha magia – falou finalmente. – Preciso controlá-la.

– E então? – perguntou Jacinta.

Perséfone respirou fundo, pois de fato havia uma única coisa a fazer.

– Então, sim. Vou ajudar vocês.

ꝏ

Perséfone se embrulhou ainda mais no xale que Jacinta lhe oferecera. Uma inusitada combinação de adrenalina e empolgação febril a fazia palpitar. Tinha uma família, porém ainda havia a lacuna que eram os pais. Não era feita da matéria errada, como sempre temeu; era uma bruxa, o que era complicado de compreender. Sentia-se aliviada e triste, e ainda contagiada pela esperança, uma vez que Jacinta estava sentada a seu lado e Moira à frente de ambas.

Era perceptível que ela, Perséfone, era importante para as duas. Moira podia ser inflexível, impetuosa, mas o fato era que estava misturando o conteúdo de cinco saquinhos de chá enquanto resmungava algo inaudível sobre a falta de cor em Perséfone. Jacinta, por sua vez, lhe exibia uma gama de variados sorrisos: preocupados, amáveis, condolentes. Ela os exibia sem parar.

– Chá faz bem para a alma – comentou Moira. – Beba, mas deixe dois golinhos no final.

Perséfone aceitou a segunda xícara de chá oferecida por Moira naquela manhã.

– Deixar dois golinhos?

– Ela quer ler as folhas – explicou Jacinta, cobrindo as pernas com uma manta e balançando os dedos dos pés com unhas pintadas de rosa-choque. – Você deve deixar um restinho para que a essência seja boa e concentrada.

Perséfone fitou o interior da xícara, onde as folhas soltas boiavam.

– Era para eu ter entendido?

– A sua saliva – disse Moira, que preparava mais uma xícara, sem se dignar a levantar o rosto. – A saliva é sagrada. É força vital. Beba o chá, saboreie-o, porém não beba tudo. Não é tísica quântica.

Jacinta deixou escapar uma risadinha impulsiva.

– Ela quis dizer física quântica. – Pegou a xícara oferecida pela irmã. – *Tísica* quântica.

– O que eu falo é exatamente o que quero dizer, flor – respondeu Moira, mas seus lábios se curvaram para cima.

Perséfone sorriu para a xícara e bebeu. Sentiu o sabor de rosas e mel e alguma outra coisa, suave e adocicada.

– Do que é este chá?

Jacinta esticou o pescoço para espiar dentro da xícara.

– Humm. É a mistura de hibisco da Moira. – Ela meneou as sobrancelhas e se reacomodou no assento.

Perséfone se concentrou no sabor, porém sem deixar de desfrutar do abraço que estava recebendo naquela casa, por parte das duas mulheres extraordinárias. O aposento abrigava um silêncio sagrado; tudo parecia especialmente caloroso, brilhante, mas não a ponto de ofuscar – parecido, sim, com a sensação da luz do sol nas pálpebras quando a pessoa fecha os olhos e ergue o rosto. Perséfone se indagou se era isso que as pessoas queriam dizer quando falavam sobre encontrar a paz.

– Como adoro isso – disse, e então abaixou a cabeça ao notar que tinha dito em voz alta.

– É um chá excelente – observou Moira.

– Ela não está falando do chá – disse Jacinta, arremessando uma almofada nos pés da irmã. – Está?

Perséfone sorriu.

– O chá *é* ótimo, mas acho que estou falando sobre estar aqui. É realmente incrível.

Jacinta abriu um sorriso reluzente, e até Moira ergueu sua xícara – bem pouco – na direção de Perséfone.

– É o seu lar – falou Moira.

– Nunca tive um – disse Perséfone em um tom leve, para disfarçar a gravidade da constatação. – Vocês são privilegiadas.

Moira a encarou, então suavizou o rosto.

– Talvez sejamos mesmo.

– Você nunca teve um lugar em que se sentisse em casa? – perguntou Jacinta, bebendo mais um gole do chá. – Em todos os e-mails você dizia que estava viajando; pensei que adorava arrumar as malas e partir por aí.

– Na verdade, é o oposto. Sempre desejei ter um lar. Um que fosse igual aos que lia nos livros, mas nunca fui uma Anne de Green Gables ou uma Pippi Meialonga – falou Perséfone em referência às órfãs que sempre quis ser, as que acabavam encontrando a verdadeira família e que sabiam exatamente quem eram. – A minha trajetória foi uma transição permanente.

– Até agora – assegurou Jacinta, com um expressivo lampejo nos olhos cor de âmbar escuro.

O coração de Perséfone se apertou no peito. Como queria que aquilo fosse verdade!

– Quanto chá ainda tem? – perguntou Moira, colocando a própria xícara de lado e encarando a mão de Perséfone.

Ela notou que havia bebido quase até a última gota.

– Só um pouco. – Agitou o fundo do chá. – Dois golinhos.

Moira gesticulou positivamente com a cabeça.

– Então segure a xícara com a mão esquerda e gire-a três vezes no sentido horário.

Perséfone assim o fez.

– Agora cubra a xícara com este pires.

Ela pegou o pires e seguiu a ordem.

– Entorne a xícara sobre o pires e me devolva quando você estiver pronta para que eu leia suas folhas.

Perséfone fechou os olhos, virou a xícara e sentiu um puxão no estômago. Pressionou as pálpebras, e uma fileira de livros sendo arrastada por dedos longos e delgados surgiu em sua visão. Ela prendeu a respiração.

Jacinta se inclinou para a frente.

– O que foi?

Perséfone abriu os olhos e a boca para falar, porém as palavras morreram em sua garganta.

Moira arqueou uma sobrancelha.

– Eu... – Perséfone balançou a cabeça. – Eu não sei.

– A xícara? – pediu Moira.

Perséfone soltou uma risada perturbada. Jacinta se reclinou para trás e acariciou seu rosto.

– Você... você teve uma visão? – perguntou.

– Nunca tive uma antes – falou Perséfone, e era verdade. Mas não a verdade completa. A imagem que tinha visto estava presa em sua garganta, e as palavras se recusavam a ser ditas.

Jacinta tomou um gole de chá e encolheu os ombros.

Moira recolheu a xícara de Perséfone e afastou o pires; abaixou os óculos que ficavam no topo da cabeça e os deslizou pela ponte do nariz.

Perséfone, subitamente inquieta, encarou Jacinta, que lhe ofereceu um de seus típicos sorrisos reconfortantes. Ela retribuiu.

Moira voltou a fitar Perséfone, a examiná-la.

– Há três símbolos aqui – falou. – Um sinal de mais, um X e o que parece ser a forma de um oito.

Jacinta deslizou para o lado dela no sofá.

– O que eles significam?

Moira voltou a olhar para o fundo da xícara.

– As interpretações possíveis são várias, mas eu diria que mudanças ocorrerão. Obstáculos, perdas, êxitos também.

– Um tanto vago, não? – comentou Perséfone, sem a intenção de insultar Moira, mas ligeiramente decepcionada pela ambuiguidade da leitura.

– O oito é intrigante – continuou Moira. – Alguns veriam um anel. No sentido de uma proposta, um pedido. Existe alguém na sua vida? Homem ou mulher?

Incapaz de conter o bufo de desdém, Perséfone corou.

– Nada nem perto disso.

– Então ele ou ela pode aparecer em breve.

Jacinta espiou dentro da própria xícara.

– Vai aparecer uma ela para mim também?

– Você já teve mulheres demais. Vamos torcer para que a próxima seja a definitiva.

– Qual é o seu conceito de demais? – indagou Jacinta, estalando um beijo em Moira e arrancando uma risada de Perséfone.

Moira hesitou e examinou a sua xícara. Tomou o último gole, posicionou o pires sobre o recipiente e o virou. Por um instante, Perséfone achou que Moira não olharia, pois uma expressão estranha perpassou por seu rosto. No entanto, ela acabou espiando o fundo da xícara, antes de voltar a cobri-la.

– O último homem por quem me interessei – começou Perséfone, imaginando o que Moira tinha visto na própria xícara, odiando o indício de tristeza que enxergou no rosto da outra mulher – se jogou no meio do trânsito agitado depois de fazer contato visual comigo.

– Eita – disse Jacinta, cujo lábio se curvou em simpatia.

– Sim, ele teria se dado muito mal se um dos seus alunos não o tivesse puxado para a calçada.

– Os homens às vezes são uns grandes idiotas – observou Moira, encarando a xícara virada de cabeça para baixo, com um vinco entre as sobrancelhas.

– Mas às vezes são muito atraentes – emendou Perséfone. – Principalmente aqueles que caminham por aí como se tivessem três metros de altura. Que sorriem com os ombros e têm dedos tão inteligentes quanto as palavras que saem da boca.

Jacinta arqueou uma sobrancelha.

– Oi, Fitzwilliam Darcy.

Perséfone soltou uma gargalhada.

– Dei tão na cara assim?

– O Capitão Wentworth sempre fez mais o meu tipo do que o Mister Darcy – disse Moira, beliscando a parte inferior do dedo anelar com o polegar e o indicador. – O retorno de um amante desprezado sempre enche o coração de esperança.

Jacinta fez uma careta para a observação da irmã, que olhou de soslaio e percebeu o deboche. Moira deixou de lado os devaneios e se levantou para recolher os pires e as xícaras.

– Melhor ver o pão, antes que ele queime.

As duas esperaram Moira se afastar antes que Perséfone perguntasse a Jacinta:

– Quem foi que machucou o coração da sua irmã?

Jacinta apenas balançou a cabeça.

– Ninguém que eu saiba. – Deslizou um dedo pela sobrancelha esquerda. – Moira sempre teve montes de pretendentes aos seus pés. Pessoas de fora da ilha que são atraídas por ela como peixes diante de uma isca suculenta. Mas, ainda que nunca recuse uma brincadeirinha, ela sempre devolve o peixe à água quando está satisfeita.

Perséfone torceu o nariz à ideia de homens sendo peixes e mulheres sendo iscas ou pescadoras. E pensou também que Jacinta talvez não soubesse todos os detalhes da vida amorosa da irmã – como sugeria a tristeza na expressão de Moira.

– E você? – perguntou Perséfone a Jacinta. – Nenhuma moça especial? Jura?

Jacinta mordeu os lábios quase imperceptivelmente.

– Para ser sincera?

Perséfone assentiu com a cabeça.

– Sempre acreditei que ela estaria esperando por mim em algum outro lugar. Em outra ilha, em outra parte do mundo.

– Vamos torcer para você encontrá-la logo, então.

Jacinta brindou com um shot imaginário e o entornou, depois fez uma careta para o álcool etéreo. Perséfone riu, ao que a amiga respondeu com seu sorriso mais alegre antes de dizer:

– Vamos torcer para que ele também não tenha que esperar muito.

– Quem?

– Quem quer que estivesse no fundo da sua xícara. – Jacinta conteve um bocejo e se esparramou no sofá. – Esse é o poder da Moira, prima. Ela sempre sabe quando eles estão chegando.

ꟿ

Perséfone dormiu profundamente naquela noite, após uma refeição que consistiu na mais deliciosa tábua de queijos, pão caseiro e legumes frescos – em sua maioria fora de época, mas que nem por isso deixavam de crescer na horta de Jacinta. Não estava convicta de que seria capaz de ajudar as irmãs a desfazer a maldição; não estava convicta nem sequer de que acreditava em maldição, apesar do que as duas haviam dito; porém acreditava nelas e no poder que tinham. E sabia, sem a menor sombra de dúvida, que nunca em sua vida se sentira tão relaxada. Após as duras revelações da manhã, tinha passado o resto do dia rindo, bebendo chá, conversando sobre amores e sobre quais celebridades tinham a bunda mais bonita (em resumo, nenhuma das três expulsaria de sua cama qualquer um dos Vingadores, embora Jacinta e Perséfone tenham tido que pesquisar o termo "Marvel" no Google para mostrar a Moira o que era um Vingador). Foi a primeira vez que Perséfone se sentiu tão acolhida, um sentimento, ela sabia, que jamais esqueceria.

Na tarde seguinte, Jacinta indagou a Perséfone se ela estava pronta para mostrar às duas o que era capaz de fazer. Ao mesmo tempo titubeante e ávida por agradar, Perséfone não recusou a oportunidade.

Para praticar a magia, as três bruxas voltaram a atravessar o Arco. Achavam-se agora na clareira de uma floresta densa como selva, vistosa como esmeralda polida. O ar tinha cheiro de musgo, samambaias, sálvia e tomilho. Perséfone estava descalça – instintivamente tirara os tênis ao pisar no exuberante gramado verde do outro lado do portal.

– Encare esta primeira tentativa como um experimento – falou Jacinta.

– Que vai nos provar se você é a terceira de nós – acrescentou Moira, mas não de modo agressivo.

Perséfone girou os ombros, determinada a não falhar, apesar de não fazer ideia de como controlar seu poder.

– O que eu faço?

Moira se posicionou à sua frente.

– O seu elemento é só seu. Elementos são os blocos fundamentais da natureza, mas nós somos mais do que conjuradoras dos elementos ou feiticeiras ou mesmo bruxas: somos deusas em treinamento, defensoras da ilha. Protetoras do poder e dos segredos dela. Você vai ter que conclamar, evocar o seu elemento.

Perséfone retribuiu o olhar fixo de Moira e respirou profundamente.

– Pronta?

Perséfone assentiu.

– Vamos começar, então.

Uma hora antes de as três retornarem à nova terra pelo Arco, Jacinta entregara a Perséfone algumas tiras de papel, cada uma com um elemento escrito: fogo, água, ar e terra.

Moira esticou as mãos para a frente e evocou o primeiro dos elementos, fogo, que faiscou em uma de suas palmas. Ela passou a outra mão sobre a centelha, que se transformou em uma chama de trinta centímetros antes de se extinguir.

Jacinta não evocou a terra, de onde nascem as coisas, e sim o ar. Soprou um minúsculo tornado que prendeu seu cabelo num coque perfeito.

Na sua vez, Perséfone pensou nos dois elementos remanescentes: água e terra. Buscou uma conexão, o puxão que havia descoberto na Ilha de Astutia, e deu com o vazio: não sentiu nenhuma familiaridade com a água, nenhuma conexão com a terra.

Certa vez, sonhara com um homem de mãos ágeis e olhar penetrante. No sonho, ela era a pessoa mais poderosa do mundo; não se sentia abandonada, mas sim conhecida. Estimada. Na segunda vez que se concentrou na magia, resgatou a sensação daquele sonho: um desejo secreto, o mais genuíno em seu coração. Ser conhecida, ser amada.

Teve a impressão de ouvir o seu nome sussurrado, sentiu um resvalar de lábios no contorno da mandíbula e o mais leve roçar de dedo percorrendo seu braço até resvalar o interior do pulso. Pensou *por favor* e posicionou as mãos em concha.

Uma luz branca brilhante ganhou vida no centro da palma de suas mãos.

Alguém sugou o ar à sua esquerda. Alguém arfou à sua direita. Perséfone não desviou o olhar do calor que segurava. Trouxe-o para si, mais para perto, agindo por puro instinto.

Pressionou as palmas contra o peito e a luz dobrou de tamanho antes de resfriar e se transformar numa única brasa.

Arqueou-se, os pés cravados no solo como os ramos de um carvalho que criam raiz. Deslizou uma mão por sobre a grama, depositou o carvão incandescente na terra e penetrou-a fundo. Fez entrar os pensamentos, o fez com a pulsação serena, com intenção.

De súbito, era uma conhecedora da terra; conhecia-a e a enxergava, e assim começou a agir. Evocou flocos castanho-avermelhados de solo, soprou-os para a superfície, então para o ar, e eles emitiram uma luz trêmula como a neve quando é atingida por uma golfada de vento, para então voarem e se espalharem sobre a cabeça das três mulheres.

Os flocos flutuaram e ficaram paralisados no ar. Pelo mais breve dos instantes, a própria floresta não se atreveu a respirar. Até que Jacinta soltou uma gargalhada selvagem e os flocos tombaram sobre os cabelos, e os ombros, e o nariz, e as bochechas das bruxas, antes de se espalharem pelo solo.

– Cobre – disse Moira, sem transparecer nenhuma emoção na fala. – Você extraiu cobre.

– Éter – falou Jacinta, com reverência. – Perséfone, você carrega o *éter* consigo.

– Éter?

– O mais poderoso dos elementos – explicou Moira, que empinou o queixo; um raro sorriso deu o ar da graça em seus lábios. – A força vital do universo.

Perséfone não teria conseguido evitar um sorriso nem se tivesse tentado. Cheia de uma força que nunca havia sentido na própria voz, falou:

– Abençoado seja, então.

As três bruxas evocaram a sua magia, espalhando-a pela terra. Perséfone minerava o solo, Jacinta soprava os sedimentos no ar e Moira os incendiava. Descalças, audaciosas, as três mulheres riam, dançavam, uma tentando superar os poderes das outras. Fizeram a lua ficar baixa e a maré ficar alta. Introduziram novas estrelas no céu e extinguiram as antigas. Só retornaram pelo Arco quando já estavam tão cansadas que tiveram de se arrastar para a cama.

Pelos próximos dias, quando não estava ocupada com a magia, Perséfone se achava debruçada sobre livros, lendo tudo o que havia para saber sobre o seu elemento, o éter, também conhecido como espírito.

Aprendeu que, do ponto de vista da física, o éter era como um condutor para as forças eletromagnéticas e gravitacionais. Em *Timeu*, Platão dizia: "há esse mais translúcido tipo [de ar] que é conhecido pelo nome de éter", embora Aristóteles defendesse que na verdade se tratava de fogo, que era confundido com éter.

Desse debate, passou-se a considerar o éter como o quinto elemento.

No entendimento de Perséfone, éter era espírito ou espaço. Ou, como Moira explicou em mais detalhes:

– Éter é o que constitui o espaço fora da esfera celestial. Pense que, no domínio da Deusa, o éter é a substância pela qual a luz viaja. E também é o ar que a Deusa respira. É o mais poderoso e inapreensível dos elementos.

Ela também devorou livros sobre ervas, sobre a história da magia e da alquimia, sobre a Escócia e a Ilha de Astutia, e até mesmo um a respeito dos benefícios comprovados de canalizar o seu gato – este, colocado no meio da pilha por Jacinta para zoar com a cara dela, desconfiava Perséfone.

Os dias se seguiram em um ritmo confortável. Ela acordava cedo, antes do amanhecer, e se juntava a Moira na ampla varanda. No começo, Moira ficava em silêncio, mas a perseverança tímida de Perséfone rendia frutos. Ao nascer do sol de cada dia, elas compartilhavam uma bebida de erva-cidreira, erva-de-são-joão, flores de camomila e chá verde, com a finalidade de estabelecer a intencionalidade de Perséfone e canalizar equilíbrio.

Após uma semana da nova rotina na Ilha de Astutia, Perséfone sentou-se com um dos livros, *A arte das ervas*, e bebericou a xícara que Moira havia preparado para ela.

Do outro lado da varanda, os braços e as pernas de Moira passavam de uma postura a outra entre as treze do tai chi; era como poesia em movimento. Os olhos permaneciam fechados, e a expressão, completamente livre de marcas conforme ela respirava e praticava o que Perséfone passou a chamar de dança em câmera lenta.

Enquanto Jacinta praticamente não parava no lugar, Moira era uma das pessoas mais serenas que Perséfone já conhecera. Era quando a mulher estava praticando seu tai chi que Perséfone tinha a impressão de enxergar a verdade por trás da aparência imponente.

Tinha a ver com o fato de as mãos de Moira se moverem como que no ritmo de um relógio interno. Os pés imitavam as palmas das mãos enquanto a coluna permanecia imóvel. Era como se a cabeça, imperturbável, não precisasse do pescoço, como se fosse um mero acessório que ela aproveitasse ao máximo. A execução dos movimentos, na varanda ou fora dela, era perfeita – apenas era preciso observar com paciência para compreender que Moira havia dominado a arte da contenção.

Quando terminou, ela se sentou na cadeira de balanço à direita de Perséfone com o livro azul e o marcador de página dourado.

– Que lindo – disse Perséfone, que desejou ter a confiança para realizar qualquer exercício em uma cadência fluida.

Moira cruzou as pernas e pegou a sua xícara de chá, que mexeu com uma colher de cobre – três vezes no sentido anti-horário –, fazendo a fumaça se desprender da superfície.

Perséfone vinha descobrindo que a magia de Moira não era nada desprezível.

– Leva cem dias para criar uma base – falou Moira, virando o rosto para Perséfone. – Eu planto uma semente a cada dia, para que, ao final, possa colher o que plantei.

– O que você está plantando?

– A capacidade de envergar a maldição, espero.

Perséfone se inclinou para a frente.

– E como o tai chi ajuda nisso?

– Hábito. Você pode estabelecer bons hábitos, que vão proporcionar bons resultados, ou você pode cultivar maus hábitos, que vão trazer insucessos. – Moira fitou o horizonte, na direção da cidade e do oceano. – O problema é que é muito mais fácil criar hábitos ruins.

– Você não tem medo de fazer errado? Os movimentos, quero dizer.

Moira se virou novamente para Perséfone.

– Não é uma questão de certo ou errado. O importante é fazer. Eu só preciso inspirar e expirar e permitir que os meus braços sejam levados pelo ar da mesma forma que a maré é levada pela água.

– Era o que você estava fazendo? – Perséfone esticou uma mão espalmada contra a brisa que atravessava a varanda aberta. – Parecia que estava puxando uma onda para dentro de você e depois a mandando para fora.

O sorriso sereno que Moira ofereceu a Perséfone foi quase tão bom quanto um abraço.

– Era exatamente o que eu estava fazendo.

Perséfone deixou o braço cair ao lado do corpo e voltou a se balançar na cadeira.

– Como você aprendeu? Foi a sua mãe que ensinou?

A xícara de Moira retiniu ao ser depositada no pires, e uma minúscula gota pingou ao lado.

– Não. A minha mãe não era adepta dos movimentos lentos, ela gostava de rapidez. Sempre.

Como Jacinta. Perséfone desejou fazer centenas de outras perguntas. Onde estava a mãe delas? O que aconteceu quando ela tentou desfazer a maldição? Por que ela teve de ir embora da ilha? Por que Jacinta nunca falava dela? Por que quando Moira comentava sobre ela o encantador rubor em sua face desaparecia?

No entanto, a postura de Moira estava tão rígida que Perséfone teve receio de que uma pergunta mal colocada fizesse a mulher se levantar da cadeira e entrar na casa; de que o conforto, a naturalidade relativa que surgira entre elas nos últimos dias, se desfizesse com as palavras erradas. Assim, decidiu perguntar:

– Como foi *então* que você aprendeu?

O rubor retornou num piscar de olhos e se espalhou das bochechas até o colo de Moira.

– Um rapaz me ensinou.

Ah. Perséfone mordeu os lábios.

– Ele era um mestre tai chi?

A risada de Moira preencheu a varanda.

– Pode apostar que não. Ele inventava posturas e dava nomes ridículos para elas, tipo Pincelando a Árvore ou Gravitando a Gravidade.

Perséfone riu pelo nariz.

– Como assim?!

– Nós éramos praticamente crianças – disse Moira, com um sorriso. – Ele era um cozinheiro iniciante. Vinha para passar uma temporada, acabava ficando duas.

Perséfone captou o tom melancólico na fala de Moira.

– Ele era especial?

Moira abaixou os olhos para os próprios pés.

– Faz muito tempo isso. – Depois de alguns instantes, voltou a fitar Perséfone e abriu um sorriso triste.

– Que seja – falou Perséfone, suspirando levemente. – Mesmo assim sinto inveja de você.

Moira riu.

– Não perca o seu tempo com inveja. Ocupe-o com fatos. – Ela gesticulou com a cabeça para o livro no colo de Perséfone antes de reabrir o seu e começar a ler.

Após o chá, elas ainda tomaram um leve café da manhã, e só então Jacinta retornou da horta. Ela comeu um sanduíche de pepino apoiada na pia enquanto aplicava uma prova oral em Perséfone sobre *A arte das ervas*; já Moira varreu a trilha de terra deixada pela irmã e jogou a sujeira para fora da porta.

No fim da tarde, as três passaram ao treinamento e adentraram o Arco rumo a uma das três dimensões "verdes". Elas eram variações de despenhadeiros e florestas, os melhores lugares para meditar, de acordo com Moira. Perséfone compreendeu que os locais não eram reais, e sim memórias mágicas que só existiam do outro lado do Arco.

Alguns dos feitiços aprendidos no treinamento vinham com mais facilidade do que outros. Feitiços como revolver o ar e ler os sentimentos de Moira quando ela estava aberta para tal (e se dispunha a fazê-lo com muito mais frequência do que Jacinta, que mantinha as emoções mais cerradas do que uma floresta abandonada), Perséfone dominou naturalmente. Já as variações mais complicadas dos feitiços ou a evocação controlada do éter não eram tão fáceis.

Para evocar o elemento, ela se posicionava no ponto da terra em que esta se aquecia ao seu toque, visualizava a luz branca do éter e então o chamava repetidamente, a ponto de a testa transpirar e as mãos tremerem.

– Chega – finalmente falou Moira um dia, após Perséfone oscilar de um lado para outro devido ao esforço. – Você está ficando esgotada.

– Só mais um pouco – disse Jacinta lançando um sorriso encorajador para Perséfone.

– Eu falei *chega* – sentenciou Moira.

Sob o olhar de Perséfone, as duas mulheres se encararam, até que Jacinta desviou o rosto.

– Você está fazendo o melhor que pode – falou Moira para Perséfone. – É mais do que o suficiente por ora.

Jacinta examinou Perséfone e estremeceu.

– Ela tem razão. Além disso, acho que está na hora de você colocar em prática o que aprendeu sobre as ervas.

Perséfone sabia que, independentemente do quão poderosa fosse, não estava progredindo tanto quanto as mulheres desejavam ou precisavam. Mary Miller, a mulher que quase a adotara, certa vez lhe disse que criar expectativas era um caminho que levava direto para o ressentimento, e Perséfone concordava plenamente. Por outro lado, Mary Miller não estava correndo contra o tempo para quebrar uma maldição.

Elas deixaram o Arco e foram para a horta de Jacinta, não sem antes passarem na cozinha para comer biscoito de chocolate e tomar um grande copo de leite, sob ordens de Moira.

Perséfone adorava a horta da Casa Ever. Ela tinha vida própria: dava o que as bruxas queriam e também o que ela, a horta, considerava que elas precisavam. Jacinta dizia que era um tipo divino de magia.

Jacinta se achava sentada na horta, com dois pequenos vasos aos pés e um saquinho de adubo no colo, enquanto na caixinha de som portátil, colocada no alto da árvore às suas costas, um meloso vocalista indie cantarolava.

– Por que estou com a impressão de que um curso de horticultura de verdade é bem diferente disso aqui?

Jacinta arreganhou um sorriso.

– Não se você tivesse feito aulas na ilha. A senhorita Sully defendia com unhas e dentes a ideia de incorporar diversão mesmo aos aprendizados mais árduos.

Perséfone sentou e cravou os dedos dos pés no solo, desfrutando o frescor da terra. Ligar-se assim à terra era parte do modo de viver das bruxas, e ela já não se imaginava usando sapatos quando fosse embora da ilha. Na mesma hora, ela bloqueou os pensamentos que se insinuaram sorrateiramente sobre deixar a Ilha de Astutia e esticou os braços para apanhar um punhado de terra no saquinho aberto de Jacinta.

– Como foi o seu ensino médio? De cara, penso em uma fusão bizarra dos filmes do John Hughes com *Meninas malvadas* e *As patricinhas de Beverly Hills*.

Jacinta respondeu com duas piscadas.

– Nossa, isso é tão… fashion que chega a ser perverso.

– Você não tinha um armário que se organizava por conta própria, só para as roupas da escola? Um armário mágico?

– Acabo de descobrir que eu gostaria de ter pensado em algo assim – disse Jacinta com uma risada.

Perséfone jogou alguns grãos de terra nela e, copiando seus gestos, encheu o pequeno vaso com o que restava de adubo.

– A escola foi bem comum. Entediante, na maior parte do tempo. Meus colegas eram pessoas que tinham crescido comigo, então não havia muitas surpresas. A minha maior dificuldade era não usar magia contra quem enchia o saco. Os hormônios foram o meu maior aminimigo. – Jacinta colocou a mão no bolso da larga camisa de flanela e retirou um pacotinho de sementes, que passou a Perséfone. – E para você?

– Eu não frequentei uma escola presencial – disse Perséfone. – Foi difícil em alguns momentos, tranquilo em outros. Solitário, mais do que qualquer coisa.

Não tivera a intenção de falar em voz alta a última parte, e a confissão a fez corar. Ficava constrangida de admitir que nunca se enturmara, que nunca cultivara aquelas amizades que os filmes nos fazem desejar.

– Acho que o ensino médio pode ser solitário para qualquer pessoa, seja ele presencial ou não – observou Jacinta. – Mas sinto muito que você não tenha frequentado uma escola, se era o que queria.

Perséfone removeu a franja do rosto.

– Obrigada. O lado bom é que ninguém nunca encheu o meu armário de espuma de barbear.

– Prefiro não saber de onde você tirou essa ideia – falou Jacinta, contendo um sorriso debochado. – Mas, se você quiser, eu posso congelar o seu sutiã mais tarde.

Perséfone sorriu e balançou efusivamente a cabeça.

– Vou passar essa, obrigada.

Jacinta retirou um segundo pacotinho de sementes do bolso e o sacudiu para Perséfone.

– Bem, como diria a inigualável senhorita Sully, "vamos dar início à aula de hoje, turma". Ou seja, vamos fazer a magia acontecer!

A lição do dia era gerar uma erva do âmago de uma semente.

– São sementes de alecrim – afirmou Perséfone ao examiná-las mais de perto.

– Correto. Uma estrelinha para a minha melhor aluna! E para que o alecrim é indicado?

– Temperar frango?

– Ha-ha.

– Está bem. – Perséfone examinou novamente a semente, e as palavras que lera naquela manhã desabrocharam em sua mente. – Alecrim é uma erva muito funcional, pode ser usada para melhorar a capacidade de memorização, para purificar, em uma grinalda de casamento, ou para fertilidade. Aliás, os dois últimos combinam bem, não? Também pode ser usada para proteção, para repelir insetos, ou em substituição ao olíbano.

– Muito bem – disse Jacinta, batendo uma palma. – E como cuidamos das sementes?

– Água e sol? – sugeriu Perséfone, mais para provocar do que qualquer outra coisa.

– E mais uma coisinha ou outra – falou Jacinta, gesticulando para Perséfone continuar. – Hora da demonstração, minha querida aluna.

– Estou começando a achar que eu teria sido uma daquelas alunas que matam aula com certa frequência. – Perséfone revirou os olhos, mas começou a fazer o que Jacinta havia pedido.

Com uma semente entre o dedo do meio e o polegar, usou o indicador da mão livre para fazer um buraquinho no solo, uma bolsinha. Então lambeu a semente, posicionou-a no buraco e, com o máximo de cuidado, polvilhou terra por cima e cerrou os olhos.

Visualizou a semente aninhada em seu leito, visualizou-a em cada estágio do desenvolvimento até o último, quando seria um emplumado ramo de alecrim.

– Cresça – sussurrou Perséfone.

O ar se deslocou. Uma brisa perpassou pela ponta de sua franja e do rabo de cavalo, soprando-os para trás. Jacinta deixou escapar um murmúrio de satisfação, e aquela profunda vibração da ilha palpitou mais uma vez entre as mãos de Perséfone.

Quando reabriu os olhos, um alecrim de dez centímetros, pequeno porém robusto, estava à sua espera no vaso.

Perséfone soltou um gritinho enquanto com a ponta dos dedos acariciava as aveludadas inflorescências da planta.

– Você acabou de ganhar uma estrelinha dourada e uma carinha feliz – falou Jacinta, batendo palmas.

Perséfone sorriu para ela. Então, quando Jacinta passou uma mão sobre o próprio vaso e o ramo dela floresceu, os olhos de Perséfone se arregalaram e seu queixo caiu.

– Na horta – comentou Jacinta –, nós aprendemos a cultivar vida.

Perséfone suspirou de alegria.

– O que vocês fazem é incrível.

Jacinta colocou o vaso de lado e se reclinou para trás sobre as mãos.

– É o que eu faço bem, isto aqui, as plantas, a horta... É natural para mim.

– É impressionante.

Jacinta encolheu os ombros e evitou ligeiramente o olhar de Perséfone.

– É como tem que ser, acho. Como foi para você? Você se lembra da primeira vez que usou o seu poder?

Mais uma vez, Perséfone deslizou um dedo pelo ramo de alecrim.

– Hum… Quando eu tinha três anos, uma abelha me picou e eu a piquei de volta. Isso responde a sua pergunta?

– Vestígios de emoção podem fazer a magia disparar – explicou Jacinta com um gesto de cabeça. – Magia é energia e, sendo energia, pode se acumular.

– É mais intensa aqui. – Perséfone se virou para os imaculados canteiros de mudas e teve a nítida impressão de ouvir o despertar das flores. – É como se eu estivesse plugada à ilha.

– É porque você pertence a este lugar. Eu soube no instante em que a vi. Está no seu sangue.

Uma angústia abriu caminho logo abaixo da caixa torácica de Perséfone, que suspirou.

– Eu queria poder saber mais sobre o meu sangue, os meus pais.

– Eu também queria. Só a Deusa sabe o quanto tentei. Mas simplesmente não há nada…

– Mas nós somos *primas*!

– Remotas, de terceiro grau – disse Jacinta com um sorriso.

Ela se virou para o craveiro-da-índia e, usando não uma tesoura de poda, mas os dedos, removeu um ramo da árvore e o entregou a Perséfone, que o deslizou sob o nariz sem desfazer o contato visual – ainda não se acostumara a essa deliciosa sensação.

– Nós temos as mesmas trisavós. São três gerações para trás, então somos primas de terceiro grau, e estamos separadas por duas gerações uma da outra.

– Duas gerações de bruxas? – indagou Perséfone, pois às vezes tudo parecia enorme demais, extraordinário demais para ser verdade.

– Isso. Nossas trisavós eram sábias, bruxas tradicionais, assim como os pais delas. E as avós delas foram as primeiras habitantes da Ilha de Astutia.

Perséfone concordou com um gesto de cabeça e alongou o corpo.

– Você está bem? – perguntou Jacinta. – É muita informação para processar, eu sei.

– Sim, é mesmo. – Perséfone sentia uma pontada de tristeza sempre que pensava na mãe ou na avó, sempre que pensava que passara a vida inteira alimentando a esperança secreta e ao mesmo tempo fervorosa de que um dia a família que tanto desejava seria sua. – Mas estou feliz de estar aqui com você e com a Moira. Se você não se importar de continuar a aula mais tarde, acho que vou dar uma caminhada – prosseguiu Perséfone, a dor da perda arranhando-a por dentro.

– Claro – falou Jacinta, examinando o rosto de Perséfone, que forçou um sorriso antes de se levantar, espanar a sujeira e se dirigir à trilha. – Ah! – gritou Jacinta antes que Perséfone se afastasse demais. – Não siga o vento.

Perséfone olhou de relance o caminho.

– Não sei o que isso significa – gritou de volta num lamento. Desejou que não houvesse tantas coisas que lhe fossem desconhecidas.

– Sim, você sabe, Perséfone – respondeu Jacinta, cuja voz parecia circundar os pés de Perséfone. – Você está despertando. Mantenha os olhos abertos e *não siga o vento*.

Perséfone puxou o suéter com mais força contra o corpo e assentiu. Inalando o ar salgado, fechou os olhos e tentou encontrar o equilíbrio.

Sou uma bruxa, disse a si mesma. *Tenho magia em mim. Ora, acabei de transformar uma semente em uma planta!*

Caminhou até que a horta e a casa estivessem longe. Virando-se, observou a casa na colina, que dava a impressão de carregá-la no ombro. Sentia-se mesmo muito grata a Jacinta e Moira, e desejava ser quem ambas precisavam que ela se tornasse. As duas acreditavam que Perséfone era poderosa, especial.

Não queria decepcioná-las.

Cedendo a um instinto, abaixou-se e pressionou a palma das mãos contra o solo. Perguntou à terra para que lado devia seguir, fechou os olhos e sentiu o resoluto *puxão* – o mesmo que sentira na primeira noite na Casa Ever ao escolher o quarto.

Perséfone seguiu o puxão até uma curva no caminho. Uma forte rajada veio do leste e quase a derrubou. Ela cambaleou um passo à frente e o chão tremeu de modo violento.

Não siga o vento.

Os pés de Perséfone congelaram, e ela avistou uma fenda na estrada que muito certamente *não* estava ali um instante atrás. Olhou ao longe e observou a casa amarela convidativa que se erguia na praia como um flamingo orgulhoso. Um braço invisível envolveu o tronco de Perséfone e a puxou, um único puxão. *Na direção* da casa. Sentiu um ímpeto, que desapareceu num piscar de olhos. Outro puxão se formou, como se mãos agarrassem as suas, e forçou-a na direção oposta.

Como saber para que lado o vento está tentando te levar se a ilha puxa para ambos os lados?

Ela deu um passo, e o nada à sua frente adquiriu contornos brancos – o próprio ar estava indeciso.

Olhando por cima do ombro, Perséfone percebeu um terceiro caminho, um que não vira na outra noite. Os finos galhos de dois carvalhos se estendiam por cima dele. Aproximando-se, espiou debaixo dos galhos e os afastou para o lado. Uma pequena placa posicionada ao lado do carvalho maior dizia: BEM-VINDO À ILHA DE ASTUTIA (FUNDADA EM 1620).

A placa de madeira que anunciava a ilha pareceu antiga à primeira vista, porém, olhando com mais cuidado, Perséfone notou que a gravação era recente. Jacinta e Moira haviam dito que não iam muito ao vilarejo, e o coração de Perséfone se acelerou com a ideia de explorá-lo por conta própria, para saber se havia uma biblioteca ou uma prefeitura onde houvesse documentos e registros, algo que tivesse passado batido a Jacinta e que talvez revelasse a Perséfone algo sobre a história da avó. Esticou o braço e passou os dedos pelas ranhuras das palavras gravadas na placa.

O som de risadas acompanhado de notas musicais esticadas atingiu o cabelo de Perséfone junto com o vento que removeu a franja de seu rosto. Pelo dossel de árvores, moveu-se lentamente, sentindo o sabor do mar, desfrutando o aroma de seiva.

Seguiu a música. As botas passaram a ditar um ritmo brando na estrada à medida que Perséfone era impulsionada à frente pela expectativa. Emergiu do outro lado das árvores, em um... conto de fadas. Nada descreveria melhor a visão que se apresentou diante dela.

A rua era de lajota, margeada por edificações em cinza e branco, graciosas e alegres. A grama era de um verde muito intenso, brilhante como Perséfone não esperava encontrar numa ilha. O telhado dos pequenos chalés era de ardósia e as guarnições eram recém-pintadas. Uma risada tilintou pela janela afora da lojinha mais próxima de Perséfone, que atravessou a rua na direção do estabelecimento. A porta emperrou na primeira tentativa, porém cedeu na segunda, e Perséfone tropicou soleira adentro.

O interior não remetia em nada ao exterior. Era uma padaria e cheirava a biscoitos doces, geleia de framboesa e cookies amanteigados. Foram os clientes, contudo, que fizeram Perséfone paralisar: trajavam roupas de época, constituídas de anquinhas, crinolina e anágua, smoking e fraque, além do mais minúsculo chapeuzinho sobre fitas em caracol.

– Que vestido lindo – disse Perséfone à mulher mais próxima.

– Ah! – A mulher abaixou os olhos e alisou o corpete como se para tirar migalhas invisíveis. – É para o festival. Estamos nos preparativos. – A desconhecida deixou a cabeça pender para o lado. – Você não é da ilha, deve ser uma convidada.

A última cidade em que Perséfone vivera durante o período de Natal também tinha um evento com traje a rigor, mas faltavam meses ainda para o Natal e dar de cara com tantas pessoas vestidas cerimonialmente numa pequena loja foi surpreendente.

– Estou hospedada na Casa Ever – falou Perséfone, observando o relógio preso por um alfinete na lapela da mulher; o horário estava errado, porém a peça em si parecia autêntica e lhe lembrou os relógios na cozinha de Moira.

– Ah. – A mulher exibiu outro sorriso. – O centro de tudo. Você vai participar do festival, então?

– Festival?

– Bem, é mais propriamente um espetáculo do que um festival, mas garanto que é o único espetáculo que você precisa ver, em qualquer cidade ou porto. – A mulher fez uma mesura com o braço como uma rainha saudando um público imaginário. – Um espetáculo para os sentidos. O espetáculo mais maravilhosamente magnífico que há. – Ergueu-se com um pulinho, girou nos calcanhares e correu para a janela.

A cena fez Perséfone pensar em Audrey Hepburn em *Minha bela dama*. Aliás, o jeito como todos os clientes da loja se portavam parecia coisa de filme – os trajes, as pausas...

As pausas.

No tempo. No espaço.

Perséfone olhou ao redor mais atentamente. Não havia se atentado à primeira vista, mas as pessoas ali não falavam ou se moviam ao mesmo tempo: algumas pausavam, outras entravam em cena como se tivessem acabado de despertar de um sonho.

Fitou o balcão, comandado por uma mulher ruiva e muito branca. Ela sumiu por uma porta lateral assim que seus olhos se fixaram em Perséfone. O tempo desacelerou, e, à vista de Perséfone, os demais fregueses, então em movimento, se colocaram em repouso. Ela inalou, exalou e notou que o ar se tornara bruma.

Algo estava muito, muito errado.

A bruma se *moveu*. Assumiu a forma de uma pessoa e deu um passo, seguido de outro, mais outro, e ainda mais um, na direção de Perséfone, cujo sangue congelou nas veias. Correu para a porta, abriu-a com um solavanco e cambaleou para fora.

Exalou um jato de ar congelado. Procurou o caminho que levava à Casa Ever, porém ele havia sumido. Seus calcanhares retumbaram contra as lajotas conforme ela corria em pânico para longe da padaria. Dois quarteirões à frente, avistou um chalé isolado, flanqueado por dois candeeiros negros de ferro, saídos de um romance gótico. Ao lado da ampla janela na fachada, via-se uma placa escrita com uma elegante caligrafia, a qual anunciava: BIBLIOTECA PARA OS PERDIDOS.

Ela se aproximou da biblioteca de nome peculiar e olhou por cima do ombro.

A bruma desaparecera.

Perséfone exalou o ar lenta, meticulosamente.

Esperou e contou os segundos até que um minuto tivesse se passado.

Ninguém, feito de névoa ou do que quer que fosse, a estava seguindo. Não havia nenhum ser vivo.

A sensação de perigo diminuiu. Será que a sua imaginação tinha saído de controle por ela ter abusado da magia na horta, mais cedo? Bem, real ou não, já não havia mais nada ali agora.

Perséfone respirou fundo mais uma vez e espiou dentro da biblioteca através de uma janela embaçada. Avistou uma elegante mesa de madeira entre duas poltronas cor de creme; a parede ao fundo exibia estantes que iam do chão ao teto, com infindáveis fileiras de livros. Uma nova sensação, desta vez de saudade e pertencimento, acometeu Perséfone, que decidiu que, com ou sem perigo, era melhor se refugiar no interior da biblioteca.

Esticou um braço na direção da porta, que se abriu de supetão.

O homem do outro lado do umbral trajava suspensórios azul-marinho, uma camisa social cor de creme e calças verde-escuras; o cabelo comprido estava preso em um rabo de cavalo por um cordão de couro, e as suas maçãs do rosto pareciam capazes de cortar vidro. O coração de Perséfone deu uma cambalhota dentro do peito; ela pensou que o rapaz tinha uma aparência inusitadamente ameaçadora para um bibliotecário, mas aí ele se espantou ao vê-la. Na sequência, assumiu a feição irritada que qualquer intelectual interrompido assumiria.

– Você é uma surpresa – disse o rapaz.

– Oi?

Ele exibiu um meio-sorriso, o que fez Perséfone prender o ar. O sorriso não era novo, tinha vincos nas bordas. O dragão adormecido no estômago de Perséfone despertou, abriu as asas e as agitou com força uma vez.

– Fui rude, não fui? Não estava esperando visita. – Ele examinou Perséfone, e o sorriso cedeu. – Quem é você?

– Perséfone – falou ela, antes de olhar para trás mais uma vez.

O olhar do homem se estreitou por uma fração de segundo e ele encarou o espaço além dela. Uma rajada de vento vinda do alto quase derrubou Perséfone, que pôs a culpa pelos joelhos bamboleantes na mandíbula retilínea com a barba por fazer e na deliciosa imperfeição dos dentes da frente do rapaz, ligeiramente tortos.

Ele soltou um suspiro longo e irritado.

– A temperatura está caindo. Você não devia estar aqui, é melhor seguir o seu caminho.

O vento soprou forte novamente, e o homem deu um passo para dentro. Perséfone se ofendeu com a falta de modos, mas mesmo assim o seguiu, ávida por escapar do frio. Ele se virou para fitá-la, com uma expressão de incredulidade estampada no rosto, e ela imediatamente desviou o olhar.

– A biblioteca não está aberta? – indagou Perséfone.

– Não.

– Por quê?

– Porque não é esse tipo de biblioteca.

Ela passou os olhos pelo aposento cheio de livros. As bibliotecas em que pisara sempre foram refúgios para ela, sem exceção.

– De que tipo é?

Ele gesticulou para a placa.

– Uma biblioteca para pessoas perdidas, para coisas perdidas.

Que coisa mais estranha de se dizer. Ele olhou de relance por cima do ombro, e Perséfone precisou fazer um esforço para não reparar que a camisa do homem se retesou na altura do peitoral.

– Eu estou perdida.

– Você não está perdida. – Ele fez um gesto incompleto, que ela não soube se interpretava como um encolher de ombros ou um estremecimento. – Você está no lugar errado.

O homem deu mais alguns passos para dentro do aposento. O local era acolhedor e cheirava a tinta e papel. Nos cantos, antigas lamparinas de querosene com grandes cúpulas de vidro derramavam a sua luz no ambiente como se fossem uma oferta de boas-vindas. A madeira maciça do piso era coberta por um tapete cor de vinho, desgastado no trecho onde pés trafegavam. A biblioteca era ampla, com estantes a perder de vista.

Era parecida com cada uma e todas as bibliotecas que Perséfone já havia visitado. Então uma vibração percorreu as suas pernas, escalando até os ombros. Ela abraçou a sensação, o apelo da magia.

A biblioteca parecia comum, mas não era. Perséfone deu mais um passo para dentro. As paredes à frente eram adornadas de livros, e no centro do aposento havia um castelo erguido com diários de capa dura. Perséfone foi direto para ele, atraída pelo irresistível fascínio da construção.

– Quantos livros tem aqui? – perguntou ela, agachando-se para examinar o castelo.

– Nunca contei. – O homem se moveu até uma cadeira atrás de Perséfone, e os braços do móvel rangeram quando ele se sentou com um suspiro no assento almofadado.

Na parede direita do castelo, faltavam três livros, e os dedos de Perséfone deslizaram pelo vazio onde as lombadas deveriam estar. Ela observou com curiosidade a ausência de porta; ninguém entrava, ninguém saía.

O bibliotecário pigarreou, o que a fez se virar. Teve a prudência de focar acima dos olhos do homem, que a perscrutava como um caçador espreita um cervo. A sensação da infância, a *cosquinha*, subiu por suas costas. Ela prendeu uma mecha de cabelo atrás da orelha e desejou não ser tão afetada pelo homem. Ele fechou os olhos, e um calor subiu dentro de Perséfone.

– Essa biblioteca é… mágica?

– É uma biblioteca para os perdidos.

O poder vibrava na sala, fazendo a cabeça de Perséfone girar.

– Bruxos perdidos – concluiu ela, fitando novamente os livros à frente e sorrindo para si mesma. – Eu escrevi um livro há muito tempo, mas é improvável que você tenha ouvido falar dele.

– *O culto oculto.* – Os olhos dele se arregalaram e vagaram até o rosto dela. Uma das mãos do homem se agarrou à borda do assento. – Perséfone May.

O susto que ela tomou a fez derrubar quatro livros que formavam uma pequena torre.

– Ninguém além de mim ouviu falar do livro.

– Considere-me ninguém. – Havia algo de arenoso em sua voz que a obrigou a conter um estremecimento. Ele se reclinou na cadeira. – Conheço a maioria dos títulos que têm a ver com magia.

– Porque…

O homem não fez qualquer questão de dissimular a careta ao admitir o que ela já sabia.

– A biblioteca é um empório de magia.

– Como eu disse – murmurou ela.

Ele se levantou e caminhou até a longa mesa de leitura no centro do aposento. Perséfone o seguiu com o olhar. Estava envolta em magia, e esse homem *sabia.*

Ele também era quase deslumbrante, e manco. A perna direita coxeava, o pé arrastando ligeiramente pelo piso. Ele se acomodou em uma banqueta desgastada e observou Perséfone por um instante antes de se fixar num enorme tomo, mais ou menos do tamanho de um dicionário *Oxford*, em cuja capa havia a imagem de uma grande árvore contornada por um fragmento de lua.

– Ei – disse Perséfone, o olhar cravado na capa. – Eu conheço isso.

– Você já viu algo assim antes?

Ela balançou a cabeça.

– Não. Eu… Eu não sei.

– Ele chama a sua atenção?

– Sim, acho que sim. – Perséfone fez menção de desviar o olhar, mas acabou se aproximando para examinar o livro.

O homem a encarou, e ela sentiu o calor de seus olhos, o aroma mentolado do hálito.

– Nós já nos conhecemos? – indagou Perséfone, incapaz de se livrar da impressão abstrata de *conhecê-lo*.

– Não exatamente – disse ele, com um breve sorriso que transformou o seu rosto, antes bonito, em formidável. Correu um dedo pela lombada do livro, observou a própria mão. – Algumas pessoas acreditam que, quando uma coisa atrai a sua atenção assim, é porque você já a viu ou aprendeu sobre ela no passado. – Sua voz ficou perigosamente grave. – É uma lembrança. Você lembra aquilo que já conheceu, como se estivesse juntando nesta vida as peças de uma vida anterior.

As mãos do homem se fecharam em torno do livro quando Perséfone se aproximou, pronta para tomá-lo dele. Uma fagulha de raiva ganhou vida no fundo do estômago dela. As sobrancelhas do rapaz se arquearam como pontos de interrogação, e ela precisou combater o desejo profundo de encará-lo, de esquadrinhar os seus olhos – para que assim pudesse se lembrar *dele* mais tarde. Com dificuldade, afastou o olhar do livro.

Pensou em Devon e em rostos esquecíveis do passado, em Tom e em Larkin. Pensou que muito definitivamente deveria *não* fazer contato visual com este homem, quer fosse mesmo um bibliotecário mágico ou não. Percebeu que a observava, pois seu olhar queimava o rosto de Perséfone conforme passeava por ele. O dragão dormente em seu estômago bateu as asas incansavelmente, como uma horda de borboletas tentando alertá-la para ter cuidado ao mesmo tempo que ela se convencia do contrário. A magia estava presente, isso já não fazia toda a diferença?

Perséfone ergueu o rosto e devolveu a encarada do bibliotecário.

A cor avelã dos olhos dele virou âmbar. Olhos castanho-avermelhados, cheios de força e algo mais, algo que Perséfone não conseguiu classificar.

Perséfone e o bibliotecário travaram uma batalha de olhares por cinco longas respirações. Ela cerrou os punhos. Ele segurou o ar. Ela esperou, em pânico, que ele se transformasse.

O bibliotecário ergueu uma sobrancelha grossa e angulada e deixou a cabeça pender para o lado. Então sorriu sugestivamente.

Por um segundo, ela quis empurrá-lo. Derrubá-lo e... não sabia bem... roubar o livro, estapear o homem, beijá-lo com força, quem sabe as três coisas.

Então ele corou. Perséfone abaixou o olhar e viu a própria mão erguida. Estendida *para* ele. Deu um passo atrás. O homem piscou para ela e fitou-a de modo tão incisivo que os joelhos de Perséfone se chocaram.

Ela tentou pensar em algo normal para dizer, a fim de disfarçar a sua reação – já que *ele* não estava tendo qualquer reação, estava apenas parado ali, observando-a, sereno como a lua no inverno. Nenhuma palavra lhe ocorreu; então, em vez de falar, ela se virou e partiu.

O homem não foi afetado *por ela*. O pensamento a desconcertou a tal ponto que teve de apoiar uma mão na parede de pedra do lado de fora da biblioteca.

As ruas estavam desertas. Perséfone chacoalhou a cabeça para tentar recuperar o juízo. O desejo circulava dentro dela, que rangeu os dentes. Ele não tinha sido afetado, mas, pelos deuses, como ela queria que *tivesse sido*. Não de modo que o ato de encará-la nos olhos o fizesse perder a sanidade; queria, isso sim, que ele… a quisesse. Do jeito normal. Do jeito que uma pessoa deseja outra. A ideia a fez palpitar.

Um pigarreio, e Perséfone girou nos calcanhares para identificá-lo. O homem se encontrava na soleira da porta da biblioteca, com a cabeça inclinada, os olhos penetrantes como os de um lobo. Ela engoliu em seco, precisou se obrigar a encontrá-los.

– Para onde foi todo mundo? – perguntou, limpando a garganta, tentando não deixar que ele a enxergasse demais.

– Para onde foi…

Perséfone apontou na direção das lajotas, e ela deu uma espiada na via.

– As pessoas que estavam experimentando as roupas para o festival.

– E que festival seria esse? – perguntou ele, com uma insinuação na voz, afiada e curiosa.

– O… espetáculo? – O que a mulher da confeitaria havia dito mesmo? – O espetáculo mais maravilhosamente magnífico?

A mão do homem apertou com mais força o batente da porta, e Perséfone cravou os olhos nela. A mão dele. Como podiam aqueles dedos lhe parecerem tão familiares?

– Perséfone – disse ele, e ela imediatamente virou a cabeça. – Faz cem anos que não acontece um festival ou espetáculo de qualquer tipo na Ilha de Astutia.

Ela piscou diante do sol que irrompeu das nuvens, cegando-a. Virou o rosto e conseguiu enxergar claramente as lojas que margeavam a rua. Por um instante, elas tremularam e Perséfone viu telhados de sapê, chaminés soprando fumaça, tinta fresca cintilando sob o sol.

Um segundo depois, viu as mesmas lojas decaídas, carcomidas. A ardósia dos telhados cheia de lascas de tão velhas, as venezianas pendentes, quando não totalmente ausentes. As construções pareciam dar de ombros para a própria decadência, a pintura gasta, o que restava não passava de um rastro fantasmagórico de outro tempo.

– Não estou entendendo – disse Perséfone.

A mandíbula do homem estava comprimida, a expressão era desanimadora.

– Você está no mundo errado – falou ao mesmo tempo que as nuvens recobriram o sol. – Precisa ir embora.

Um jato de vento empurrou Perséfone para a frente e depois tentou puxá-la para trás.

As nuvens no céu, até então acinzentadas, ficaram roxas como um hematoma. Um assobio baixo cortou o vento, o ar se encheu do aroma de chuva. A eletricidade atmosférica galgou os braços de Perséfone, grudada à sua pele.

Um raio cortou o céu.

Ramificado em três.

Perséfone olhou assombrada para o horizonte, onde o que pareciam ser mundos se entrelaçavam com outros mundos. A impressão era a de olhar a extremidade de um globo e perceber dois outros globos presos no primeiro.

– Você não devia estar aqui – disse o homem, e agora havia algo de perigoso em sua voz. – *Vá*.

Ele bateu a porta antes que Perséfone pudesse exigir seu nome, uma explicação, qualquer coisa, todas as coisas.

O vento chegou mais perto, roçou sua camisa, o cabelo. A sombra de Perséfone se alongou nas pedras abaixo e ela sentiu o obstinado puxão, desta vez no peito – desta vez, um alerta.

A adrenalina se estabeleceu na base da coluna de Perséfone. As lojas mudaram de aparência novamente, e ela deu três passos adiante. O ar estalava com a eletricidade, e os pelos de seu braço se eriçaram. Sentiu um gosto metálico na língua.

Do outro lado da rua, a porta de uma loja da cor de madeira queimada se abriu, e uma mulher saiu por ela, vestindo um terninho cinza-escuro de três peças e com um objeto escondido numa mão. O rosto estava coberto de sombras, ou então era feito delas. Perséfone não via os olhos da estranha, mas sentiu que eles a vigiavam. O sinal de alerta retornou e uma palpitação doentia encharcou seu estômago quando a mulher deu um passo à frente.

Movia-se como se houvesse sido gestada em pesadelos, uma marionete toda torta. A mão livre repuxava cordéis imaginários.

Então, como se ambas estivessem vivendo dentro de um filtro de câmera lenta, a mulher sorriu, e o seu prazer hediondo invadiu a mente de Perséfone, de cuja garganta eclodiu um berro.

DIÁRIO DE JACINTA EVER

Solstício de verão, dez anos antes

Nunca havia pensado que a magia poderia ser perigosa.

Ela sempre se mostrou perspicaz e fascinante, sedutora e também cordial. Perigosa? Jamais.

Agora... Já não sei mais.

A magia da minha prima Ariel está mudada.

Dias atrás, fiz para ela uma boneca de palha de milho e hera, costurada com casca de madeira velha e trevo. Bastou pensar o que eu desejava cultivar, e apareceu. Moira diz que qualquer coisa pode crescer na ilha, desde que você tenha as sementes e as palavras certas, porém descobri que, se desejar com bastante força, não preciso de mais nada para obter da terra uma resposta. Foi assim que consegui a alcaravia para tecer a boneca de Ariel. Fechei os olhos, pedi e, quando os abri, a pequena planta estava brotando aos meus pés.

Por mais estranho que seja, eu não tinha uma ideia propriamente para a boneca, senão a de fazê-la. Acabou sendo loira com olhos de coruja, grandes e alertas. Não planejei fazer uma garota, porém a boneca sabia o que tinha de ser, acho, como acontece com a maioria das coisas na magia. A alcaravia, assim espero, vai atrair o amor para Ariel.

Assim que prendi com um alfinete a flor de manjerona no cabelo da boneca, entreguei-a a Ariel, que a pegou sem erguer o olhar, o nariz metido num livro.

- Pelo amor da Deusa - falei. - Ariel!

Virando o rosto para o sol - porque ela se move como um girassol -, encarou a boneca em sua mão. Examinou-a, e o seu sorriso levou o tempo necessário para se abrir. Finalmente, quando até as lâminas de grama já estavam entediadas, Ariel falou:

- Ora, ora, sua monstrinha. Quem é você?

Alisou o cabelo da boneca, aproximou o rosto para cheirá-la. Vi a ponta de seus dedos pairar sobre as bochechas dela, cuja face Ariel acariciou muito docemente. Parecia ter esquecido por completo a minha presença. Comecei a me gabar do fato de que não havia levado mais do que poucas horas para criá-la, mas então ela arrancou o trevo mais próximo do ponto onde ficaria a orelha da boneca.

Inclinou-se para perto e sussurrou palavras que não escutei. Um instante depois, uma luz verde tremeluziu atrás dos olhos da boneca.

Testemunhei os olhos piscarem e se revirarem até se fixarem em Ariel, que sorriu um sorriso largo, ao passo que o meu queixo caiu. A boneca estava viva. O espanto se misturou à minha risada, e Ariel se virou para me olhar. Sorriu e meteu a boneca sob o braço, escondendo-a de mim.

- Obrigada, Jaz - falou. - Ela é o que eu sempre quis.

Então Ariel retornou à leitura e eu voltei a contemplar a grama, pensando como o que quer que se deseje cultivar no poderoso solo da ilha não será páreo para o tipo de poder que a minha prima possui - e, embora isso seja uma coisa boa, não consigo evitar desejar que fosse diferente.

4

O solo ribombou sob os pés de Perséfone, que tentou mantê-los firmes, porém ela acabou caindo de joelhos. A visão começou a escurecer, a imagem do ser à sua frente tremulou. Ela piscou na tentativa de enxergar com mais clareza, e a pessoa, a coisa feita de sombras e de luz refratada, se lançou contra ela.

Não teve tempo de pensar. O cheiro de coco e de chuva ficou preso em sua garganta, bloqueando o grito. Sentiu gosto de mel, sangue e sal do mar. Uma melodia – palavras distorcidas acompanhadas das notas de uma canção cujas raízes se fincavam tão profundamente no tempo quanto a mais ancestral das árvores – pulsou em sua mente.

Seus dedos arranharam as pedras, a coluna se arqueou, a cabeça se lançou para trás, o corpo se sacudiu, tentando se livrar de alguma coisa.

O que estava acontecendo era errado. Era uma invasão.

Algo – ou alguém – queria invadi-la completamente.

Perséfone relutou. Não iria ceder à dor que arranhava sua espinha, ou que rasgava a garganta. Achava-se tão perto de tudo – de descobrir o próprio caminho, de viver algo além daquela vida menos do que medíocre – que se recusava a deixar a coisa entrar.

Recusava-se a permitir que aquilo a possuísse.

Perséfone se conectou ao puxão no centro de seu corpo, repuxou-o *ainda mais*. Conduziu a energia para a palma das mãos como Moira lhe ensinara, e a magia respondeu: correntes elétricas radiantes inundaram seu organismo.

Lembrou-se dos tomos que lera com afinco na Casa Ever, dos feitiços que aprendera e dos que testemunhara. Levou as mãos aos lábios e com os dedos trêmulos descobriu as palavras prontas:

> *Eu sou por mim,*
> *mais do que osso e cinza.*
> *Quanto mais eu queira conhecer,*
> *Mais o seu querer será me desprender.*

Perséfone repuxou cada fio de magia preso a si e enunciou as palavras num cântico, revolvendo-as repetidamente. Revestiu os pensamentos e o coração com as palavras e a magia.

Uma súplica triste eclodiu no interior de sua mente. Enérgico e exigente, o estranho chamado perfurou seus pensamentos e ecoou duas vezes, até que a pressão em seu crânio cedeu e a visão se clareou.

Ela permanecia agachada no chão, com as mãos agarradas ao peito. Quando a respiração se livrou do último gemido, Perséfone se pôs de pé lentamente.

Estendeu os dedos na frente do rosto e, como uma espécie de teste, observou pela abertura entre eles como uma criança que espia pela fresta da porta. *Era para estar assustada*, pensou. O que *quer* que tivesse acabado de acontecer, deveria tê-la feito choramingar de terror ou correr desenfreadamente para se proteger.

Em vez disso, no entanto, sentia-se forte.

A magia com que havia envolvido a si mesma tremeluziu uma vez mais, e Perséfone jogou a cabeça para trás. Inalou o ar fresco e sentiu o poder borbulhar no tutano de seus ossos. O terror era seu conhecido. Afinal de contas, crescera com medo – o medo de não pertencer, de jamais se encaixar, de nunca ser amada, de nunca bastar. O medo por muito tempo fora um companheiro inseparável.

Não mais.

A diferença agora eram as primas. Era a ilha.

Aqui, não estava só.

Virou-se na direção da biblioteca, esperando ver o homem, esperando alguma resposta. Ele não estava ali. A biblioteca tinha sumido.

Olhou ao redor e notou as transformações na rua. As lojas eram semelhantes, porém não as mesmas.

Pensou no bibliotecário. Ignorou temporariamente o efeito que ele lhe causara, o prazer que sentira ao fitá-lo nos olhos – o desejo, o conforto, a *ânsia* –, e se concentrou no que o homem dissera antes de desaparecer. Que ela estava no mundo errado. Perséfone viu a fachada do vasto edifício de pedra, que tremulou e então sumiu completamente.

Em seu rastro, surgiu a rua de pedra, margeada por lamparinas. Perséfone girou no lugar, e um raio cruzou o horizonte. Protegeu os olhos com uma mão e olhou de novo. Virou-se para onde a rua tomara forma e, parada ali, com a expressão deformada por uma careta, estava a passageira da balsa.

A primeira coisa que Perséfone percebeu foi que a estranha tinha exatamente o mesmo tamanho e silhueta do ser de sombras. Então um trovão roncou ao longe, e uma segunda percepção atingiu Perséfone: a estranha não estava só. Uma mulher se encontrava ao seu lado, e ambas exibiam a mesma expressão de ódio e incredulidade.

Outro raio, desta vez próximo ao pé da passageira. Os olhos da mulher se arregalaram, ela *rosnou*. Agindo por instinto, Perséfone ergueu um braço como escudo.

Uma tempestade de raios desceu ao redor das mulheres. Parecia que, do alto, alguém lançava raios nas duas estranhas como uma criança que atira pedrinhas na superfície de um lago.

A passageira murmurou uma maldição, levantou uma mão ao céu e a cerrou em punho.

Perséfone ficou sem ar e se vergou para a frente. Resistindo à dor, encarou as mulheres. Pareciam ter trinta e tantos anos, e a magia faiscava delas como uma tempestade elétrica. Ariel e Ellison Way. Só podiam ser. Eram poderosas, mais poderosas do que ela supusera, mais do que Jacinta e Moira deram a entender.

– *De-vol-va* – ordenou a mais baixa das irmãs Way.

– O quê? – Perséfone tossiu duas vezes, violentamente, e sentiu a magia dentro de si subir e querer sair. Era um ataque parecido com o anterior, mas apontado para outra direção. Por instinto, Perséfone jogou as mãos para cima e agarrou o ar. – Não sei do que você está falando.

A outra mão da passageira se ergueu em punho, e Perséfone gritou de dor.

– Mentirosa.

Perséfone ofegou, tentando recuperar o acesso à fonte da magia.

– Jura? – indagou a passageira, estreitando os olhos.

– Eu a venci antes, posso vencer de novo – disse Perséfone, e uma raiva profunda fluiu sob sua pele.

Bruxas malditas. Perséfone era *sim* mais forte. Não permitiria que elas vencessem. Não decepcionaria Jacinta nem Moira. Rangeu os dentes e cingiu com mais força os cordéis invisíveis em torno de si.

A mulher alta deu um passo adiante, mas foi impedida pelo braço da passageira, cujo rosto, antes lívido, passou a exibir uma incerteza.

A passageira farejou o ar e murmurou em uma língua que Perséfone não compreendia; a expressão da mulher alta perdeu o vigor enquanto as três se encaravam.

– Você não pertence ao caminho – afirmou a passageira. – Você é outra coisa. – Ela se voltou para as árvores acima, depois encarou o ponto no solo em que Perséfone repelira o seu ataque e o examinou como a um enigma.

Uma semente de dúvida desabrochou dentro de Perséfone.

– Não era você? – perguntou, em referência ao monstro de sombra, ao primeiro ataque, certa de que fora desferido por elas.

As bruxas apenas continuaram encarando com olhos semicerrados e cenho franzido.

Um tremor percorreu Perséfone, que passou os braços em volta da cintura como que para manter em si a própria sanidade.

A resposta veio quando a mulher a fitou e lhe ofereceu uma linha severa de lábios e dentes.

– Você não pertence ao caminho, mas *está no caminho*. – A passageira fechou os olhos, respirou fundo e ergueu as mãos com as palmas voltadas para cima. – Retorne imediatamente.

As palavras delicadas se dispersaram como folhas ao vento. Perséfone sentiu-as subir pelas pernas até reivindicarem suas coxas. De uma só vez, elas desfizeram a magia que Perséfone havia atado em torno de si.

O poder que tinha recrutado foi completamente varrido, e Perséfone começou a balançar violentamente. A anulação do feitiço sugou seu fôlego e sua força, e ela teve dificuldade para se manter em pé.

– Se tentar roubar o meu poder de novo, bruxa, eu vou acabar com você da maneira mais engenhosa possível – falou a bruxa da balsa, que deu meia-volta e, com a cabeça empinada, partiu pela estrada de pedras.

A outra mulher, a mais alta, meneou a cabeça.

– Ariel, sempre dramática. – Encarou Perséfone, suspirou e também ergueu as mãos. – Mas, falando sério, você precisa ser um pouco mais esperta.

Ellison Way estalou os dedos e tudo, dentro e fora do campo de visão de Perséfone, se apagou.

ထ

Perséfone despertou no sofá branco em forma de meia-lua na sala de estar de Jacinta e Moira; Jacinta se achava a seus pés, e Opala, perto da cabeça. Quando readquiriu o foco, Perséfone viu uma fileira de cristais roxos dos mais variados tamanhos repousando em seu braço direito.

– O que...

– Ametista – explicou Jacinta. – Você está esgotada. – Pegou um sachê de ervas e o fechou com uma linha vermelha. Levantou-se e o depositou na palma da mão de Perséfone. – Não imaginei que você fosse precisar de tanta proteção logo de cara. Estava errada, sinto muito.

– Proteção? – questionou Perséfone, e o aroma que subiu despertou-a mais rápido do que qualquer xícara de café seria capaz. Foi tomada pela lembrança do confronto com as bruxas. – O que elas *fizeram* comigo?

– Exauriram você. Eu sabia que elas não reagiriam bem à sua presença na ilha, mas nem eu nem Moira pensamos que a atacariam dessa maneira.

Perséfone observou o sachê que segurava.

– Isso vai ajudar – disse Jacinta, dando um aperto leve e tranquilizador em sua mão. – Tem um pouco de alecrim, angélica e sálvia, três cravos e uma pitada de sal. Enquanto estiver em contato com você, vai repelir a negatividade.

– Funciona?

– Se você acreditar, sim.

Perséfone se virou com dificuldade, derrubando as pedras do braço.

– E isso?

– As irmãs Way extraíram toda a sua energia; os cristais ajudam a acelerar o processo de regeneração. – Jacinta esticou o braço para a longa mesa às suas costas e pegou uma xícara de chá. – Canela para curar, e outras coisinhas mais. Beba, depois a gente conversa.

Perséfone aceitou a xícara e bebeu com gosto. Enquanto o fazia, o sachê se aqueceu em sua outra mão e uma sensação de paz se instalou em seu âmago. Os ombros se relaxaram. Qualquer que fosse a alquimia praticada por Jacinta, estava dando certo.

Perséfone terminou o chá, guardou o sachê no bolso e esticou as pernas; descansando a cabeça no encosto do sofá, inspirou lentamente e percebeu que a dor na região da cintura havia diminuído.

– Como eu voltei pra cá? – perguntou, e os pensamentos viajaram para a biblioteca e para o homem nela.

– A Moira sentiu a sua queda – disse Jacinta. – Ela me mandou até você e eu a trouxe de volta. – Afastou uma mecha de cabelo do ombro de Perséfone. – Aos poucos, você está desabrochando no coração dela. Não a vejo assim tão preocupada desde... Bem, faz muito tempo.

– Desabrochando como um furúnculo – disse Perséfone, com um sorriso discreto.

– Mais como uma pintinha. – Jacinta exibiu o sorriso característico, mas logo ficou séria e olhou para o lado com a expressão, pensou Perséfone, de alguém que se controla para não revelar um segredo.

Perséfone se lembrou de um que ela própria guardava e abriu a boca para contar a Jacinta do homem e da biblioteca, porém as palavras ficaram grudadas no céu de sua boca.

Magia.

Fechou os olhos por um momento e visualizou os do homem, cor de avelã, e conteve um resmungo contra o feitiço que ele lançara para calar sua língua.

– Essas bruxas Way... – disse Perséfone, a despeito de sua real intenção.

– Elas prestam um desserviço à classe, não é mesmo?

– Com certeza. – Perséfone deslizou um dedo pelos lábios, sentiu o gosto do medo de antes, tentou se lembrar com nitidez *do que* havia acontecido. – Eu acho que, antes de elas me atacarem, tinha outra coisa lá, ou outra pessoa. Era... feita de sombras?

Jacinta arqueou ligeiramente a sobrancelha.

– Provavelmente era a Ariel ou a Ellison. A magia distorce nossa percepção quando estamos sendo atacadas.

Perséfone soltou um suspiro.

– Elas me odeiam mesmo.

Jacinta acariciou seu rosto com a palma da mão.

– Elas não caem de amores por você.

– Mas elas não me conhecem.

– Elas sabem o que você pode ser. – Jacinta exalou o ar. – Sei que não é justo, Perséfone. – Olhou-a de cima a baixo. – Está bem para tomar um ar ou precisa descansar mais?

– Estou bem. – Perséfone esticou as pernas e descobriu que todas as dores haviam se apaziguado.

Jacinta fez um gesto positivo com a cabeça, ajudou-a a se levantar e as duas se dirigiram à varanda ampla, desceram os degraus e pisaram no belo pavimento de pedra.

Perséfone respirou muito profundamente e desfrutou a sensação de energia e de alegria que o ar límpido do oceano lhe proporcionava.

– É difícil conceber que alguma coisa ruim possa acontecer aqui – falou, observando as colinas e a densa folhagem que se fundiam como se estivessem disputando uma corrida até o mar que as aguardava ao pé da ilha.

– Coisas ruins acontecem em todos os lugares, não? – falou Jacinta, cuja voz atraiu o olhar de Perséfone. Ela apontou com a cabeça para a montanha no lado oposto, e as duas seguiram pelo caminho para cima, não para baixo.

– É, acho que sim – concordou Perséfone após alguns instantes. – Coisas ruins aconteceram em todos os lugares em que estive antes, isso é certo, mas eu achava que tinha sido por culpa minha. Por causa do olhar mágico aterrorizador.

Jacinta a fitou.

– A vida não facilitou para você, né?

Perséfone encolheu os ombros.

– Acho que para ninguém.

– Você não reclama.

Perséfone soltou uma curta risada.

– Do que adianta reclamar? – Abriu o peito, inclinou a cabeça para um lado e para o outro a fim de testar os músculos do pescoço. – Eu nunca quis ser uma vítima, só queria ser...

– A heroína? – completou Jacinta.

– Eu ia dizer uma sobrevivente. – Perséfone passou os braços em volta da cintura. – Li um livro de autoajuda na última casa de acolhimento que dizia que devemos buscar a prosperidade e não a mera sobrevivência, então acho que era isso o que eu queria mesmo. – Encolheu os ombros contra a sensação de estar se revelando demais.

– Prosperar – repetiu Jacinta, que ergueu e passou o braço em torno de Perséfone. O abraço lateral foi delicado, mas tranquilizador. Durou doze segundos.

Perséfone se virou para encarar a amiga.

– E você?

– Não sou uma heroína – disse Jacinta, a boca se curvando num sorriso dissimulado.

– Você entendeu. O que você está buscando?

– Desfazer a maldição. – Jacinta se esticou para colher uma folha de um arbusto enflorado. – Ajudar você. Ser livre. Desfazer a maldição.

O caminho percorria um trajeto circular, e elas seguiram pela direita, para o interior da floresta, onde um musgo espesso drapejava os sinuosos carvalhos aforquilhados como se fosse um lenço decorativo enrolado em mulheres voluptuosas.

– Trabalhar comigo – disse Jacinta após um longo tempo – significa trabalhar contra Ariel. Ela já desejou desfazer a maldição, mas o tempo tem esse costume de mudar a mente das pessoas. Ariel mudou depois que nossas mães tentaram quebrar a maldição e foram banidas.

Perséfone observou as árvores ao longe. Embora sentisse certa empatia por aquela perda, talvez fosse mais difícil perder algo concreto do que algo que nunca passou de sonho.

– Você já tentou encontrar a sua mãe no cristal? Como fez comigo?

Jacinta confirmou com a cabeça.

– Uma vez achei que a tinha encontrado, no solstício de inverno. – Ela esfregou o colo de um jeito que deu a Perséfone a impressão de que não percebeu que o estava fazendo. – Ela não quer ser encontrada. Não consegui sustentar a conexão, parecia estar em todos os lugares ao mesmo tempo. Como se ela não quisesse ser localizada.

– Ah – murmurou Perséfone, com o coração partido pela dor estampada na expressão da amiga.

– Minha mãe tem os motivos dela, creio. Quando você parte sem a magia da ilha, pode acabar sendo corrompido por ela, se não for muito forte. Ela sabia que nunca mais poderia retornar, então talvez tenha feito o que precisava para sobreviver.

Perséfone pensou que não havia preço que não pagaria para se reunir com sua família. Que a mãe de Jacinta a descartasse assim tão facilmente... Era inimaginável para ela.

Jacinta afastou o cabelo do rosto.

– Ariel nunca perdoou a maldição por ter forçado nossas mães a irem embora. Ela se convenceu de que qualquer coisa relacionada à maldição é ruim, até mesmo desfazê-la. Ela e a Ellison agora acreditam que a quebra da maldição vai libertar as trevas. Que vai destruir não apenas nós, *mas também* a ilha. – Balançou a cabeça. – Só que Ari está equivocada. É salvando as bruxas perdidas, a nossa família, que vamos salvar a nós mesmas.

Perséfone contemplou os lábios franzidos da prima, a mandíbula determinada.

– Talvez até salve a mãe de vocês.

Jacinta não respondeu de imediato; ergueu uma mão e arrastou uma corrente de vento na direção das duas, de modo que seus cachos cor de chocolate esvoaçassem em meio ao vento. Após mais um momento de ponderação, falou:

– Talvez.

Como não queria provocar mais sofrimento em Jacinta, Perséfone não insistiu no assunto; em vez disso, alongou o pescoço, desfazendo alguns dos nós.

– Elas queriam me machucar, a Ariel e a Ellison. Queriam me deter.

– Pode ser.

– Eu até consegui controlar a minha magia – falou, pensando na impotência que sentira no confronto com as bruxas. – Mas não fazia a menor ideia de como deter as *duas*.

Jacinta coçou a testa.

– Elas são poderosas, e faz tempo que não as enfrentamos. São mais fortes hoje do que eram. Eu não devia tê-las subestimado. – Jacinta inspirou o ar lentamente, depois o soltou. – Você quer continuar? Conversar sobre magia e treinar sua habilidade é uma coisa, mas encarar as Way… é outra bem diferente.

Perséfone voltou o rosto para o céu. Fora sincera quando dissera a Jacinta que não queria ser uma vítima da própria vida. Finalmente possuía uma família, e uma que a fazia se sentir vista e apoiada, e não queria decepcionar as primas – nem a si mesma.

– Não tenho medo das Way – garantiu Perséfone. – Mas quero muito não tomar uma surra se nos enfrentarmos de novo.

Jacinta enfim exibiu aquele sorriso deslumbrante.

– Então vamos dar mais um pouco de tempo para você se recuperar e depois intensificar o treino e praticar os feitiços de defesa mais importantes.

Com isso, Jacinta e Perséfone retornaram à Casa Ever. Jacinta preparou para ela um banho de cinorródio e sal extraído das profundezas do oceano, depois foi trabalhar na horta. Quando mais nenhum músculo de Perséfone carregava qualquer resquício de dor da luta, ela se vestiu e desceu as escadas.

Na cozinha, Moira dançava ao som das Indigo Girls enquanto preparava pato assado e batatas na manteiga para o almoço. Sobre a mesa, repousava um espesso bolo de coco criminoso de tão bom.

– Foi por um cheiro assim que as Parcas ofereceram a alma, tenho certeza – disse Perséfone, com a boca cheia de água.

– A-ha! – falou Moira, sacudindo o quadril. – Como se as Parcas fossem oferecer a *própria* alma. Elas dariam a nossa em troca. – Virou-se e brandiu um jarro de chá na direção de Perséfone. – Como você está se sentindo?

– Melhor. – Observou a farinha no rosto de Moira, a massa no avental e os chinelos trocados nos pés. Em momentos assim, era fácil esquecer o poder dessa bruxa peculiar. – A Jacinta me disse que você sentiu quando eu caí.

– Sim. – Moira alcançou a mão de Perséfone e pousou-a sobre a palma da sua; um choque percorreu Perséfone até os dedos dos pés. – Estamos conectadas.

Perséfone abriu um sorriso ao saber disso. Então, refletindo, perguntou:

– Tem algum motivo para a Jacinta não ter me sentido cair?

Moira depositou o jarro ao lado do bolo.

– A magia dela não é tão forte quanto a sua; tem um comprimento de onda menor, digamos assim.

Perséfone assentiu e olhou através da janela da pia para Jacinta, na horta, inclinada sobre um pé de hibisco.

– Ela sabe, não sabe? É por isso que se esforça tanto.

Moira se aproximou dela.

– Aqueles que se sentem carentes de algo trabalham em dobro para conseguir o que desejam, não é assim?

Perséfone pensou na mãe e na avó e pinçou um fio solto na bainha da camisa.

– Posso ajudar em alguma coisa? – perguntou, voltando-se para Moira.

– Depende. Você é boa em arrumar a mesa?

Perséfone meneou as sobrancelhas.

– Quando o assunto é talheres e pratos, não tem pra mais ninguém. Deixa com a mamãe aqui.

Os olhos de Moira reluziram, e ela gesticulou na direção dos guardanapos de pano.

As duas não se demoraram, e, enquanto dispunha um prato após o outro, garfo ao lado de faca, Perséfone não pôde deixar de imaginar quantas gerações diferentes haviam se reunido na cozinha da Casa Ever. Seu coração se apertou com a ideia de que a avó provavelmente tinha estado exatamente onde ela se achava agora.

Lembrou-se com tristeza do que Jacinta dissera da própria mãe, que ela jamais voltaria a pisar ali.

– Você sente falta da sua mãe? – perguntou para Moira. A pergunta simplesmente saiu.

O garfo que Moira segurava caiu com estardalhaço sobre o prato. Ela fitou Perséfone com uma expressão severa. Dispôs o resto dos seus talheres, em movimentos metódicos, antes de puxar uma cadeira e se sentar.

– O que você pensa sobre tempestades?

– Você está falando sobre tempo?

– Estou.

Perséfone olhou pela janela, para os raios dourados que o sol derramava sobre a grama, e ponderou.

– Adoro tempestades quando não são acompanhadas de tornados ou furacões.

– Eu odeio – disse Moira, com a voz inabalável. – São barulhentas, luminosas, agressivas. Ainda assim, elas lavam a terra, transformam o solo, e a transformação é tão necessária quanto inevitável. – Penteou o cabelo com a mão. – A minha mãe era como uma tempestade.

– Ah – disse Perséfone, que começou a abrir a boca para fazer novas perguntas, mas então escutou o barulho de passos na varanda.

Moira pegou as colheres e começou a ordená-las ao lado dos pratos. Enquanto isso, Perséfone continuou segurando o anel de madeira para o guardanapo; os olhos fixos em Moira e no leve, quase imperceptível, tremor que percorreu o braço da prima até tocar a pontinha de seus dedos.

As mulheres se nutriram, desfrutaram cada mordida, conversaram sobre tudo e sobre nada. Depois que terminaram, Jacinta tirou a mesa, e Perséfone ajudou Moira a lavar e secar a louça. A Casa Ever até possuía uma lava-louças, mas Moira considerava que era apenas para ocasiões especiais.

– Mãos ocupadas, mente livre – falou para Perséfone.

Louça seca, Moira e Perséfone se dirigiram à varanda para praticar uma sessão restaurativa de meditação. Uma hora e meia mais tarde, Jacinta conduziu Perséfone através do Arco, até uma campina ladeada por flores silvestres e macieiras.

– Bem-vinda à Astutia Alternativa – disse Jacinta, abarcando o mundo em volta com um gesto do braço. – É assim que nós imaginamos que as outras ilhas seriam se não tivessem sido engolidas pelo oceano.

O ar era mais límpido nesta ilha do que na Ilha de Astutia, e a grama, mais viçosa. *Uma espécie de oásis*, pensou Perséfone, *imaculado de qualquer imperfeição*; ela imediatamente concluiu que preferia a versão real à ilusão. Esticou um braço a fim de ver se conseguia capturar a brisa e estremeceu; o corpo inteiro tremeu com o esforço, como folhas presas a um fino galho açoitado pela tempestade.

– Sua energia está bloqueada – explicou Jacinta a Perséfone, que sacudia as mãos para tentar se livrar do frio que a inundara quanto tentara canalizar o poder. – Isso acontece quando permitimos à nossa mente acreditar em coisas em que ela não deve, quando esquecemos que possuímos o poder de manifestar o mundo. Para liberá-la, precisamos eliminar a marca de energia negativa deixada pelas irmãs Way.

Os dentes de Perséfone rangeram.

– E como eu faço isso?

– Desatando os nós do fio.

– Que tipo de fio? – perguntou Perséfone, visualizando a si mesma como um lenço gigante que se desfaria caso Jacinta puxasse a ponta errada.

– O fio da raiz, claro. É ele que se liga a essa crença que você está criando de que *elas* são mais fortes. Você precisa arrancar de você esse sentimento de medo surgido do encontro com elas e colocá-lo de lado.

– Como eu faço para arrancar um sentimento? – indagou Perséfone. Afinal, emoções não eram como as penas de uma galinha.

Jacinta exibiu um sorriso cheio de covinhas.

– Você rebobina e analisa a emoção em sua memória. É tipo EMDR para bruxas.

Perséfone não fazia ideia do que era EMDR.

– E dói?

Jacinta negou com a cabeça.

– Não, na verdade é bem tranquilizador. Você fecha os olhos, se ancora na terra e arranca pela raiz. A primeira tentativa pode ser um tanto complexa. Posso te ajudar no processo, mas é um feitiço bem íntimo; vou estar dentro da sua memória, o que talvez seja um pouco inquietante.

Perséfone coçou o cotovelo. A ideia de alguém dentro de suas memórias fez comichar o corpo inteiro. Ainda assim:

– Acho que prefiro que você me ajude – falou, reunindo coragem. Sempre vivera por conta própria, e isso causara mais prejuízos do que o contrário. Não queria estragar o que tinha encontrado ali.

Jacinta lhe lançou um sorriso de incentivo.

– Pense em mim como um mapa pelo qual você vai se guiar para não rebobinar a memória errada sem querer.

As sobrancelhas de Perséfone se arquearam.

– Para não reviver acidentalmente uma das intermináveis discussões de Larkin e Deandra sobre leite integral orgânico *versus* leite de amêndoas não industrializado, enquanto o Larkin se esfregava no avental dela como se ela fosse um gato, até a Deandra se encher e jogar grãos de café no *latte* dele, é isso que você quer dizer?

Jacinta soltou uma risada baixa.

– Exato, ninguém merece ver *essa* discussão sem fim. – Colocou a mão no bolso e retirou uma bolsinha de couro. Gesticulando para que Perséfone se aproximasse, abriu a bolsinha e inclinou-a de lado. Uma porção de ramos de lavanda tombou na palma de sua mão. – São da nossa horta. Entre outras razões, cuidamos dela com tanto zelo para poder influenciar no seu desenvolvimento. Eu canto canções de ninar para as rosas, leio poesia para os girassóis e conto histórias para as lavandas. Esta lavanda sabe o que é memória, compreende a importância dela. A lavanda vai se ligar com força às suas memórias e, quando você estiver preparada, vai dissipar a intensidade das mais fortes.

Perséfone dispôs uma mão em concha e aceitou as lavandas, cujo aroma doce perfumou a ponta de seus dedos. Parte do medo que levava consigo desde o confronto com as irmãs Way se desfez quando inalou o odor calmante.

– Segure a minha mão – instruiu Jacinta, e Perséfone tomou-a com a mão livre.

– Feche os olhos e inspire profundamente. Concentre-se no perfume da lavanda. Inale-o e sinta a pressão dos pés contra o solo, o vento em seu rosto. Pense que a memória é como uma página no livro do tempo. Uma entre um bilhão, mas que felizmente carrega a sua impressão digital; só você tem a habilidade de se lembrar dela.

Perséfone inspirou o ar, segurou-o e ancorou os pés com mais firmeza no chão. O vento roçou seu pescoço e agitou algumas mechas soltas de cabelo. Ela visualizou o momento em que encarou Ariel nos olhos, e a cena, até então fina e maleável, se tornou sólida, tangível, real. Seus joelhos cederam, os pés titubearam e o vento se tornou mais frio em contato com sua pele.

Tentou controlar a respiração entrecortada pela adrenalina que despontou na boca de seu estômago, e Jacinta apertou sua mão com mais força.

– Não é real – enunciou Perséfone com uma voz aguda e levemente resfolegada.

– Não – disse Jacinta de modo sereno, mas firme. – Não é real. Está feito e acabado, não pode te machucar.

Perséfone permitiu que a memória se desenrolasse em sua mente, convencendo-se de que era um fato concluído, sem poder. A respiração se estabilizou e o tremor nos joelhos cessou. Deixou a memória seguir seu curso e entendeu que era como reler uma cena de um romance. Quanto mais a revia, repetindo a si mesma que não podia ser afetada por ela, mais claros se tornavam os detalhes que não percebera da primeira nem da segunda vez.

O fato de que a expressão de Ariel transparecera perplexidade antes de se tornar raivosa, de que as unhas de Ellison estavam pintadas de azul-ciano ou de que as irmãs tinham uma aparência muito diferente e ainda assim formavam um par inegável. Que o pavimento de paralelepípedos reluzira e as nuvens passaram do preto ao cinza, e então ao branco, enquanto as três se encaravam. Quanto mais Perséfone via, menos temia, e menor era o poder que a memória exercia sobre ela.

Finalmente, suas pernas se encheram de satisfação. Apertou a memória contra o peito e abriu os dedos; as flores voaram, aliviando-a do medo que a oprimia, mas deixando intacta a memória.

Voltou o rosto para o sol e o queixo na direção de Jacinta. Sentia a presença da prima ali, a um passo de sua fronteira mental.

Tentou abrir os olhos, porém o som do arquejo de Jacinta, a respiração ofegante, paralisou-a completamente.

Vasculhou nas memórias o momento presente, e uma leve névoa verde cobriu a porta em sua mente que dava acesso a Jacinta.

Havia algo errado. Perséfone percebeu a angústia à espreita; esticou o braço através dos limites. Não foi difícil; a barricada parecia feita de algodão-doce de tão maleável.

A mão de Jacinta se enrijeceu em contato com a de Perséfone, que suprimiu um grito diante do frio congelante que a percorreu. Fez uma concha com a mão novamente e puxou. A memória de Jacinta se revelou.

Jacinta era mais jovem do que agora; o cabelo, mais curto, e as mãos se moviam freneticamente. No centro do vilarejo, ela sussurrava na orelha de uma garota com grossas sobrancelhas pretas, faces coradas e olhos reluzentes. A menina olhava para o lado e de volta para Jacinta, repetidas vezes. Assentiu com a cabeça uma, duas vezes, e Jacinta se afastou um passo e deu uma piscadela.

Então a garota se virou como se tivesse ouvido seu nome sendo gritado, ao passo que Jacinta afastou-se rapidamente para se esconder atrás da mercearia. Ariel marchou vilarejo adentro com o seu cabelo pixie e a cara redonda e vibrante. Sorriu para a menina, o rosto inteiro iluminado, até que avistou Jacinta e seu semblante adquiriu uma expressão de irritação, depois de algo próximo à ira.

– Não! – Jacinta se desvencilhou da mão de Perséfone com um puxão tão furioso que a fez vacilar.

Seus olhos se abriram de súbito e ela encarou a prima, que ofegava e tremia.

– O quê? – perguntou Perséfone ao notar que Jacinta encarava sua mão em concha.

A memória. Perséfone estava segurando a memória de Jacinta. Ah, não.

– Eu sinto muito! – falou Perséfone. – Pensei que você estivesse sendo atacada. Você ficou paralisada, eu só estava tentando ajudar...

Jacinta envolveu o próprio corpo com os braços, o rosto pálido e firme.

– O que você viu?

Perséfone engoliu seco.

– Você e uma garota. Você parecia um pouco mais nova do que agora, mas não parecia algo... – Ia dizer *especial*, porém se deu conta de que o adjetivo mais apropriado seria *assustador*. Era o intuito da lavanda e do feitiço: puxar uma memória para livrar-se dela.

Por que Jacinta queria se livrar daquela memória?

Jacinta passou a mão pelo próprio rosto, tamborilou os lábios.

– Não era nada. Mas você não pode fazer isso, Perséfone. – Ela balançou a cabeça. – Não achei que você seria capaz de invadir as minhas memórias, mas eu devia ter percebido.

– Eu sinto muito, muito mesmo, não foi a minha intenção violar a sua privacidade. Fiquei preocupada e quis ajudar.

Jacinta mirou o horizonte imaculado. O vento se movia em torno delas, porém Perséfone não o sentia. A grama permanecia inalterada, intocada por seus pés ou pela atmosfera. O mundo não era real, mas a magia delas, sim. A prima deu de ombros antes de direcionar o olhar para Perséfone.

Jacinta fez um gesto positivo com a cabeça e exibiu uma tentativa de sorriso.

– Entendo. Eu apenas... me surpreendi. Você tem causado isso com bastante frequência. – Caminhou até o limite da campina, onde um pequeno córrego surgiu, e dele Jacinta retirou o que, para Perséfone, pareceu uma tigela tibetana; lançou dentro dela um punhado de sementes que tirara do bolso. Então cerrou os olhos, moveu a mão sobre a borda e falou: – Desperte.

Nada aconteceu.

A boca de Jacinta se retesou numa linha irritada.

– Desperte – ordenou novamente, num tom firme.

Um princípio de fumaça, não mais do que isso.

Perséfone observou a prima e amiga respirar fundo três vezes. Jacinta mordeu o lábio e ergueu uma mão, e desta vez a palavra lhe saiu quase na forma de grito:

– Desperte!

A tigela se encheu de fumaça, e um sorriso se espalhou pelo rosto de Jacinta.

– Mais um passo e o ritual estará completo.

Perséfone assentiu em um gesto contido e continuou buscando na expressão da prima o medo que ela lhe direcionara quando acidentalmente vira sua memória. Sem perceber o menor vestígio dele, Perséfone se aproximou.

– Observe o caminho e repita depois de mim – disse Jacinta, oferecendo a Perséfone o mais diminuto sorriso.

Retorne à fonte do seu poder,
pois sob as trevas não hei de temer.
Ao meu querer, se libertará,
Ao meu querer, assim será.

Perséfone enunciou as palavras, e se esvaiu a tensão que remanescia em seus ombros, a pressão nas articulações. Ela evocou o próprio sorriso, mas, ao olhar para Jacinta, viu uma ponta de inveja perpassar pelo rosto da prima. Sumiu com a mesma rapidez com que surgira, e Perséfone franziu o cenho.

– Queria que fosse tão fácil assim para mim – disse Jacinta, dando de ombros para a reação de Perséfone. – Mesmo com as palavras como guia, tenho dificuldade com esse feitiço. Bem, cada uma com suas aptidões.

Durante a hora seguinte, Jacinta se dedicou a ensinar a Perséfone feitiços de proteção baseados em seu elemento, o éter. Nesse ponto, Perséfone enfrentou obstáculos; embora realizasse com sucesso os movimentos de evocação do espaço, não estava mais conseguindo verdadeiramente convocar seu elemento, por mais que se esforçasse. Por outro lado, se tornou perita em espalhar qualquer energia nervosa na terra a fim de liberá-la e também em cobrir o inimigo com uma capa de confusão, enfeitiçando o ar ao redor dele.

As duas não voltaram a comentar sobre o feitiço da memória nem sobre o que Perséfone testemunhara na mente de Jacinta.

À noite, com alguns novos feitiços de defesa aprendidos, além de uma dor de cabeça descomunal e uma pilha de frustração, Perséfone, já do outro lado do Arco para Qualquer Lugar, fitava fixamente o relógio de cuco e suas ampulhetas congeladas. Pensava no homem da biblioteca, no que sentira quando ele a olhou e quando ela olhou para ele. A *palpitação*. Pensava nas vezes que tentara contar a Jacinta ou Moira sobre ele, sobre o que ele dissera, e também a respeito dos estranhos aldeãos em preparação para o festival, porém as palavras sempre ficavam presas em sua garganta.

Havia magias demais em Astutia, e poucas eram as que Perséfone compreendia. O relógio tiquetaqueou mais alto. Algo nele a incomodou. O jeito como os grãos de areia passavam pela parte afunilada do vidro. Eles não se moviam de acordo com os segundos, percebeu. O tempo no interior da ampulheta desacelerava e acelerava ao próprio capricho.

Naquela noite, Perséfone sonhou com as três ilhas, com as irmãs Way e com uma maldição que a congelava no tempo. No sonho, ela não conseguia respirar nem se mexer; apenas testemunhava horrorizada a família que nunca conheceu sendo assassinada por uma turba de bruxas irreconhecíveis.

Acordou encharcada de suor na manhã seguinte. A cabeça coçava, o peito parecia comprimido. Respirou fundo, e depois mais uma vez. Ou o aposento estava encolhendo ou perdendo oxigênio, pois tanto seus pulmões quanto sua visão se estreitaram.

Lembrou-se das dificuldades com o éter durante o treinamento e da frustração de Jacinta.

Como iria ajudar as primas se não conseguia controlar a si mesma?

Perséfone estava desorientada, aterrorizada, em pânico. Desceu com dificuldade a escada para procurar Jacinta e Moira, porém não havia ninguém no andar de baixo. Tentou acessar o Arco – talvez elas o tivessem atravessado –, mas a porta não quis abrir. Virou-se e correu até passar pela porta dos fundos da cozinha, depois percorreu os degraus que conduziam à trilha. Procurou na horta, na varanda, nas laterais da casa.

Sua pele vibrava, um zunido de adrenalina corria em suas veias. Perséfone, mais uma vez, estava sozinha.

A ânsia de correr, de disparar e de fugir – uma sensação que ela batalhara durante a adolescência inteira para superar – tomou conta dela. Perséfone parou de pensar no pânico que disparava em seu interior e cedeu ao mais primitivo instinto de fugir ou lutar.

Ela não era de correr. Preferia fazer as coisas no seu tempo, caminhar a passos comedidos, observando o mundo. Como vivia se mudando, e como fracassara por tanto tempo em criar laços com outras pessoas, havia desenvolvido uma forte necessidade de se conectar ao entorno. Desde que pisara na ilha, Astutia a fizera se sentir em casa como nenhum lugar antes. Por isso fora tão aterrorizante acordar naquela manhã se sentindo vulnerável.

Com o pânico agarrado aos ombros, Perséfone desceu correndo o monte que levava ao vilarejo. O vento se chocava contra seus olhos, a brisa roubava o oxigênio que ela não conseguia puxar, as lágrimas que nem tentou conter escorriam por seu rosto. Correu até sentir o ar reverberar à sua volta, até ver o caminho tremular aos seus pés, e pensou que desmaiaria. Correu até que as pedras desgastadas retomassem um brilho polido, até que as árvores anciãs que margeavam a trilha se recolhessem à infância, até que a praia nos limites da ilha, até então uma faixa estreita, se tornasse interminável.

Os pés de Perséfone desaceleraram.

O arquejo se perdeu na brisa inebriante... uma brisa em nada parecida com a que a recebera quando deixara a Casa Ever, quarenta minutos antes. No alto, o sol resplandecia. Ela tirou o grosso suéter e pensou que a temperatura tinha aumentado em pelo menos trinta graus.

Deu uma volta completa para tentar entender o que estava vendo. A ilha havia se transformado de novo.

Lembrou do bibliotecário, e seu coração se acelerou.

"Você está no mundo errado", dissera ele.

Ainda olhando ao redor, sacudiu a cabeça, virou-se e andou de volta pelo caminho que parecia ter sido pavimentado um instante atrás. Atravessou uma densa vegetação rasteira e se viu diante de um largo edifício – o mesmo cujo desaparecimento ela testemunhara um dia antes.

A Biblioteca para os Perdidos.

Perséfone engasgou, espantada. Virou-se para tentar ver além da pesada porta de madeira quando esta se abriu e uma voz áspera flutuou para fora.

– Você não sabe mesmo o momento de parar, não é?

Perséfone deu um pulo, e o suéter que havia amarrado folgadamente na cintura caiu no chão. Praguejando, inclinou-se para recolhê-lo; quando se endireitou, o bibliotecário se achava na soleira tal qual um insolente palhaço sexy projetado pelas molas de uma caixa-surpresa.

Perséfone removeu o cabelo do rosto e fitou-o com olhos semicerrados.

– *Quem* é você e *por que* é tão grosseiro?

– Brava, ela – disse o bibliotecário, apoiando-se no batente com os braços cruzados sobre o peito.

Perséfone reparou na tatuagem em seu antebraço, um símbolo desenhado tão toscamente que parecia ter sido feito por ele mesmo após uma bebedeira. Os dedos dela coçaram-se de vontade de tocá-la.

– Pode me chamar de Dorian, embora eu preferisse que simplesmente não se dirigisse a mim, e *não sou eu* que estou invadindo uma propriedade aqui.

– Eu não estou invadindo nada – defendeu-se Perséfone, que, no entanto, não sabia *onde* estava, nem se sua magia não tinha dado defeito... Talvez a situação não passasse de alucinação. Ela o encarou e desejou profundamente que esse não fosse de fato o caso. – Acho que não, pelo menos.

Foi sacudir o suéter e sem querer o lançou no chão novamente, desta vez a poucos metros de Dorian, que não fez qualquer menção de pegá-lo, apenas continuou encarando-a com olhos de lobo, sem piscar.

– Grosseiro – repetiu ela, a pulsação mais rápida. Tentou controlar a mão para jogar o cabelo por cima do ombro.

– Grosseiro? – perguntou ele, erguendo o queixo com determinação.

– Como você chamaria alguém que se recusa a auxiliar uma pessoa que precisa de ajuda?

– Se a pessoa que precisa de ajuda é uma tecelã que nem você, eu chamaria de bom senso.

Então ele recuou para dentro da biblioteca e fechou a porta. Perséfone a encarou e ponderou se a socava ou se dava meia-volta e ia embora. Decidiu que, se aquilo era alucinação da *sua* cabeça, se de fato tinha ultrapassado a fronteira da sanidade e adentrado o domínio da loucura mágica, melhor seria dobrar a aposta.

Recolheu o suéter e prendeu-o com um nó em torno da cintura antes de marchar e empurrar a porta, que se abriu sem resistência. Perséfone entrou como um trator e procurou por Dorian. Encontrou-o em frente a uma enorme lareira que tinha lhe passado despercebida da primeira vez. Agachado perto da boca feita de pedra, ele a abastecia com grandes pedaços de lenha.

Soltou um suspiro de corpo inteiro quando Perséfone se aproximou.

– Você tem uma opinião firme demais sobre mim para alguém que não me conhece – disse ela.

Não deveria se incomodar tanto, mas ele mexia com ela de alguma maneira, um desejo misturado com a inquietação que ela própria provocava nele. Não era a sua magia a causa da irritação do homem. O contato visual não o afetava. Não, era outra coisa, e essa coisa era um grande mistério.

– Conheço bem o seu tipo. – Ele atiçou o fogo antes de se ajeitar e sentar de vez. Passando um braço pelo joelho dobrado, encarou-a. Seus olhos fixos nos dela.

Cinco, quatro, três, dois, um, contou Perséfone. Mais uma vez, e mais outra.

Ele arqueou as sobrancelhas.

– Cuidado para a cabeça não explodir de tanto pensar.

– Você que está me encarando.

– E você está me encarando de volta.

Ela piscou. Ele piscou. Perséfone estreitou os olhos. Ele sorriu.

– Você é um bruxo – falou ela, cruzando os braços sobre o peito para conter a empolgação pela descoberta.

– Bem longe disso – respondeu Dorian, dando a entender pelo tom que Perséfone estava sugerindo que ele tinha saído do esgoto para limpar as botas dela.

Ela deixou cair os braços ao lado do corpo.

– Então por que não consigo comentar com ninguém sobre você? É preciso ser um bruxo poderoso para me impedir de sequer mencionar a sua existência.

– A minha existência não diz respeito a você, e eu não sou bruxo. – Ele recuou um pouco, e a contração em sua mandíbula mostrou a Perséfone que estava mais afetado por ela do que queria demonstrar, o que a fez palpitar de emoção. – Sou uma espécie de bibliotecário. É no seu sangue, e não no meu, que corre a ancestralidade. – Ele afastou-se ainda mais dela.

Perséfone se aproximou.

– Estou te deixando desconfortável?

– Você fica aparecendo como uma assombração; então, sim. Desconfortável é a palavra certa.

– E ainda assim você não para de me encarar.

– É uma competição, por acaso? Porque, se for, saiba que eu entro para ganhar. E sou assustadoramente bom em vencer. – Um dos cantos de seus lábios se curvou para cima. – A não ser quando perco, mas ainda assim o faço de modo espetacular.

O olhar de Perséfone foi atraído pelo dente ligeiramente torto de Dorian, e um rubor subiu por seu peito. Ela se virou para o fogo.

– Parece que quem está desconfortável agora é você – provocou ele.

Ela balançou a cabeça e caminhou até a estante mais próxima, repleta de antigos diários, fileiras e mais fileiras deles. Ele podia não ser um bruxo, mas havia algo ali. Dorian a enxergava, e o *jeito* como olhava para ela fazia sua espinha formigar de desejo.

– Por que não consigo falar sobre você?

– É sobre a biblioteca que você não consegue falar, e eu faço parte dela.

Ela ponderou o que o bibliotecário disse, e ponderou sobre ele também.

– Você me chamou de tecelã. Por quê?

– Você veio sem ser convidada, logo só pode ser uma *tecelã*, Perséfone May.

Perséfone esticou o braço para pegar um diário espesso, porém sua mão agarrou o ar. Tentou pegá-lo de novo, e nada. Fitou incrédula a estante. Os livros estavam *ali*, na estante, a centímetros de distância.

– A biblioteca é mágica – afirmou, estreitando os olhos. Tentou mais uma vez, mas era como tentar apanhar fumaça. – Espere aí. – Mirou o homem. *Tecelã*. Tecelã do tempo. A profecia. – Como você *sabe* que eu sou uma... tecelã?

A resposta dele foi uma sobrancelha arqueada.

– As pessoas não vêm aqui, Perséfone. Nem mesmo bruxas.

– Eu sou uma bruxa e estou aqui.

Dorian se levantou e percorreu o aposento, o coxear menos pronunciado do que antes. O bibliotecário se virou e, com ele, o ambiente. Perséfone ficou tonta, mas apenas por um instante. Um corredor surgiu à esquerda, e Dorian o adentrou. Ela o seguiu de pronto, atravessando uma porta aberta, depois outra, e outra, e mais uma. Dorian avançava lentamente, e algo na maneira como se inclinava para a frente deu a Perséfone a impressão de que ria dela.

Ela acelerou o passo e ainda assim não diminuiu a distância até Dorian, que então atravessou mais uma porta e entrou num corredor abarrotado de livros dos mais variados formatos, tamanhos e estados de preservação. Um tomo era tão fino que Perséfone pensou que, se pudesse encostar nele, a lombada se desfaria sozinha.

O corredor era uma mistura inebriante de madeira e mar, um cheiro nada parecido com o de uma biblioteca e exatamente igual ao de uma floresta à beira do oceano. Dorian dobrou mais uma esquina, e ambos adentraram um aposento com pé-direito alto – de fato parecia três vezes maior do que a fachada da biblioteca.

Ela piscou diante da visão do longo sofá azul-marinho, o único móvel na sala. Repousava sobre um puído tapete oriental que fora turquesa no passado, mas que desbotara para um azul esmaecido e convidativo. Ao lado, havia um telescópio apontado para a parede mais distante, que exibia o mural de uma selva inserida em uma paisagem ainda mais exótica. Ao dar um passo na direção dela, Perséfone teve a impressão de que uma das bananeiras na pintura oscilou.

Olhou mais de perto, e uma pequena criatura saltou velozmente de galho em galho. Com o susto, Perséfone se desequilibrou, caindo nos braços de Dorian.

5

O peito de Dorian era como um muro com aroma de pinheiro. Assim que Perséfone colidiu nele, as mãos do rapaz se encaixaram em seus cotovelos e a sustentaram. Ela se deixou cair por um instante antes de se virar para encará-lo.

Poucos centímetros os separavam. Perséfone estava tão perto que via o mel e o âmbar misturados ao tom mais escuro de seus olhos.

– Você falou que é uma bruxa, mas você transita entre mundos – afirmou Dorian, cujas mãos quentes ainda a seguravam pelos antebraços.

Ela conteve um tremor.

– Não foi a minha intenção.

– O que não muda em nada o que você está fazendo, Perséfone. – As mãos permaneceram nos braços dela e, quando ele finalmente as recolheu, Perséfone se sentiu tentada a apalpar a região para tentar conservar o calor ali. – Faz muito tempo que não venho a esta sala – disse Dorian, olhando ao redor.

– E por que me trouxe aqui?

– Eu não fiz isso. – Seus olhos se arregalaram.

– Como assim? Claro que trouxe.

Dorian passou a mão pelo cabelo, detendo-a no rabo de cavalo na altura da nuca.

– Foi você que nos trouxe aqui. É a magia dentro de você, é assim que você está se movendo pela biblioteca. Você é a primeira tecelã em cem anos.

Perséfone balançou a cabeça e observou o aposento, ainda sem entender.

– Você nunca passou por algo assim antes? – perguntou Dorian. – Não era para você estar aqui, e, no entanto, está. Você nunca tinha atravessado um mundo?

Os olhos de Perséfone encontraram os dele.

– Que tal se eu colocar desta forma: você já sentiu o tempo se deslocar à sua volta, já sentiu estar governando os acontecimentos no tempo?

Ela se lembrou de Larkin, de mandá-lo *soltar*.

– Sim – falou quando a ficha caiu.

Dorian lhe exibiu um sorriso lento e intrincado.

– A magia se parece com esta biblioteca, ela faz as próprias regras.

– Que são?

– Não te interessa.

– Se queria ser babaca, está de parabéns.

– É a verdade, tecelã.

Dorian franziu os lábios, e Perséfone se irritou. E daí que aquele cara fazia os dedos de seus pés se contraírem quando olhava para ela, ele era um imbecil.

– Aham. É só me mostrar onde fica a porta e eu vou embora agora mesmo.

Ele fez um gesto que abarcou todo o aposento.

– Não fui eu que nos trouxe aqui. Foi você. Estou certo de que você pode se conduzir para onde quiser.

Perséfone arqueou uma sobrancelha.

– E você ficaria preso aqui? Por toda a eternidade, quem sabe?

Ele desdenhou da esperança na voz dela.

– Bem que você queria, não é mesmo?

– Não posso dizer que me importaria.

Ele fixou o olhar nela, e a vontade de socá-lo que se abateu sobre Perséfone foi tão forte que ela precisou entrelaçar as mãos.

– Vai quebrar um osso se apertar mais forte – disse Dorian, olhando de relance para as mãos dela antes de voltar a fitar o rosto. – Tão poderosa, e tão pouco capaz de conter esse poder. Por que está aqui, tecelã, o que você quer de verdade?

– Neste exato segundo? Sair deste inferno de lugar.

Algo cintilou no olhar do homem, uma centelha de curiosidade que incendiou antes que ele a extinguisse.

– O que a fez escolher esta porta? Por que este lugar, e não qualquer outro?

Perséfone se voltou para o corredor de onde eles chegaram.

– Eu… segui você pelas portas abertas e chegamos aqui.

Ele refletiu, então se virou e caminhou até o telescópio apontado para o mural que não era um mural. Olhou através dele, para a selva.

Após algum tempo, ergueu a vista e se voltou para Perséfone.

– Dê uma olhadinha. – Havia uma pontada em sua voz, um desafio.

Perséfone estufou o peito, se aproximou, tomou a manopla, ajustou o telescópio um centímetro para baixo e olhou.

Uma sombra surgiu de trás das bananeiras.

Ela recuou. Encarou Dorian, que inclinou a cabeça para o lado. Perséfone examinou o mural: nada havia mudado.

Inclinou-se e olhou pelo telescópio mais uma vez. A sombra despontou gradualmente na imagem como uma névoa encarapitada na aurora. O sangue das mãos de Perséfone esfriou – corria gelo em suas veias.

Desta vez, deu três passos para trás até que trombou em uma mesinha de canto.

Dorian se virou tão lentamente quanto um bocejo.

– Você não sabe o que nem onde é isso, sabe?

– Sei que é ruim. – Perséfone contornou a mesinha. – Isso eu sei.

Ele não respondeu, mas gesticulou com a mão, e o mural de uma parede que podia ou não ser uma passagem para outra terra se transformou em um labirinto de estantes que iam do chão ao teto. O telescópio foi a única coisa que permaneceu no lugar.

– O que era aquilo? – perguntou ela. – Aquela… coisa?

– Não cabe a mim dizer. – Ele espalmou uma mão à frente. – Antes que você me xingue, eu não tenho permissão para dizer. O que *posso* dizer é que você não deveria ser capaz de enxergá-la, mas o fato é que é. – Ele se deteve e pareceu ter dificuldade para encontrar as palavras. – Apenas as tecelãs são capazes de acessar o outro lado do véu.

Perséfone engoliu em seco. Pretendia fazer mais perguntas a ele sobre a profecia, sobre o véu, porém no instante seguinte o chão tremeu. Esticou o braço para se apoiar, e as estantes se moveram mais para o interior da sala.

Uma nova parede deslocou-se em roda até que diante deles se erguesse uma muralha infinita de manuscritos, diários, livros e mapas.

– Não fui eu! – disse ela. – Ou foi?

– Não. A biblioteca tem vida própria – respondeu Dorian, cruzando os braços.

Com os olhos semicerrados, Perséfone notou que do outro lado do aposento *aquelas* estantes estavam cheias de itens e objetos de todos os formatos, alturas e comprimentos. Seus dedos coçaram para tocar a coleção.

– À vontade – falou Dorian, no mesmo tom de desafio de antes, e a observou. – Isto é, se você conseguir.

Perséfone examinou os livros, reprimiu a irritação com o petulante e atraente bibliotecário e se concentrou em seu propósito.

Preciso de um caminho, pensou, *para encontrar minha família, para obter respostas.*

Nada aconteceu.

Respirou fundo. "Ao meu querer, assim será."

Um murmúrio invisível roçou a bochecha de Perséfone.

Um estrondo surdo ribombou ao longo das intermináveis estantes. Dorian arregalou os olhos.

Perséfone se aproximou da parede, respirou fundo e esticou o braço.

Os dedos pressionaram a borda de madeira. Ela os deslizou até o diário mais próximo, e eles esbarraram no nada, como se o tomo não estivesse ali.

Conteve um suspiro de frustração e retornou à porção de madeira da estante. A vibração pulsou sob seus dedos, os quais ela arrastou pela borda. O tremor se intensificou até que a mão inteira de Perséfone passasse a tremer, e o vibrato começou a escalar o braço. Precisou se aferrar ao limiar para se manter concentrada.

O suor formava gotas em sua sobrancelha e também escorria pelas costas. Respirou fundo novamente para se recompor, e sua visão escureceu nos cantos.

Os dedos de Perséfone rastejaram pela prateleira até ela se achar em frente a um retrato. Esticou o braço, hesitou, a mão pairou sobre a foto.

– Hum. Por essa eu não esperava – disse Dorian, a voz grave sendo transportada na enorme sala ecoante. – Saiba que pegá-la será concordar com os termos da biblioteca.

– Suponho que você não vá me dizer quais são esses termos – falou Perséfone, tentando manter a voz branda e descobrindo nela a mesma falta de fôlego que no resto do corpo. A magia para transpassar a fronteira exigira seu total esforço.

– Eu não contaria com isso.

Ela assentiu de pronto, imaginou-se mostrando a língua para ele e abaixou a mão para a fotografia. Apanhou-a, e suas pernas bambearam como as de um potro recém-nascido que tenta dar um trêmulo primeiro passo.

Perséfone cambaleou para trás, em carne viva, doída, encharcada de suor. Sentia-se como se houvesse passado seis dias estudando incansavelmente para a prova mais importante de sua vida, sem dormir nem comer direito. As mãos tremiam conforme a imagem tornava-se nítida.

Virou-a e leu as palavras no verso.

"Que você encontre o seu caminho."

Virou-a novamente e observou.

– É uma foto – falou, contornando com o dedo o rosto ali capturado. – De uma mulher... que se parece comigo.

Dorian se aproximou, não a ponto de encostar, mas de transmitir algum conforto. E foi mesmo reconfortante ter alguém ao lado, ainda que esse alguém fosse o bibliotecário rabugento que fazia a palma de suas mãos suar.

Perséfone observou a foto por tanto tempo que os olhos marejaram e a boca secou. A fotografia era a primeira evidência concreta do pertencimento de Perséfone – pertencimento a uma pessoa que tinha o mesmo nariz, os mesmos olhos.

Dorian olhou por cima do ombro dela, intoxicando-a com seu cheiro amadeirado.

– Eu nunca tinha visto *essa* foto específica.

Perséfone o esquadrinhou.

– Você sabe quem é? Sabe quem eu sou?

Os olhos fulvos do homem procuraram os dela.

– Eu não posso dizer quem você não é – falou, tocando a borda da fotografia. – Ou de quem você vem. A biblioteca pode até guardar respostas, mas eu não.

Perséfone precisou reunir forças para não fixar o olhar nos lábios carnudos de Dorian.

– Você e esta biblioteca são um pé no saco.

– Falou o sujo para o mal lavado.

Perséfone ainda o encarou irritada antes de se voltar para a imagem.

Dorian soltou um suspiro alto e exasperador.

– A biblioteca guarda os mais diversos tipos de magia, respostas e verdades. É uma guardiã do tempo e das memórias. Eu não sei quem essa pessoa é, mas, considerando a época e o fato de que você traz no rosto elementos do dela, diria ser sua avó.

– Sim. – Ela exalou o ar. – Viola. Eu gostaria de saber mais sobre ela.

Dorian fez um som evasivo.

– Você não pode perguntar para a biblioteca e me contar?

– Não é assim que funciona.

– Você não é um bibliotecário muito útil, sabia? – Ela deixou a cabeça pender para um lado. – Como funciona, então?

– Você pode perguntar, e a biblioteca vai ajudar ou não.

Perséfone passou um dedo pela sobrancelha e o pressionou contra a cabeça, que parecia prestes a doer.

– Como vou saber se você não mentiu para mim sobre tudo o que falou até agora?

– Não vai.

Ela olhou para ele, que encolheu os ombros.

– E eu devo simplesmente confiar em você?

– Você não *deve* fazer nada. No entanto, você continua aparecendo e conseguindo o que quer, o que me faz suspeitar que é o que vai continuar tentando fazer.

Os olhos dela se estreitaram.

– Você já nasceu insuportável assim ou isso é segredo também?

Ele deu um meio-sorriso, e ela engoliu em seco. Dorian ficava lindo sorrindo.

– Você disse que esta é a Biblioteca para os Perdidos – falou Perséfone após um silêncio um tanto demorado e uma partida de quem-piscar--primeiro-perde da qual nenhum dos dois saiu vencedor. – A minha família está perdida.

Dorian piscou, um gesto lento e metódico.

– Não é exatamente a pergunta certa a ser feita.

Perséfone se empertigou e se espreguiçou.

– E qual é? Deixa pra lá, já sei o que você vai dizer. – Tentou imitar a voz grave do homem: – Eu não posso dizer quais são as perguntas certas. – Perséfone respirou fundo, varreu o ambiente com o olhar e virou-se para Dorian. – Todos os objetos daqui são assim, mágicos ou enfeitiçados?

– Sim. – Ele a cutucou com o ombro. – Continue.

Ela se manteve bem parada para conter o estremecimento que brotou do toque do braço de Dorian.

– A... biblioteca me impede de contar às minhas primas sobre você ou sobre ela?

Ele assentiu muito lentamente.

Perséfone tamborilou sobre a borda da fotografia.

– A biblioteca é... o lugar mais poderoso que existe?

Dorian meneou a cabeça, o que fez Perséfone entender que estava no caminho certo.

– Um deles. Ela guarda todas as magias jamais imaginadas. Algumas reais, outras ficcionais.

– Ficcionais?

– A biblioteca é bem-humorada. O que quer que tenha sido escrito na forma de magia, seja numa história ou na realidade, pode existir aqui.

– E *não* é o lugar mais poderoso que existe? – indagou Perséfone, pensando nos incontáveis romances mágicos e livros de não ficção sobre poder que havia lido na vida.

Dorian refletiu por um instante e novamente inclinou a cabeça.

– Não é um Bestiário da Magia, mas é poderoso à sua própria maneira. – Seus olhos a encontraram.

– O Bestiário da Magia? Você sabe sobre ele?

Dorian fechou os olhos, os lábios fizeram menção de falar, porém ele acabou apenas balançando a cabeça. Quando reabriu os olhos, havia neles certa aflição, certo sofrimento.

– Não posso dizer mais do que isso.

Hum. Então até o bibliotecário tinha de se sujeitar ao silêncio em relação a certos assuntos.

– Se você *sabe* sobre ele, então deve saber sobre Amara e Vera Mayfair.

Ele assentiu, hesitante, com a cabeça.

– Bruxas perdidas.

– Perdidas como a biblioteca?

Os lábios de Dorian se curvaram infinitesimalmente, mas ele nada falou. Perséfone suspirou.

– Estou cansada de não saber tantas coisas. É evidente que você sabe as respostas, mas não pode me dizer.

– Ajuda saber que eu gostaria de poder?

Ela sorriu e o coração se chocou com força contra o peito quando percebeu os olhos de Dorian passeando por seu rosto. Um desejo ardente se desfraldou em seu estômago, um violento puxão de querer.

– Um pouco.

– A biblioteca possui respostas. Ela te deu uma. – Ele acenou para a fotografia que ela segurava.

– Eu não sei nada sobre ela, não sei o que aconteceu com ela nem com a minha mãe.

– Você vai saber.

– Por que você está afirmando isso?

– Um palpite, apenas. – Ele então sorriu, um lampejo dos dentes desalinhados, ao que os ossos de Perséfone cantarolaram.

Ela passou a mão na franja e desviou o olhar.

– Preciso ir. Ainda tenho muitos passos para percorrer e muitas magias para pôr em ordem.

Sentiu o olhar dele sobre ela e sentiu o sangue irrigar seu rosto. Levantando devagar, Dorian começou a caminhar até a porta. Seu cambaleio se tornava mais pronunciado a cada passo. O homem esperou que ela se desatasse do piso e, quando Perséfone passou por ele, ofereceu-lhe um braço.

– Prefiro tomar o caminho mais curto ao mais longo – falou. – Preciso que você me permita nos guiar.

– Por mim, tudo bem, Dorian. Pode indicar o caminho. – Perséfone entrelaçou o braço no dele e tentou com todas as forças não se perder no inebriante aroma.

Com poucos e curtos passos, eles atravessaram o vão da porta e saíram na sala principal. Perséfone piscou, sua cabeça girando por um longo segundo enquanto o chão se desenrolava a seus pés. Piscou de novo, e a confusão se desfez.

– Mas como é possível...

Dorian se mexeu ao seu lado.

– As coisas nem sempre seguem a ordem natural aqui – falou, gentilmente desentrelaçando o braço do dela.

– Aqui? – Perséfone finalmente captou o que ele quis dizer. – Porque aqui é um outro mundo?

Ele hesitou.

– Porque aqui não é a sua ilha.

Perséfone investigou seus olhos, cujo tom de canela se destacava mais agora, à luz do fogo.

– É perigoso estar aqui?

– Se você não tiver sido convidada, sim. – Ele sorriu, e desta vez o sorriso tocou seus olhos.

Ela desejou passar o dedo pelas rugas.

– Parece ser o caso, como você faz questão de assinalar.

– Sim. Muito embora encontrar você tenha sido... interessante.

– Ter sido encontrado por mim, você quer dizer – falou Perséfone, abaixando o queixo antes de se dirigir à porta.

Dorian estava se mostrando um homem profundamente confuso. Perséfone não estava gostando nada da atração que ele exercia sobre ela, da distração causada pela vontade irracional e cada vez mais forte de descobrir o gosto da cicatriz logo abaixo de seu queixo. Ele era impossível de decifrar, e Perséfone foi acometida pelo pensamento de que, pela primeira vez, não era *ela* a pessoa mais perigosa da equação.

Quando olhou para trás, notou uma incerteza na expressão dele.

– Espere um instante, por favor – disse Dorian, a caminho da lareira.

Perséfone cerrou e abriu as mãos enquanto observava as costas do homem, reprimindo-se por ceder à distração. Ele introduziu o braço em um compartimento ao lado da lareira, mas, quando se afastou, não havia nada ali além de pedra.

Caminhou até ela; trazia na mão um medalhão em forma de ampulheta, que entregou a Perséfone.

– Tecelãs podem perder a noção do tempo.

As faces do homem estavam levemente coradas, e ela compreendeu que estava desconcertado pelas próprias ações.

Perséfone nunca havia ganhado qualquer presente de um homem, quanto mais um colar. Estava mais tocada pelo gesto do que queria admitir. Tentando ignorar o batuque furioso no peito, aceitou-o e murmurou um agradecimento.

Na parte inferior da ampulheta, lia-se a seguinte inscrição: "Tecelã Mayfair, que você encontre o seu caminho".

– Como na foto – afirmou Perséfone, lançando ao homem um olhar penetrante. – O que significa?

Ele encolheu um ombro.

– Não sei. Cataloguei-o alguns anos atrás. Acho que ele estava à sua espera.

– Por causa da fotografia ou porque eu... caminho entre mundos?

– Os dois, e também porque me parece que você está buscando um caminho. – Ele abriu a porta e lhe deu passagem. – Você já tem as direções; o resto, porém, depende de você.

Perséfone desamarrou o suéter da cintura e começou a vesti-lo pelos braços.

– E se eu precisar voltar para cá, com convite ou sem?

O sorriso imediato de Dorian fez um buraco em seu coração.

– Suponho que você encontrará um caminho diferente para isso também.

Ela atravessou o vão da porta com a impressão de que por *suponho* ele na verdade tinha querido dizer *espero* e, quando se virou para agradecer e também para olhá-lo uma última vez, deparou com o edifício desaparecendo. Parada no lugar, observou a luz tremular em tons misturados de âmbar e verde-jade.

Perséfone não viu a sombra saindo furtiva das janelas.

Não notou que ela desapareceu nas fendas do chão.

Perséfone não sentiu quando ela atravessou as fronteiras de sua própria sombra e envolveu-a fortemente.

ꝏ

A ampulheta pesava no bolso de Perséfone. Sobre o caminho de paralelepípedos, ela espremia os olhos para o horizonte como se fosse fazer reaparecer a biblioteca com a força da vontade e nada mais. E talvez Perséfone pudesse fazê-lo – ela ainda não tinha consciência de tudo o que era magicamente capaz de realizar ou não.

Por que não tentar trazê-la de volta? Olhos fixos à frente, visualizou a edificação em seus pensamentos – o tecido do ar, da terra, dos mundos reverberou ao redor.

Uma torrente de euforia inundou seu sistema circulatório. Pensou na biblioteca, no sorriso de Dorian.

Perséfone ergueu os braços... e... nada.

Um balde de água fria lavou a visão. Tentou de novo, porém não conseguiu trazer o local de volta o mundo.

Um tanto sem fôlego e bastante agitada, pegou a ampulheta no bolso e a examinou. Era requintada, muito impressionante para um primeiro presente. Perséfone fechou os olhos e recuperou em sua mente o rosto de Dorian, o fato de que o homem podia encará-la e a sensação – um oceano de emoções – que tomava conta dela quando ele o fazia.

Adorava olhar nos olhos das primas, era tranquilizador, reconfortante. Já encarar Dorian... Não sabia até então o quanto uma encarada era capaz de eletrizar um ambiente, não sabia que olhar para alguém e ser olhada de volta podia causar uma tal *necessidade*. Talvez fosse um tipo próprio de magia, cujo efeito era fazer seu coração galopar dentro do peito, a boca salivar e os dedos dos pés se contorcerem. Por mais ridículo que fosse, Perséfone sabia que não pararia de repassar na cabeça cada milissegundo da conversa acalorada com o bibliotecário.

A ampulheta parecia mais pesada em sua mão agora que se encontrava na ilha do que antes, na biblioteca. Guardou-a no sutiã, o local mais seguro para levá-la consigo, e conferiu a hora no celular. Arregalou os olhos, leu os números novamente, arregalou-os mais ainda. Cinco minutos haviam se passado desde que deixara a casa de Moira e Jacinta naquela manhã.

Cinco minutos que pareceram um dia inteiro. Perséfone sacudiu a cabeça ante a percepção e alongou o pescoço. O desgaste pelo uso intenso da magia já não a corroía; o cansaço descomunal que vinha carregando não se fazia mais sentir ali sob o sol do meio-dia. Só podia ser graças à ilha, pensou, que se recuperara tão rápido.

Perséfone precisava conhecer a verdade por trás daquela conexão. Precisava retornar à Casa Ever e encontrar um jeito de contar a Jacinta e a Moira sobre a biblioteca e sobre Dorian, mostrar a elas a fotografia, relatar que era uma tecelã. Com certeza, agora estariam mais perto de desfazer a maldição.

Virou-se para voltar, e os pés se congelaram sobre a pedra. Tentou se mexer, mas o puxão no centro das costas a tracionou na direção oposta.

Na direção da Casa Way.

Ah, não. Não, não, não.

Tentou levantar um pé, superar a paralisação. Nada aconteceu. Rosnou de frustração, girou o corpo para a direita e para a esquerda, tentou até mesmo se lançar à frente. Tudo em vão.

Perséfone ficou ali parada, olhos fechados, irritada, se concentrou em esvaziar a mente.

Surgiu o rosto de Dorian, e ouviu-o dizer: *existia um caminho* para as respostas que ela queria.

Perséfone resmungou. E se ele quis dizer não um caminho literal, mas *uma pessoa*? Talvez uma das irmãs Way?

Ela desejava desfazer a maldição, precisava ajudar Moira e Jacinta, queria salvar sua família. Quem sabe não era justamente o que precisava fazer!

Inalou o ar, segurou-o, sentiu o puxão se intensificar. Sentiu nos ossos a compreensão: a ilha queria que ela fosse ao encontro das duas bruxas.

Olhou para os próprios pés e exalou.

– Certo. Se é o que precisa ser feito, eu faço. Mas, já que *você* quer tanto que eu fale com elas, espero ao menos que não permita que as duas me matem.

A ilha liberou Perséfone, que deu um tropicão à frente. Revirou os olhos. A determinação da Ilha de Astutia era quase tão firme quanto a dela – claramente se tratava de uma ilha mágica com questões de controle muito mal resolvidas.

O trajeto até a praia foi pitoresco mesmo com as baixas e densas nuvens cobrindo o sol. Gaivotas se empoleiravam na beira do cais ou nos postes de madeira ou então saltitavam nas dunas de areia. A areia cor de creme exibia as marcas de lambida das ondas do mar, e os pés descalços de Perséfone se afundavam nela conforme avançava em sulcos de calcanhar, dedos, calcanhar, dedos. A maresia envolvia Perséfone, que a abraçava com força – enrolava o ar fresco nos músculos, entrelaçava a calma nos ossos, fortificava a determinação.

Não notou na água o reflexo das trevas que borrava cada passo de sua sombra.

ஂ

As duas bruxas que assumiram a praia – e, consequentemente, o oceano que a circulava – tinham construído sua casa sobre estacas de madeira. A visão era um amarelo pálido com mais janelas do que paredes. Uma extensa varanda contornava o lado oeste da casa, perfeita para admirar o por do sol ou os pescadores que ousavam se aproximar da costa.

Ellison e Ariel Way adoravam admirar os pescadores. Pescadores, pescadoras, qualquer um que pescasse. Qualquer belo corpo era um colírio bem-vindo para os olhos.

Menos se esse corpo fosse conectado a Perséfone May.

Ellison saiu e ficou no alpendre, observando Perséfone se aproximar. Amava o alpendre em forma de lua crescente que cercava parte da casa. Amava o cheiro de sal no ar que somente a beira-mar poderia proporcionar. Amava o céu que se transformava de laranja em rosa-avermelhado no crepúsculo e se refletia na água como incontáveis luzinhas trêmulas presas logo abaixo da superfície. Acima de tudo, amava se sentar no alpendre e imaginar os lugares que ainda iria conhecer. Diferentemente da irmã, Ellison sonhava em viajar e assistir ao pôr do sol pelo mundo.

No entanto, o que não fazia parte de seus sonhos era abandonar a irmã com seu coração partido e sua desconfiança deste mesmo mundo. Ellison, observando do alpendre a aproximação da bruxa do continente, pensou que não podia se ressentir inteiramente da desconfiança de Ariel em relação às pessoas, já que elas – especialmente as bruxas – às vezes eram traiçoeiras.

Ainda assim, Ellison não chamou Ari diante da presença de Perséfone. Ao contrário da irmã, não tinha tanta certeza de que Perséfone representasse um perigo real. Esta teia em particular era intrincada demais, com aranhas demais escondidas à plena vista. Tudo o que Ellison precisava fazer era encontrar o fio certo e puxá-lo.

A janela do sótão se abriu, e Ellison exalou o ar pelo nariz.

– Sério mesmo, Elsie? – gritou Ari. – Vai bancar o comitê de boas--vindas? Quer que eu leve um bolinho envenenado ou um arame farpado para arrastá-la pra dentro de casa?

– Melhor do que as suas bestas maníacas – disse Ellison, baixo o bastante para perfazer um sussurro, alto o suficiente para a irmã escutar.

A verdade era que entre as duas irmãs havia pouquíssimos segredos, e irritação nunca era um. Parte da maldição de formar uma das duas únicas duplas de bruxas da ilha era a graça de ter na irmã uma melhor amiga. Embora sentisse saudades da mãe e, às vezes, até mesmo de Jacinta e Moira, Ellison nunca se sentia solitária na presença de Ari.

– *Mecânicas*, não maníacas. Se é maníaco que você quer, basta olhar para a ruivinha tocando o terror na nossa areia recém-afofada.

Ari não tinha dúvida de que o oceano pertencia a ela. Tudo o que abraçava a água na extensão da Ilha de Astutia era posse das Way; era o que acreditava Ariel e o que ela queria que a irmã acreditasse também.

Ellison acreditava que eram amaldiçoadas, e estava cansada disso.

Quando criança, nunca se incomodou em passar os meses de inverno contemplando as ondas ou observando as estrelas; porém, aos vinte anos, passou a sentir uma coceira no meio das costas. Como qualquer coceira, esta era desejo. Especificamente, o desejo de ir e vir da Ilha de Astutia conforme a sua vontade, por temporadas de meses ou mesmo de anos. A coceira se espalhara na última década e agora recobria o corpo quase inteiro.

– Ela não está nem aí – disse Ellison, coçando atrás da orelha.

Ari resmungou e bateu a janela. Descendo as escadas internas a passos pesados, Eli percorreu os quatro andares como uma fada alucinada que acabou de despertar de um encantador pesadelo. Ari tinha a estatura de um duende e o temperamento de um anjo vingador. Quando pisou no alpendre, a pele de bronze reluziu e suas admiráveis e minúsculas sardas dançaram na ponte do nariz. Já a pele de Ellison era cor de creme, os olhos eram tempestuosos como o mar, e os cabelos, dourados como o sol poente. As duas eram mais do que irmãs, eram quase gêmeas, e ainda assim pareciam pertencer a famílias diferentes. Ellison era uma sacerdotisa escandinava, enquanto Ariel era uma guerreira ameríndia – um lembrete de que uma pequena porção do que eram se devia ao pai de cada uma, mesmo que não tivessem memória dos homens, os quais, por uma temporada ou duas, foram enfeitiçados pela mãe.

– Os lados da mesma moeda espelhados em duas almas diferentes – dizia a mãe de Ellison sobre as quase gêmeas quando estas eram pequenas; ao menos essa parte era verdade.

Havia gêmeas de fato na família. Era uma característica de sua linhagem, e dizia-se que, como o poder não se dividia igualmente, ter gêmeas era um mau agouro. No caso das duas, porém, a irmandade significava a proximidade típica de duas irmãs gêmeas sem que houvessem compartilhado o mesmo zigoto. Corriam o mesmo risco de dar à luz gêmeos quanto qualquer dupla de irmãs mágicas corria, e sua natureza íntima raramente mostrava a faceta mais feia, a não ser quando o assunto era o nível em que deveriam se envolver com o vilarejo durante a alta temporada.

Ariel não gostava de turistas. Ellison sabia que eles eram cruciais para seu modo de vida, e os laços que elas criavam – especialmente durante os meses sombrios, em que a ilha se fechava para estrangeiros e magicamente desaparecia dos mapas e instrumentos de navegação – possibilitavam que o restante do ano transcorresse de maneira mais suave.

Algumas pessoas chamavam a Ilha de Astutia de a Salem do Sul, mas Ellison brincava que estava mais para o Verdadeiro Triângulo das Bermudas. Do equinócio de outono até o equinócio da primavera, a entrada era bloqueada. Durante esses meses, era como a Fantástica Fábrica de Chocolate de Willy Wonka: ninguém entrava, ninguém saía. Simplesmente não era possível. Obra de Amara e Vera Mayfair.

O feitiço delas, como a romã dada por Hades à sua Perséfone, dividira em duas a receptividade da ilha: por seis meses, ela atraía pessoas, pelos outros seis as repelia. Não ficavam congeladas como suas ancestrais, é verdade, mas na prática era como se ficassem durante os meses de inverno. Ellison tinha ciência de que a ilha fora próspera no passado, com festivais o ano inteiro, celebrações, vizinhos que eram como familiares; hoje... bem, hoje a vida se dividia em duas estações: alta e baixa. E neste momento elas estavam metidas até o pescoço na baixa estação.

Nessa época, não havia muito o que fazer; as oportunidades de ganhar dinheiro na ilha eram poucas, assim como as diversões. Ellison tinha um blog anônimo (mas bem remunerado por patrocínios) chamado *A bruxa que pariu*, que ajudava a pagar as contas; escrevia artigos debochados sobre bruxaria e alquimia para ganhar uns trocados e, por diversão, vendia colares "abençoados" feitos de flores secas em pingentes de vidro enfiados em corrente de prata.

Por sua vez, Ariel produzia autômatos mecânicos que vendia em sua loja popular na internet durante o inverno e em um quiosque no vilarejo durante o verão – isso quando decidia dar as caras. Ao passo que Ellison não usava magia em seu trabalho – bem pelo contrário, era bastante sabedora de que ninguém em sã consciência deveria levar a sério os posts sobre "Dez coisas extraordinariamente encantadoras de que toda bruxa precisa" ou "Cristais de bálsamo para dar um *up* no apetite sexual de seu parceiro" –, Ariel se deliciava em enfeitiçar suas criaturas. O indivíduo que não acreditava em bonecos possuídos antes de encomendar um mudava de opinião tão logo recebia o seu em casa.

– São autômatos, Elsie – defendia-se Ari quando a irmã reclamava dos riscos de exposição provocados pela brincadeirinha. – Eles fazem o que o nome indica, agem por conta própria. Não tenho culpa que ninguém se interessa pelos pormenores etimológicos.

A magia das Way era poderosa. Ellison tinha consciência de que, em parte, isso se devia ao que as separara das Ever desde o princípio; enquanto

Moira e Jacinta descendiam de Vera, Ariel e Ellison, como a mãe, pertenciam à linhagem de Amara. E, embora fossem todas parentes, a magia nas duas linhagens não se equivalia. Foi por esse motivo que a tentativa da mãe e da tia de quebrar a maldição deu terrivelmente errado, com os resultados que aí estavam. Uma magia poderosa era uma maldição por si só, e Ellison acreditava que essa era uma das razões por trás da disputa entre Jacinta e Ariel em torno daquela garota, e também que, sendo assim, estava na essência da divisão entre as duas famílias. Se bem que, depois do que se passara com suas mães, uma ruptura incontornável talvez fosse mera questão de tempo.

Ellison se inquietava com a magia usada por Ariel. O éter era um elemento traiçoeiro; Ari o extraía do espaço, não era o tipo de magia que se sabia de onde vinha e para onde ia.

Pelo menos Ari tinha parado de fabricar os relógios de cuco, esses *excessivamente* realísticos. Os... bonecos, como ela os chamava, eram vendidos com o aviso de "compre por sua própria conta e risco"; o aviso parecia ser exatamente o que deliciava os compradores, mas ela fazia sua parte dando o alerta.

Era um escárnio da Deusa que o trabalho ridículo de Ellison fosse tomado por autêntico e o de Ari por falso.

No fim das contas, apesar da maldição, elas levavam uma vida boa – uma vida estabelecida e relativamente tranquila. O que, sabia Ellison, estava prestes a mudar com a ruiva que se aproximava dos degraus.

Ellison, que não era de evitar confronto, começou a descer a escada para encontrá-la. Quase pisou em falso quando percebeu a massa escura, compacta como fumaça, que seguia Perséfone tal qual uma capa.

– Pela Deusa! – murmurou Ellison, observando como a sombra sangrava e voltava a se misturar.

Com um sorriso sem graça, Perséfone acenou.

– Desculpe invadir assim – falou – e por favor não acabe comigo de novo, eu realmente preciso conversar com vocês.

– Não dê mais nem um passo – alertou Ellison, o olhar passando da sombra que não era sombra para Perséfone.

A porta lateral se abriu e em menos de um segundo Ariel se achava ao lado da irmã, com uma pequena bolsa na mão.

A magia estalou no ar. A maré subiu. A treva se aproximou.

ꝏ

Perséfone estava bastante certa de que as bruxas Way não batiam bem da cabeça. Talvez fosse o estado natural delas – talvez não gostassem de como a ilha a tinha confortado e revivido. Cara de cu de bruxa: assim Perséfone classificou o olhar que elas trocaram. E chegou à conclusão de que era loucura ter vindo. Quem sabe não fosse louca mesmo e só estivesse reivindicando o que era seu por direito.

Passou uma mão pelo cabelo e descobriu vários pequenos nós. A ampulheta esquentava o ponto com o qual estava em contato, próximo do coração. Perséfone soltou um suspiro; embora duvidasse que as duas seriam de grande ajuda, tinha a esperança de dar algum sentido para os fragmentos de informação que boiavam em sua cabeça. Uma vez que a ilha a havia trazido até ali, restava-lhe tentar.

– Não vou chegar mais perto – gritou. – Aprendi a minha lição depois do truque de hoje de manhã.

– Truque? – A voz de Ariel saiu aguda. – Vou te mostrar o que é truque, sua vadiazinha infernal.

Ellison tapou a boca da irmã com uma mão.

– Se tivesse acatado verdadeiramente o nosso aviso, você não estaria aqui.

– Por mim, eu não teria *mesmo* vindo, mas cá estou. – Perséfone colocou as mãos nos bolsos, pois precisava de uma solução para os dedos agitados. Agarrou o tecido do forro da calça, a agitação ainda mais intensa por ter de se manter imóvel. – Estou atrás de informações e acho que talvez só vocês podem me ajudar. – Visualizou com o olho da mente o verso do colar, reuniu coragem e falou: – Tecelã Mayfair?

Um longo silêncio se fez até que uma das irmãs se pronunciasse:

– Preciso de um tônico – disse Ariel, dando meia-volta e entrando na casa.

Ellison permaneceu onde estava e observou o vento varrer as mechas desembaraçadas do cabelo de Perséfone como a correnteza varre as algas marinhas. Seus olhos eram calmos como água parada, porém sombrios como qualquer tempestade iminente.

– Tecelã Mayfair? – repetiu Ellison.

– Isso. – Perséfone assentiu brevemente, com a esperança de que as duas não fizessem daquele processo algo tão penoso.

Se Jacinta e Moira a enxergavam como ela era, essas duas bruxas a rejeitavam por seu poder, embora elas próprias possuíssem magia. Não fazia sentido. Perséfone afastou um formigamento que ameaçou subir por suas panturrilhas.

– Achei um objeto com esse... nome gravado.

Atrás dela, a sombra que não era sombra lambeu seu pé. Perséfone arrancou as mãos dos bolsos e coçou a lombar. Ellison, com a cabeça tombada para um lado, acompanhou os dois movimentos.

– Tecelã Mayfair não é uma pessoa – falou.

Perséfone inclinou a cabeça também, levou as mãos ao colo e esfregou a coceira que se manifestou ali.

– Você sabe o que é?

– A profecia – disse Ariel, ressurgindo no alpendre com um copo cheio de um líquido claro e um pequeno sachê, o qual entregou à irmã. – A profecia da ascensão da verdadeira bruxa das trevas.

Lembrando-se da profecia de que falara Jacinta, segundo a qual uma *tecelã do tempo* da linhagem Mayfair um dia teria o poder de desfazer o mundo, Perséfone balançou a cabeça. A sua magia, a magia das Ever, não era perversa.

Era?

– Não faz sentido.

– A sua presença aqui não faz sentido – emendou Ariel, exibindo os dentes num sorriso que fez o estômago de Perséfone se revirar.

Ela deu um passo para trás, e a sombra se enrolou em seus tornozelos. Foi como pisar numa teia de papel-filme. Até ali irritada, à beira de se exaltar com a bruxa de olhar penetrante que segurava o líquido âmbar, de repente Perséfone se viu imobilizada. Tentou puxar o ar, tentou gritar, tentou correr, porém estava enraizada no solo, congelada no lugar.

Ellison sussurrou algo e assumiu uma feição determinada. O medo de Perséfone escalou para pânico e explodiu em absoluto terror ao notar a expressão estampada no rosto das duas bruxas. Tentou se debater para se livrar do fluido trevoso e pegajoso nos braços e nas pernas. Estava perdendo o controle, estava sentindo que dentro dela algo tenebroso fazia força para sair, para tomar conta.

Ariel tomou a mão da irmã e ergueu o sachê na direção do céu.

Gritou uma única palavra ao vento:

– *Solta.*

A areia sob Perséfone se deslocou com um ruído surdo. Sentiu um leve puxão no centro do corpo e os cordéis que a atavam se afrouxaram. Flexionando a cintura, projetou-se para a frente. A treva refluiu por um instante abençoado, glorioso, para então retornar mais rápida, mais forte, mais intensa.

– *Retorne* – ouviu Ariel dizer, e um medo gélido substituiu o pânico que Perséfone vinha tentando combater.

Ariel atirou o braço para trás e catapultou o sachê na direção de Perséfone, que, conforme o objeto se aproximava, fechou os olhos e se perguntou brevemente como tinha parado ali, com magia saindo pela culatra e duas bruxas enfurecidas prestes a matá-la.

Um relâmpago cruzou o céu e se estilhaçou na areia. Os olhos de Perséfone se arregalaram e viram o sachê ser ricocheteado e parar na água, que borbulhou como um caldeirão rejeitando os ingredientes.

O mar entrou em ebulição antes de fazer espuma e se acalmar.

Um clarão dourado cegou Perséfone, e as trevas que tinham se apoderado dela a liberaram. Ela cambaleou para trás ao mesmo tempo que ergueu os braços, pronta para lutar.

– *Pare!* – Vinda de lugar nenhum e de todos os lugares, a voz de Moira cortou o ar, cristalina, distinta e tão carregada de ira que Perséfone cerrou os dentes para se proteger do som.

Outro relâmpago, estilhaços de tábua – os degraus mais baixos da escada que levava à casa das Way implodiram.

A voz de Moira estrondou:

Evoco o Leste,
o Sul, o Oeste e o Norte,
imenso poder, se manifeste
ao meu brado forte.

Um jato de vento arremeteu contra as duas bruxas na varanda, derrubando-as no próprio campo de jogo.

Jacinta apareceu do lado oposto da casa, caminhando a passos largos sob a tempestade, como se esta não estivesse provocando ventos torrenciais dignos da fúria da Deusa. Entrelaçou Perséfone ao alcançá-la e meteu um sachê em seu bolso. Uma reconfortante sensação de calma se abateu sobre Perséfone.

– Ainda não é chegado o seu tempo de lutar – falou Jacinta.

Perséfone passou um braço em volta da cintura de Jacinta e se apoiou inteiramente na amiga.

Moira emergiu da neblina e se colocou como uma altiva general diante do pelotão de fuzilamento. Não recuou nem mesmo quando Ariel avançou com dificuldade, lançando faíscas verdes pela praia.

Ela se aproximou de Jacinta e segurou sua mão antes de olhar de relance para Perséfone e empinar um pouco mais o queixo, enunciando numa voz que se irradiou mesmo com os relâmpagos que cortavam o céu e os ventos que revoluteavam sobre a casa e a praia como um desesperado tornado querendo entrar.

Evoco os Guardiões da Ilha
Pois não é chegado o dia
Protejam quem se desvia
Devolvam-nos o poder de imediato
Quebrem o elo, desfaçam o laço
Das três, três virá
Ao nosso querer, assim será.

Eclodiu um clarão tão intenso que Perséfone deixou escapar um pequeno grito. Jacinta apertou-a com ainda mais força, e um instante depois o vento arrefeceu até virar uma brisa fresca.

Ellison e Ariel já não se achavam no alpendre; uma fenda profunda partia em duas o que antes era uma escada só.

Jacinta soltou uma risadinha alegre e abriu um sorriso satisfeito, até que ouviu Moira pigarrear. Olhou para trás, notou o estado de Perséfone e ficou branca.

– Sinto muito, prima. Fazia muito tempo que não enfrentávamos as Way e, por mais que eu odeie admitir, não via a hora de isso acontecer. Venha. Vamos para casa.

Moira, com o rosto cansado e pálido, passou um braço do outro lado de Perséfone, que, com o apoio das duas bruxas, começou a se afastar da casa amarela. A água alastrava-se cada vez mais sobre a praia, como se tentasse alcançar os pés das três, uma mensagem urgente da correnteza.

Perséfone não prestou atenção, pois estava olhando para trás, na direção do sótão, bem dentro dos olhos turvados e furiosos de Ellison Way.

Duas semanas após o solstício de verão, dez anos antes

Ariel crê que magia é sempre magia. Foi o que ela me disse na praia, enquanto víamos os primeiros visitantes de julho atracarem. Ela está construindo um relógio de cuco para o Arco, um que será capaz de conter as areias do tempo, isto é, se formos corajosas o suficiente para coletá-las. Eu falei que esse tipo de *magia não é permitido.*

- Claro que é. É uma magia para lembranças, sonhos e vivências. - Ela riu. - Você pode preencher com o que quiser, já que passa todo o seu tempo lá mesmo.

Passo tanto tempo do outro lado do Arco para praticar. A magia dela não é a minha. Não sei como ela torna possível o impossível. Disse a Moira que Ariel bem pode ser a bruxa que vá desfazer a maldição, mas Moira apenas balançou a cabeça.

- Ela é capaz de fazer mover o espaço para si, mas não de caminhar através dele. É uma manipulação, não uma mestria.

A vida de Moira se resume à mestria. É maçante. Ela passa o dia trabalhando nas receitas e praticando tai chi, enquanto eu fico na horta vendo as coisas crescerem.

Então estávamos na praia vendo as ondas beliscarem a costa, Ariel ignorando o meu blá-blá-blá de sempre sobre a hinterlândia, a maldição e a minha vontade de quebrá-la. Se nós conseguíssemos, teríamos mais magia e mais companhia durante o ano inteiro. Talvez as nossas mães retornassem e a ilha enfim se tornasse um lar.

- Quem é? - perguntou Ariel, finalmente erguendo o olhar.

Uma garota havia desembarcado. Tinha o cabelo claro, os lábios cheios e caminhava como se estivesse na passarela. Os quadris ruge-rugiam.

- Turista? - falei, vendo-a percorrer a doca e pisar na trilha.

- É ela *- disse Ariel, baforando a palavra de um jeito que eu nunca tinha escutado.*

Retirou a boneca de milho da bolsa e me entregou.

Quando coloquei os olhos nela, tomei um susto. A pequena boneca que eu havia feito para Ariel, com seus cachos de dente-de-leão, parecia-se muito com a menina que acabara de deixar o barco.

- Ari - comecei, e meu estômago já se revirou. - Você fez alguma coisa com essa boneca?

Ela sorriu para mim e passou a alça da bolsa sobre o pescoço.

- Pode ficar com ela. Eu tenho a de verdade agora.

Então, determinada, com os olhos cintilantes, Ariel atravessou a areia até o caminho de pedras.

Fui abandonada na praia, com a boneca nos braços, sozinha uma vez mais.

6

Assim que Perséfone e as Ever deixaram a praia e pisaram na estrada de pedras, Jacinta e Moira a soltaram. Perséfone se sentiu capaz de se sustentar por conta própria e assim o fez, tirando o cabelo do rosto e voltando-se para as duas com uma expressão de agradecimento.

– Obrigada por terem aparecido bem na hora – disse, balançando a cabeça. – Não consigo entender o que aconteceu.

– Lá em casa – disse Jacinta, pressionando gentilmente a mão de Perséfone e então olhando para trás por cima do ombro. – Vamos conversar quando estivermos em um lugar seguro.

Durante a subida da colina, o rosto pálido de Moira, que conduzia o caminho, foi ficando indecifrável. A energia crepitava em torno dela, preenchendo o ar com o som penetrante da amargura e as ferroadas de eletricidade estática. Perséfone quis perguntar se ela estava bem, porém a concentração com que Moira se movia, a mesma com que praticava tai chi, a fez morder a língua.

A caminhada era longa, e o sal presente no ar aguilhoava os olhos de Perséfone, cujo corpo foi ficando pesado – os calcanhares pareciam se enterrar fundo nas pedras. Os cotovelos doíam a cada impulso dos braços, e o pescoço dava a impressão de ter sido repuxado demais para um dos lados. Tentou segurar a cabeça pulsante com uma das mãos, mas o esforço foi demasiado.

– Ela precisa de aterramento – falou Moira, secando o suor da testa.

– Ela precisa acessar melhor os poderes – disse Jacinta.

– A ilha – murmurou Perséfone. – Achei que ela ia me restaurar.

– E vai – garantiu Moira, fuzilando Jacinta com o olhar. – Mas você precisa de mais do que ar fresco. Não foi banal a magia que combateu. Aterramento, é o que você precisa.

– Aqui não é seguro – disse Jacinta, oferecendo uma mão a Perséfone e avaliando o trecho da colina que ainda precisavam percorrer. – Só mais um pouco, estamos chegando à nossa barreira de proteção. – Passou um braço firme pela cintura de Perséfone. – Apoie-se em mim, prima.

Assim Perséfone fez e, por mais comedida e tediosa que tenha sido cada passada, tolerou melhor o fardo graças ao apoio. De repente, ocorreu a ela que, antes da Ilha de Astutia, nunca pudera ser amparada por ninguém; jamais tinha tido a oportunidade de se permitir tamanha fragilidade, e estava descobrindo agora que não apreciava em nada a experiência.

Quando elas finalmente chegaram à casa, Perséfone estava suada e sem fôlego. Jacinta a sentou na varanda e disse que voltaria num instante. Moira se afastou para enterrar os dedos dos pés na terra, sacudiu a energia como um cachorro molhado e estudou o horizonte.

Jacinta retornou com duas xícaras de chá, entregou uma a cada mulher e mandou Perséfone "bebê-la de um só gole". Ela obedeceu e viu Moira fazer o mesmo. Perséfone tossiu na sequência, ao passo que Moira nem piscou – qualquer que fosse o tônico misturado ao chá, estava mascarado por um intenso sabor de uísque.

– É melhor irmos para o Arco – falou Jacinta. – Podemos tentar atar seu poder ao nosso, para que nunca mais aconteça algo assim.

– Acho que não aguento fazer nenhum feitiço agora – disse Perséfone, insegura quanto à ideia de se atar.

– Precisamos restaurar sua energia. – Moira se aproximou dela e a fitou. – Acho que precisamos da árvore benzedora.

Jacinta se juntou a Moira para ajudar Perséfone a se levantar e depois entrou na casa para consultar os livros, enquanto Moira conduziu Perséfone até uma árvore coberta de musgos, mais nodosa do que as juntas de um homem com artrite.

– *Isso* é a árvore benzedora?

– Uma delas. Já ouviu falar daquele pessoal excêntrico que *abraça árvore*? – perguntou Moira, arqueando as sobrancelhas. – Você vai ser um deles agora.

– Que maravilha, é o que sempre sonhei – disse Perséfone com um suspiro.

Moira conteve a risada e começou a mover os ramos pendentes para auxiliar Perséfone a encontrar a base da árvore. Com cuidado, Perséfone passou o pé sobre as raízes e, sentindo-se ligeiramente muito ridícula, passou os braços ao redor do musgo. Era como imaginava que seria abraçar um cão bem peludo, a não ser pelo almíscar que confundia os sentidos.

Seus dedos dos pés se cravaram profundamente na terra branda e, cedendo ao impulso, ela fechou os olhos.

– As árvores são mais velhas do que nós, mais fortes e muito mais capazes de se relembrar da própria força – disse Moira numa voz que se entrelaçou a Perséfone. – Nós viemos da terra. Nascemos dela e para ela retornaremos. Permita que seu espírito e seu corpo façam a ponte entre esses dois momentos. Imagine que seus pés estão afundados em tomadas e se conecte. Do topo da cabeça, descendo até a lombar, visualize uma linha de força. Imagine que uma energia curadora branca, salgada, nascida da terra, vai preencher seu corpo. Acolha-a para reabastecer a alma.

Perséfone visualizou uma luz branca. Viu o cocuruto da cabeça aceso com essa luz, que então adentrou por uma passagem escondida sob o cabelo. A luz cálida inundou seu organismo, abrindo caminho por sua coluna até pulsar nos pés. Dali, uma luz dourada então subiu até seus dentes. A energia provinda da terra e do ar se derramou em Perséfone até que ela não escutasse outra coisa senão os batimentos do coração e o eco das expirações.

Perséfone não soube quanto tempo passou abraçada à antiga árvore. Agarrou-se a ela até não mais se sentir boba, até sentir-se abraçada de volta. Quando a soltou, o sussurro de uma ferida que Perséfone carregava no mais íntimo de si havia se calado.

ၹ

De volta à Casa Ever, Perséfone estava numa ponta do sofá em meia-lua e Jacinta na outra, enquanto Moira alimentava a lareira e Opala, a gata, acalentava uma almofada no chão. O ambiente cheirava a carvão em brasa e cinzas, chá de canela e maçãs assadas numa inebriante calda de vinho tinto que Moira ainda não havia aperfeiçoado.

– O que aconteceu? – indagou Perséfone. – Na praia. O que elas fizeram comigo?

Jacinta balançou ligeiramente a cabeça e ergueu uma mão.

– Por enquanto, nada.

Moira foi até a cozinha e voltou com uma cesta, na qual havia ervas, velas, um saleiro e três fios de corda.

– Ainda tem uma presença, uma sombra atrás de você. Consegue sentir?

Perséfone relembrou a sensação de inquietação na praia, da incapacidade de se mover, da criatura de sombras, e assentiu para Moira.

– Vamos traçar um círculo para nos proteger de qualquer influência disruptiva – explicou Moira, que retirou quatro grossas velas da cesta e as dispôs em quatro cantos diferentes na área em que Perséfone e Jacinta se encontravam. – É uma espécie de proteção psíquica.

– Não sei se estou entendendo – admitiu Perséfone, atenta.

– A energia mágica é a energia em seu estado natural – começou a explicar Jacinta. – A energia tem esse mau costume de ir de um lado para outro e se espalhar no universo. Algumas pessoas, como a Moira, são naturalmente poderosas e conseguem atraí-la de volta com facilidade. Para outras, como eu, que não têm esse talento inato, é um desafio constante equilibrar a energia mágica. Nós vamos usar o círculo para reunir uma quantidade maior de energia e nos ligar a ela por mais tempo.

– O círculo deixa a magia mais forte? – perguntou Perséfone, farejando o ar, pois Moira acabara de esvaziar os sachês de ervas.

– É uma simplificação um tanto grosseira, mas sim – afirmou Moira. – Ele mantém a magia dentro e impede qualquer perturbação que venha de fora.

– O alecrim, a angélica, a sálvia, os cravos-da-índia e o sal formam uma proteção contra ouvidos e olhos curiosos – bocejou Jacinta.

– E esses pedaços de corda?

– Você vai segurar um – disse Moira com um princípio de sorriso e passou a corda a Perséfone.

Depois que terminou de arranjar as ervas, Moira percorreu o círculo três vezes enquanto evocava os guardiões de cada ponto cardeal. Jacinta não se manifestou, mas manteve as mãos erguidas com a palma para cima em oferenda.

Com o círculo selado, Moira se sentou na cadeira com espaldar e abriu um sorriso sereno, que Perséfone compreendeu ser porque o círculo estava completo. A atmosfera havia mudado.

As três se mantiveram em confortável silêncio por algum tempo até que Moira se pronunciasse:

– Aquilo que você sentiu na praia era magia perversa, um poderoso feitiço de controle. Eu não imaginava que as Way se metessem com esse tipo de magia, o que me faz pensar que você representa para elas uma ameaça ainda maior do que supúnhamos.

– O que elas lançaram para mim?

– Um sachê de amarração – disse Moira. – Para te controlar ou te impedir, não tenho como ter certeza.

A fronteira interna do círculo emitiu calor, e um formigamento percorreu a lateral da perna direita de Perséfone, a mais próxima da linha. Tentou responder à Moira, mas não conseguiu. Ali dentro do círculo era como o interior de um globo de vidro congelado: Perséfone via o mundo de fora embaçado, fora de foco.

– Está tudo bem agora – afirmou Jacinta.

As palavras de Jacinta lhe vieram borradas e se instalaram em sua pele como as primeiras letras cursivas de uma criança. Perséfone demorou um instante para decifrar o significado delas. Inalou o ar para se recompor e dispôs firmemente os pés no chão. Isso lhe fez bem.

– Você está segura – acrescentou Jacinta.

A verdade nas palavras da prima banhou Perséfone. Segura. Antes empacada, ela se viu exalando longamente o ar. Um escudo de euforia a envelopou, e ela suspirou pesadamente sobre a almofada. Inclinou a cabeça.

– As bruxas Way falaram na ascensão da legítima bruxa quando me dirigi a elas. De quem elas estavam falando?

Jacinta se remexeu no lugar.

– A quem você acha que elas se referiram? – perguntou Moira.

– Pela maneira como elas disseram, pareciam estar se referindo a mim. – Perséfone alongou o pescoço, desfrutando o movimento. – Mas eu mal estou no nível básico.

– Você é mais forte do que pensa – falou Jacinta.

Perséfone esfregou o topo da cabeça.

– Para mim, tudo é uma enorme batalha, o treinamento, a maldição, tudo.

– Você tem o dom da magia. Quando chegar a hora, será capaz de fazer o que tiver de fazer – disse Moira.

– E sobre o que as Way disseram?

Moira hesitou por um brevíssimo momento.

– Profecias são abertas a interpretações, e as Way a entendem de uma maneira específica, elas a entendem como um aviso.

– No que elas acreditam?

– Que a bruxa legítima vai causar a extinção da linhagem das Mayfair – falou Jacinta.

– Quem são as Mayfair?

– As irmãs Way.

Perséfone empinou o queixo confusa, e Jacinta anuiu com um gesto.

– Elas mudaram o sobrenome algumas gerações atrás, tentaram se reinventar. Não deu certo. – Jacinta sorriu. – Continuam péssimas.

Moira fez um som de desaprovação.

– Por favor, né, Jacinta. – Voltou-se para Perséfone. – As Way não eram assim tão... voláteis. Muitas coisas aconteceram nos últimos dez anos e, da mesma forma que a água pode mover um alicerce, mudanças podem alterar uma pessoa. Segundo a profecia, uma tecelã do tempo da linhagem Mayfair um dia terá o poder de desfazer o mundo. Se isso significa ou não o fim da linhagem, *é* uma questão de interpretação.

– *Eu* sou uma Mayfair? – questionou Perséfone.

– Sim – disse Jacinta. – A sua avó mudou de sobrenome depois que partiu. Provavelmente, estava fazendo o possível para cortar os laços com a ilha. Cada uma das gerações que tentou desfazer a maldição falhou, e sempre de modo espetacular. Sua avó achou que ir embora era o melhor a fazer, assim como minha mãe e minha tia.

Os dedos de Moira se contraíram à menção da mãe e da tia. Como nem ela nem Jacinta disseram mais nada, Perséfone se levantou para buscar a fotografia e tentar mais uma vez contar às bruxas sobre o que tinha descoberto, sobre a biblioteca e sobre Dorian. Abriu a boca, e as palavras se desfizeram na ponta da língua. Não era capaz de enunciar uma vogal que fosse. Maldito bibliotecário estonteante e as regras mágicas de sua biblioteca.

– Não seria melhor tentarmos convencer as outras bruxas? – Perséfone decidiu perguntar. – Digo, a nos ajudar em vez de lutarem contra nós? Eu... eu acho que é o que a ilha gostaria.

– Já contamos com a ajuda delas no passado para investigar a maldição – falou Jacinta. – E não vai rolar.

Perséfone franziu o nariz.

– Elas já ajudaram?

– Sim, e pode confiar quando eu digo que não há a menor hipótese de Ariel nos ajudar em qualquer coisa que não seja me afogar.

Os olhos de Perséfone se arregalaram, e Jacinta encolheu os ombros.

– A minha irmã tem razão – proferiu Moira. – Não quanto à parte do afogamento, talvez, mas de fato não existe nenhuma chance de as Way nos ajudarem hoje em dia. – Fitou o fogo na lareira. – O medo provoca um tipo diferente de poder, e elas têm medo do que você representa. Já tentaram duas vezes acabar com a sua vida, e temo que você não terá a mesma sorte na terceira.

Perséfone não quis imaginar uma terceira vez.

– O que mudou? Se um dia elas estiveram dispostas a ajudar…

Moira repousou seu pedaço de corda no colo e deixou a cabeça tombar para o lado, mirando a corda gêmea enrolada no polegar de Perséfone.

– Você sabia que coisas ruins não se apresentam em trios?

Perséfone fez cara de dúvida e balançou levemente a cabeça.

– Elas sempre vêm em dupla. O amanhecer leva ao anoitecer, a luz não existe sem a escuridão, o yin precisa do yang. O sucesso é compensado pelo fracasso. – Moira esfregou a sobrancelha antes de deixar a mão cair sobre a perna. – Em nossa família, as duplas podem se meter nas mais mágicas confusões, como nossa mãe e nossa tia bem provaram uma década atrás.

"Cada geração tentou acabar com a maldição desde que ela foi lançada, e nenhuma tentativa terminou bem. Uma maldição é como uma magia assombrada; quando você tenta interrompê-la, ela se desmancha. Nossa mãe e nossa tia sabiam que não iriam desfazê-la; elas eram apenas duas, afinal, e não três, e tinham visto as tentativas fracassadas do passado deixarem minha tia-avó cega e o cabelo da minha avó branco. Minha mãe e a irmã dela quiseram ser mais espertas do que a maldição, quiseram dobrá-la, em vez de fazê-la quebrar."

Moira olhou através da janela, onde a montanha se erguia.

O coração de Perséfone ficou pequenininho diante do sofrimento na expressão da prima.

– Não terminou bem? – perguntou com a voz suave.

– Não.

Jacinta pigarreou.

– Como a Moira sempre diz, a magia cobra um preço. Elas foram separadas da ilha por tentarem alterar aquilo que se recusava a mudar. Foram embora… em silêncio, assim que o feitiço saiu pela culatra. – Jacinta voltou-se para o fogo. – Não as vemos desde então.

– As irmãs culpam vocês por isso?

– Por isso, não – disse Jacinta, ao passo que Moira nada falou. – Elas nos culpam pelo que aconteceu depois. – Jacinta deslizou uma mão pelos cachos. – Ariel e eu éramos grandes amigas. Depois que nossas mães foram forçadas a ir embora, nós tentamos encontrar uma brecha para trazê-las de volta. Sabíamos que, se uma bruxa saía da ilha, ela era cortada do coven; só não imaginávamos que pudesse acontecer com a gente, com nossas mães. E não éramos bobas de tentar lançar um feitiço, ou então nós também seríamos separadas da ilha; por isso, decidimos investigar, tentar encontrar uma maneira de consertar as coisas. – Jacinta mordeu o lábio. – E descobrimos algo inesperado.

– O que vocês descobriram?

– Uma garota. – Jacinta engoliu em seco e balançou a cabeça. – Uma garota que… se colocou entre mim e Ariel. – Uma expressão de mágoa perpassou pelo rosto da prima. – Mas ela não era quem achávamos que fosse, e no fim das contas nos mostrou que a hinterlândia é uma calha como outra qualquer, que pode se corroer com o tempo, fazendo surgir fissuras.

– Fissuras?

Jacinta assentiu com a cabeça.

– E, quando isso ocorre, há um vazamento.

– Tipo um vazamento de magia?

– Sim.

– Então vocês fizeram contato com a hinterlândia por meio da garota; foi isso? Ela era uma médium?

– Não, foi a hinterlândia que fez contato com a gente. – Jacinta olhou bem nos olhos de Perséfone, a agonia visível em sua feição. – Uma bruxa poderosa descobriu um jeito de entrar no mundo. Eu tive a impressão de que ela estava tentando pedir ajuda, mas as Way tomaram como uma agressão.

– Não entendo. Quem era essa garota?

– Ela… – Quando Jacinta abriu a boca, um estrondo ressoou do lado de fora. O vento se chocara contra as janelas da casa, anunciando uma tempestade. – Não importa. – Jacinta se levantou. Suspirou duas vezes, e a habitual alegria se arrefeceu a um nada. – Não mais. Nem a garota, nem Ariel, nem nada. O único caminho agora é seguir em frente. – Arremessou a corda que segurava ao lado do corpo até então. – Não podemos recuar.

Jacinta desfez o círculo, esfregando a linha com um pé.

– Moira – disse Perséfone após Jacinta sair com um clique da porta de tela dos fundos. – O que aconteceu? Quem era a garota?

Moira balançou de leve a cabeça.

– Uma intrusa. Que causou mágoa em Ariel e Jacinta. – Ela calou-se, ergueu o queixo e olhou fixamente para Perséfone, um olhar que esta tinha passado a compreender ao longo das últimas semanas. Moira estava deliberando. – Vou te contar um segredo. Um que nem a Jacinta sabe. Que as Way também não sabem.

A inquietação na voz de Moira fez o coração de Perséfone chacoalhar no peito. Tinha se aproximado daquela mulher serena que parecia feita de aço. Em cuja armadura agora havia rachaduras evidentes que provocaram um terremoto no estômago de Perséfone.

– Claro – disse Perséfone. – Fico feliz que confie em mim.

Moira assentiu com a cabeça.

– Eu não sei quem era a garota, mas sei que foi a morte quem a trouxe. Não foi por causa da maldição que nossa mãe foi embora, e sim porque eu falei para ela ir, pois não era seguro permanecer. – Ela inspirou e expirou lentamente. – Perséfone, minha tia nunca deixou a ilha. Ela não sobreviveu à tentativa de vergar a maldição.

Enquanto as palavras e seu significado lançavam raiz em Perséfone, Moira fechou os olhos com força.

– Minha mãe me contou o que aconteceu; me contou sobre a morte da irmã, e me fez jurar que eu nunca falaria para ninguém. – Ela abriu os olhos. – Concordei, mas com a condição de que ela partisse. Minha mãe estava carregando as trevas, eu vi, eu senti. Não seria seguro para nós, para Jacinta, que ela ficasse.

Perséfone engoliu em seco, e Moira depositou uma mão sobre seu coração.

– Existe um vazamento na hinterlândia, e uma magia malévola e faminta está escorrendo para a ilha. A maldição é profunda, é perversa, e vai avançar até que a fissura seja larga o bastante para nos engolir. Precisamos desfazer a maldição, e isso só é possível com o poder de uma trindade.

Não podemos falhar, Perséfone. Já perdemos tanto... O preço de falhar novamente será imensurável.

ꩠ

Após o desabafo, Moira retornou à cozinha, abalada como Perséfone nunca a vira. Perséfone observava o fogo: as chamas crepitavam, a madeira queimava, as cinzas se acumulavam.

Tentava compreender o que tinha escutado – Moira mentira para Jacinta, mentira para as outras primas. A mãe delas, sua tia, estava morta.

Perséfone se perguntou se, a esta altura, as perdas tinham todas o mesmo significado para Moira. Quer aquelas familiares tenham sido expulsas da ilha ou morrido, o fato era que elas tinham sido tiradas de Moira para o resto da vida. Talvez ser uma bruxa significasse, entre outras coisas, aceitar a morte com uma serenidade que a própria Perséfone não possuía.

Pensou no oneroso preço de guardar um segredo. Pensou em Dorian e na biblioteca – ela guardava os próprios segredos na ilha.

Por fim, pensou no medo estampado no rosto de Moira e na urgência contida em sua voz quando dissera que o preço por não desfazer a maldição seria exorbitante.

Moira também dissera que as coisas ruins vêm em pares, não em trios, de modo que Perséfone não pôde deixar de conjecturar o tipo de custo que o sucesso traria.

Quando o sol começou a se pôr no céu, Perséfone saiu em busca de sua outra prima. Encontrou-a na horta, onde Jacinta conversava com as flores e ervas.

– Jacinta? – chamou Perséfone.

Ao som de seu nome, Jacinta, debruçada sobre uma roseira de verão frondejante em pleno início de inverno, deixou a cabeça tombar – era evidente que estava apenas esperando o momento em que Perséfone iria pressioná-la para saber mais sobre a garota, Ariel e tudo mais que havia se passado antes.

No entanto, como não queria aprofundar o sofrimento que Jacinta parecia carregar nem tampouco transparecer no rosto o que Moira lhe confidenciara, Perséfone fez a outra pergunta que estava em sua mente:

– As irmãs Way também estavam me procurando durante esse tempo?

Jacinta a olhou de relance, nitidamente aliviada.

– Não, de jeito nenhum. Se dependesse dela, a Ariel se trancaria em casa e fingiria que o resto do mundo não existe... até ele bater na porta dela.

– Acho que me entreguei de bandeja, então, né? – disse Perséfone, recebendo um sorriso furtivo de Jacinta como resposta. – Já você me encontrou, foi atrás de mim.

– Eu... – A mão de Jacinta se extraviou, e a rosa que ela tentava reviver oscilou e definhou, morta. – Droga! – Jacinta murmurou uma imprecação e colocou a flor em um grande vaso cheio de outras tentativas fracassadas.

A magia exigia uma enorme concentração dela, que parecia fazer o dobro de esforço para alcançar metade do resultado, e estava evidente para Perséfone que o fato de não ser tão talentosa era um fardo para a prima.

Jacinta ergueu a mão, e no dedão havia uma única gota de sangue.

– *Rosa spinosissima* – falou, chamando a flor pelo nome. Encolheu os ombros. – Tudo cobra um preço.

Jacinta entrou na casa para lavar o ferimento, e Perséfone ficou se indagando se sua prima estava falando do preço de tirar a rosa de seu estado natural ou do de encontrar ela própria, Perséfone.

Enfiou uma mão no bolso. No dia anterior, Jacinta lhe dera uma pequena pedra verde pintalgada de rosa e coberta com musgo. Era o sexto cristal que dava a Perséfone, com a esperança de que um deles fosse a sua pedra de aterramento – até aqui, as pedras não passavam de um peso a mais em seus bolsos ou em suas mãos. De todo modo, Perséfone pegou a unakite, posicionou-a na mão em concha e pensou: *erga-se*.

– Você está focando demais nela – observou Jacinta ao retornar à horta e ver a dificuldade de Perséfone em fazer levitar a pedra.

O fato era que, por alguma razão, quando Perséfone tentava trazer o éter para si, nada acontecia. E esse nada era *frustrante*.

Perséfone voltou a se concentrar na pedra e a incitou a desprezar as leis da gravidade, porém ela não se mexeu.

– Tente visualizar em sua mente.

Perséfone então cerrou os olhos, visualizou o éter, visualizou a pedra e... arquejou, pois o sorriso espirituoso de Dorian flamejou à sua frente.

A pedra continuava imóvel.

Rosnou, irritada com o homem e com a rocha, e atirou-a com toda a força, acertando um gnomo de cara fechada ao lado da erva-de-são-joão e arrancando um dos olhos do pequenino indivíduo, que ficou com um buraco na cabeça de porcelana.

Perséfone levou uma mão até a boca, horrorizada, e olhou para Jacinta, que se desfez numa gargalhada.

– Ops.

– Ops mesmo – disse Jacinta, cuja gargalhada se transformou numa risadinha.

Contente que seu destempero tinha servido para algo, Perséfone sorriu em resposta; se assim pudesse devolver a vivacidade ao rosto da prima, tacaria centenas de pedras.

Jacinta se aproximou do gnomo para inspecionar o buraco.

– Você deu sorte que os pedaços caíram na grama, e não na erva-de-são-joão! Os seres feéricos poderiam encarar como uma ofensa e aparecer para puxar seu pé de madrugada.

– Ha-ha. – Perséfone analisou a sobrancelha arqueada de Jacinta. – Você não está falando sério sobre os feéricos, né?

A única resposta de Jacinta foi recolher os fragmentos de porcelana, guardá-los no bolso e se dirigir à casa.

– Vou pegar nossos tênis. Eu e os pequenos guardiões da horta precisamos de uma pausa. – Jacinta fitou o gnomo caolho. – Suponho que seja complicado ficar de olhos atentos quando não se tem todos os olhos.

Jacinta entrou e voltou a sair da casa em questão de minutos. Retornou carregando tênis, suéteres, óculos escuros para o gnomo e a pequena bolsa de Perséfone.

– Aonde nós vamos? – perguntou Perséfone, jogando o suéter cor de vinho sobre os ombros.

– Para onde mais poderíamos ir nesta época do ano aqui? – retorquiu Jacinta, colocando os óculos no rosto do diminuto gnomo. – Para o vilarejo.

– É sério? – Perséfone sabia que Jacinta não gostava de ir ao vilarejo; nenhuma das irmãs era fã da ideia de se afastar da casa por muito tempo.

– Sim, é sério. Preciso falar com a agente do correio e já adiei demais isso.

Perséfone esfregou uma mão na outra.

– Maravilha.

Elas deixaram o quintal e adentraram o caminho. Ao redor, a vegetação crescia de modo a conferir à paisagem um charme selvagem.

– Aqui é muito incrível – falou Perséfone, suspirando com a sensação de paz que a ilha lhe provocava, mesmo em meio à caótica tentativa de desfazer uma maldição.

Jacinta balbuciou um murmúrio indiferente de concordância.

Perséfone estudou o perfil da prima e um pensamento a acometeu.

– Jacinta... você já teve vontade de viver em outro lugar?

Um sorriso discreto curvou seus lábios.

– O tempo todo.

Os olhos de Perséfone se arregalaram diante da veemência das palavras, ao que Jacinta abanou uma mão.

– Por mais que ame a ilha, eu cresci aqui. Foram muitos os dias em que acordei querendo me misturar à agitação de uma metrópole durante o inverno, algum lugar onde pudesse esquecer de tudo, como Nova York, Paris, onde há cafés e desconhecidos em cada esquina, onde ninguém saiba o meu nome nem dê a mínima para o que eu faço ou deixo de fazer.

– Faz sentido – disse Perséfone, enrolando a extremidade da manga nas mãos. – Não tinha pensado nisso dessa maneira.

As irmãs haviam dito que não podiam sair nos meses de inverno; e que a sua chegada era uma dádiva, pois a ilha não permitia a entrada de ninguém durante o que chamavam de "baixa" temporada. Pensando nas implicações agora, achou-as tão românticas quanto horríveis – esse isolamento durante metade do ano. "A magia cobra um preço", explicara Moira.

Perséfone estava começando a compreender que o preço podia ser visto de muitos ângulos na Ilha de Astutia.

Então... Tendo visto com os próprios olhos tantos lugares do mundo, ainda que penando para pagar as contas, ela chegou à conclusão de que era afortunada, pois nunca se sentira presa.

– Deve ser frustrante.

Jacinta meneou os ombros.

– Não há o que fazer. Pelo menos nossos negócios vão bem durante o ano inteiro, o que me permite viajar bastante no equinócio de primavera. Aliás, os negócios de todos vão bem. Sorte, ou maldição, da ilha. A agente do correio não para um segundo, nem ela nem a dona da mercearia. A Laurel e a Holly são as mais bem-sucedidas. E, bem, a Delicinhas.

– Delicinhas?

– A padaria do vilarejo.

Perséfone assentiu.

– Acho que foi lá que fui parar no outro dia. O cheiro era divino.

– Sério? – perguntou Jacinta, que ergueu uma única sobrancelha, num gesto que Perséfone tentara imitar centenas de vezes antes, falhando miseravelmente em todas.

– Sim, mas de um jeito perturbador. A magia lá parecia oscilante, fora do eixo.

– É?

– Sim. O tempo se arrastava, e os trajes das pessoas me deixaram confusa. A padaria nunca atrapalhou os negócios da Moira? – perguntou Perséfone, já que Moira tinha uma espécie de padaria virtual, chamada Ingrediente Secreto.

– Não – disse Jacinta, contraindo o lábio. – Nossos produtos não são exatamente os mesmos da padaria do vilarejo. Ela não oferece bocados de serenidade com infusão de lavanda nem biscoitos de chocolate para os corações partidos. Na alta temporada, o volume dos negócios cresce muito, principalmente por causa do boca a boca dos visitantes, e posso dizer que aprendi bastante sobre marketing na internet com uma garota que contratei fora da ilha. A internet é uma alquimia própria.

– Não é pouca coisa, isso é fato – concordou Perséfone, dando um largo passo para desviar de uma fenda no pavimento de pedra.

Jacinta esticou o braço a fim de passar os dedos pela cerca pequena que se estendia pela margem direita deste trecho da estrada até o vilarejo.

– Enfim, a vida não se resume aos negócios – falou. – É uma forma de passar o tempo. E, conforme o tempo passa, as dificuldades apertam, e começamos a enxergar com mais clareza a falta que fazem algumas coisas, ou pessoas, na ilha.

– Você sente falta dela? Da Ariel? Desculpe – emendou Perséfone, repreendendo-se por tocar no assunto assim que percebeu o sorriso de Jacinta esmorecer. – Não é da minha conta.

– Tudo bem – falou Jacinta após alguns instantes. – O fato é que, se uma rixa entre famílias é ruim, uma entre famílias de bruxas é ainda pior. Você se meteu num embaraço sem fim.

– Vocês nunca tentaram se resolver?

– Há feridas para as quais não basta um curativo. Quem sabe a Ariel não muda de ideia um dia – falou Jacinta. As duas fizeram uma curva e abaixaram a cabeça para desviar dos galhos que separavam o caminho de pedra do vilarejo. – A verdade é que ela tem todo o direito de se sentir como se sente. E só o que eu posso fazer é ignorar as trevas e me concentrar na luz.

Luz que deu a impressão de se espalhar quando o vilarejo se apresentou diante das duas, novamente transformado. Com o deitar do entardecer, as luzes que antes cintilavam entre as árvores se despejaram sobre Perséfone. Ela ergueu uma mão para o galho mais baixo de uma árvore coberta de musgo e a luz piscou intensa em sua palma.

– Lembra *O mercado dos goblins*, não é? – perguntou Jacinta. – Moira e eu chegamos a essa conclusão quando éramos mais novas.

Perséfone sorriu ao pensar nas duas irmãs recitando o épico poema de Rossetti enquanto percorriam o vilarejo em busca do fruto proibido.

– Agora entendi por que você estava preocupada com o gnomo.

Jacinta deixou escapar uma sonora gargalhada, e Perséfone sorriu com mais força antes de estudar a paisagem.

O céu crepuscular oferecia uma visão mais magnânima do vilarejo do que a claridade do dia. Os postigos esmaecidos e as telhas de ardósia lascadas pareciam mais charmosas do que deterioradas e, ainda que parte das lojas estivesse fechada, Perséfone se alegrou ao ver que da chaminé das poucas abertas se lançava uma fumaça convidativa. Jacinta a conduziu à agência de correio, onde transferiu as mudas de planta da bolsa para a caixa postal. Perséfone passou vinte minutos ouvindo uma fábula sobre espíritos do tipo bebível contada por Laurel, a agente do correio, cujo cabelo era de um vibrante azul-claro e cujos olhos eram verdes como o loureiro que só podia ter servido de inspiração para seu nome.

Ela também era a garota da lembrança de Jacinta e, pelo olhar que esta lhe lançou ao cumprimentar Laurel, Perséfone compreendeu que não foi a única a juntar as peças. Assim, Perséfone ofereceu a Jacinta o melhor sorriso de que foi capaz para tentar lhe mostrar que só tinha olhos para o futuro, e não para o passado.

– A maioria das pessoas não faz a menor ideia de que nós temos uma pequena produção de rum e vodca aqui na ilha – informou Laurel a Perséfone e mostrou onde se situava a destilaria no belo mapa emoldurado na parede da agência. – Vale experimentar a vodca de baunilha; agora, o rum de coco só deve ser bebido sob a lua cheia e naqueles momentos em que você quer perder completamente a cabeça. – Laurel sacudiu a cintura, e Perséfone sentiu a tensão nos ombros ceder ao perceber o relaxamento de Jacinta. Deixou-se relaxar também, aliviada com a restauração do equilíbrio entre as duas.

Da agência de correio, elas progrediram sem pressa pelas pedras, com Jacinta parando aqui e ali para cumprimentar os poucos rostos que perambulavam pelo vilarejo após o cair da noite.

– Os visitantes que ficaram – começou Perséfone –, o que os manteve aqui? Eles não perceberam a mudança no vilarejo depois do que aconteceu, depois que todo mundo sumiu?

Jacinta fez um gesto negativo com a cabeça.

– Como?

– Nossas ancestrais que sobreviveram ainda tinham alguma magia para selar as lembranças dos visitantes e, talvez, para plantar as sementes que os impediam de partir. É impossível fazer um vilarejo prosperar sem a contribuição das pessoas. – Jacinta deslizou a mão por uma trepadeira amarronzada, que se encrespou e desabrochou num verde vívido. – Também pode ter sido a mesma magia enraizada no solo que os atraiu para o Bestiário da Magia.

– Que tipo de magia você acha que os atraiu?

– Nossa avó costumava dizer que o intuito de Vera era "devolver a vida àqueles que tinham medo de vivê-la" e era por isso que lhes dava pequenas mostras de milagres e de magias, promessas do que eles poderiam se tornar. Contava-se que ela se deitou com um homem que entrou escondido no bestiário antes que este estivesse pronto. Ele roubou a ideia e um pedaço do coração dela e os levou consigo para o continente. Pouco tempo depois, anunciou seu primeiro circo. A intenção da Vera era levar às massas a magia da vida, mostrar que o poder não era para ser temido, e sim um caminho para curar o mundo; já o homem que a traiu transformou essa ideia num show de horrores perverso.

Perséfone não pôde evitar de sentir compaixão por Vera. Embora ela mesma nunca tivesse amado de verdade, lera incontáveis histórias de amor. Nas mais dolorosas, a heroína era traída e despedaçada pelo homem errado. Imaginava que o amor era capaz de envenenar uma pessoa de infinitas maneiras traiçoeiras.

– Você acha que a decepção dela transformou o sonho em algo sinistro?

Jacinta olhou para Perséfone de relance.

– Não. Há um motivo para as mulheres da nossa linhagem copularem, mas não se casarem. Aprendemos com os corações mais tolos. Vera pode nunca ter perdoado o homem que deturpou sua visão, porém não deixou de planejar o Bestiário da Magia. Quando ele finalmente foi aberto ao público, atraiu uma multidão de duzentas pessoas livres de preconceitos, que foram agraciadas com demonstrações de magia e uma noite de maravilhas.

Perséfone viu passar uma jovem em uma bicicleta amarelo-clara com um cesto de vime.

– Ninguém sabe *como* exatamente a maldição foi lançada, o mecanismo preciso dela; isso se perdeu com as bruxas. Nós sabemos apenas o que ocorreu depois.

– Bruxas perdidas, congeladas no tempo.

– É uma maneira mais simples de colocar – observou Jacinta. – Elas estão presas.

Outro habitante passou caminhando, não sem se deter para desejar boa-noite às duas. Então Jacinta finalizou a explicação:

– À exceção das nossas ancestrais e de algumas famílias de visitantes, a ilha perdeu todos os habitantes quando a maldição se abateu sobre ela. As pessoas não dotadas de magia que permanecem aqui sustentam hoje um murmúrio de visão, e algumas tiram o melhor disso. Fora daqui, a Ilha de Astutia é tida como algo especial, e é o povo da ilha que alimenta essa narrativa para os turistas que a visitam. Os habitantes produzem e vendem suas tisanas, falam daquele jeito afetado de quem profetiza o futuro, garantem que são capazes de ler as estrelas... por um preço, claro. A verdade é que eles também são amaldiçoados, apenas não sabem. – Jacinta deixou a cabeça tombar para trás de um modo que o luar se derramou atravessado no relevo de sua face. Ela encheu os pulmões com o ar fresco e exalou um sopro equilibrado. – Ainda assim, a ilha preserva sua beleza, mesmo hoje.

– Definitivamente, sim – disse Perséfone, refletindo sobre a intenção do Bestiário da Magia, sobre a maldição e sobre a impossibilidade de desfazer algo que não se sabia como fora produzido.

Examinou uma fileira de lojas com as vitrines largas e luminosas – ainda que desbotadas.

– Você disse que viu fantasias na semana passada – falou Jacinta, olhando Perséfone de canto de olho. – Que tipo de fantasia os aldeãos estavam usando?

– Aristocracia vitoriana, acho.

Jacinta se deteve e apontou para o chalé com telhado de colmo que se erguia à frente.

– Nessa padaria aqui? – Ela seguiu adiante, empurrou a porta azul-marinho e entrou.

Perséfone pestanejou ao botar os olhos na loja e no nome sob o toldo: DELICINHAS.

Não era a mesma padaria.

A respiração de Perséfone solavancou. O que Dorian havia dito? "Você está no mundo errado." E se a biblioteca não fosse o único lugar a estar no mundo errado, mas a padaria também?

Perséfone se virou para procurar a padaria certa, porém não a viu em lugar nenhum. Reprimindo o lampejo de pânico, seguiu Jacinta.

A Delicinhas era uma loja acolhedora, com sete alegres mesas acompanhadas de cadeiras em diferentes cores pastel, paredes cor de creme, uma bonita decoração gaélica e um rolo de papel destacável em uma das paredes com uma motivacional "frase da semana", a qual lembrou a Perséfone que "aqueles que repetem ser impossível realizar uma coisa não devem se colocar no caminho daqueles que estão realizando tal coisa". O cheiro era de massa recém-assada e panqueca, especiarias e chocolate. O balcão era repleto das mais variadas e suculentas gostosuras, cada uma mais decadente do que a anterior.

E Perséfone nunca na vida tinha colocado os pés naquela loja.

– Não é a mesma padaria em que estive antes – afirmou num murmúrio.

– Não – confirmou Jacinta, estudando o tranquilo cenário. – Achei mesmo que não fosse.

Perséfone se afundou na cadeira mais próxima e esfregou a sobrancelha. Havia visto a outra padaria antes de encontrar Dorian e a biblioteca; antes do primeiro ataque que sofreu das bruxas Way e da força trevosa controlada por elas. Um calafrio desceu por sua nuca, fazendo Perséfone estremecer enquanto tentava refazer mentalmente os passos.

– Me conte mais sobre essa outra padaria – disse Jacinta, num tom tão suave que quase passou direto por Perséfone.

Esta examinou o aposento e então foi acometida pelo ímpeto de sair correndo da padaria e voltar à biblioteca. Agarrou-se à beirada da cadeira e observou o alvoroço das duas mulheres de meia-idade com olhos amáveis e mãos atarefadas em seus postos de trabalho, as quais iam e vinham entre a cozinha e a bancada de mármore na área de produção de massas, em cuja pesada superfície preparavam o que parecia ser caramelo.

– Era mais escura – falou Perséfone. – As paredes não eram nesses tons de creme e âmbar, as cores estavam mais para um...

– Verde-floresta e azul-noturno?

Perséfone assentiu com um gesto contido.

– Isso.

– Hum.

– Você conhece?

– Já ouvi falar.

Jacinta não disse mais nada, porém as peças se encaixaram sozinhas para Perséfone. Ela deveria ter atinado antes, quando Dorian lhe explicara sobre a biblioteca. Deveria ter ligado os pontos – era tão óbvio, que idiota!

Perséfone era *mesmo* uma tecelã.

– Eu estava em outro mundo.

– Ou em um mundo inserido em outro mundo – observou Jacinta, que fitou Perséfone com um quê de maquinação na expressão, certa sagacidade, certa perspicácia.

Foi desnorteador para Perséfone enxergar tão nitidamente outra pessoa. Pela primeira vez, indagou-se se a incapacidade de fazer contato visual não era um mal que tinha vindo para o bem. Sempre estivera convicta de que as janelas para a alma propiciariam uma conexão mais profunda, poderiam ajudá-la a encontrar um cantinho no coração e na vida dos outros. E parecia estar sendo assim até então; sentia uma paz em ser enxergada por Moira e Jacinta.

Agora, no entanto, quando seu olhar encontrou o de Jacinta, Perséfone não se sentiu compreendida nem segura. O equilíbrio que ostentava até momentos antes fraquejou. Jacinta ainda tentou controlar a própria feição, mas foi em vão. Os poderes de Perséfone podiam não ter se manifestado como as outras bruxas esperavam, mas, observando a amiga, ela não teve dúvida de que um deles era enxergar através do véu do espaço, dos domínios da circunstância, do subterfúgio de quem esconde algo que não quer de jeito nenhum que mais ninguém saiba.

Perséfone se recostou na cadeira e tentou descobrir *o que* Jacinta poderia estar escondendo. Seria mais do mesmo – as bruxas falando praticamente em código porque viviam nas sombras e eram a tal ponto revestidas de segredos que até se esqueciam que os portavam? Ou seria outra coisa?

Jacinta, por sua vez, proporcionou um desvio temporário quando se levantou para pedir uma jarra de chá de hortelã e um cheesecake de cereja para ambas. Embora tenha dito que era o melhor da ilha, ela mal tocou no pedaço em seu prato.

Tomando um gole delicado do chá, Jacinta pediu:

– Me conte mais sobre o lugar em que você estava.

Perséfone passou os dentes do garfo na superfície do doce de modo a desenhar três caminhos no centro. Algo relacionado aos três caminhos se projetou no fundo da mente dela, porém, quando tentou enxergá-lo com clareza, sua visão se embaçou e o cheesecake continuou sendo apenas um cheesecake.

Pensou na correnteza que fluía nas entrelinhas do tom brando de Jacinta. Tudo na ilha possuía uma correnteza: as pessoas, a água, o solo. Imaginou o cheesecake e as três linhas constituíram as próprias correntezas. Viu a Ilha de Astutia, a Biblioteca para os Perdidos e a outra padaria – três locais separados, três mundos independentes.

Perséfone ergueu o rosto.

– As cores são o que mais me vem à mente, e o cheiro dos produtos recém-assados. – Olhou em torno da padaria. – O cheiro era bem parecido com esse, só que havia pessoas com fantasias... Foi o que pensei, pelo menos.

Jacinta estudou a prima e bateu o nó dos dedos contra a mesa como se houvesse tomado uma decisão.

– Você entrou na padaria como ela foi. Faz parte da hinterlândia agora, uma imagem espelhada do que suponho ter existido na Ilha de Astutia antes da maldição. Você é uma tecelã dos mundos, Perséfone. Quando caminhou através do espaço, você cruzou o véu que nos separa da hinterlândia.

Perséfone soltou o ar, aliviada pela resposta honesta de Jacinta, por mais que esta não estivesse dizendo nada que ela não houvesse deduzido.

– Mas como? Eu não sei como controlar essa "caminhada", do mesmo modo que não entendo como evocar e controlar o éter.

– Não sei. – Jacinta tomou outro gole do chá, os olhos fixos na xícara. – O sucesso se constrói etapa a etapa, e muitas dessas etapas vão dar errado em alguma medida... ou quase certo. O fracasso faz parte do processo de encontrar o caminho do sucesso, e você vai dominar a sua magia em breve.

– Quão em breve? Estamos no fim de setembro, só temos mais um mês.

Jacinta apanhou seu garfo.

– Será como a Deusa quiser. – Ela comeu um pedaço, e Perséfone finalmente seguiu o seu exemplo.

– Sim.

Jacinta assentiu com firmeza.

– O que será, será.

ᔕᔓ

Durante a semana seguinte, Perséfone trabalhou com ainda mais afinco para aprender a controlar sua magia. Setembro se transformou em outubro, e o domínio de sua habilidade sofreu altos e baixos. A magia simplesmente não funcionava como Perséfone sempre imaginou; era treino, suor, sangue e lágrimas, uma entrega que jamais poderia ser recompensada na mesma medida. Ela imaginava que controlar a magia seria tão natural quanto respirar, até que percebeu que respirar era um negócio bastante complicado – a pessoa apenas deixava de reconhecer os muitos mecanismos de algo aperfeiçoado desde o útero.

Se por um lado os dias se intensificavam no que dizia respeito aos estudos, por outro, em relação ao domínio de suas habilidades, a impressão de Perséfone era que elas faziam o caminho inverso. Até conseguiu controlar a luz por alguns momentos, ou fazer flamejar o fogo, porém também incendiou dois arbustos e queimou todos os fusíveis da casa em quatro ocasiões em que foi subjugada pela magia.

Do outro lado do Arco, praticava feitiços de memória com Moira e prosseguia no aprendizado dos de defesa com Jacinta. Uma única vez tentaram combinar os poderes individuais em uma trindade, o que terminou com Jacinta desacordada por excruciantes cinco minutos.

Moira extraía de seu grimório um feitiço após outro. Mostrou a Perséfone como congelar a chuva caindo e então explodir cada gota para quebrar uma barreira de magia congelada; quando foi a vez de Perséfone tentar, cada gota se transformou em neve e, por fim, em um lamaçal no solo. Jacinta fez crescer um emaranhado de raízes de árvore, do qual Moira extraiu fogo, enquanto Perséfone tentou extingui-lo com a água tragada de um rio aos seus pés; o que aconteceu foi que a chama adquiriu o tamanho de uma girafa e ameaçou engolfá-la – Moira chamuscou os pelos de ambos os braços na tentativa de combater a labareda.

Cada um dos feitiços saía pela culatra. Nada do que as três tentavam lhes fazia crer que estivessem mais próximas de quebrar a maldição, ou que Perséfone estivesse caminhando para controlar totalmente suas habilidades. Ela chegou à conclusão de que era como procurar uma flor em meio à lama; ainda que algo pudesse ser cultivado ali, era impossível enxergar uma raiz viável através do barro.

Perséfone dava o sangue por sua habilidade. Cavava até os recônditos da terra, tragava o ar, impulsionava o fogo contra a água. Nada disso bastava.

– Estamos longe ainda – disse Jacinta certa tarde, a voz atravessada por uma correnteza de preocupação.

– Eu sei – falou Perséfone, secando o suor da testa com o antebraço. A bainha da camiseta estava incrustada de lodo e as faces estavam da cor de um tomate maduro devido ao esforço. – Estou fazendo o melhor que posso.

– Sabemos que está. – Jacinta mordeu o lábio.

– Ainda temos tempo – disse Moira.

– Muito pouco – completou Jacinta. – Faltam poucas semanas para o Samhain. – Ela tamborilou os dedos na mandíbula. – Por que você não tenta caminhar? Se você conseguir atravessar a fronteira espacial que acessou quando viu a padaria, pode ser que algo que estamos perdendo de vista se revele.

Perséfone concordou; era uma tentativa válida. Fechou os olhos, ergueu as mãos e as impeliu.

Nada.

Apertou ainda mais os olhos, exalou com força o ar e murmurou:

– Padaria, padaria, padaria, padaria, padaria.

O mundo não se alterou.

Frustrada, mas recusando-se a desistir, ela insistiu; pelo restante daquela tarde, e da próxima, e da seguinte, Perséfone passou horas e mais horas tentando sair da ilha para mundos que mal conhecia. O sucesso nesse empreendimento se tornou algo próximo da obsessão para ela e Jacinta. Perséfone se entregava de corpo e alma, porém era realmente *difícil* abrir caminho entre mundos.

Nas vezes que o fizera, fora porque estava com medo ou com raiva. Jacinta e Moira se apegavam firmemente à crença de que a melhor magia era alcançada com uma mente lúcida; seguindo essa linha de pensamento, Perséfone por fim conseguiu, com um pouco de sorte e muito suor, ultrapassar o véu de *um* mundo.

Imaginou um novo lugar dentro do Arco. Desejou ver os despenhadeiros da Escócia real, sentir a brisa do mar no rosto e o sal do oceano na língua. O ar bruxuleou à sua volta, e ela adentrou um espaço absolutamente vazio, um vácuo. Quando abriu os olhos, divisou os montes se desdobrarem em despenhadeiros. Esticou um braço, e a visão tremulou. Perséfone piscou e se viu de volta. Sem fôlego, virou-se para Jacinta, que coçou o nariz.

– Foi como ver uma luz tremeluzir. Você estava aqui e de repente… – Passou uma mão pelos cachos escuros. – Não consigo enxergar para onde você foi e não gosto nada disso – falou, o cenho franzido de preocupação.

Perséfone tentara uma única vez retornar à hinterlândia, e à biblioteca, na presença de Jacinta; daquela vez, uma força em seu abdome a puxara em todas as direções menos na desses locais.

– Fui para os despenhadeiros da Escócia. O lugar era lindo, mas não percebi nada fora do comum.

Jacinta franziu o cenho.

– Tente de novo. Talvez estejamos deixando passar algo.

Pelo restante do dia, Perséfone retornou à Escócia; a cada vez que voltava de lá, Jacinta se achava mais perto, com o olhar mais turvado, a boca mais comprimida.

Quando não estava treinando magia, Perséfone se dedicava à busca de informações sobre a família. As primas mantinham registros diligentes sobre os mais variados tópicos, desde as plantas cultivadas em cada estação até as alergias dos turistas assíduos que faziam encomendas regulares dos produtos de Moira, passando pelos períodos em que o solo dava as melhores mudas de lavandin – uma espécie de lavanda que deveria crescer apenas na Provença, mas que vicejava na horta das duas. No entanto, sobre a família de Perséfone havia pouco; nos muitos cadernos que leu, não encontrou sequer uma linha que mencionasse a avó.

À noite, Moira educava Perséfone na fina arte da farinha.

– A vida não é só magia – dizia Moira. – É essência, também. É sobre construir uma vida serena em torno do extraordinário. Na cozinha, a gente vive no momento presente.

Perséfone aprendeu a peneirar farinha com um leve meneio do punho e a coá-la no pano. Gostava de pesar a manteiga e o açúcar, de acrescentar as frutinhas recém-colhidas e de descascar a maçã para adornar os pães de ló perfeitos. Dominou a arte de confeccionar do zero a cobertura de *cream cheese* e de preparar a mistura dos pãezinhos ingleses com a cabeça parcialmente no mundo da lua. E escutava – Perséfone escutava Moira sussurrar poemas (a bruxa realmente tinha uma paixão por Christina Rossetti) com habilidade enquanto trabalhava.

Ao passo que o conhecimento de Perséfone sobre a ilha e sua conexão com as primas cresciam, seu senso mágico estagnava. Qualquer poder que ela *conseguia* acessar não demorava a se embolar, pois seus pensamentos inevitavelmente se dirigiam para a mãe e a avó que não lhe faziam companhia na ilha.

No coração de Perséfone, também começou a se acumular certa dívida. O pagamento às irmãs Ever pelo carinho e pela aceitação que lhe demonstraram deveria ser seu poder mágico – "em três, somos mais fortes do que Ellison e Ariel Way jamais imaginaram ser", dizia-lhe com frequência Jacinta –, porém essa força só seria corroborada se Perséfone fosse domada.

A culpa de Perséfone crescia na mesma medida da preocupação de Jacinta; os momentos em que não estava mentorando Perséfone, a prima e amiga passava na horta, pesquisando nos livros, conversando com as árvores e buscando respostas. O tempo estava se esgotando e, se Jacinta ficava cada vez mais agitada, Moira se mostrava mais e mais serena.

Perséfone também não conseguia parar de pensar em Dorian e na biblioteca, mas, sempre que tentava contar às primas sobre algum dos dois, as palavras se enrolavam em sua língua e se transformavam em cinzas.

A verdade inconveniente era que Perséfone pensava nele – nos ângulos do rosto, no dente torto, no sorriso que nunca alcançava realmente os olhos – mais do que gostaria de admitir. Em seus sonhos, via-o agachado diante do fogo, enquanto ao redor as infinitas pilhas da biblioteca se moviam sem parar.

Eis que, no décimo terceiro dia de seu segundo mês na ilha, Perséfone acordou com uma dor abrasadora no peito. Quando se sentou, a dor se alastrou como fogo por sua pele. Levou a mão à camiseta e apertou a ampulheta, que estava sob o tecido. Sufocou um grito e afastou abruptamente os dedos cauterizados.

Pensando rápido, arrancou a camiseta e engatinhou, de modo que a ampulheta pendesse sob o pescoço. O objeto emitiu um brilho verde três vezes antes de a cor se esmaecer para um dourado róseo. Com receio de encostar no metal, inclinou-se para a frente e, com os dedos, procurou o fecho. Aberto, o medalhão tombou na cama. Perséfone chupou a ponta dos dedos queimados. Quando a dor se atenuou, pressionou o mindinho contra a ampulheta com cuidado; não só não estava mais quente, como agora estava fria a ponto de congelar. Pressionou os dois dedos feridos, e um alívio refrescante se espalhou por eles até que a dor de queimadura sumisse. Perséfone observou maravilhada os dedos – a vermelhidão de antes não passava de um rosa, não havia ferimento. Recolheu o colar nas mãos e descobriu-o mais pesado do que antes.

Ao colocar a camiseta de volta, a base da ampulheta se abriu. Por um milagre, um bilhete escrito em um pergaminho que pesava como uma pedra despencou na palma de sua mão, e então a ampulheta se fechou por conta própria. Nenhum dos grãos de areia no interior do relógio se moveu.

O bilhete dizia:

Uma tecelã deve viajar a sós.
E não deve os neurônios queimar.
O rastro de seu perfume está nos livros.

A última frase fez o coração de Perséfone acelerar; leu-a e releu-a até as palavras desbotarem na folha e se fundirem num único quartzo rosa que ela aninhou na mão.

Dorian.

Levantou-se, colocou a ampulheta e o quartzo rosa no bolso – ainda com receio de encostá-los na pele – e, com o pijama de flanela, se dirigiu ao corredor. A ânsia de vê-lo, a qual mal conseguira manter represada, se propagou mais rápido do que fogo no palheiro. Perséfone desceu a escada na ponta dos pés, passou pelo sofá de lua crescente e por uma sonolenta Opala e, mais sorrateiramente do que um rato, abriu o trinco da porta, saindo de fininho.

As sombras espreitavam, à espera.

Perséfone desceu ao quintal e se deslocou para o caminho de pedra. Seus pés aumentaram o ritmo de uma passada leve para um trote e então para uma corrida desenfreada. Ela puxou as imagens da biblioteca em seus pensamentos; conforme elas lhe vinham, visualizou a placa da biblioteca e a porta de madeira; em seguida, entrelaçou e desentrelaçou o tempo, ou então o espaço, como se trançasse e destrançasse fitas ao redor de si. O processo não foi nada parecido com os anteriores, nos quais forçara seu poder – ou reagira a ele. Agora sabia o que queria, e esse tipo de querer fazia toda a diferença.

Passado e presente espiralavam como se fossem feitos de fibras de luz entre prateadas e douradas que formavam uma senda sob seus pés. As cores a envolviam conforme ela avançava. Os instantes se passavam, o ar se aquecia. Ela estendeu uma mão à frente e sussurrou o nome dele. "Dorian."

Perséfone deu um passo para fora das cores espiralantes e aterrissou na frente da porta da Biblioteca para os Perdidos.

Bateu uma vez, e a porta imediatamente se abriu. Dorian se achava sob o arco da entrada e resfolegava como se fosse ele, e não ela, que houvesse acabado de correr; o cabelo estava molhado e os olhos ardiam com uma distinta intensidade. Perséfone esticou uma mão; ali, acomodada na palma, uma chama de luz, um espírito finalmente convocado, dançou.

Perséfone perguntou:

– Posso entrar?

ഗ

Ariel Way havia despertado cedo. Como uma gata, ela costumava dormir por longos, suntuosos bocados de tempo. As sonecas normalmente deixavam sua mente desperta e focada, porém nas últimas semanas vinha dormindo mal.

A irmã não estava dormindo quase nada.

Quando conseguia dormir, Ellison falava desde os recônditos de algum sonho, recitando acerca de tempestades vindouras e uma entrada que ela deveria manter trancada. Ariel testemunhava a perda de peso da irmã, que, no entanto, negava haver qualquer problema.

Assim se comportavam as mulheres Way.

Antes da tola tentativa de sua mãe e da tia de dobrar os princípios que regiam a maldição, a mãe parara de dormir. Aconteceu um mês depois de um caso com um pescador loiro de olhos resplandecentes e dentes salientes, um homem ao qual ela – a sua *mãe*, aquela mulher ousada, impetuosa e independente – implorou que ficasse na ilha.

Ariel havia escutado por acaso a conversa entre os dois numa noite em que voltou para casa mais tarde do que o habitual. Passara o dia se pegando com Laurel, que recentemente tinha terminado com o namorado de faculdade e – Ariel estava certa disto – começara a brincar com os sentimentos dela. Distraída pelo que Laurel lhe provocava, que não era pouca coisa, não percebeu que havia gente no alpendre; quando escutou a mãe *implorar* ao homem que ficasse, Ariel quase caiu de costas na água.

Foi o primeiro homem por quem a mãe ficou perdidamente apaixonada, e Ariel tinha certeza de que foi o que, no fim, a levou a fazer aquilo – a tentar causar uma fratura na maldição. Não se convencia de que a mãe e a tia acreditassem realmente que iriam conseguir; não, achava que a mãe *queria* falhar, ser expulsa da ilha, abandonada ao mar como uma sereia, para que assim tivesse a chance de ir atrás do homem.

O fato de que partira sem se despedir dizia tudo o que Ariel precisava saber.

Agora Ellison não estava conseguindo dormir e a porra da maldição ameaçava virar as coisas de cabeça para baixo de novo.

Sentada em seu banco favorito – um tronco de árvore – no sótão, Ariel se voltou para o pequeno autômato ajoelhado à sua frente, uma ferinha encantadora com olhos dourados e calças e suspensórios verdes. Algo na largura de seus ombros lembrava-lhe alguém, talvez o protagonista de algum filme em preto e branco.

O homem mecânico que ela havia criado tinha sido encomendado por um de seus casais favoritos que sempre visitava a ilha em maio. Após dar os toques finais na parte elétrica, ela o equipou com o pequeno casaco que costurara na semana anterior e o posicionou diante da grande janela oval.

– Hora de despertar, meu amigo.

Ligou o comutador nas costas dele, logo abaixo da nuca, e aguardou os zunidos e estrídulos. Ele rangeu e gemeu, e um clarão verde inesperado brilhou. Ariel se inclinou para a frente a fim de ver por onde a luz tinha entrado.

– Merda – falou, aprumando-se.

Tinha propositalmente deixado a magia de lado enquanto trabalhava no autômato, para manter longe qualquer ilusionismo. Era difícil não usar seu poder, porém aprendera havia muito que a magia, como seu coração, e como o amor também, não era flor que se cheirasse.

Ariel olhou de relance a moça mecânica que estava produzindo para uma jovem que a encomendara em virtude do aniversário da mãe. Sob a luz inesperada, percebeu que a moça, do mesmo modo que o homem, parecia familiar. Familiar *demais*.

Eram os olhos e os cachos escuros, a combinação das ancestralidades italiana e hispânica à mostra no rosto anguloso e na boca carnuda. De tão absorta no trabalho, não se dera conta de que, sem querer, tinha criado uma miniatura da Jacinta de suas lembranças.

Murmurando uma maldição, Ariel ignorou a autômata; decidiria mais tarde o que fazer com ela. Por ora, dirigiu a atenção aos chiados do homem, cujos olhos se acenderam e a cabeça rangeu ao olhar para o lado ao mesmo tempo que piscava metodicamente.

– Ah, aí está – disse Ariel.

Ele abriu e fechou a boca, virou a cabeça para um lado e outro e ergueu e abaixou o queixo. Satisfeita com a amplitude dos movimentos, Ariel esticou um braço para desligá-lo, porém a boca do autômato se abriu novamente e uma palavra desembocou numa voz tão real quanto qualquer maldição, dizendo simplesmente:

– Perséfone.

O couro cabeludo de Ariel formigou, e ela olhou para o outro lado do aposento. Os olhos da autômata se abriram e os lábios se curvaram num sorriso perverso e mecânico.

∞

– Perséfone. – Dorian a encarava, piscando aceleradamente. – Você não devia estar aqui.

– Recebi o bilhete.

Ele ergueu uma mão, hesitou por um instante e a deixou cair.

– O que foi? – perguntou Perséfone, que queria se aproximar, mas tinha medo de que, se o fizesse, ele desapareceria; algo tão ridículo quanto sua capacidade de atravessar o tempo e o espaço e acabar bem na frente da porta de Dorian.

– Entre – falou ele, afastando-se do vão.

No interior da biblioteca, duas poltronas azul-marinho se achavam posicionadas diante da ampla lareira, entre as quais se espremia uma pequena mesa. Dorian gesticulou com a mão, e duas xícaras surgiram. Perséfone caminhou até a poltrona mais próxima para estudar a xícara e foi saudada pelo aroma de coco e canela.

– Biblioteca mágica?

– Uma das poucas vantagens. – Ele se colocou diante de sua poltrona, e Perséfone percebeu que Dorian esperava que ela se sentasse.

Ela o fez, e ele a imitou, levando a xícara aos lábios com um quase sorriso. Enquanto dava um grande gole, o sorriso se transmutou para os olhos, cujos cantos se enrugaram. Perséfone analisou seu rosto; era uma combinação de ângulos pronunciados e talhos profundos – a mandíbula, o nariz, as sobrancelhas e aqueles olhos de lobo. Dorian jamais seria eleito o herói de uma história. E ela gostava disso.

Recostou-se na poltrona e deu um pequeno gole na xícara.

– Ai – falou, extasiada. Outro gole. – Chocolate quente.

– Com especiarias – corrigiu ele. – Um dos meus preferidos.

– Já trabalhei em cafeterias – comentou Perséfone, que então pensou no quão distante aquela vida lhe parecia agora. – Às vezes o lugar tinha o cheiro desses gostos aqui. Você gosta de café?

– Prefiro doce a amargo.

Ela assentiu com a cabeça enfiada na xícara e notou os dedos de Dorian tamborilando sobre o assento da poltrona. Nervoso, será?

– Eu não... – Os dedos agora percorreram o contorno da mandíbula, atraindo o olhar dela. – Faz muito tempo que não compartilho uma bebida com alguém.

Perséfone se voltou para a lareira, onde a pontinha das chamas cintilava na cor azul. Pensou nas incontáveis xícaras de café e de chá que havia preparado e servido; nem uma vez tinha sentado para beber na companhia de outra pessoa. Nem mesmo de Deandra ou Larkin.

– Eu também – disse ela. – E não teria sido numa biblioteca. Eu jamais entraria em uma nem com água, quanto mais com algo que pode manchar. Os bibliotecários costumam ser bem... – Deteve-se, e uma risada gorgolejou em sua garganta.

– Bem o quê?

– Apavorantes – completou, e a risada irrompeu.

Dorian ergueu uma sobrancelha, fazendo com que a risada se transformasse numa tosse.

– Não sei se devo ficar lisonjeado ou boquiaberto. – Ele coçou o queixo. – Acho que estou ofendido.

Perséfone soltou o ar que nem percebera estar prendendo.

– Você é bem assustador.

– E, no entanto...

– E, no entanto?

– Cá está você – disse ele, cujos olhos negros penetraram nos dela.

Perséfone levou a xícara à boca e bebeu, tentando com todas as forças controlar a própria reação. A presença de Dorian era massiva, como se ele estivesse em cada ponto à sua volta, e não simplesmente sentado à sua frente.

O olhar dele se deslocou para as mãos de Perséfone, que pigarreou.

– Por que você me mandou o bilhete?

– Eu não devia ter mandado – falou Dorian, inclinando-se para a frente. – Mas precisava te alertar.

Ela pousou a xícara com um tinido.

– Me alertar?

Ele assentiu.

– Você não está segura na ilha.

Perséfone franziu o cenho.

– Como assim não estou segura?

Dorian se levantou, aproximou-se da lareira e então retornou até Perséfone.

– Há obstáculos demais no caminho. – Balançou ligeiramente a cabeça. – Não sou capaz de enxergar todos, mas enxergo bastante.

– Bastante o quê?

– Magia perversa. Algo está se aproximando.

A hesitação palpável no ambiente turvou os sentidos de Perséfone e fez seu coração martelar no peito. Ergueu-se, deu um passo adiante e, por um instante inacreditável, achou que Dorian iria tocá-la.

Ele manteve as mãos abaixadas, porém chegou mais perto. Cheirava a tinta de caneta, a chuva, a páginas com histórias a secar, a uma chama crepitante ardendo em vida. Perséfone o encarou, e ele sorriu – o mais belo e genuíno sorriso que ela jamais vira. Sustentou o olhar de Dorian pelos instantes mais demorados da vida, até que o sorriso se desfez e o homem afastou-se.

– Há sombras dentro de você, Perséfone, e elas estão tentando escapar. Ainda não enxergo o suficiente para entender o que significam, e, até que eu o faça, você deve parar de testar o tempo e o espaço. Você precisa tomar cuidado.

– Sombras? – Perséfone agarrou a corrente do colar com a ampulheta. – Como a que as bruxas Way mandaram para me pegar?

– As Way? – Dorian negou com a cabeça. – Não é o destino delas arruinar o seu. Não, é outra coisa. A maldição e também algo… oculto a mim.

– Como posso lutar contra o que não vejo? – indagou Perséfone, mais irritada a cada palavra. Precisava de clareza, precisava entender.

– Estou tentando descobrir – falou Dorian, sem hesitar desta vez. Esticou um braço e passou a mão pelo cabelo dela, segurando algumas mechas. Ela quis se aproximar dele, pressionar o nariz contra a palma de sua mão, inalá-lo. – Eu te chamarei se conseguir.

Um estrondo soou nos confins da biblioteca, e Dorian deu um passo para trás. Uma rajada de vento se formou no aposento e se lançou na direção da parede mais afastada, derrubando livros pelo chão, as páginas tremulando, as lombadas crepitando.

Perséfone se afastou do vento e começou a se dirigir à porta.

– Dorian.

– Está tudo bem. Você tem que ir. – Ele a encarou. – Agora.

Perséfone hesitou à repentina sensação de perda, então correu para a saída.

– *Não* siga o vento! – gritou Dorian por sobre o estrondo crescente.

Fitou Perséfone uma última vez e fechou a porta depois que ela saiu.

Ela ainda tentou chamá-lo, porém o tempo se acelerou e se dissolveu ao redor. Cambaleando para trás, viu-se no centro do vilarejo, na rua de pedras.

Quando deu por si, estava cara a cara com uma Ellison Way emburrada.

ꝏ

Ellison estava caminhando na praia quando viu o clarão no sótão. Era o mesmo verde de suas visões, aquelas nas quais a ilha se afundava. Havia semanas já, sempre que adormecia tinha pesadelos em que a ilha era engolida pelo oceano, e finalmente entendeu o significado dos sonhos. Cometera um erro ao não dar a devida importância à bruxa ruiva.

Perséfone May era a bruxa sem rosto com a qual vinha sonhando, aquela que as subjugava e as atirava às profundezas plácidas do Atlântico.

Ellison compreendeu assim que viu o clarão verde. A detestável maldição era o tique-taque de uma bomba-relógio, e tudo mudou no instante em que a bruxa pisou na Ilha de Astutia. Primeiro foram as tempestades de pequenos raios que, após a chegada de Perséfone, passaram a acompanhar Ariel e Ellison em suas caminhadas vespertinas pela praia. Depois vieram os peixes mortos trazidos pela maré. E, no dia anterior, enxames de vaga-lumes com o abdome brilhando em verde atacaram Ellison durante o seu chá da tarde na varanda, obrigando-a a se refugiar no interior da casa. Quando voltara a sair para averiguar o perímetro mágico, tivera de usar uma máscara facial encantada para evitar que os enormes insetos entrassem em sua boca.

Sim, tinha sido tola, tinha cometido um equívoco. Uma atitude precisava ser tomada, e Ellison decidiu que seria ela a tomá-la. Sendo bruxa, sabia que as coisas seriam como deveriam ser; então só lhe restava se encolher de medo... ou encarar a ameaça. Por mais defeitos que tivesse, e Ellison achava que tinha muitos, ser medrosa não era um deles.

Não era medrosa quando a praia se infestava de águas-vivas e ela tinha de convencê-las a retornar às profundezas, nem quando uns sujeitos bêbados vagavam muito perto de sua casa nos meses de verão e precisavam ser afastados com feitiços; também não o fora quando a Deusa lhe mostrou em uma visão a morte da mãe dez anos antes do acontecido e a Ellison não restou outra coisa senão ser uma mera testemunha ocular e proteger a irmã da realidade devastadora.

Não, Ellison não tinha medo do destino. Vestiu sua manta mais grossa, lançou um feitiço para manter a irmã protegida no sótão e deixou a casa, assim como o posto de guardiã do oceano e da praia, para se dirigir ao vilarejo.

As irmãs Way não costumavam sair de casa, a não ser por necessidade. O vilarejo, durante a alta temporada, dava um jeito de chegar a elas. Houve um tempo, uma década antes, em que o visitavam com frequência. De fato, sentavam-se com as irmãs Ever para tomar chá na Delicinhas, batiam papo com a agente do correio, participavam de todos os festivais. Existiu um tempo em que, para Ellison, pensar nas Ever era pensar em *família* – naquela época, quando Ariel Way olhava para Jacinta Ever, via uma alma gêmea.

– Ela é uma bruxa tempestuosa, às vezes até descuidada, como eu – dissera Ariel a Ellison certa vez. – Jacinta ama a família e ama ser quem ela é. Nada nela é falso.

Ariel enxergava uma amiga que a compreendia, e no passado Ellison também pensava assim. Afinal, profetizara que seria Jacinta quem apresentaria Ariel à mulher que faria Ari feliz.

O problema foi que Ellison não anteviu *tudo*. Não anteviu a chegada de Perséfone, não anteviu que Jacinta roubaria a namorada de Ariel nem que a usaria para fazer Ariel sofrer. Não anteviu que a garota não era quem dizia ser, nem que incentivaria a cisão entre as Way e as Ever. Naquele tempo, Ellison via as coisas tarde demais.

Seus pés se moviam sem alvoroço pela estrada de pedra que levava ao vilarejo. Tinha o peito estufado e o nariz arrebitado para o céu. O mundo fora da praia tinha cheiro de rosas desabrochadas e da água docemente salgada do mar; era uma mistura de Way com Ever, de maldição com exuberância. Era, sabia Ellison, o cheiro de lar.

Os carvalhos que margeavam a trilha estavam cobertos de musgo e de bruma. O período da manhã se recolhia para abrir espaço ao calor do sol, muito embora um calafrio percorresse a espinha de Ellison. Ela vira a treva, as sombras que surgiram assim que Perséfone desembarcou da balsa e pisou na areia. Parte dela queria botar a culpa na irmã por ter provocado o destino, por ter viajado com o capitão à doca para testar os limites e tentar deixar a ilha durante o inverno. Havia anos já que a comichão de fazê-lo perseguia Ari, convicta de que a maldição estava finalmente se enfraquecendo conforme o tempo se esgotava.

Ellison sabia que Ari sentia saudade da mãe, que sentia saudade de uma mulher que acreditava tê-las abandonado por causa da maldição. Ariel também sentia falta da paixão que ela e Jacinta compartilhavam por tentar trazer de volta suas mães. Sentia falta da grande amiga. Era possível que uma parte de Ari quisesse encontrar um jeito de desfazer a maldição sozinha para assim provar a Jacinta, provar à mãe, que não precisava de nenhuma das duas.

Ariel equivocadamente tomara a ausência de atividade na ilha, a ausência de ameaças contra as defesas erigidas e a marcha sem acidentes do tempo como sinais de estabilidade. Contudo, a aparente calmaria não passara de um truque para atraí-las, e lhes tinha cobrado um preço, pois bastara Ariel deixar a ilha por não mais do que meia hora para Perséfone chegar.

Desde que a maré trouxera aquela mulher singular, as coisas foram de mal a pior para as irmãs Way.

Ellison atravessou a franja de folhagem e passou pela placa de BEM-VINDO À ILHA DE ASTUTIA. Conforme avançava, adejou uma mão sobre o arbusto de rosas e puxou para a ponta dos dedos um pouco da umidade das espinhosas plantas. A água se comunicava com Ellison, conhecia-a como só os semelhantes são capazes. A mulher tentou enxergar dentro da gota em seu dedo, encontrar a visão claramente abrigada ali, porém a Deusa se manteve reservada.

Era cedo ainda – os comerciantes estavam colocando as chaleiras para ferver, estendendo as toalhas de mesa, cuidando dos preparativos para o dia –, mas suficientemente tarde para a maldade dar as caras.

Deteve-se e observou um belo homem ruivo que se deslocava pela passagem de pedestres. Os dedos sentiram a tentação de afastar as longas mechas que caíam sobre a ponte do nariz dele e que ocultavam os olhos. Ela se perguntou se estes seriam acinzentados como o céu que prenunciava uma tempestade ou azuis como o horizonte logo após. E imaginou-os se arregalando caso ela se aproximasse, o empurrasse sobre o banco mais próximo e montasse nele – com que rapidez aqueles olhos se inundariam de desejo. O quanto seria simples ensiná-lo a lhe dar prazer.

Ellison ansiava por conexão, por dividir a cama e o coração, estava desesperada mesmo para fazê-lo em qualquer outro lugar que não ali.

Afastando com dificuldade o olhar da mandíbula devastadoramente acentuada e dos ombros largos do homem, assim como os pensamentos do transtorno que seria um tombo para seu coração desejoso, Ellison divisou o redemoinho que se formava no centro do vilarejo. O ar que até então estava vazio de repente se fez tormenta, cortando o espaço com um clarão verde em contraste com uma brilhante luz etérea. Soube de quem se tratava antes de saber do que se tratava.

– Bruxa tola – disse Ellison, acelerando o passo até se colocar diante do redemoinho, que desacelerou e parou.

Desgrenhada e possivelmente inconsolável: assim se materializou Perséfone May, que fitou Ellison.

A boca de Perséfone abriu e fechou no rosto embasbacado. Ellison ergueu uma sobrancelha e pensou nas palavras que recitara mentalmente treze vezes no caminho até o vilarejo a fim de fazê-las soar do jeito certo; no entanto, antes que pronunciasse uma vogal que fosse, o céu se fendeu.

Um raio brotou dos pés de Ellison, que estendeu as mãos para bloqueá-lo. A descarga elétrica foi repelida pelo feitiço de proteção e se espalhou em faíscas pelo céu.

Uma luz verde choveu das nuvens, e Perséfone deu um passo em falso para trás.

Ellison tentou gritar, porém sua voz se congelou na garganta; fitou o brilho que saía dos dedos. Espaço. Tempo. As fibras de seu ser estavam sendo arrancadas como um fio que, puxado no ângulo certo, desfia o suéter inteiro.

Perséfone estava *drenando* seu poder.

Ellison rosnou de raiva e se voltou para o homem de cabelo ruivo, congelado no movimento. O espaço estava sendo manipulado, congelando o mundo fora do grão de areia em que as duas se achavam. Ergueu ainda mais as mãos. O raio cortou o céu novamente, e Ellison olhou, pasma, para Perséfone e então para além dela, para as sombras que pairavam na extremidade da rua de pedra. Puxou o poder de volta para si e tentou amarrá-lo ao seu ser.

Um trovão ribombou, e outro clarão de luz verde reluziu no céu. Ellison encarou o rosto de Perséfone. Sua impressão foi de que o tempo se acelerou enquanto se dava conta dos lábios trêmulos, da hesitante mão direita que se ergueu.

Então Perséfone May estendeu repentinamente o braço e lançou uma luz branca e pura bem no coração de Ellison.

DIÁRIO DE JACINTA EVER

Solstício de outono, dez anos atrás

A mudança está próxima.

Sei disso porque o vento já não encontra seu curso; ele vem de todas as direções a todo momento.

Tenho tido sonhos estranhos com uma mulher e um mar de gente. No sonho, também eu estou debaixo d'água - logo abaixo da superfície, porém ainda consigo respirar. Sempre acordo me sentindo profundamente triste.

A verdade é que me sinto triste o tempo inteiro.

Vou convidar Moira para me acompanhar até a Grande Montanha de Astutia hoje à noite, para tentar descobrir onde o vento está pegando. Há algum problema com as defesas que vovó erigiu lá, feitas para ecoar somente quando algo de outro mundo atravessa para cá - é a única explicação que encontro.

Eu chamaria Ariel, mas ela se recusa a falar comigo.

Sinto saudade da minha amiga.

A mudança está próxima. Temo que já tenha chegado, e estaria mentindo se dissesse que não me sinto completamente perdida.

7

Horrorizada, Perséfone observou Ellison Way vacilar para trás e vergar ao chão. Num instante, estava encarando Perséfone com ombros impositivos e uma faísca no olhar e, no seguinte, tal qual uma rocha que tomba de um despenhadeiro escarpado, colapsou no solo.

Perséfone não tivera a intenção de machucá-la. Não entendia por que a bruxa a atacara daquele jeito, muito menos por que as Way a odiavam tanto. Só quis fazê-la parar, só isso. Agiu em autodefesa. A mão se lançou ao ar, e só o que lhe veio à cabeça foi: *chega*.

As mãos se recolheram em pânico para cobrir a boca. Quando a tempestade recuou, Perséfone titubeou à frente e se ajoelhou perto da bruxa caída para verificar seu pulso. Uma porta se abriu, e Laurel disparou para fora.

– Elsie?! – gritou Laurel ao divisar o corpo de Ellison no chão, tão flácido quanto qualquer fantoche descalçado.

O rosto de Laurel empalideceu diante da cena, e ela também se deixou cair de joelhos para procurar algum sinal de vida.

– Ela simplesmente tombou – disse Perséfone, o que não deixava de ser verdade. Sua voz falhava e as mãos entrelaçadas sobre o peito tremiam.

– Precisamos chamar a irmã dela – disse Laurel, sem erguer o olhar. – Ariel Way. Tenho o número na agência, na parede atrás da mesa. – Um vento soprou do leste, e Laurel voltou o rosto. – Esqueça, ela já sabe. – Virou-se para Perséfone, que trajava o pijama de flanela, a expressão angustiada e mais nada. – Vá. Você está com as Ever, é melhor que a Ari não te encontre aqui quando chegar. Essa é uma linha que você não vai querer ultrapassar.

– Mas...

– *Vá* – repetiu Laurel, mais incisiva desta vez. Então, suavizando o tom, acrescentou: – Por favor.

Perséfone assentiu e se levantou. Virou-se e acelerou o passo conforme deixava o centro da cidade pela calçada atrás das lojas, rumo à estrada de paralelepípedos. Não sentia os pés, mal se dava conta do coração desenfreado; não escutava nada nem via ninguém, assolada pelo medo e pelo terror dos próprios pensamentos.

Havia atacado, talvez assassinado, Ellison Way. Nunca tinha matado um ser maior do que uma aranha, e mesmo nessas ocasiões se desculpara profusamente por suas ações. É verdade que Ellison estava prestes a atacá-la – e não pela primeira vez –, porém Perséfone ultrapassara um limite. Sua magia não lhe deixara na mão desta vez, e ela a usara para causar dano. O que era mesmo que Moira dizia para começar as meditações matinais? "E não causar mal a ninguém." Perséfone tinha quebrado a regra número um.

Conforme avançava trôpega pelo caminho, não sentiu o sangue fluindo para a cabeça, nem o suor se acumulando em suas costas; não varreu as lágrimas, nem sequer notou que elas se derramavam.

Em nenhum momento percebeu que estava seguindo o vento, a não ser quando este a derrubou.

De súbito, viu-se de cara no chão. Tentou se levantar, mas as trevas a enlaçaram. Perséfone resistiu; rolou de lado e avistou o vilarejo através das sombras. Percebeu que não se encontrava mais no mundo do presente.

A ilha era o que fora um dia, digna de fotografia, recém-erguida e adornada. Desta vez, porém, Perséfone viu a ponta do que só poderia ser um parque de diversões ou uma tenda de circo. O toldo branco ondulava ao vento, e o som de risadas e música a envolveu como se Perséfone fosse uma boneca de neve solitária encapsulada num globo de vidro natalino.

Uma voz sussurrou em sua mente – um murmúrio suave que foi ganhando volume até quase dividi-la ao meio.

"O caminho. O caminho."

O mundo passou a girar cada vez mais rápido. Rachaduras se abriram na extensão de sua coluna, dentro de seus braços, ao longo de seus flancos.

Perséfone berrou.

As suturas em que as linhas urdidas pelo universo a uniam estavam se desfazendo. Tentou aquietar os pensamentos, tentou resgatar as instruções que Moira lhe ensinara dia após dia para prevenir um ataque mental de qualquer tipo, porém a voz se achava instalada no mais íntimo dela.

"O caminho, Perséfone."

Ela estava perdendo a batalha contra a treva que a pressionava. Sua força estava se debilitando mais rápido do que a maré se transformando em corrente. Ciente de que não lhe restava muito tempo até ser completamente tragada ao esquecimento, fechou os olhos e visualizou o rosto preocupado e reluzente de Dorian na escuridão. O coração deu um solavanco com a ideia de perder a chance de finalmente, quem sabe, conhecer alguém de um jeito que fizesse esse mesmo coração querer pular para fora do peito.

Um lamento despertou no âmago de Perséfone quando ela se deu conta de tudo o que não conhecia e que jamais conheceria caso se entregasse à treva.

Cravou as unhas na palma das mãos e imaginou a luz branca que lançara contra Ellison Way: era o éter, o espaço, em sua mais verdadeira essência. Era uma porta que abria todas as barricadas que protegiam Perséfone de si mesma. A escolha era só dela: podia derrubar os muros erguidos em seu íntimo e descobrir do que realmente era feita ou podia se recolher, se ensimesmar e morrer.

Acessou as profundezas de sua alma, do sofrimento, do insistente e impossível sonho de ser mais, ser conhecida, ser encontrada.

E Perséfone May abriu os olhos.

Enxergou – nitidamente – quem era e quem poderia se tornar, dois eus refletidos em um mesmo espelho, divididos ao meio, à espera de serem recosturados. Compreendeu a pessoa que gostaria de ser.

Lá do fundo, extraiu seu grito mais forte. A treva empurrou, relutou, tentou resistir, mas acabou por se derramar em uma poça degradante ao redor de Perséfone, recuando em ondas e escaras pelas fendas no solo.

Por um longo tempo, Perséfone não se moveu.

Com dificuldade, rolou de barriga para baixo e pressionou o rosto e os dedos contra a grama que fazia divisa com o caminho de pedra. Devagar, com o pouco de determinação que lhe restava, drenou força da terra.

Quando conseguiu voltar a abrir os olhos sem gritar de dor, foi um o nome que Perséfone chamou em sua mente.

ꝏ

Dorian estava vasculhando as prateleiras em busca de um livro muito específico quando sentiu o chão tremer. Afastou-se das estantes, que empenaram e se curvaram. A Biblioteca para os Perdidos mudou de forma: o aposento de ângulos geométricos se transfigurou em um vasto cilindro. A magia estalou no ar, percorreu estrepitosamente o corredor e explodiu contra as estantes, fazendo o livro que Dorian buscava voar da prateleira. O livro começou a escrever e reescrever as próprias páginas, que se arrancavam e se rasgavam num alvoroço de palavras inéditas, tinta fresca e fragmentos de pergaminho.

Naqueles anos todos, naqueles *muitos* anos, Dorian nunca tinha se deparado com uma visão como aquela. A biblioteca era dada a certos arroubos, especialmente quando ele desafiava os desejos dela, mas isso era completamente diferente.

Os demais livros foram movidos e novas fileiras surgiram ao passo que outras foram deletadas, e um candelabro formado por prismas e bolas flutuantes de luz branca envoltas em água descendeu desde o teto, bem no centro do aposento. Dorian compreendeu o que as esferas cintilantes eram antes que a palavra tomasse forma em sua mente.

Éter.

Mas como?

Os cômodos do edifício estavam sendo reescritos, fazendo as paredes tremerem.

Sombras se moviam furtivamente pelas paredes e chegavam a alcançar a beirada das estantes, às quais tentavam se agarrar, as quais tentavam invadir, porém eram repelidas pela luz.

– O tempo de vocês é outro, amigas – disse solenemente Dorian para as sombras, que se detiveram e então bateram em retirada. – Tempo, aliás, que está tentando se acelerar, não há dúvida.

Dorian esperou a última reverberação cessar e, quando o ambiente adquiriu a placidez de uma prece, deu um calmo passo. A capa do livro que estava procurando fez uma mesura, como uma senhorita adejando a saia. O bibliotecário alcançou a escada de mão e contou os novos degraus:

eram sete a mais agora. Subiu até os olhos ficarem na altura da lombada do livro em questão.

– Ah! – falou, fazendo uma pequena reverência para o livro em cuja capa havia um freixo e uma lua crescente: o grimório Mayfair. – Exatamente como imaginei.

Desceu a escada e dirigiu-se à porta. A mão de Dorian já se achava sobre a maçaneta quando ele ouviu o seu nome gritado e percebeu a dor na voz dela em sua tentativa de puxá-lo pelo tempo e espaço.

Dorian se curvou, tentou com todas as forças se segurar. Não teve a menor chance.

A dor o fez cair de joelhos.

Era como se uma faca dilacerasse seu flanco de cima a baixo, de baixo a cima. A cada jornada completada por ela, as urdiduras de sua alma eram recosturadas. Dorian estava sendo desmanchado para ser costurado novamente e então desmanchado mais uma vez. Os estratos de sua alma se esgarçavam a cada tentativa malograda de Perséfone de arrancá-lo da biblioteca.

Ele não soube quanto durou, por quanto tempo a magia lutou aquela insuportável batalha para mover no tempo um objeto impossível de mover. Pelo espaço de segundos, de horas, de dias ou de anos, Dorian foi continuamente sangrado e tricoteado.

Eis o problema das maldições: elas não são capazes de se desfazer por conta própria, por mais que a tecelã tente.

Quando finalmente acabou e Dorian se viu inteiro de novo, secou o suor da testa e permitiu que uma lágrima solitária percorresse o rosto.

Pronunciou o nome dela uma única vez apenas.

"Ah, Perséfone."

ᔕᔓ

O barquinho atracou na doca. Antes de deixar o esquife, a garota abriu o guarda-chuva vermelho. O capitão da embarcação, que nunca tinha estado na Ilha de Astutia, gostou da paisagem tanto quanto confiara no sorriso que se abrira na cara perversa da menina quando ela depositara o dinheiro em sua mão.

A garota – que era jovem o suficiente para estar na adolescência – parecia uma pintura impressionista que tinha ganhado vida: os traços eram delicados, e as feições, amáveis – à exceção dos olhos. Havia algo represado neles, lembranças de natureza alienígena que fizeram o homem olhar para trás de metro em metro após deixá-la na ilha, buscando garantir que ela não houvesse se materializado no barco, surgida das águas.

Na doca, Deandra Bishop observou a ilha e voltou o olhar para a pequena casa amarela na praia, não muito longe dali. Gaivotas e caranguejos deslizavam pelas dunas de areia. Tentou se aproximar, porém deparou-se com uma barreira mágica que tornava intransitável o caminho.

Bruxas espertas.

Arqueou uma grossa sobrancelha, deixou a cabeça pender para o lado e virou-se na direção dos paralelepípedos. Então, com o guarda-chuva erguido na altura exata para evitar que a bruma e a chuva fizessem mais do que polvilhar de areia os sapatos, girou o quadril e requebrou-se até o caminho que levava à ampla casa na encosta.

Deandra estava sozinha, o que era frustrante, pois assim não havia quem pudesse escutá-la cantar.

Ruge-ruge
A sereia urge
Vem, vem
Gesticulando
para mim.

Deandra sorriu o seu sorriso mais afiado, aquele que exibia uma sinistra semelhança com uma tesoura de picotar. Tinha consciência de que a magia vinha se acumulando e sabia que era questão de tempo até que alguém cometesse uma tolice – como tentar separar os mundos aprisionados dentro da Ilha de Astutia antes de compreender exatamente o que eles eram. Deandra, que esperara pacientemente e mantivera-se bem escondida depois do que ocorreu da última vez, ouvira nas águas – que a tudo carregam em seus canais – o estampido do feitiço.

Então içou-se no primeiro barco e atravessou a barreira.

Foi a primeira vez em cem anos que a barreira cedeu a ponto de permitir a entrada de alguém como ela.

Agora Deandra percorria a longa colina sobre a qual ficava a Casa Ever. Era chegada a hora de a peça final retornar ao tabuleiro.

Que começassem os jogos.

ꝏ

Com um nó preso no fundo da garganta, Perséfone se sentou com dificuldade. Havia esgotado seu poder tentando convocar Dorian, e não acontecera absolutamente *nada*.

Nada.

Esfregou o rosto com as mãos para tentar conter a respiração ofegante. Tinha – muito provavelmente – acabado de *matar* outra bruxa, e ainda assim não fora capaz de fazer contato com o bibliotecário, mesmo tendo lançado mão de sua magia inteira. E era nisso o que estava pensando agora... O que havia de *errado* com ela?!

Para tentar refrear o pânico que explodia no peito, Perséfone fechou os olhos e sussurrou todas as belas coisas que Moira lhe ensinara a preparar: *scones* de leitelho e bolos de coco; torta rústica de amora e cupcakes de chocolate com um glacê reluzente de tão branco; canela e açúcar, noz-moscada e essências – cujo sabor entre o amargo e o doce continha universos inteiros.

Um princípio de choro ameaçou escapar de seus lábios, porém ela mordeu a língua. Qual seria a reação de Moira ao descobrir que Perséfone matou sua prima? Moira e Jacinta podiam até não gostar das Way, mas, quando se tratava de família, gostar era muito diferente de amar, e disso Perséfone estava bem próxima de entender.

Esfregou as lágrimas que correram por seu rosto. Que ela houvesse feito parte de algo tão prazeroso nas últimas semanas não era de admirar.

Era um verdadeiro milagre, mas não era real. Perséfone visualizou Ellison caída no chão, a vida se esvaindo da mulher, e explodiu em choro. Isso sim era real. Era a destruição que a magia de Perséfone desejava.

Pois Perséfone era desajustada – sempre fora assim. E, se permanecesse na ilha, causaria a ruína de tudo e todos à sua volta. O solo tremeu, ela virou a cabeça e viu uma imagem dos cadáveres caídos de Moira e Jacinta; viu-os no mais pungente contraste: a palidez dos rostos, a morte nos olhos.

Era uma profecia do que aconteceria, uma espécie de visão; impossível ignorar. Perséfone compreendeu que esse seria o destino de ambas se ela ficasse.

Levantou com esforço assim que a visão desapareceu. Quase sem força, percorreu manquejando o restante do caminho até a doca. Sentiu o cheiro de jasmim ao atravessar uma senda secundária e adentrar o pavimento de pedra próximo à água. Conhecia o cheiro, reconheceu instantaneamente as notas vívidas, porém não foi capaz de lembrar como nem de onde.

Caminhou na direção do bote ancorado no estreito embarcadouro. O vento se lançou com violência contra Perséfone, tentou empurrá-la, tentou puxá-la. Enquanto resistia, ela se perguntou se ele queria lançá-la como um tornado às profundezas do oceano.

Perséfone insistiu até conseguir entrar na pequena embarcação. Esticou uma mão para o inadequado motor preso à popa do barco esbranquiçado, desejando reverentemente que o mecanismo de dar partida num bote fosse semelhante ao de um cortador de grama. Girou a manivela do motor repetidamente, até os braços se fadigarem por completo. Por fim, na última tentativa, ele soltou um ronco áspero e ganhou vida.

Perséfone soltou um entrecortado suspiro de alívio e ergueu o olhar para o horizonte. O pijama estava encharcado, o cabelo se colava ao rosto e havia uma porção de pequenos cortes e lacerações em seus braços e pernas, de quando resistira às trevas.

Desembarcara na ilha agarrada a um sonho, e agora a deixava com as esperanças reduzidas a pó. Entretanto, tinha visto o que provocaria se não partisse, e não permitiria que se abatesse sobre as primas o mesmo destino ao qual condenara Ellison.

Uma batida monótona do coração se fez ouvir, e Perséfone olhou para o próprio peito. A ampulheta se acendeu, uma luz branca tentava escapar. A tristeza preencheu seu coração, porém ela a ignorou.

Não podia pensar em Dorian agora. Se ficasse, falharia com Jacinta e Moira, pois, concluiu Perséfone, era o que tinha nascido para fazer.

Filha de uma mulher sem rosto. Neta de uma fantasma. Herdeira da maldição.

Estreitou os ombros, cerrou a mandíbula e desamarrou a última corda que prendia o barco ao embarcadouro. O bote deu um violento solavanco, projetou-se para a frente e se chocou contra uma onda. Arrancou novamente, tentou se propelir mais uma vez, e o motor estalou.

– Não, não, não – disse Perséfone, se arrastando à proa para encorajar o barco: – Não pare, precisamos *ir*.

Quando o bote arrancou de novo, o vento enrolou Perséfone, acorrentou seus pulsos, seus tornozelos e sua cintura. O puxão havia retornado e desta vez estava no controle. O pequenino barco solavancou e pôs-se em fuga. A força invisível arrancou Perséfone do bote, que em sua disparada emborcou nas ondas e seguiu para lugar nenhum.

Perséfone foi lançada à praia, caindo com violência na areia fofa. Olhou para o céu e deixou escapar outro soluço de choro. Observou o barco liberto até que não passasse de um pontinho – até que também ele não passasse de memória.

Ela até podia ter decidido que não tinha nenhuma serventia para desfazer a maldição ou salvar a ilha, porém cabia à ilha decidir se e quando iria libertá-la.

8

Perséfone se colocou de joelhos, que se afundaram na areia; a água volteava perto dela, mas sem roçar sua pele. O vento estava alvoroçado, o céu, azul e sereno. Não se moveu, deixou os minutos passarem e a deixarem para trás.

Os ventos se alteraram de novo. Perséfone piscou e o céu se tornou da cor da lama; a areia redemoinhava em tons de bege e âmbar. Analisou os grãos, pontilhados de chuva, e olhou para cima. Sua roupa, assim como o cabelo e como o próprio céu, estava encharcada.

Sentiu-se muda, oca.

Piscou novamente, e poças de água tinham se formado à sua volta. O sol, saído de trás das nuvens, revigorara com um azul lúgubre o céu antes agressivo. O ar, que instantes atrás cheirava a chuva, estava limpo e fresco.

E nada disso tinha importância.

Perséfone pensou em Ellison Way e virou-se para a praia. Não avistou exatamente a casa amarela, mas devia ir até lá mesmo assim, entregar-se a Ariel. Talvez a outra mulher a matasse; talvez Ariel a prendesse ou a jogasse em seu porão. Talvez isso bastasse para manter todos a salvo.

Que outros indescritíveis horrores, indagou-se, *este lado da treva poderia lhe reservar*? Mirou a poça mais próxima, e a água emitiu um brilho fraco.

Quando Perséfone olhou melhor, a água se vitrificou, como se a superfície houvesse congelado.

Pendeu a cabeça para o lado e a analisou, depois engatinhou até ela para fitá-la de perto. A superfície vítrea exibiu seu rosto com as sobrancelhas severas e a testa franzida. A boca estava mais comprimida do que a costura de uma bainha, e nos olhos havia um vazio que lembrava a inexpressividade de um manequim. Com um beliscão, tentou dar um pouco de cor às bochechas, porém os dois talhos rosa ficaram mais semelhantes a erros.

– Tudo o que faço é cometer erros – disse Perséfone ao reflexo. – Você é uma tola, Perséfone May. Por que foi pensar que era especial?

Pela centésima vez, desejou ser outra pessoa, uma pessoa melhor.

Piscou e viu um rosto diferente, este convicto e firme, com sobrancelhas escuras e uma testa ampla, olhos que enxergavam além e uma boca que continha um dente torto atrás dos lábios carnudos cujo sorriso fazia inveja ao sol.

Dorian.

Perséfone não questionou a ânsia de tocar a poça.

A ilha queria que ela ficasse, e ela queria partir.

De repente, já não sentia o frio ou a solidão que eram mais pungentes e familiares do que a chuva gélida. Pousou uma mão na água e observou as ondulações se formarem e se separarem. A cena se solidificou, as cores no interior da Biblioteca para os Perdidos se mesclaram e se incorporaram. Perséfone inalou auspiciosamente o ar e mergulhou.

∞

Ellison Way estava suspensa no tempo. Compreendeu isso quando viu os estratos mágicos da ilha. Ao passo que a terra era constituída de uma epiderme, núcleo externo e núcleo interno, a Ilha de Astutia era feita de casco, tempo e éter, e Ellison se encontrava em algum ponto entre os três. Não a hinterlândia, mas um lugar outro – para o qual se vai quando não há para onde ir.

Assim que, atingida pela luz branca de Perséfone, Ellison caíra no interior do tempo, começou a sentir um puxão na direção do estrato do meio. A imagem de uma porta surgira brevemente em seus pensamentos; uma porta de madeira, espessa e maleável, que lembrava vagamente a entrada de uma biblioteca.

Durante tempo nenhum e por um tempo infinito, Ellison a examinou para decidir se a abriria ou não.

Havia algo na porta que a incomodava, lembrava-lhe uma visão que tivera certa vez… antes. Uma visão importante, parte da razão por que estava nesse apuro agora. O problema era que, quanto mais tempo passava flutuando e refletindo, menos ela sabia – os contornos dos saberes estavam se desfazendo, Ellison estava esquecendo.

Tinha alguém que ela precisava encontrar. Alguém que ela não queria abandonar. Mas onde estava? Talvez do outro lado daquela porta. Ellison esticou um braço e sentiu na ponta da língua a borbulha carbonatada da estática crescente.

Nomes são laços poderosos; quando enunciados com convicção, com confiança e com honestidade, são vínculo.

Ellison.

Ellison conhecia aquela voz.

Ellison Lenora Wayfair.

Ignorou por um instante a porta.

Não se atreva, Elsie.

Ellison balançou a cabeça para tentar se livrar do emaranhado de teias.

Por favor, Elsie.

Ellison ergueu o queixo e estudou a porta. O número oito lampejou à sua frente e a apreensão crepitou em sua espinha. Então ela deu um passo para trás.

Elsie! Agora!

Ariel.

Ellison afastou a mente da porta e do número. Deu um passo, depois outro, olhou uma última vez por cima do ombro para o estrato bruxuleante de éter atado ao núcleo externo da ilha.

Então inalou o ar e abriu os olhos.

ꝏ

Perséfone atravessou o teto da biblioteca e caiu com um *baque* nos incontáveis tapetes que se sobrepunham uns aos outros no piso de madeira. Tossiu, e foi uma tosse asmática que chocalhou os pulmões e retumbou na caixa torácica. Cada pedaço seu era dor e lamento.

– Perséfone? – O espanto na voz de Dorian a fez erguer a cabeça.

– Ajuda – conseguiu dizer Perséfone antes de tombar a cabeça sobre o braço.

Ele se aproximou e, com mãos gentis, a ajudou a se levantar. Com os dedos, examinou seu crânio, os flancos e os braços; certificou-se de que não havia ossos quebrados na perna, roçou as faces com os calejados dedões.

– Como você veio para cá?

– Você gosta de me fazer essa pergunta, né? – disse Perséfone enquanto ele a conduzia, e uma vertigem se formou sob a dor quando fitou o rosto de Dorian.

Sem acreditar ainda que tinha conseguido chegar a ele, tentou encontrar graça na situação, no fato de que parecia um rato ensopado e se sentia muito mais miserável do que um.

– Todo mundo adora me fazer perguntas que eu não sei responder e me dar respostas que não respondem às minhas perguntas. Já estou de saco cheio.

– Você não entende – começou Dorian, detendo-se. – Ninguém pode entrar na biblioteca a não ser pela porta da frente.

– Esta sua biblioteca tem regras demais – afirmou Perséfone, que pressionou uma mão contra a lateral da cabeça zonza. Desejou uma aspirina gigante e um copo de Coca-Cola do tamanho de uma pessoa. – E qual vai ser a punição? Não tenho dinheiro. – Gesticulou para o pijama destituído de bolsos.

– Você não está falando nada com nada – disse ele, guiando-a até um pequeno e felpudo sofá no centro da agora circular biblioteca. – E ninguém deveria ser capaz de se transportar para cá como você acabou de fazer. – Dorian farejou o ar. – Isso demanda uma magia e tanto.

– Eu costumo ser extraordinária assim – falou Perséfone, falhando miseravelmente na tentativa de lhe lançar um sorriso cativante. Seu coração se despedaçou ao pensar em Ellison, Moira e Jacinta. – Foi pura sorte, Dorian. A minha magia só provoca devastação.

Ele a observou, com expectativa, hesitante, provocando suores na palma das mãos dela.

Perséfone olhou para trás e registrou a nova configuração.

– Que sala é esta?

– A sala principal, ou o patamar exterior da biblioteca. Você não é a única fazendo magia inédita ou quebrando regras. A biblioteca reescreveu a si mesma algumas horas atrás.

– Tipo uma história?

Dorian se contraiu ao se sentar ao lado dela. Perséfone percebeu que ele estava mancando mais do que antes. Ela não era a única com dor.

– Você se machucou?

Dorian riu pelo nariz, o atordoamento na expressão equivalente ao que ela sentia dentro de si.

– Engraçado você colocar dessa forma. Acredito que não fui eu o sujeito dessa ação.

Diante da expressão de perplexidade de Perséfone, ele gesticulou com uma mão, e o fogo rugiu na lareira. Na sequência, Dorian pegou a manta da pequena otomana próxima ao sofá e cobriu os ombros dela.

– Não posso encantar a sua roupa, porque nem ela nem você vêm da biblioteca. Você está fora do seu tempo aqui. O melhor que podemos fazer é confiar que o fogo faça seu trabalho. – Ele se recostou e passou uma mão pelo cabelo, detendo o movimento na altura da orelha e retraindo-se mais uma vez. – A biblioteca não é uma história, ao menos não uma que possa ser escrita por quem quer que seja. Ela é uma entidade, que você primeiro tentou roubar e depois invadiu. Você é uma ladra de biblioteca muito enigmática, Perséfone May.

– Não sou uma ladra – rebateu Perséfone, que estremeceu ao ouvir o seu nome completo da boca dele, o jeito como as sílabas rolaram pela língua de Dorian. – Que tipo de entidade?

Dorian abriu a boca, pareceu tentar dizer algo, porém acabou apenas sacudindo a cabeça.

– Já falei demais. Embora eu seja um guardião dos segredos, eles não são meus.

– Esses segredos têm a ver comigo?

– Você tentou dividir os mundos hoje, sim ou não?

Perséfone lhe lançou um olhar incisivo.

– Quê? Não. Não sou capaz de despedaçar um mundo.

Dorian ergueu uma sobrancelha, e Perséfone lembrou do sangue se esvaindo do rosto de Ellison, caída como uma marionete ceifada de seu cordel.

– Não... não pode ser isso – disse ela.

– Me diga. – Dorian a observou, como se estivesse tentando ler a mente de Perséfone através dos olhos dela. E talvez estivesse, talvez ele fosse capaz de ler os desejos estampados em sua alma.

Ele se inclinou, e Perséfone sentiu o cheiro de pinheiro e almíscar. O medo relaxou dentro dela, que, ao se aproximar em resposta, sentiu o batimento cardíaco constante de Dorian. O calor da pele dele roçou a dela, fazendo seu coração palpitar. Ocorreu-lhe que ficar tão perto desse homem era um perigo, mas por alguma razão que ainda não compreendia plenamente.

Inspirando o ar para se acalmar, voltou a atenção para os gravetos e para a chama que crepitavam na lareira. Observou as sombras que a fornalha espalhava pelo piso, embora a sala estivesse iluminada.

Perséfone pigarreou.

– Eu ainda não consegui fazer minha magia funcionar do jeito correto. Tenho tido dificuldades para acessar e controlar meu éter... Isto é, até hoje. Hoje de manhã, depois que fui embora daqui, tive um confronto com Ellison Way. – As mãos de Perséfone hesitaram, e Dorian as envolveu nas suas. – Quando retornei pelo véu, ela estava lá. Notei algo em seu olhar, ela começou a falar e eu... reagi. Não raciocinei, pelo menos não muito, só não queria ser atacada de novo. Minha única intenção era fazê-la parar, mas acabei fazendo mais do que isso.

Dorian pressionou suas mãos com gentileza, porém não sem firmeza. O gesto a confortou ao mesmo tempo que foi uma distração.

– O que você fez?

Uma careta surgiu no rosto de Perséfone.

– Lancei algo nela... éter, ou então a essência do éter, não sei. Ainda estou aprendendo. Ellison caiu. Tentei verificar seu pulso... – A voz sumiu, as palavras capturadas pelos fantasmas do arrependimento. – Mas acho que... ela estava morta.

ᔓᔕ

Dorian viu sumir da face e dos lábios de Perséfone o pouco de cor que o fogo lhe devolvera. Era hora de tomar uma atitude, e, em verdade, ele já tinha feito a escolha de agir quando abrira a porta e se deparara com Perséfone ali. Desde então havia sido apenas uma questão de tempo.

– Ela não está morta – falou, contornando, mas não exatamente quebrando, uma regra da biblioteca.

Perséfone ergueu o queixo que estava afundado no peito.

– O quê?! – disse, virando o corpo inteiro para encará-lo. – Como você sabe?

Dorian apontou para o aposento.

– Os livros não estão de luto por ela. E eu não a vi. Se ela estivesse morta, eu saberia.

– Como assim?

– Aquilo que está perdido vem para cá, Perséfone. Isso significa *qualquer* coisa perdida que tenha ligação com a ilha. – Após notar que as implicações do que acabara de dizer haviam sido assimiladas por ela, continuou: – Mas não era a isso que eu me referia. Perguntei sobre o que você fez, a sua tentativa de cruzar a fronteira sem que estivesse perdida. Imaginei que essa tentativa de fraturar os mundos fosse uma nova investida contra a maldição, mas não foi isso então?

Perséfone desviou o rosto para esconder o rubor que subiu por seu pescoço e bochechas.

– Eu estava tentando alcançar *este* mundo aqui – falou num sussurro.

– Você… Ah. – Ele pestanejou para tentar afastar o espanto. – Estava tentando *me* puxar até você?

Tinha escutado o chamado dela, porém não lhe passara pela cabeça que o grito fosse *dirigido* a ele. A alma de Dorian não lhe pertencia, de modo que *ninguém* podia convocá-la através do espaço.

E agora ele conhecia o preço a ser pago quando alguém tentasse.

Perséfone se contorceu.

– Depois que me afastei da Ellison… Não foi escolha minha, a agente do correio me mandou ir embora… Depois disso, eu me perdi.

– Você seguiu o vento? – indagou ele, ainda tentando compreender por que ela havia botado tudo em risco para demovê-lo de seu posto.

– Não de propósito. – Ela afastou da testa as mechas quase secas. – Alguma coisa me atacou. – Lembrou-se da contenção, da luta, da voz dentro de sua cabeça. – Foi parecido com o duelo com as bruxas Way na praia. *Ah.* Foi a Ariel que a mandou atrás de mim. – Perséfone puxou com força o cabelo. – É claro, só pode ter sido ela. Eu quase matei a sua irmã. – Sentindo-se uma idiota por não ter entendido antes, fitou Dorian. – O que quer que fosse a coisa, ela quase me venceu. Achei que fosse morrer, até que…

Perséfone o olhou de relance e abriu um ligeiro sorriso. O trejeito acanhado de seus lábios foi tão genuíno que fez o coração de Dorian saltitar num penoso *staccato* contra as costelas.

– Até que pensei em você. Pensar em você foi um alívio, um conforto. – Ela mordeu o lábio e abaixou os olhos. – Consegui escapar. – Tocou a ampulheta sob a gola do pijama. – Chamei por você, mas não era a minha intenção roubar nada. – Soltou o medalhão. – Nem ninguém.

Dorian pensou em uma criança acordando de um pesadelo terrível no meio da noite e abraçando o ursinho de pelúcia. Pensou no preço das ações dela e na própria alma separada do corpo para então ser recosturada incontáveis vezes, a ponto de o tempo deixar de existir para ele. Ela ergueu os cílios, ele engoliu a verdade. Não podia explicar a Perséfone o que ela tinha feito, ao menos não ainda, quando havia tanto que a jovem não compreendia.

– Você tentou me deslocar da Biblioteca para os Perdidos, mas eu não posso me mover através dos mundos. O tempo se move comigo, mas somente conforme a vontade da ordem natural.

– Não tem nada de natural na ordem deste lugar, ou da ilha.

– Não da maneira como você a vê. – Dorian pegou a mão dela, virou-a e a colocou sobre sua palma. Por mais que tenha sido um gesto ínfimo, foi a primeira vez que tocou alguém para acalmar a si mesmo, e não a outra pessoa. – Preciso pegar algumas coisas. Vou procurar uma roupa seca para você vestir. Volto já. Não saia de perto do fogo, e tente não encostar em nada até eu voltar.

O lábio de Perséfone se curvou melancolicamente para cima em resposta, mas ela assentiu mesmo assim.

Dorian ergueu-se sobre as pernas vacilantes e mancou da biblioteca interna ao saguão. Ao virar no corredor, notou que este havia sofrido outra transformação. Percorreu um pequeno labirinto e, após uma quantidade ímpar de curvas à direita, viu-se diante da entrada de seu alojamento.

O quarto não continha cama nem poltrona, apenas duas redes bem posicionadas e o tapete mais macio sobre o qual ele jamais pisara. Rapidamente apanhou uma muda de roupa no armário, uma das cinco vestimentas que possuía. Retornou ao aposento exterior e encontrou Perséfone encolhida no sofá, dormindo.

Ela era linda, algo que poderia ter saído de seus sonhos, se ainda se permitisse acreditar neles. Deixando a muda de roupa ao pé dela, dirigiu-se à porta de entrada da biblioteca e fitou o candelabro que pendia do teto. As pequenas esferas de éter, o elemento de Perséfone, reluziram.

Dorian cerrou os olhos e permitiu que a mente vagasse.

Foi acometido, como sempre ocorria, por uma vibração monótona de energia: a cacofonia de milhares de corações pulsando como um – as milhares de almas presas neste lugar que ele guardava.

Prestou atenção ao ritmo confortante que eles adquiriram quando passaram a se mover juntos. Viu o número oito se repetir seguidamente nas ranhuras da biblioteca, talhado nas paredes e no teto, desenhado no chão, incrustado nas fibras das vigas e do alicerce. Traçou o símbolo com as mãos. Dois círculos, então aproximados até se unirem. Como as duas ilhas que um dia foram interconectadas à Ilha de Astutia.

Virou em direção ao sofá e avistou o oito sonolento. Infinidade. Era o símbolo de Perséfone. Yin e yang, bom e mau. Sempre havia dois lados, e ela não compreendera ainda que seria a dualidade o que lhe permitiria desfazer a Maldição dos Pesadelos, se tivesse sucesso. Para receber, teria de dar.

A biblioteca sussurrou à mente de Dorian palavras das mais variadas línguas, que arrolaram um saber que o homem acolheu com prazer. Ele sentia certa afeição pela jovem cochilando em seu sofá e temia que essa afeição se tornasse algo mais.

Mas não importava.

Era o guardião da Biblioteca para os Perdidos, e Perséfone tinha cruzado as proteções. A biblioteca era fruto da vontade da Deusa; atada às três ilhas, abrigava a energia mágica destas.

Sendo a biblioteca o vértice de toda magia que fluía das e para as ilhas, Dorian não tinha escolha senão escutar e fazer o que lhe era ordenado; se não o fizesse, a reação da biblioteca não seria nada recatada.

O preço a ser pago por falhar com a biblioteca não era a morte, não no caso de Dorian. O preço de falhar era existir pela eternidade e *desejar* estar morto.

A biblioteca sussurrou novamente, e ele assentiu. Sim, faria o que fora pedido. Independentemente de sua vontade, daria seguimento ao teste ao qual a biblioteca estava submetendo a criatura desorientadora adormecida no sofá.

Dorian abriu os olhos e se deslocou até Perséfone. Com a biblioteca satisfeita com a anuência, a dor lancinante em seus quadris diminuiu conforme caminhava. Pousou um braço na jovem e calmamente se agachou à sua frente.

Os lábios de Perséfone eram duas pétalas de rosa perfeitas, e Dorian sentiu o desejo veemente de pressionar o dedão contra eles para, quem sabe, memorizar a forma que esculpiam em sua pele.

Faria o que a biblioteca havia pedido, sem dúvida. Assim como faria o que estivesse ao seu alcance para ajudar Perséfone.

Observou-a em seu sono por mais um longo instante antes de apertar gentilmente seu ombro a chacoalhá-la com delicadeza.

– Se existe um bem – disse Dorian quando os olhos dela pestanejaram ao encontro dos seus –, então um mal completo também existe. A sua Ilha de Astutia é o cinza, porém nós nos encontramos no preto. Tenho uma dívida que deve ser quitada. Você não tem a mesma dívida que eu, mas talvez eu possa ajudar a diminuir o fardo da sua. – Ele inalou o ar. – Vou lhe contar a história da Biblioteca para os Perdidos, e então você poderá decidir o que deseja pôr em risco por este lugar-entidade, caso ele aceite ajudá-la.

9

Quando despertou, Perséfone viu as velas que se suspendiam sobre eles. Não conseguiu imaginar como ele o fizera, mas Dorian iluminara o aposento principal da biblioteca com resplandecentes luzes flutuantes. Embora a fitasse com urgência enquanto lhe dizia que contaria a história da biblioteca, os olhos do homem se enrugaram nos cantos quando os dela luziram maravilhados.

– Parece Hogwarts – disse Perséfone, concentrando-se na biblioteca, e não na expressão desnorteante de Dorian.

– Harry Potter – disse ele com um breve aceno de cabeça. – A história dele também está nestas prateleiras.

Perséfone sorriu. Espreguiçou-se, levantou-se e concordou em escutar a história de Dorian antes de caminhar para trás de uma estante recôndita a fim de vestir a roupa que ele lhe trouxera.

Sentiu o desejo intenso de levar as peças ao rosto e inalar o cheiro de Dorian – tão intenso que precisou morder o interior das bochechas para manter o foco.

– Preciso confessar que, no fundo, meio que odiei os livros – gritou para ele, antes de passar a camiseta pela cabeça com um rápido movimento. Vestiu a calça estranha, parecida com um pijama, e se virou para analisar as prateleiras ali, preenchidas por incontáveis fileiras de livros com títulos invisíveis. Algo na maneira como a luz tremeluzia sobre as envelhecidas lombadas a fez se indagar se na verdade não estavam ocultos à sua visão.

– Sentia inveja do Harry, do Rony e da Hermione por terem formado uma família, mas também admirava a força que eles tiveram para não desistir da luz mesmo quando tudo levava a crer que as trevas iriam prevalecer. – Enrolou as longas mangas da camisa engrouvinhada, dobrou a barra da calça e soltou um suspiro.

As velas iluminavam as estantes que rodeavam o aposento, as quais davam a impressão de se estender interminavelmente.

Perséfone saiu de trás da alcova.

– Como você fez tudo isso, já que não possui magia?

– Nunca falei que não possuo magia, e sim que não sou bruxo. – Ele deslizou uma mão sobre os livros, que emitiram centelhas. – Toda a magia que existe na biblioteca provém dos mundos das Três Filhas: Elúsia, Olímpia e Astutia. As ilhas não se assemelham a nenhuma outra, e o que elas detiveram ou detêm sob seu controle tem diferentes limites. Isso inclui a capacidade de extrair a magia escrita nos livros. Eu peço favores à biblioteca, alguns dos quais ela me concede, e outros não.

Perséfone correu os dedos pelos cabelos embaraçados.

– Acho que a ilha está meio brava comigo.

Dorian arqueou uma sobrancelha.

– Eu tentei ir embora.

Ele trocou o peso de um pé para o outro e lentamente abaixou o queixo para fitá-la de um jeito que a fez estremecer.

– Você tentou ir embora. – Não foi uma pergunta; Dorian pronunciou a frase com uma pontada de graça e… raiva.

– Não consigo fazer o que as pessoas precisam de mim. – Ela juntou as mãos e as pressionou com tanta força uma na outra que a pele ficou branca, então as deixou cair ao lado do corpo. – Tive uma visão. Se eu quebrar a maldição, vou matar as minhas primas.

Dorian não moveu um único músculo.

– E o que acontece se você não a quebrar?

– Oi?

– Visões são como profecias, Perséfone. Dois lados, diferentes perspectivas. São apenas fragmento de um retrato, uma cena dentro de um capítulo, se preferir.

Ela assentiu lentamente com a cabeça.

– Eu não sei, nunca tive esse tipo de visão antes.

Ele passou a mão pela barba por fazer.

– Você não pode ter certeza de nada com base em uma visão.

Perséfone suspirou.

– Você comentou que a biblioteca concede favores…

Dorian olhou para trás.

– Sim, ela é ardilosa quando lhe convém, mas em geral é franca e sem rodeios.

– Você acha que a biblioteca é uma entidade. Parece que está falando de uma mulher.

Ele voltou a fitá-la.

– Não parece, Perséfone, é a realidade.

Perséfone cravou os dedos dos pés no tapete; se aprendera algo nas últimas semanas na Ilha de Astutia era que, quando se tratava do mundo de magia, existiam diversas realidades.

Nem todas sensatas.

– Ela tem um nome?

A expressão de Dorian oscilou.

– Não há palavras suficientes para nomeá-la.

– Positivas ou negativas?

O canto da boca de Dorian se contraiu, porém sua única resposta foi balançar a cabeça.

– Do que você a chama na sua cabeça?

– De Biblioteca para os Perdidos. Costumo ser bem literal.

Perséfone foi traída pelos lábios que se curvaram para cima.

– E você falou que a biblioteca talvez me ajude?

Ele assentiu.

– Ela tem a capacidade de fazer isso, se assim quiser, mas para tal você terá de provar que as suas intenções são genuínas.

– A biblioteca conhece sobre visões?

Dorian se contraiu. Foi tão breve – não passou de um beliscão em volta dos olhos e da boca – que Perséfone ficou na dúvida se apenas imaginou ou não.

– Ela conhece muitas coisas.

Perséfone exalou o ar pelo nariz e com a mão desembaraçou a ponta do cabelo.

– A biblioteca quer me submeter a um teste?

– Algo do tipo.

Ela cruzou os braços.

– Quem sou eu para criticar, mas acho bem clichê para uma biblioteca.

Ele deu um risinho que fez o estômago saltitar deliciosamente.

– Arrependida por não ter estudado, aposto.

Perséfone balançou a cabeça e esfregou os braços cruzados, deixando os dedos se demorarem no desgastado tecido da enorme camisa que Dorian lhe emprestara, a qual um dia fora de linho ou outro material igualmente rígido e abrasivo, mas que o tempo e a silhueta do homem amaciaram. Passou-lhe pela cabeça como seria a sensação de segurar nas mãos o sorriso dele.

Deu-se conta de que o estava encarando, possivelmente revelando mais do que deveria na expressão desejosa, então passou à próxima pergunta:

– E a história da biblioteca?

– Estou esperando você se livrar dessa energia agitada nos braços e nas pernas. – Ele agora lhe ofereceu o raro sulco de um quase sorriso. – Você não para de puxar a camisa e bater o pé contra o tapete. Acho melhor me certificar de que não vai sair dançando por aí depois que eu tiver começado.

Perséfone deixou cair as mãos, que de fato manuseavam nervosamente o tecido das mangas.

– Hilário. – Ela o fitou. – Estou aqui, escutando, tão parada quanto água tépida.

As sobrancelhas de Dorian eram riscos pretos em contraste com a tonalidade cúprea do rosto, e os olhos eram de tons indeterminados. Perséfone desejou poder passar anos estudando aquela mescla de manchas verdes, cinza e marrons. Ele alcançou a prateleira mais próxima e falou:

– É justamente na água que a nossa história começa.

Dorian puxou um livro do tamanho de uma mesa pequena. Quando ele o abriu, Perséfone arregalou os olhos, surpresa. Era como olhar para a poça de água que vira na tempestade. Esticou o braço para tocá-la e descobriu que a superfície – que continha a imagem em movimento de um exuberante mar – era sólida e fria como uma lâmina de vidro.

– O que é isto?

– É a história do que foi. É o *Shanachie*; talvez ele lhe mostre o que se passou. Não é bem uma visão, está mais para uma história visual, por assim dizer.

– Como assim ele *talvez* me mostre?

Dorian não devolveu seu olhar.

– Assim como você não mostra todos os aspectos da sua personalidade para alguém que acabou de conhecer, uma história não mostra todas as suas verdades para cada um dos leitores que a lê. Você vai saber o que for mais prevalente para seu trajeto aqui.

– Estou com a impressão de que você acabou de ter uma discussão existencial comigo para justificar um livro mágico.

– Não estou discutindo, estou explicando. Você está tentando rebater a minha explicação.

A voz de Dorian tinha se tornado mais gutural; ela ficava mais grave quando ele estava irritado, e Perséfone sentiu palpitações ao perceber isso. Pretendia atazaná-lo mais um pouco, porém, quando ele a olhou, notou na bochecha a pequena covinha que suprimia um sorriso. Seu coração ribombou no peito, fazendo-a esquecer completamente a provocação que tinha planejado.

– Proponho um acordo – falou Dorian, já que ela não fazia outra coisa senão encará-lo. – Se eu considerar que você não foi apresentada a algum acontecimento importante, vou completar a história com as partes faltantes.

Perséfone ofereceu uma mão.

– Combinado.

ꝏ

Dorian tomou sua mão, porém não a largou. Perséfone ficou encantada com o fato de que sua palma formigava ao toque da dele.

Ele pigarreou.

– Esta fábula começa como todas as grandes fábulas. Houve um tempo, muitas luas atrás, em que o mundo era um lugar mais simples e mais complexo.

Enquanto Dorian falava, a primeira página do *Shanachie* – se é que se podia chamar de página – ondulou e se transformou. Perséfone passou de apenas olhar as imagens a estar dentro da história. Não houve alteração no tecido dos mundos nem qualquer anúncio do deslocamento; Perséfone simplesmente se achava sentada no sofá e, de repente, estava dentro de um novo mundo lendário.

Recuperando o fôlego, olhou para baixo e descobriu que sua mão ainda estava conectada à de Dorian. Entretanto, o homem ao seu lado era uma versão mais jovem e rústica daquele que, instantes atrás, dividia o sofá com ela. Ele apertou sua mão e a soltou.

Dorian adentrou a história mais a fundo. Perséfone chegou à conclusão de que era como assistir a um jogo de videogame de dentro, como uma personagem que houvesse sido convocada e esperasse na tela a vez de jogar. Embora ela mesma continuasse fora da tela, estava completamente inserida na ação.

O mar que os rodeava era escuro e intimidador. A superfície se debatia sem parar, lançando cristas espumosas sobre as águas turbulentas. Dorian tripulava o grande barco no qual tinham embarcado, em cujo mastro tremulava uma bandeira preta. O convés a céu aberto cheirava a peixe e água do mar, e Perséfone tapou o nariz antes de cair, pois a embarcação subia e descia em sua batalha malograda contra as ondas inflexíveis. Perplexo, Dorian se dedicava unicamente a lutar pelo controle da correnteza.

– Mas é claro que ele é um pirata – disse Perséfone a si mesma, fitando as tatuagens nos antebraços do homem.

Foi a primeira vez que o viu sem mangas até os punhos e ficou espantada com a força contida nas fibras musculares, assim como com a profusa tinta. Uma tatuagem de bússola se abrigava na altura do peito em que a camisa estava desabotoada, e ele parecia tão perigoso quanto as águas conforme gritava ordens para os homens que iam e vinham freneticamente.

De repente, uma volumosa onda se chocou contra a lateral do barco, varrendo tripulantes, barris e cordas para o oceano. Dorian não titubeou.

– Atenção! – gritou, e se deslocou para a vela principal. – Puxar!

A tribulação respondeu, todos os homens no deque, apressando-se no seu encalço, puxando, empurrando, rebocando e afrouxando cordas e polias aos comandos de Dorian. Ele retomou o controle do leme, dando ordens ao mesmo tempo que navegava as águas, enquanto os homens travavam seu combate no convés.

A atitude de Dorian era implacável, o que provocava arrepios de diferentes espécies em Perséfone. Ela ameaçou se deslocar até ele, porém ouviu um *tum-tum-tum-tum* vindo de baixo das tábuas. Precisou lembrar a si mesma que estava ali para testemunhar o que tinha acontecido; este barco era, presumivelmente, o que lhe mostraria o caminho. Aguçando os ouvidos, virou e caminhou na direção da escada, afastando-se daquele Dorian e sua determinação arrogante mesmo em maus lençóis. Desceu ao bojo do barco em busca do incessante *tum-tum*.

Assim que transpôs o último degrau, tropicou por um estreito e trêmulo corredor. Entre os últimos alojamentos, bem no final, uma porta vermelha a aguardava. Perséfone hesitou, porém a abriu e foi lançada à frente por um violento chacoalhão causado pelo oceano revolto.

Aos xingos, caiu de barriga para baixo no tumultuado piso formado por pranchas de madeira. A porta se fechou e o barco parou de balançar.

Fez-se silêncio no quarto, e Perséfone engoliu em seco quando avaliou os objetos diante de si: em pilhas espalhadas pelo piso, cobertas por esgarçados encerados, havia um mar de bricabraques. No centro dos variados itens, tal qual um farol, uma luz piscava intermitentemente.

Tum-tum, tum-tum.

Perséfone sacudiu a poeira do corpo e se levantou. Teve o cuidado de se mover pelos cantos do aposento, mas mesmo assim um dos braços se enganchou numa manta quando o barco sacolejou mais uma vez, descobrindo um pedaço. Assim que a coberta empoeirada veio abaixo, a boca dela secou.

Ali jaziam pedras lapidadas e brutas, grandes e pequenas; atrás, havia instrumentos musicais, livros dos mais variados tamanhos, um caixote cheio de poções, máscaras que a fizeram recuar um passo, além de uma coleção de armas, cálices e o que pareciam ser espadas decorativas e que exerceram uma atração sobre Perséfone.

A energia comichou na palma de suas mãos.

– Um tesouro mágico – concluiu, fitando um caixote ensopado a um canto.

Atrás dele, havia dez barris ou mais, estimou. Os tridentes e as facas eram tão velhos e desgastados que bem poderiam ter sido roubados do palácio de uma sereia. Na ponta dos pés, Perséfone cruzou a coleção de joias e teve de reprimir a tentação de apanhar um quinhão e metê-lo dentro da camisa.

Talvez pudesse fazer isso. Talvez eles estivessem ali para serem recolhidos.

– *Ou talvez eles a prendam a este lugar.*

Perséfone se deteve e olhou ao redor.

– Dorian?

Não houve resposta.

Ela deu um pequeno passo à frente e aguardou, porém nenhuma voz se pronunciou. Em vez disso, o aposento voltou a ser invadido pelo som, a embarcação chacoalhou novamente, e Perséfone teve de se apoiar.

– Estou ficando louca – disse a si mesma, dando mais um passo comedido para não cair. – Estou começando a falar sozinha e, pior, a ouvir os objetos respondendo.

– *Quem aqui falou em objetos, garota perdida?*

Perséfone bateu a canela contra um baú à sua direita e girou rapidamente.

– Ok, já deu. Apareça, Dorian!

Ouviu uma risada abafada e se virou de novo. A risada não pertencia a Dorian, e sim a uma mulher.

A luz no centro do quarto emitiu pulsos vermelhos, e o olhar de Perséfone se estreitou ao fitá-la. Com passos rápidos, investiu sobre o piso até a luz, escondida pela lona restante.

– Não tenho tempo para isso.

Não iria ser feita de palhaça por um objeto inanimado, por mais mágico que fosse. Estendeu o braço, agarrou a lona e atirou-a para trás.

Suas mãos imediatamente foram parar no pescoço diante da chocante visão: tal qual um coração pulsante, ardia em vermelho-vivo a mesma ampulheta que Perséfone carregava. Estava pendurada num telescópio dourado.

– Mas como…

Quando se aproximou para apanhá-la, a luz em seu pescoço, até então verde, reluziu na cor do ouro.

– *Pergunta errada, Perséfone.*

Ela observou a luz que brilhava sobre seu peito: dourada, reluzente, autêntica. Voltou a reparar no telescópio; já o vira antes, já olhara através dele – na Biblioteca para os Perdidos.

O que significava aquilo?

Com cuidado, refez os passos até a parte da frente do aposento para espiar a mala com as pedras. Aninhado no fundo, viu um quartzo rosa. Sacou do bolso da calça emprestada por Dorian a pedra ali guardada e a ergueu. Pedras gêmeas, assim como os medalhões gêmeos.

Sacudiu a cabeça. O que tinha diante de si era uma parte dos bens que vira nas prateleiras da Biblioteca para os Perdidos. Por que motivo a biblioteca os estava mostrando a ela, o que isso significava?

Girou e apressou-se pelo corredor e pela escada do barco chocalhante. Tropeçou nos últimos degraus e deu um largo passo em falso antes de perder o chão. Demorou segundos preciosos para compreender que a embarcação estava afundando e, quando deu por si, Perséfone tinha sido lançada ao mar.

ꟍ

Sacudiu-se para repelir a água fria e se deu conta de que estava em uma praia. Podia ser a Ilha de Astutia, dada a longa doca, a areia branca e as árvores de conto de fadas, além da manta de bruma que a recobria. Espessa como fumaça, de um cinza indefinido com um toque de amarelo, *essa* bruma era uma ameaça.

Dorian, completamente ensopado e parcialmente submerso, jazia perto de Perséfone. Ela vasculhou o entorno em busca do barco e então engatinhou até o homem para tomar seu pulso. Tinha consciência de que nada daquilo era real, ele lhe afirmara isso, porém ainda assim o seu estômago se revirou ao vê-lo tão pálido. Antes que ela o alcançasse, Dorian se virou de lado e tossiu um galão de água. Então ergueu-se com dificuldade e, sem perceber a presença de Perséfone, mirou algo na neblina.

– Senhor Moskito – enunciou uma voz feminina vinda de trás da cortina cinza. – Você conseguiu chegar às Três Filhas, mas parece ter perdido o seu navio.

– Ele está nadando nas profundezas da sepultura dos marinheiros, Mayfair – falou Dorian, irritado, tirando o cabelo do rosto e torcendo a bainha da camisa. – Você não me alertou que aquelas águas eram tão indomáveis. A tempestade levou tudo para o fundo do oceano.

– Inclusive o *kijker*?

Ele balançou a cabeça.

– E eu lá sei o que é isso?

– O portal da visão. Feito de ouro.

– Não sobrou nada – rosnou ele.

– Ora, *você* escapou do destino dos tesouros.

Dorian se inquietou, a testa franzida ainda que os lábios exibissem um sorriso de escárnio.

– Você está me culpando por ter sobrevivido?

– Estou culpando você por não ter cumprido a promessa que fez.

A mulher surgiu: era baixa – não chegava a bater nos ombros de Dorian –, tinha o cabelo da cor da lua nova e a postura tão impecável quanto a de uma bailarina clássica.

– Promessa não é barganha, Mayfair – falou Dorian. – Sou capitão de um navio privado, e de modo privado naveguei até *quase morrer* para ir atrás de tesouros que o renegado Sentinela de sua terra natal já disse não pertencerem a você. Perdi quinze marujos antes de embarcar na costa de Orkney. Essa viagem me custou absolutamente tudo, e você tem a audácia de questionar o fato de que eu me salvei?

Lady Mayfair não moveu um cílio sequer.

– O que você espera que eu faça? – perguntou ele, exasperado.

– Fazer? – Lady Mayfair abriu um sorriso nocivo como o de uma barracuda. – Ora, Senhor Moskito, não há nada que *você* possa fazer. Você fracassou e, com o seu fracasso, nos custou mais do que jamais saberá. Agora está nas mãos da Deusa, que é quem controla a ordem natural. É com ela que você terá de acertar sua dívida.

A mulher girou e caminhou até sumir novamente na neblina. Dorian ameaçou ir atrás, e o chão tremeu. A maré baixa deu lugar a ondas encrespadas de redemoinhos. Como um polvo assomando-se e soltando os tentáculos, garras d'água cascatearam sobre Dorian sem que o rapaz se desse conta. Perséfone ainda gritou, porém de nada adiantou, pois ela não se encontrava realmente ali.

A água se prendeu às pernas dele e girou, derrubando-o. Dorian esperneou para tentar se soltar, ao que o oceano respondeu subindo à altura de seus ombros. Envolveu sua cabeça e o puxou para as profundezas do mar alto e preto como tinta.

Perséfone fez menção de socorrê-lo, mas achava-se congelada, colada à areia, pausada no tempo.

"A dívida deve ser paga de todo."

Ouviu a mesma voz do barco e viu as palavras escritas na areia, rabiscadas por uma mão invisível.

"Aquilo que você dá retorna para você tresdobrado e triplicado."

Aos olhos de Perséfone, as palavras foram lavadas e outras foram escritas.

"Até que o sejamos todos, ninguém será libertado."

A risada começou débil, uma risadinha de criança, e então se metamorfoseou num cacarejo gutural e finalmente numa gargalhada. Perséfone teve de cobrir as orelhas, pois, de uma, a voz se transformou em duas, em vinte, em cem. As vozes foram aumentando, ganharam tanto volume que Perséfone perdeu a consciência.

ꝏ

Quando voltou a respirar, Perséfone inalou o cheiro de pinheiro. A mão de Dorian estava de novo agarrada à sua. Os dois se achavam lado a lado no sofá da Biblioteca para os Perdidos, como se tempo algum houvesse passado.

Perséfone rangeu os dentes, respirou fundo e apertou com força a mão de Dorian.

– Que *porra* foi essa?

O rosto do homem estava mais branco do que neve recém-caída, e os lábios tremiam num esforço violento para respirar. Perséfone bateu com força em suas costas, fazendo-o tossir um punhado de água no chão. Então ela esfregou seu ombro até ele voltar a respirar normalmente.

A água fedia a mar.

– Aquilo foi *real*?

Dorian desvencilhou a mão e passou-a na boca.

– O mais real possível. – Fitou-a com uma expressão sofrida. – A magia sempre cobra um preço.

– E você pagou por nós dois. – Perséfone balançou a cabeça. – Seu idiota. Você deveria ter simplesmente me contado que era um pirata, e não dos melhores ainda por cima, que afundou um monte de itens mágicos pertencentes às ilhas. Foi isso, não foi? E, como compensação, a ilha exigiu a sua...

Dorian aguardou Perséfone completar o raciocínio.

– Vida – concluiu ela. – Você se afogou. Você morreu.

O ar que ela estava respirando um instante atrás de repente ficou preso em seus pulmões, circulando de um lado para outro, retido enquanto Perséfone tentava compreender o incompreensível.

– Você está morto e alguns dos objetos que a biblioteca abriga estavam no seu barco. – Esfregou com força a testa. – Objetos que também afundaram, inclusive o telescópio em que você me fez olhar? Entendi bem?

– Eu fracassei em cumprir a minha parte de uma barganha.

– Com as minhas ancestrais? Estou deduzindo que aquela mulher assustadora era uma delas.

Ele não escondeu seu desprazer.

– Assustadora é uma palavra que descreve bem Marela Mayfair. Fui contratado para entregar objetos mágicos que estavam enterrados na Escócia. A Deusa precisava deles para fixar suas raízes, e o telescópio tinha sido um presente de um amante para Marela. As Mayfair não tinham conseguido trazer consigo suas recompensas quando fugiram para cá. Eu não sabia que havia magia vital nelas.

– Magia vital?

– É assim que a Deusa se mantém conectada às almas perseguidas por ela.

– Não estou entendendo.

– Depois que foram banidas da Escócia, as bruxas precisavam levar consigo a essência da magia, aquilo que lhes permite desatar e espalhar a magia. A Deusa armazena a sua magia de diversas maneiras, e eu perdi aquelas de que ela necessitava.

– Ela não podia simplesmente arrancar do oceano os objetos que você perdeu?

Ele sorriu.

– Fiz essa mesma pergunta, e a resposta foi não. – Dorian hesitou. – Talvez ela não quisesse, nunca tenha querido.

Perséfone não soube como responder a isso. Talvez houvesse um desígnio que agisse sobre todas as coisas; talvez, como a vida, a magia fosse fortuita – ela não fazia a menor ideia.

– Não foi culpa sua. Eu vi, a tempestade o impediu de chegar à ilha.

– Não houve tempestade. – Dorian suspirou. – Foi uma maldição.

– Uma maldição?

– Eu... não ia entregar os objetos – falou Dorian, encolhendo os ombros. – A magia sabia, e aquela maldita tempestade foi um castigo da Deusa. Esta aqui é uma Biblioteca para os Perdidos. Eu me perdi no mar, e o mesmo se deu com a minha recompensa. A Deusa criou a sua própria biblioteca para abrigar itens mágicos ou esquecidos, é por isso que eles vêm para cá.

– E a sua maldição é ser o guardião deles, é isso?

Dorian ergueu um ombro, deixando-o cair em seguida.

– Pode-se dizer que sim.

Ela o fitou.

– Pior emprego de bibliotecário de todos.

Perséfone se levantou; precisava se mexer, precisava caminhar. O primeiro homem de quem ela gostava de verdade era um *homem morto*. Dentro de uma biblioteca. Uma biblioteca perdida no... tempo? No espaço?

Deteve-se, então se virou.

– Você disse que a biblioteca é uma pessoa.

– Uma entidade.

– Eu escutei alguém no barco. – Perséfone apanhou o colar de ampulheta e lembrou-se das risonhas vozes. – Ou muitos alguéns, não sei.

Dorian estremeceu e ergueu os braços acima da cabeça para se alongar.

– A biblioteca é legião, um batalhão de anjos ou demônios.

– Ela não tem nada de bíblica – falou Perséfone, quase cuspindo as palavras, querendo bater o pé diante do comportamento de Dorian. – Como você pode estar tão calmo? Você acabou de me contar que é um defunto aprisionado em uma biblioteca mágica perdida no espaço.

– Já faz algum tempo que sou tudo isso.

Perséfone rebateu com um gesto a atitude blasé de Dorian e voltou a andar de um lado a outro.

– O que o mantém na biblioteca? A Deusa? – Ela examinou o teto. – Foi por isso que não consegui arrancar você daqui?

– Você gosta mesmo de fazer perguntas.

O olhar que ela lhe lançou o fez cruzar as pernas.

– Não posso oferecer todas as respostas que você busca. – Dorian suspirou e apoiou o queixo na palma da mão; o sangue tinha voltado ao seu rosto. – Devo ficar aqui até a minha dívida ser quitada, mas eu não diria que sou um *prisioneiro*. Me foi dada uma escolha, e eu escolhi assim.

– Quando você teve a chance de escolher? Antes ou depois de ser engolido pelo oceano que nem o Pinóquio foi engolido pela baleia?

– Você está me comparando com uma marionete?

– Prefere Jonas?

– *Eu* não tenho nada de bíblico – disse Dorian, balançando a cabeça. – Não sou nenhum herói. Fiz essa escolha depois de ter sido regenerado pelo mar. – Ele se levantou, mancou até a prateleira mais próxima e passou a mão pelo mar de lombadas.

Perséfone examinou a perna claudicante, depois se voltou para a lareira.

– Dorian?

Ele não respondeu de imediato.

Ela pigarreou.

– Uma xícara do seu chocolate quente com especiarias cairia bem, não acha? É possível?

Ele olhou por cima do ombro e assentiu com uma expressão de surpresa.

– É. Acho que sim.

Gesticulou com uma mão, e duas xícaras surgiram na mesa ao lado; pegou-as e levou até Perséfone. A dificuldade em caminhar estava mais pronunciada.

Enquanto ele aguardava, Perséfone exalou um breve suspiro e se sentou; só então lhe entregou a xícara e sentou também.

Eles ficaram em silêncio por alguns minutos, absorvendo o calor do cacau e o estímulo da cafeína. Perséfone passou uma perna por baixo da outra e se virou para encará-lo.

– Você tem saudade da sua antiga vida?

Dorian estendeu as pernas apoiadas no chão.

– Tenho saudade de… alguns aspectos daquela vida, sim.

– Do oceano? – Perséfone sorriu quando ele cravou os olhos nela. – Você parecia furioso lá, enfrentando o mar, mas também… não sei… emocionado? Mesmo com o barco afundando.

– Eu não tinha consciência de que iríamos afundar. A relação com a maré é, na melhor das hipóteses, imprevisível, faz parte do encanto. Ela é uma sedutora.

– Você vê o oceano como uma mulher também, assim como a biblioteca?

– Para mim, sim.

– Por que você roubou todas aquelas coisas? Seu trabalho também era sedutor?

– Não. Meu trabalho era apenas o meio para um fim justificado. – Ele balançou suavemente a cabeça. – Mas o final que ele me trouxe não era o que eu desejava.

– Por que então?

– Por que roubei, você quer saber?

Ela concordou.

– Não nasci nobre, então tracei meu próprio destino. Eu era bom em planejar, em organizar os caminhos para obter o que fosse preciso de um jeito que ninguém me notasse.

– É preciso ser inteligente para ser ladrão – disse Perséfone, que não resistiu à vontade de sentar mais perto dele.

Dorian exalou o ar quando o ombro dela roçou no seu.

– E imensamente estúpido. Desafiar a Deusa era um tiro certeiro no pé, e fui eu mesmo que apertei o gatilho.

Ela o cutucou com o cotovelo.

– É tão horrível assim?

– Há tanto que você não enxerga ainda… Tanto que não consegue enxergar.

– O que eu não estou percebendo?

– Para início de conversa, a biblioteca – disse Dorian, batendo o nó do dedo contra uma prateleira – não é feita de tempo.

– Então como eu estou aqui? – Perséfone examinou as estantes às suas costas e passou os dedos pelos livros que apareciam e desapareciam. – Magia? – Fitou o dorso da mão. – Como sou capaz de abrir caminho entre mundos, isso faz de mim capaz de entrar neste aqui?

– Sim.

– E *o que* exatamente é este mundo?

Dorian pigarreou.

– É um mundo para os perdidos.

Os ombros dela murcharam.

– A verdadeira razão por que posso estar aqui é que eu *estou* perdida.

– Está mesmo? – Ele pousou uma mão sobre a dela. – Você ainda não fez a pergunta mais importante.

– Eu estou *muito* morta?

– Não tanto quanto eu.

– Hilário.

Dorian recolheu a mão.

– Creio que você está aqui porque a biblioteca permite.

– *Ela* me quer aqui?

– Eu me pergunto o porquê.

Perséfone o observou, e Dorian gesticulou para a sala.

– Você acha que a biblioteca está tentando me ajudar?

Ele lhe ofereceu um quase sorriso raro.

– Por quê?

– Talvez você seja a bruxa certa no tempo certo.

– Eu não tenho qualquer serventia para os objetos mágicos do seu barco naufragado, Dorian.

Ele acenou com um braço, e o corredor na extremidade leste do salão reapareceu.

– A biblioteca não tem fim. Ela toma a forma que quer, quando quer, e armazena uma coleção incomensurável. Alguns dos itens, eu conheço e catalogo, outros não aparecem nem mesmo para mim.

Perséfone observou os olhos dele traçando os contornos de seu rosto, como se estivesse tentando cutucá-la. Pensou no tanto que gostaria de libertá-lo, de proteger as primas, de libertá-los todos.

Libertá-los. Da maldição. *Ah*.

– Dorian, preciso de alguma coisa em específico daqui para desfazer a maldição?

Ele arqueou uma sobrancelha e moveu as mãos como os pratos de uma balança.

– Que ótimo. – Mais respostas imprecisas. – E como eu encontro isso?

Dorian observou as velas flutuantes, que queimavam preguiçosamente. Com um estalo dos dedos, as chamas ficaram mais altas e mais brilhantes. O aposento passou a brilhar com tanta intensidade que Perséfone quis proteger os olhos. Dorian abriu um sorriso forçado, e a luz das velas se extinguiu sozinha.

– É quando você põe o pé no caminho – falou com a voz suave – que o caminho surge. Só você pode acessar o que precisa.

Irritada, Perséfone estava se preparando para retorquir quando sentiu um *puxão* no abdome. Não o questionou. Estendeu o braço e enunciou uma única palavra:

– *Meum.*

Meu.

A luz retornou, e Perséfone se viu em uma sala desconhecida, no centro da qual havia um púlpito alto, no formato de uma lua crescente. Sobre ele, descansava um livro antigo com capa de couro, em que se via uma árvore freixo e uma lua. As páginas estavam gastas, amareladas. Quatro fechos de metal, enferrujados nas dobradiças, se cruzavam sobre a capa.

Perséfone caminhou até ele e mirou a única palavra inscrita no tomo: MAYFAIR.

O ar adquiriu o sabor de mel e cobre, de canela e noz-moscada. Ela deixou uma mão pairar sobre o livro, e uma branda luz espectral despertou, brilhando como uma esfera suave que se derramava no aposento e iluminando o amarelado das páginas.

De repente, o livro se modificou: a lombada começou a se decompor. Suprimindo um grito, Perséfone tentou segurar as páginas que se desfaziam em cinzas.

A aparência se transformou de novo, e no lugar do livro agora havia uma pasta cheia de folhas avulsas – uma pilha de documentos escritos nas mais diversas línguas. O ar ficou preso no peito de Perséfone, que não identificava uma única palavra que fosse capaz de compreender.

Então, como líquido escoando por um ralo, as palavras revolutearam e as páginas se moldaram na forma de um novo tomo atado, com uma floresta na capa e páginas tão quebradiças quanto as primeiras folhas derrubadas pelo outono.

– Mas como? – indagou ela, cuja voz ecoou até minguar.

O livro se ergueu e pairou no ar.

As páginas se agitaram e começaram a se folhear sozinhas, e o som de uma passando para a próxima se amplificou no salão, obrigando Perséfone a cobrir os ouvidos.

Quando a última página se acalmou, o livro estremeceu e Perséfone teve um instante para reagir antes que ele tombasse em suas mãos.

Seu peso era substancial. Ela precisou se reacomodar, mas o livro se ajustou de modo a não pesar mais do que uma brochura.

Perséfone inalou profundamente o ar, passou um dedo trêmulo pela capa e então tocou os renovados fechos de metal… que emitiram um brilho verde. Segurou o livro com mais força, e a fivela se soltou.

Um ruído de palmas às suas costas a fez girar, o livro preso contra o peito.

– Transfiguração – falou Dorian. – Você é uma caixinha de surpresas.

– Transfig… o quê?

– Você convenceu o livro a lhe mostrar seu verdadeiro eu.

– Mas… – Ela tinha apenas se aproximado dele, não mais do que isso. – Não compreendo…

– A recompensa é sua.

– Recompensa?

– O grimório que está em suas mãos.

– Grimório? – Perséfone olhou para baixo, segurando o livro com mais força. – É meu.

Ela solicitara o que era seu, e a biblioteca havia atendido seu pedido.

– O grimório de sua família. – Dorian analisou o livro nas mãos dela. – A coleção das histórias e dos feitiços das Mayfair, de tudo aquilo que se perdeu e que tem relação com quem você é, de onde vem e para onde poderá ir ainda.

– Mayfair.

Ele assentiu.

– Sim – falou com um sorriso, e Perséfone acariciou a lombada do livro. – Agora você sabe a onde pertence.

Perséfone o fitou com olhos arregalados.

– Eu sei qual é o meu lugar.

– Sim. – Dorian olhou ao redor. – E conjurou outra sala. – Ele examinou Perséfone. – A biblioteca quer ajudar, mesmo você tendo tentado me arrancar dela. – Começou a caminhar em direção à porta, contendo um sorriso. – Você pode ficar aqui, certamente vai encontrar a saída sozinha; mas, se preferir me acompanhar, devo dizer que a sala principal tem a melhor iluminação para ler.

Perséfone ajeitou o livro nos braços; as mãos comichavam para abri-lo de uma vez e devorar o conteúdo, enquanto no peito o coração era uma reverberação constante. Ela *sabia* ao quê pertencia. Seria verdade mesmo? Seria um exagero acreditar que todas as respostas sobre a sua família, sobre o que sempre quis saber e nunca pôde, finalmente estavam ao alcance da mão após tantos anos? Ou era somente mais uma peça que a magia lhe estava pregando?

Respirou de modo controlado, passou os olhos pela sala uma última vez e se juntou a Dorian, que, para sua surpresa, entrelaçou um braço no seu.

Ele a conduziu por uma intrincada sequência de corredores, com muitas curvas à esquerda e complexas aberturas e fechamentos de portas. Por mais que Dorian acreditasse que a biblioteca estava sendo permissiva com Perséfone, ela mesma não tinha tanta certeza assim se conseguiria encontrar qualquer saída. Suspirou aliviada quando os dois adentraram o salão principal.

Uma nova mesa quadrada de carvalho equipada com abajures de vitral colorido os aguardava.

– Me parece que aqui é o lugar – falou Dorian, acenando na direção da mesa.

Deu um leve aperto no braço dela, que lamentou com um suspiro a perda do calor quando ele a soltou. Dorian se sentou no espaçoso sofá de couro, jogando uma perna em cima da almofada e descansando um braço sobre o encosto.

– Você não vai tentar ler por cima do meu ombro, vai? – perguntou ela, sorrindo do esforço dele em parecer desinteressado.

– Não seria apropriado.

Perséfone apoiou o livro na mesa, com uma mão sobre a capa.

– Você nunca o leu? Você é o guardião, oras.

– Não é bem assim que funciona – disse Dorian, espalmando uma mão no ar e sacando um livro do nada. – Só posso ler o que a biblioteca quiser que eu leia, ou o que ela permitir que eu leia. Na maior parte, são contos sobre marinheiros ou sereias, se quer saber.

Ela estreitou os olhos quando ele lhe mostrou a capa e abriu um sorriso ao ler o título:

– *A dança dos mastros*?

– Bem-humorada, a nossa distinta senhora.

Perséfone tomou seu lugar à mesa, seduzida pelo livro.

– Você tem certeza mesmo de que a sua biblioteca é uma senhora?

– Claro que sim – afirmou Dorian, que então abriu o livro e passou os apontamentos introdutórios até chegar à primeira página. – Uma senhora guarda bem os seus segredos.

Perséfone teve de concordar… porém não deixou de se lembrar de quando a biblioteca se comunicara com ela – se era isso mesmo o que tinha acontecido dentro do *Shanachie* de Dorian. Aquela risada havia sido cheia demais, completa demais, para pertencer a uma só voz.

E se a biblioteca fosse mais do que uma única senhora?

Decidiu que esse era um enigma para outro momento. Agora tinha um livro para ler, por isso pousou as duas mãos sobre o grimório, cuja capa se abriu sozinha.

Perséfone estufou o peito e começou a ler.

10

A HORA DAS BRUXAS

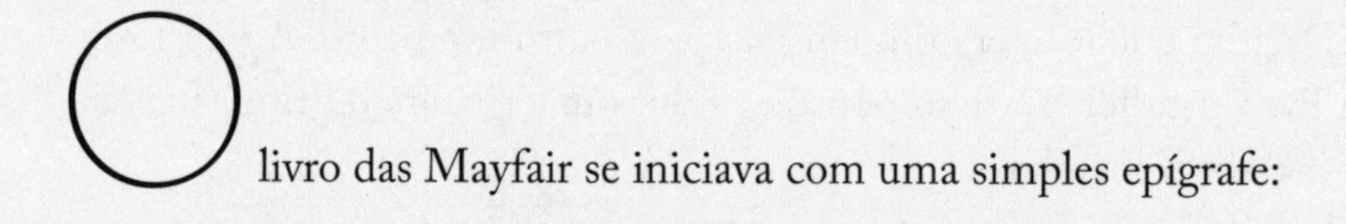

O livro das Mayfair se iniciava com uma simples epígrafe:

Somente ao sangue do meu sangue será dado conhecer-me
Somente aos olhos dos meus olhos será dado enxergar-me
Somente os corações mais puros do que o meu próprio poderão ler-me
Saiba, minha filha,
Que há um caminho certo
Há um caminho errado
E para além de ambos existe uma floresta
Onde residem as respostas.

Essa foi a única página que ela conseguiu ler; por mais que tentasse, não conseguia passar às próximas.

Tentou movê-las para um lado, para o outro, sussurrou encantamentos, porém as páginas não se mexiam.

Lançou mão de feitiços e da força, implorou e acalentou o livro. Quando já estava prestes a jogá-lo contra a parede, passou os dedos sobre as palavras e algo picou a palma de sua mão. Ao recolhê-la, uma gota de sangue perfeitamente carmesim pingou na página.

A epígrafe desbotou, e as páginas se agitaram como se atingidas por uma brisa. Perséfone tentou novamente, e desta vez conseguiu virá-las.

O livro das Mayfair continha inúmeros feitiços.

Feitiços culinários simples, feitiços de encantamento, feitiços para destrancar portas, e outros para acalmar a mente agitada. Feitiços para proteger, para acudir, para dominar, para fazer sumir um objeto indesejado. Conforme ela folheava as páginas, mais feitiços surgiam e...

Feitiços não era tudo o que o livro continha.

Havia páginas de diários, registros de nascimentos e de mortes, receitas de família e listas de ingredientes, com medidas e advertências. Também havia bilhetes românticos e pequenos poemas, ordens coléricas e ásperas blasfêmias.

Havia cartas de uma membra da família Mayfair para outra.

– Tem tanta coisa aqui – comentou Perséfone, fazendo uma pausa depois de horas; os olhos estavam lacrimejantes de tanto ler e os músculos do pescoço começaram a reclamar.

– Posso? – perguntou Dorian com uma voz de carícia sussurrada.

Perséfone se deu conta de que ele não havia dito nada durante aquele tempo todo; ele lhe tinha dado o espaço necessário, numa demonstração de cortesia e generosidade.

– Claro – disse ela, tocada por sua moderação.

Gesticulou para que ele se aproximasse, e Dorian assim o fez, espreitando por cima de seu ombro. Pediu a ela que virasse as páginas para a frente e para trás e, após um tempo excessivamente longo, afastou-se um passo.

– O que você está buscando exatamente? – indagou com a voz grave.

– São as páginas perdidas de suas ancestrais. Elas abrigam tudo o que foi escrito e estava perdido.

– E o que foi escrito mas não estava perdido? – perguntou Perséfone, virando uma página.

Dorian não respondeu.

Ela se virou para encará-lo.

– Foi uma brincadeira. – Esquadrinhou as rugas em sua expressão. – Mas o seu rosto não está rindo. – Inclinou-se para trás. – Se existe uma Biblioteca para os Perdidos, quer dizer então que existe uma Biblioteca para os Encontrados?

Os lábios de Dorian se comprimiram numa linha fina, como se quisesse falar e não conseguisse expelir as palavras.

– Você não pode me dizer, certo?

Ela aguardou uma resposta, ciente de que seria uma confirmação, como quer que se expressasse.

A expressão de Dorian se suavizou.

– A *lógica* certamente implicaria a existência de uma. – Ele lhe exibiu um sorriso comedido. – O que você está buscando? Talvez o livro atenda melhor o seu pedido se você for específica.

Perséfone guardou por ora a informação sobre a outra biblioteca e se concentrou no grimório. A sua vontade era saber tudo, porém tudo demandava mais do que um dia inteiro, e ela não acreditava ter tanto tempo a dedicar – independentemente de como a biblioteca manipulasse os ponteiros do relógio.

Não sabia qual era a pergunta certa – aquilo era grande demais, intimidador demais.

– Eu... eu quero saber sobre minha mãe e minha avó, quero que o livro me mostre como salvar a ilha, como posso ajudar minha família.

Dorian examinou o livro e, de relance, olhou para Perséfone.

– E então? O que você está esperando?

Ela se acomodou na cadeira. Boa pergunta.

– É só perguntar?

– Só tem um jeito de saber.

Perséfone pigarreou e um comando, não uma interrogação, se desprendeu de sua língua:

– *Me mostre.*

A cor e o formato das palavras exaladas por ela resplandeceram como bolhas sopradas ao vento, as quais se derramaram como lágrimas sobre as páginas e foram instantaneamente absorvidas. O livro não passou páginas para a frente nem para trás, em vez disso se comportou como uma máquina de escrever tentando transpor as próprias teclas. Não demorou para as páginas serem lançadas ao ar para então voltarem à junção da lombada e se recosturarem a ela.

Um calafrio percorreu a espinha de Perséfone quando se viu diante de uma caligrafia desconhecida.

Querida Perséfone,

Se está lendo estas palavras é porque eu parti e você verdadeiramente se perdeu de nós. Meu bem, se houvesse outro caminho, nós o trilharíamos. Dizer que você é amada não dá conta do tanto, e no entanto o amor, por mais corajoso que seja, nem sempre basta. Perdoe a mim e à sua avó; deixar a ilha foi a única maneira que ela encontrou de proteger você. Abandoná-la era a única maneira que eu tinha de mantê-la segura.

Profecias são traiçoeiras, e a minha mãe viu a sua chegada; ela viu o que você teria de enfrentar e renunciar e não suportou. Quando, no dia do seu nascimento, a visão foi passada a mim, eu entendi.

Amar é renunciar ao mundo inteiro pelas pessoas que se ama. Eu renunciei ao meu mundo por você, e o faria de novo sem pestanejar. A única maneira de mantê-la segura era lhe dar um novo começo. Posso não ter estado ao seu lado, mas sempre estive com você.

Com todo o meu amor,

Sua mãe, Artemis May

Uma brisa agitou a página, porém Perséfone não a sentiu. Ela não se moveu. Era incapaz de se mover.

Lágrimas se derramavam silenciosamente de seus olhos. Artemis May. *Sua mãe.*

Perséfone havia sido amada. Estava escrito bem ali. Amada… mas abandonada. Leu a carta uma vez mais, duas, tentou ouvi-la na voz da mãe, tentou passar a palavra a uma inédita narradora interna, mas não adiantou; não conseguia escutar a voz da mãe pelo simples fato de que jamais a conhecera. A despeito das novas informações, Perséfone se sentia tão sozinha como sempre, e isso despedaçou seu coração.

Dorian se moveu ao seu lado, e ela se virou.

– É uma carta para mim, da minha mãe. – A voz soou estranha aos próprios ouvidos; ela pigarreou e tentou aspirar as lágrimas incontroláveis.

Perséfone não sabia como curar essa dor, o sofrimento aferrado a ela.

– Ela se perdeu, então – falou Dorian, as palavras dóceis, o significado severo. – Sinto muito, Perséfone.

Ela assentiu, recolheu o grimório e caminhou pela sala circular até uma pequena poltrona de leitura, no lado oposto. A iluminação ali era precária, e a poltrona, encaroçada. Dorian lhe entregou um lenço que parecia tão antigo quanto a biblioteca, e Perséfone permitiu que as lágrimas vazassem e encharcassem o livro, mas sem jamais molhá-lo.

Pensou nas palavras escritas pela mãe. *Amar é renunciar ao mundo inteiro pelas pessoas que se ama.* Não estava certa de que concordava; quem ama alguém de verdade dá um jeito de permanecer.

Quando as lágrimas se abrandaram e ela finalmente conseguiu recuperar o fôlego, Perséfone deixou uma mão pairar sobre o livro; visualizou Moira e Jacinta tal como em sua visão, mortas aos seus pés, e estremeceu.

Fechou os olhos e perguntou: *como eu desfaço a maldição e salvo a vida delas*?

O livro se agitou em suas mãos e, após alguns instantes, o chão da biblioteca tremeu. Dorian pronunciou uma cantilena de palavras que acusavam ser ele um marinheiro ainda, e então as luzes bruxulearam e se apagaram.

O silêncio recaiu sobre a biblioteca.

Perséfone conteve um grito de exclamação quando o livro brilhou. As páginas começaram a farfalhar tremulamente para a frente e para trás. Escutou o coração retumbar e espalmou uma mão sobre o peito, mas o som não provinha dela.

Era o coração do livro que estava batendo aceleradamente.

Ele se agitou de novo e cuspiu um envelope, que Perséfone agarrou no ar com uma mão. O papel era amarelado, com as bordas gastas.

Usou a unha do mindinho para abrir o envelope sem destinatário.

Um punhado de pétalas de rosa, amarronzadas pelo tempo, despencou dele, seguidas por algumas páginas soltas, arrancadas de um diário. Tratava-se de uma carta cujo remetente sabia que nunca seria enviada.

20 de setembro de 1958

Beatrice,

Nesta manhã, deixei a ilha pela primeira e derradeira vez. Sinto muito por partir como uma ladra na madrugada, por deixá-la sem respostas.

Não cabe a você desfazer a maldição, como não cabe a mim. E não caberá às nossas filhas, mas àquelas que delas descenderão. Eu vi na profecia e não permitirei. Não permitirei que ela a reivindique para si como fez com as outras, vejo a força dela

Perséfone revirou a folha para encontrar o restante da frase, que parecia ter sido apagada, e onde antes houvera palavras agora só havia marcas desbotadas. Continuou lendo.

Amara e Vera queriam poder. Agora a magia está definhando e a ilha está se rebelando contra as bruxas que tentam cruzar a fronteira e trazer de volta aquela que deve permanecer perdida para sempre. É dela que devo esconder a verdade.

Cuide dos mundos, proteja o seu coração e o seu lar, proteja-se. Saiba que estarei sempre com você, e me perdoe.

Com todo o meu amor,
Viola

Viola. A sua *avó*. Contornou o nome com o dedo, pressionando-o na folha.

Então Perséfone dedicou-se a tentar saber o que diziam as letras apagadas. A pedrinha de inquietação na boca de seu estômago se transformou num rochedo de angústia.

– Dorian – falou, virando-se para encará-lo. – Quem era Beatrice?

Ele abaixou o seu livro e se levantou. Dirigiu-se às estantes e correu os dedos pelas lombadas mais próximas.

– Beatrice, a sua tia-avó. Beatrice Mayfair, depois conhecida como Beatrice Way. Ela também alterou o nome. Parece ser algo comum entre as tias da sua família.

– Ah. – As pernas de Perséfone cederam, e ela precisou se sentar no chão. – Mas é claro. Eu sempre me esqueço, talvez faça questão de esquecer, que Ariel e Ellison são da minha família também. – Balançou a cabeça. – Não entendi a carta, não sei *o que* a minha avó queria evitar.

Dorian, com sua natureza sobrenaturalmente quieta, não piscou. A única demonstração de emoção foi o rápido subir e descer do peito enquanto a observava.

Perséfone agarrou o grimório, incapaz de processar tantas novas informações.

– Eu queria entender. – Fitou-o, e a sobrancelha do homem se contraiu. – Dorian?

Ele colocou uma mão sobre o quadril.

– Hum?

– Você sabe do que ela estava falando?

Ele cerrou os olhos, ergueu a mão e esfregou o espaço entre as sobrancelhas.

– Não posso dizer o suficiente – afirmou, tão baixo que Perséfone mal escutou. – Só posso dizer aquilo que está acessível para mim.

Ele abriu e fechou a boca, pareceu tentar falar algo, até que atirou as mãos ao ar em rendição. Perséfone achou que terminaria ali, porém os olhos de Dorian se arregalaram.

O homem arqueou uma sobrancelha, tombou a cabeça para o lado, deixou cair uma das mãos. Um sorriso afetado e muito atraente se insinuou em sua volumosa boca. Com a mão que não estava caída ao lado do corpo, Dorian fez uma arma e mirou.

Nela.

Perséfone o fitou, fitou o dedo apontado para si. Ele estava querendo dizer que... Ela apontou para si mesma e arqueou as sobrancelhas.

Os lábios de Dorian se separaram, mas nenhum som saiu. Ele levou o dedo em riste à boca. O gesto bibliotecário universal de *xiu*, só que com uma camada a mais.

Os pensamentos de Perséfone rodopiaram. Era ela quem deveria ser protegida? Nesse caso, faria certo sentido que a avó houvesse ido embora da ilha. Mas protegida contra o quê? A maldição?

– Não estou entendendo – sussurrou, voltando-se para a carta. – Achei que ela fosse me mostrar quem eu sou, mas estou me sentindo mais perdida do que antes.

Dorian hesitou, correu uma mão pelo próprio rosto, fez uma careta e então anuiu, determinado. Colocou a mão no bolso e sacou uma caneta. Levou-a até Perséfone e gesticulou para que ela a colocasse no bolso.

– Você é quem sempre foi – falou ele.

Ela tentou sorrir, mas fracassou.

– Eu sei quem *você* é. – Perséfone olhou para baixo. – Para o que é isso?

– Emergências.

Ela guardou a caneta no bolso. Não fazia ideia de que tipo de emergência uma caneta resolveria, mas, se era o desejo dele que ela a tivesse, aceitaria de bom grado, pois, por mais que não compreendesse as camadas que constituíam sua própria história, por algum motivo passara a confiar naquele homem ao longo das últimas semanas.

Fez menção de se aproximar de Dorian, porém empacou, os dedos se fecharam em punho.

– O que posso fazer para te ajudar, Dorian?

– Não há nada que você possa fazer – disse ele, incapaz de esconder o espanto na própria expressão. – Ou melhor, você me ajudará se ajudar a si mesma.

Perséfone olhou ao redor e escutou o murmúrio da voz de antes incitando-a. Fixou o olhar em Dorian. Ele acreditava nela. Esta biblioteca extraordinária acreditava nela. As suas primas, Moira e Jacinta, acreditavam nela. Embora ainda não soubesse sobre o que a avó estava falando na carta, embora ainda não soubesse como mudar a visão que tivera, Perséfone finalmente compreendeu.

Se queria desfazer a maldição e salvar sua família, era hora de acreditar em si mesma.

– Preciso encontrar minhas primas – disse, e na sequência fez aquilo que jamais imaginou que teria coragem de fazer.

Aproximou-se, trouxe o rosto de Dorian para perto do seu e roçou os lábios nos dele.

Uma vez.

Duas.

Deixou escapar um suave suspiro, e a mão de Dorian pousou em sua cintura e a apertou com mais força ao puxá-la para si. À luz brilhante das velas de um lugar que pertencia a lugar nenhum, Perséfone aprendeu uma nova definição para a palavra *faminto*.

A boca de Dorian não era gentil, o toque não era delicado, nem meigo. Era a súplica de um náufrago, inalando-a como se ela fosse oxigênio, como se fosse vida. Perséfone retribuiu, a boca clamando pelos lábios que exploravam, saboreavam e devoravam. Experimentando, provando, ele intensificou o beijo mais e mais – a pressão do corpo, o roçar do tecido na barriga de Perséfone, o gemido que desembocou da boca dela direto para a dele, a reação intumescida de Dorian contra sua coxa.

Dorian a empurrou até o braço do sofá, onde Perséfone se apoiou para passar os braços em torno de seu pescoço – as mãos cravadas em seu cabelo – e uma perna em torno de sua cintura.

Um sino soou, demorado, débil, distante.

– *Mais* – exigiu Dorian, e Perséfone deu mais.

Agarrou-se nele, debateu-se contra ele, quase caiu do sofá.

A luz se modificou, o sino soou novamente e Dorian começou a desaparecer.

– *Não* – rosnou ela, lançando o braço, tentando segurá-lo.

A última coisa que viu antes que ele e a biblioteca se perdessem no espaço e no tempo foi o desejo e a promessa em seu olhar.

DIÁRIO DE JACINTA EVER

15 de julho, dez anos atrás

Ela se chama Stevie e é sagitariana. O cabelo está sempre solto, mesmo nos dias em que o sol está tão quente que o meu próprio suor transpira. Ariel não tira os olhos dela, só falta subir em seu colo.

No jantar, se Stevie se levanta para ir ao banheiro, Ariel abre espaço para ela passar e faz questão de deixar os dedos roçarem em seu ombro. Quando as duas se sentam uma ao lado da outra no gramado para a exibição aberta de Quanto mais quente melhor, *o joelho de Ari fica pairando a centímetros até beijar o de Stevie. Ari se oferece para servir mais um gole de refrigerante e lê Emily Dickinson em voz alta para ela, porém foi quando Ariel lhe deu a coroa de trevos que eu explodi mesmo de raiva.*

Perdi a minha melhor amiga. A garota que contava as estrelas comigo e que ria das minhas piadas até as bochechas doerem virou uma estranha. A nova Ariel só tem tempo para Stevie.

Stevie, que é uma tonta.

- O que você está fazendo com essa colher? - me perguntou outro dia, juntando-se a mim na horta.

Está hospedada na Casa Ever, e eu ainda não pensei na melhor maneira de me livrar dela.

- É uma pá - falei, revirando os olhos, pois ela não os estava vendo. - E estou cavando o solo para plantar.

- Ah. - Ela se sentou ao meu lado e observou. Não se moveu um centímetro quando me estiquei para pegar as novas mudas, apenas ficou baforando no meu pescoço e olhando que nem uma coruja bêbada.

– O que você está tentando plantar? – perguntou. – Um pé de feijão?

– Então isso não existe.

– E como o João escapou?

Exalei o ar pelo nariz.

– Você está se referindo à historinha infantil? Aquilo é uma baboseira.

– Todas as histórias têm um fundo de verdade – falou, e se inclinou na minha direção, para que eu sentisse o seu perfume de jasmim.

Refleti por um instante.

– Bom, então o fundo de verdade nessa história em particular é que o João se meteu com uma magia sobre a qual não sabia nada e se ferrou.

– Eu achava que era sobre o desejo de escapar. – Ela mordeu o lábio inferior.

A verdade contida naquela frase tocou numa ferida, e cingi as mudas com mais força. Elas não eram pés de feijão e não me levariam aonde eu queria ir.

– Você pensa em viajar? – indagou ela. – Ou vai ficar para sempre na ilha, que nem a Ariel?

Balancei a cabeça tão energicamente que meus dentes rangeram.

– Eu vou embora um dia – falei. – Vou visitar todos os lugares, conhecer todas as coisas.

Ela riu como se eu houvesse dito um absurdo e me cutucou com o ombro. Na sequência, perguntou o que era o "garfinho", de modo que tive de explicar o ancinho.

Foi por isso que a Ariel me trocou. Uma garota com o cabelo cor de palha e o QI de uma cenoura.

Daí o meu ódio.

11

A batida na porta ocorreu precisamente à uma e treze da tarde. Um horário agourento na concepção de Moira, que nunca gostou do número treze. Enquanto outras bruxas talvez se fiassem na força vaticinadora do significado numérico, para Moira treze era a idade com que renunciara à virgindade por um turista de lábios e quadril acelerados que lhe tirou muito mais do que lhe deu; era a quantidade de vezes que havia tentado, malogradamente, se apaixonar antes de conhecer aquele que lhe escapou; e era também o número de anos que a separava em idade da irmã. Como tinha praticamente criado Jacinta, e como a amava com um amor semelhante ao de mãe, Moira pensava que esse último fato deveria compensar um pouco a associação negativa que o poderoso número lhe suscitava; contudo, a realidade era que Jacinta ocultava dela *pelo menos* treze segredos, e nenhum deles era bom.

Pensando bem, Moira associava o número treze sobretudo à irmã. Deve ter sido por isso que, quando bateram à porta, a mulher mais velha logo soube que não era para ela.

Ainda assim, abriu.

A mulher do outro lado do vão, que ostentava o corpo de uma garota e os olhos de uma bruxa, não lhe sorriu nem fingiu modos: simplesmente a ignorou e espiou o interior da casa.

– Eu aguardaria o seu convite para entrar, mas não preciso de um, como você certamente descobrirá.

Então a estranha a ultrapassou e adentrou a sala principal, para o espanto de Moira.

Ela própria havia enfeitiçado a casa, fechado-a com ervas colhidas sob a lua cheia e encantadas à meia-noite, no auge de seu poder. Fizera-o três vezes e depois salgara o perímetro, dando a sua palavra aos grãos. Ninguém que não carregasse o sangue das Ever deveria ser capaz de entrar pela porta – era o feitiço mais simples do mundo, muito comum.

– Quem é você? – indagou à estranha.

A mulher se dirigiu ao sofá, acomodou-se e farejou o ar.

– Jasmim – notou. – A casa ainda tem cheiro de jasmim. Moira Mae Ever, vá chamar a sua irmã. Diga a ela que a verdade retornou.

Moira não pretendeu deixar a desconhecida menina-mulher sozinha em sua sala, porém, assim que o comando foi emitido, sentiu-se compelida a subir a escada para o segundo andar, rumo ao quarto de Jacinta. Encontrou a irmã ali, no parapeito da janela que fazia as vezes de banco, medrando jacintos na palma da mão – um truque que ela usara quando tinha oito anos para não se sujeitar ao castigo por ter feito uma garota que havia puxado seu cabelo comer um ramalhete de flores.

– O que você fez? – rosnou Moira, no vão da porta, com os braços pressionados contra o peito. – Uma pessoa, que eu não sei quem é, mas que claramente já esteve aqui antes, entrou em nossa casa e está requisitando a sua presença.

Jacinta soprou as flores, e as pétalas se desprenderam e flutuaram até o piso de madeira. Levantou-se e pegou o espelho de mão no parapeito. Moira notou o tremor que assumiu a mão da irmã ao tentar segurá-lo.

– Fiz o que precisava ser feito – afirmou, evitando o olhar de Moira. – A maldição será desfeita.

– É claro que será – falou Moira, incisiva. – Contamos com o sangue Mayfair, contamos com a nossa Perséfone. O seu plano *vai* funcionar. – Reparou na teimosia que se espalhou na expressão de Jacinta. – Essa pessoa *não é* o plano.

Jacinta balançou energicamente a cabeça.

– Estamos há seis semanas treinando a nossa bruxa Mayfair, e ela mal consegue controlar a própria magia. Você sabe disso tão bem quanto eu. O éter é o elemento mais difícil de dominar, e o dela se recusa a incorporar-se a ela. – Jacinta hesitou, e então exalou o ar. – E ela está prestes a mudar de lado.

– Quê?! Pela Ilha de Astutia, o que você quer dizer com mudar de lado?

– As Way.

Moira esfregou a testa.

– Isso não tem cabimento, a Perséfone nunca ficaria do lado delas, ainda mais depois do que fizeram contra ela, contra nós. Jacinta, a Perséfone é nossa família, ela nos ama.

– É um fato. – Jacinta engoliu em seco, porém olhou nos olhos da irmã. – Eu sabia que isso iria acontecer e tentei conter a correnteza. Mas falhei. Não temos mais tempo, irmã.

Jacinta deixou Moira para trás, percorreu o corredor, deslizou escada abaixo e marchou pela sala, até parar a meio metro da estranha. Mediu-a de cima a baixo e, com uma frieza premeditada que provocou calafrios em Moira, fez uma mesura com a cabeça e estampou um sorriso nos lábios.

– Que a Deusa te abençoe – disse Jacinta.

– E te guarde – respondeu a estranha.

Então Jacinta lhe entregou o espelho, que a mulher ergueu diante do rosto. Moira viu a imagem ali refletida.

– Não é possível... – falou, as palavras carregadas de assombro.

– Sou muitas coisas – disse a estranha. – Possível é apenas uma delas. Venham, filhas, o tempo está se esgotando e nós temos feitiços a lançar e mundos a salvar.

∞

Perséfone logo se viu de volta à estrada de pedra, os braços destituídos de Dorian ou do grimório. A mente transbordava. Conforme avançava, a eletricidade estalava no entorno e se aderia ao seu cabelo, arrepiado nas pontas. Seus poderes, por tanto tempo dormentes, enterrados, estavam despertando.

O éter corria em suas veias, aguçando os sentidos. Perséfone se deteve para inalar profundamente o ar e tossiu ao sentir o sal da maresia e o gosto amanteigado dos atuns no mar.

O puxão – o forte tranco no centro de seu corpo – retornou. Ela se virou na direção contrária, na direção da Casa Ever e de suas primas, e descobriu que os pés se recusavam a sair dali.

– Ah, *faça-me o favor* – disse entre dentes. – Não tenho tempo para isso agora.

– *Caminho errado.*

Um arrepio subiu por suas costas ao som da voz, que se transfigurou: de uma passou a ser duas, de duas passou a ser vinte. No primeiro momento as vozes não passavam de um sussurro em seus pensamentos, aos quais Perséfone resistiu – pressionou as mãos contra a cabeça, tentou afastá-los.

Mas eles se tornaram mais altos.

Tentou sufocá-los, cantarolando o alfabeto a plenos pulmões, porém as vozes não admitiam contestação. Pensando em simplesmente ignorá-las, tentou ir embora, mas a ilha se recusou a deixá-la passar. Perséfone não conseguia mover um único dedo à frente.

Soltou um murmúrio de frustração e olhou para o céu.

– *Ok*, eu desisto.

As vozes se aquietaram.

Olhou ao redor, depois para as próprias mãos.

– Quem é você?

– *Nós estamos sempre com você, nós somos as Muitas.*

Ela fechou os olhos.

– Vocês vêm da biblioteca.

– *Nós viemos de todos os lugares.*

– Vocês *são* a biblioteca?

– *Não, nós somos as Muitas.*

Perséfone passou uma mão pelo rosto. Espíritos falantes. Vindos da biblioteca. Que ótimo. Considerando que o nome técnico de seu elemento era espírito, talvez fizesse algum sentido o fato de que fosse capaz de escutá-los, mas... por que agora?

Abriu os olhos.

– Por que vocês estão aqui?

– *Nós somos as Muitas. Jamais a machucaríamos, filha de Artemis, neta de Viola. Estamos sempre com você.*

Perséfone tinha lidado com muita coisa naquele dia, mas isso era demais. Virou-se e tentou retornar à biblioteca para exigir que Dorian a ajudasse. Nada aconteceu. O puxão em seu abdome se avivou. A ilha queria que ela seguisse em outra direção e não aceitaria não como resposta.

Bateu o pé, ciente de que um acesso de raiva não serviria de nada; se a magia lhe ensinara algo, era que a resistência vinha com um preço, e era grande a chance de Perséfone falhar.

– Vocês venceram – falou à ilha e aos espíritos que era capaz de ouvir, mas não de ver. – Mostrem-me o caminho, então.

Perséfone passou a seguir o vento, que a conduziu à costa, então à areia, então à Casa Way – sem surpresa alguma.

– Óbvio – falou. – É isso mesmo o que eu vou fazer? Aparecer aqui de novo, sozinha, depois do que fiz com a Ellison. Tacada de gênio.

– *O medalhão. Você não está sozinha.*

– De fato, não. Tenho uma ampulheta e uma hoste de vozes espectrais saídas direto de uma terra mítica para onde ninguém pode ir a não ser que esteja morto. Me sinto aliviada de estar em tão boa companhia.

Perséfone passou a mão por baixo da enorme camisa e tocou o talismã em forma de ampulheta. Desprendeu-o. Ele havia aumentado de tamanho. Com muito cuidado, abriu o fundo falso, do qual caiu um pequeno rubi.

– Uma pedra – falou, com desagrado na voz. – Vou jogar na Ariel quando ela tentar me matar em vingança à irmã. Vai dar certo, confia.

O poder vibrava incessantemente dos seus pés à cabeça – uma combinação de energia, adrenalina e determinação –, e Perséfone suspirou lastimosamente mais uma vez, porém seguiu em frente. Contornou os fundos da casa e começou a subir a estreita escada – não de maneira sub-reptícia, para surpreender as mulheres, mas para lhes mostrar que estava ali como alguém da família, como uma igual. Era o último fio de esperança ao qual ainda se agarrava.

Quando chegou ao alto da escada, encontrou Ariel Way à sua espera.

ꟹ

A própria Ariel, horas antes, encontrara a irmã inerte e quase se deixara consumir pela ira. No entanto, após chamar Ellison, alcançá-la e sacudi-la, esta tossira de volta à vida; estava congelada, não morta, e foi a primeira vez que Ariel viu um feitiço como aquele ser executado. Conjurar o Véu não era simples – somente uma bruxa extremamente poderosa seria capaz de fazê-lo. Sabia de um único ser com a capacidade de levar a cabo os seus efeitos: Amara Mayfair. Fora a Conjuração do Véu o que congelara as bruxas na hinterlândia. Ariel sabia bem, pois ela e Jacinta haviam tentado e falhado.

Nessa tentativa de executar o feitiço, Stevie fora atingida no fogo cruzado e ficara congelada por um dia – dentro do Arco, para onde tinha seguido Ariel e Jacinta sem o conhecimento delas. Com dificuldade, as duas conseguiram desfazer a magia, porém Stevie já não era a mesma.

Também ficara completamente apaixonada por Jacinta, que por sua vez não a recusou.

Dizer que Ariel não gostou daquele feitiço em especial seria um *tremendo* eufemismo – se ele fosse um inseto, ela lhe arrancaria as asas e a cabeça e, não satisfeita, trituraria o que sobrasse.

Agora Perséfone, uma das lacaias de Jacinta, achava-se à sua frente emanando ondas de poder tão intensas que Ariel precisou afetar uma postura inabalável.

– O que você está fazendo aqui? – indagou.

Perséfone nada disse; simplesmente abriu a mão para lhe oferecer o rubi.

Com a velocidade de um relâmpago, os olhos de Ariel passaram do rosto de Perséfone para a palma de sua mão e de volta para o rosto.

Perséfone lançou a pedra, a qual Ariel pegou sem dificuldade. Uma luz verde cintilou entre as duas bruxas.

– Creio que isto pertença a você – falou Perséfone.

ထ

Não havia planejado lançar a pedra à bruxa; o rubi começou a pelar em sua mão assim que Perséfone pôs os olhos em Ariel, de modo que seguiu o instinto e o jogou.

Ariel sussurrou uma palavra que ela não ouviu. A luz se desfez, e Ariel a observou com curiosidade.

– Por que você me daria isto?

Verdade ou mentira. Jacinta dissera que uma bruxa não podia mentir para outra, mas Perséfone comprovara não ser verdade. Talvez uma bruxa não *devesse* mentir para outra, talvez mentir fosse um sinal de desrespeito. Sendo assim, na escolha que fez a seguir, restou-lhe confiar no instinto mais uma vez.

– Ele me foi dado na última hora, e pensei que seria uma boa maneira de introduzir um pedido de trégua.

Ariel exalou o ar pelo nariz.

– Você é idiota, por acaso? Ou eu pareço idiota para você?

Perséfone arqueou uma sobrancelha.

– Nós somos da mesma família.

– Mas, quando chegou a Astutia, você foi atrás das Ever em vez de nos procurar.

– Quando cheguei aqui, não sabia quem eu era. – Perséfone juntou as mãos e no fundo torceu para parecer mais confiante do que se sentia por dentro. – Até dois meses atrás, não conhecia nada sobre a minha família, muito menos sobre a existência de uma maldição ou de uma rixa. Jacinta foi atrás de mim. Eu vim para ajudar e, desde que cheguei, tudo o que fiz foi tentar desfazer a maldição.

Um pigarreio acompanhou o movimento de uma sombra até a sua dona se fazer visível. O olhar de Perséfone ergueu-se de encontro aos olhos azuis e gelados de Ellison Way.

– Ela não sabe de nada, Ariel, eu falei.

– Eu sinto muito... – Perséfone foi interrompida no meio da frase.

– Haverá tempo suficiente para desculpas – disse Ellison com um gesto firme da mão. – Venha, entre, pois o dia finda e as sombras espreitam. Há muito que você desconhece, Perséfone May, e temo que muito ainda nós todas precisamos aprender até que a Deusa nos dê por terminadas.

Ellison tomou a pedra da mão da irmã e entrou na casa. Ariel se aproximou com o olhar fixo no ponto da camisa de Perséfone sob o qual descansava o medalhão.

– Não pense que não estou te vendo – falou antes de entrar também.

Perséfone conferiu o peito e balançou a cabeça. Elas não a haviam atacado; em vez disso, a convidaram a entrar – talvez houvesse motivo para esperança.

Analisou a silhueta das duas irmãs no interior da casa, a poucos metros da porta: guerreiras, ambas, rainhas por mérito próprio. Indagou-se o que isso fazia dela própria, pensou em Jacinta e Moira e desejou que a perdoassem por cruzar esta linha. Então, inalando profundamente o ar, deu um passo, depois outro, abriu a porta e entrou.

∞

Se o lar de Jacinta e Moira era um modelo de limpeza e ordem – a despeito dos numerosos itens mágicos ali espalhados –, este era o exato oposto. Veio à mente de Perséfone a expressão "pensar fora da caixa", porque absolutamente tudo ali parecia fruto do mais puro acaso – um tapete com a ponta virada, uma parede púrpura cujas pinceladas descuidadas invadiam as fronteiras brancas da parede contígua.

A pia na cozinha estreita estava repleta de louça suja, e o balcão, cheio de migalhas. A sala de estar era um mar de cores: sofá roxo, poltronas cor de jade, supedâneos azul-marinho. No centro da sala, havia um forno a lenha, sobre o qual uma pequena tigela preta baforava fumaça rosa. A um canto, via-se uma ampla estante triangular, contendo as mais variadas ferramentas, inclusive um grande fragmento de obsidiana preta na prateleira mais alta. Sobre a estante, um item de tapeçaria exibia o alfabeto tebano. O teto era uma confusão de vigas de madeira cortadas em intrincados formatos que sugeriram a Perséfone a imagem de um espartilho. Já o piso era de madeira escura, e nenhuma parede do andar de baixo era da mesma cor de outra.

E ainda assim a composição dava certo: o aroma de sálvia e borralho, as velas acesas espalhadas por todos os cantos conferiam toques acolhedores, reconfortantes. Uma das almofadas no sofá tinha um bordado em que se lia A BRUXA ESTÁ SOLTA, e um quadro sobre a fornalha anunciava: NADA TEMO, NEM MESMO NA MAIS SOMBRIA DAS FLORESTAS, POIS SEI QUE MESMO ALI SOU EU O QUE HÁ DE MAIS SOMBRIO.

O lugar tinha humor e alma, e Perséfone de repente pensou que tanto um quanto outro eram menos presentes na Casa Ever, que, para além do inegável charme, parecia imbuída de uma missão. Esta aqui, não, esta era apenas uma casa.

– Sente-se – convidou Ariel, que se achava diante da tigela que soprava a tênue fumaça rosa. – Você está deixando a casa agitada.

– A casa tem… sentimentos? – perguntou Perséfone, sentando-se na poltrona cor de jade e imediatamente sendo tragada pela almofada espessa.

Ariel revirou os olhos ao perceber sua dificuldade para se acomodar.

– Sim, ela é extremamente sensível a letargia e escrotidão. – Cruzou as pernas. – Não, foi figura de linguagem. A figura *irônica*.

Ellison se sentou na poltrona oposta, as costas tão retas quanto o longo cabelo loiro. Precisou se reacomodar, e Ariel ficou atenta ao movimento.

– Estou ótima – falou Ellison à irmã. – Pare de me atormentar.

– Eu sinto muito – começou Perséfone, que engoliu a desculpa assim que Ariel emitiu um grunhido.

– Você teve a intenção de fazer o que fez? – perguntou Ellison, pegando uma xícara na mesa e dando um pequeno gole. – O feitiço de amarração?

– Um feitiço de *amarração*? – Perséfone negou com a cabeça.

Dorian a havia acusado de tentar cindir os mundos, não de amarrar ninguém. Puxou à memória o que acontecera após o ataque a Ellison, sua tentativa de deixar a ilha depois de ter sido incapaz de trazer Dorian para si. Era a *isso* que ele estava se referindo com dividir o mundo?

Como as duas bruxas aguardavam, Perséfone tentou recuperar o foco.

– Não, eu só queria deter você. Achei que você estivesse...

– Tentando te matar?

Perséfone encolheu um ombro, e a camisa de Dorian deslizou para baixo. Ajeitou-a no lugar, enquanto Ellison devolveu a xícara à mesa.

– Essa é uma camisa masculina do século dezoito e parece autêntica.

– A Ellison é fissurada em história e também escreve – comentou Ariel. – A escrita está no nosso sangue.

Fez-se um longo silêncio, do tipo afrontoso, e Perséfone lamentou não ter uma xícara sua para dar um gole. Na cozinha, algo tilintou, atraindo o olhar de Ariel.

– Chá ou café? – perguntou ela.

– Como?

– A sua aura – falou Ellison. – A casa está com dificuldade para ignorar.

– Ah. – Perséfone pestanejou. – Não era só ironia, então.

Ellison conteve um sorriso, ao passo que Ariel emitiu outro rosnado.

– Chá, por favor – disse Perséfone.

– Camomila, suponho? – sugeriu Ellison, observando-a. – A cafeína só iria agravar sua adrenalina, e ela já deve estar em uns noventa por cento.

– O dia tem sido – Perséfone prendeu o cabelo atrás da orelha – interessante.

Ariel se dirigiu à cozinha, da qual retornou poucos minutos depois com uma pequena xícara de chá prateada com camomila recém-infusionada.

– Não está envenenada, né?

– Não preciso desse tipo de estratagema para acabar com você – falou Ariel, com um sorriso diabólico.

Refreando-se por pouco de revirar os olhos, Perséfone bebeu. Ellison tinha razão; as ervas neutralizaram a adrenalina ao mesmo tempo que aguçaram seus sentidos.

– Como as bruxas sempre sabem o chá do qual a pessoa está precisando? – indagou Perséfone, pensando em Moira e Jacinta.

– Fomos treinadas – disse Ariel. – As nossas mães, por nossas avós; e nós, por nossas mães. Decifrar outras bruxas, encantar a casa para que nos proteja e de vez em quando nos dê uma mãozinha... é tudo parte da nossa herança.

– Você soube quem eu era desde o momento em que me viu na barca – afirmou Perséfone. – Não soube?

Ariel assentiu, enquanto Ellison alcançou uma tábua do piso, movendo-a de onde estava para revelar um compartimento secreto, do qual retirou um álbum de fotos.

– Você se parece com sua avó.

A mão de Perséfone cobriu sua boca assim que recebeu o álbum. Centenas de perguntas fervilharam na ponta de sua língua, e ela tomou outro gole do chá para aquietá-las. Verdade que Perséfone ainda não era capaz de decifrar outras bruxas, porém a expressão de Ellison ela não teve dificuldade de ler: um pedido suplicante por silêncio.

– Quando ela partiu – começou Ellison –, as imagens nas fotografias arderam em chamas, se eliminaram em brasas das páginas ou das molduras. A ilha costuma tentar apagar o que não está mais aqui. Sua avó deu as costas a ela e a nós, ainda que tenha tido razões para ir embora. Assim, o que era uma coleção generosa de retratos, especialmente considerando a época, se reduziu a uma única fotografia.

– Nossa avó – disse Ariel, que, como uma gata impaciente, caminhava de um lado para outro na frente da lareira – contava que a sua fez tudo o que pôde para nos proteger, mas que ela pegou algo que não deveria.

– O quê?

– Você e a sua mãe.

Exatamente como Dorian desconfiava.

Se restasse a Perséfone qualquer desconfiança quanto à sua linhagem, quanto às juras, tanto das primas como da biblioteca, de quem era a sua verdadeira família, o resquício de desconfiança teria sido esmagado pela foto. As mulheres retratadas pareciam ter pouco mais de vinte anos, mais novas do que as bruxas naquela sala. Uma se parecia muito com Ellison, com o longo cabelo loiro e as sobrancelhas extremamente abobadadas; ao mesmo tempo, os olhos determinados eram os mesmos de Ariel. A outra mulher exibia o mesmo formato de rosto de Perséfone, olhos e cílios escuros. Assemelhava-se à fotografia da biblioteca, mas naquela a avó de Perséfone se achava com o rosto virado de lado e destituído de emoção. Já nesta era uma versão mais bonita de Perséfone; o retrato capturava o sorriso sugestivo e o brilho típico de um olhar que conhece todos os segredos do mundo e transborda de alegria por contê-los. As moças estavam coladas uma na outra, com os braços entrelaçados. Era fácil deduzir que se tratava de duas irmãs, e ainda mais fácil de afirmar que eram grandes amigas.

– Eu passei a vida inteira procurando informações sobre a minha família – disse Perséfone, que não pôde deixar de imaginar o que a avó pensaria se a situação fosse inversa, isto é, se a avó estivesse diante da foto da neta. – Vocês poderiam ter me mostrado esta fotografia antes, sabiam?

– Você veio à ilha em busca da Casa Ever – afirmou Ariel. – No dia da sua chegada, na barca, eu lhe perguntei aonde você estava indo. Você lembra o que me respondeu?

Perséfone tentou se recordar da primeira vez que sentiu o cheiro da costa, que viu os enormes carvalhos e as lanternas flutuantes ao longo da doca; tentou recordar a mulher cuja beleza a intimidara e cuja reação rude lhe causara uma forte impressão.

– Eu falei que tinha vindo para encontrar uma amiga.

– Uma amiga. – Ariel praticamente cuspiu a palavra. – Você preferiu as Ever e o caminho delas ao nosso e depois ainda nos atacou. – Ela fuzilou Perséfone com um olhar que fez os dedos dos pés desta se contraírem.

– Eu nunca ataquei vocês.

– Não – disse com um suspiro Ellison, que esticou um braço para pressionar a mão da irmã. – Foi obra da Jacinta. Ari, você sabe de quem é a culpa.

A bruxa pequenina não respondeu, apenas caminhou até a janela e olhou através dela.

– *Jacinta*? – inquiriu Perséfone. As duas acreditavam que Jacinta as tinha *atacado*? – Vocês estão enganadas. Ela não poderia fazer uma coisa dessas, ela jamais faria isso.

– Ela já fez muito pior – observou Ariel, cruzando os braços sobre o peito.

– Vocês estão falando sobre... – Perséfone enganchou uma mecha de cabelo na orelha. – Vocês estão falando sobre a garota que se intrometeu entre vocês?

– Stevie é apenas um fragmento da nota ao pé da página de maldades da Jacinta. – As faces de Ariel estavam vermelhas, a mandíbula, cerrada.

Perséfone a fitou e foi subitamente acometida pela lembrança que extraíra de Jacinta, de Ariel com a agente do correio, de Laurel olhando-a com uma expressão de fascinação e algo além.

À espreita, como uma pantera que procura pela caça, Ariel locomoveu-se de janela em janela, e Perséfone suspirou.

– Sinto muito por isso – disse Perséfone, que sabia bem que, na raiz de qualquer intensa ira, residia mágoa ou medo, e que cabia a Ariel e mais ninguém afastar tais emoções.

– Você não tem por que se desculpar – falou Ariel, fitando-a novamente. – Ainda assim, deve se precaver. A não ser que seja uma idiota, claro. Nada nos garante que não seja.

– *Ari* – censurou Ellison, que lançou a Perséfone um olhar de desculpa e prendeu as longas mechas em um rabo de cavalo. – O que você sabe sobre a maldição da Ilha de Astutia e sobre o território além do véu?

– A maldição? – Perséfone se inquietou no assento, não exatamente animada com o fato de Ariel emitir tão abertamente sua hostil opinião sobre ela. – Bastante, visto que me encontro aqui para desfazê-la. – Pigarreou. – Ela foi causada por Amara e Vera Mayfair. Jacinta e Moira me contaram os detalhes e me explicaram por que Jacinta partiu em minha busca. Disseram que eu sou a chave, que vou desfazer a maldição segundo a profecia. – Direcionou o olhar na direção de Ariel. – E também me contaram por que você não quer desfazê-la.

Ariel se deteve e se virou. Perséfone cerrou os dentes, porém os lábios de Ariel se curvaram em um sorriso surpreendentemente gracioso antes de exalarem um suspiro. Ela caminhou para o outro lado da sala e soprou no pavio de uma comprida vela negra, que se acendeu.

– Suporte de obsidiana – explicou, batendo de leve na vela. – Para afastar a negatividade do ambiente e impedir que aquelas bruxas abelhudas tentem escutar, caso descubram que você está aqui.

– Não acredito que elas fariam isso, muito menos que Jacinta as atacaria – disse Perséfone, que tinha a impressão de que anos, e não minutos, haviam se passado no período de um dia.

– O que *faz* de você uma tola – afirmou Ariel.

– E de *você* um disco arranhado.

Ellison mordeu a língua para não rir, ao que Ariel revirou os olhos.

– Elas são mais astutas do que você imagina – comentou Ellison. – Nós confiamos nelas no passado e carregamos na pele as cicatrizes disso.

Ela não ofereceu mais detalhes, mas o véu de tristeza que se abateu sobre seu rosto fez Perséfone esfregar os olhos.

– Você está assombrada, e acho que sabe disso – falou Ariel como se estivesse comentando sobre a previsão do tempo. – Mas já, já falaremos disso.

– O quê? Como assim?

– Profecias são autorrealizáveis – afirmou Ariel, gesticulando com uma mão para ignorar Perséfone. – Se você acredita ser de tal modo, vai agir para que seja de tal modo. Portanto, não tenho nada contra você agir para acabar com a maldição, desde que a sua intenção seja realmente desfazê-la e não complicar ainda mais as coisas. É a *isso* que nos opomos.

– Um instante, você disse *assombrada*?

– Sim.

– Mas…

Ah. Claro.

As Muitas.

Ariel franziu os lábios, enquanto Ellison fez um gesto solidário com a cabeça para Perséfone.

Antes que a próxima palavra saísse da boca de Perséfone, o ar no ambiente se adensou. O vapor rosa emitido pelo pequeno caldeirão sobre a lareira, antes um bafejo suave, calmante, se transformou em uma cortina cerrada de fumaça.

– O alarme – disse Ariel, que emendou uma imprecação em voz baixa, levantou-se de um salto e disparou para fora da sala, deixando no encalço uma nódoa de olhos e cabelos pretos através da fumaça.

Perséfone tossiu e sacudiu uma mão na frente do rosto, em vão – era impossível limpar o ar.

– A maldade desembarcou na ilha – afirmou Ellison, a voz tranquila, porém próxima. – Esse sinal de alerta foi fixado antes do nosso nascimento. Significa que algo que deveria permanecer perdido acabou de retornar.

Ela deu início a um murmúrio suave, um brando encantamento que aos poucos tomou a sala inteira:

Deusa que está acima de mim,
deusa que está abaixo de mim,
deusa que me cerca e me cercará.
Purifique o ar e proteja-nos bem,
ao meu querer, assim será.

A fumaça se descondensou. Aos olhos de Perséfone, Ellison serpeava o ar com as mãos, como se puxasse cada pluma de volta ao lugar de onde saíra.

– Você está manipulando o espaço – falou Perséfone, os olhos ainda marejados.

– Sim. É uma das minhas habilidades.

Perséfone ficou boquiaberta.

– O seu elemento é o éter?

– Claro.

– Eu consigo abrir caminho entre mundos, também manipulo o espaço.

Um enorme estrondo veio do sótão. Perséfone deu um pulo e, ao fitá-las novamente, notou que as mãos de Ellison, que até então se moviam como que possuídas por um dervixe, agora pairavam.

– Você é uma tecelã? – indagou Ellison, as sobrancelhas arqueadas.

– É o que... – Perséfone se calou, pensou em Dorian. – É o que me disseram, sim.

– A Moira e a Jacinta sabem?

Perséfone confirmou com a cabeça.

– Ah.

No instante seguinte, Ariel retornou do andar de cima.

– Eu restabeleci as proteções – falou.

Ela carregava nos braços um objeto coberto por uma manta. A expressão de Ariel era tão serena que quase passou batido a Perséfone a ferocidade retida em seus olhos. Perséfone ainda não estava totalmente acostumada a olhar nos olhos de outra pessoa, e o fulgor nos de Ariel fizeram suas costas se retesarem.

– Você abre caminho pelos mundos? – questionou Ariel num tom tão macio quanto algodão-doce recém-flocado.

– Sim.

– Você caminha através dos mundos, a minha irmã manipula o espaço e eu sou capaz de *penetrar* certos espaços.

Com um floreio, Ariel retirou a coberta para revelar o homem em miniatura. Os olhos de Perséfone viraram duas luas cheias.

– *Ah.* Onde você o conseguiu? – perguntou.

Completamente esquecida de si mesma, da intenção de se manter serena e centrada, aproximou-se e arrancou o homem mecânico das mãos de Ariel. Seus sessenta centímetros de metal e fios guardavam uma inequívoca semelhança com Dorian.

Perséfone não notou o olhar trocado pelas duas irmãs.

– É tão parecido com ele – disse, e uma saudade sôfrega aflorou no mais profundo dela.

– Com quem? – perguntou Ellison num tom tão tenro quanto pétala de rosa.

– Dorian – disse Perséfone, e assim que a palavra desembocou de sua língua os olhos verdes do homem ganharam vida com um zunido.

O coro de vozes recitou pela boca de Perséfone:

– *Nós somos as Muitas. Cá estamos para guiar. Em que direção? Temos permissão.*

A sala girou uma vez, girou outra. Ariel jogou a coberta sobre a criatura. Perséfone esticou um braço à frente e Ellison o segurou um momento antes de ela desmaiar e cair de cara no sofá.

∽

O som da chuva fez os olhos de Perséfone se agitarem sob as pálpebras. Quando os abriu, foi recebida pela visão das duas bruxas sentadas ao seu lado no sofá. Achava-se deitada com a cabeça apoiada no colo de Ellison e os pés no de Ariel. Ellison tinha uma mão pousada no topo da cabeça de Perséfone e a outra entrelaçada à de Ariel, cuja mão livre segurava firmemente o calcanhar da mulher convalescente.

– Como falei antes – murmurou Ariel, pressionando carinhosamente o seu pé. – Você é mal-assombrada.

– E o Dorian miniatura? – perguntou Perséfone, que passou a procurá-lo com o olhar, acometida pela irracional urgência de protegê-lo.

– Ele é uma besta mecânica, não uma pessoa – respondeu Ariel. – Eu manipulo o espaço criando uma espécie de passagem mental entre mundos. O boneco pronunciou seu nome para mim antes. Eu precisava comprovar se ele está amarrado a você. E está, mas não é ele a assombração. – Acenou com a cabeça para o boneco em uma cadeira, e os ombros de Perséfone relaxaram. – O boneco foi um deflagrador para as assombrações de fato.

– Nós somos as Muitas – falou Ellison, dando leves pancadinhas na têmpora de Perséfone. – Você se comunicou com a gente, foi essa a frase que saiu de sua boca, mas não foi você a responsável por ela. *Muitas*, de fato.

Perséfone tentou recolher as pernas para se levantar, porém as mãos fortes de Ariel a mantiveram no lugar.

– Não podemos quebrar a conexão ainda – falou, sem qualquer intenção de se desculpar. – Nós precisamos saber se elas estão tentando fazer mal a você.

– Não estão – afirmou Perséfone, incapaz de conter o tom possessivo que se insinuou em sua voz.

– Você sempre foi solitária – observou Ellison, acariciando o cabelo de Perséfone. – É natural que se sinta compelida a protegê-las, da mesma maneira que quer proteger Jacinta e Moira.

– Moira e Jacinta são minha família.

– Elas são pessoas relativamente horríveis que compartilham com você algumas linhas de DNA – asseverou Ariel, dando pancadinhas em seu tornozelo. – Não podemos identificar a fonte exata da assombração, mas só pode estar ligada a Jacinta.

– Isso é loucura – falou Perséfone.

– Não houve uma vez que nos encontramos que nós não fomos atacadas – disse Ariel, enumerando as ocasiões nos dedos. – Relâmpagos, energia verde, tempestades, desastres naturais.

– Eu...

– Você... discorda?

Perséfone balançou a cabeça.

– Eu só conheço uma bruxa que possui o tipo de poder usado para manipular dessa forma o mundo natural, e você está hospedada na casa dela.

– Jacinta não gostaria que eu me machucasse, não posso acreditar nisso. – Perséfone mordeu o interior da bochecha. – E ela nem é tão poderosa assim, sabia? Eu vi com os meus próprios olhos o esforço que ela precisa fazer para lançar a própria magia.

– Talvez a Moira a esteja ajudando.

– Por que ela faria isso?

– Eu chutaria que ela está te usando.

– Preciso ir para a Casa Ever – disse Perséfone, desvencilhando-se das bruxas.

– Boa ideia – falou Ellison, que a soltou, para surpresa de Perséfone.

– O quê? Você *quer* ir também?

– As janelas da casa têm estado nervosas. Se nós não formos ao encontro das Ever, elas virão ao nosso. – Ellison cerrou os olhos e entoou um encantamento que mais pareceu uma canção de ninar recitada.

Ariel se levantou e Perséfone fez o mesmo. Testou o equilíbrio, descobriu que o possuía e que as Muitas estavam silenciosas.

– Não sabemos o que vamos enfrentar na Casa Ever. – Ariel a encarou. – Você por acaso sente que já se adaptou bem aos seus novos poderes?

– Eu... – Os pensamentos de Perséfone rodopiaram diante da angústia na voz de Ariel e do pavor em sua expressão.

Seria mesmo verdade o que as Way haviam dito sobre Jacinta?

Ou eram *elas* que a estavam manipulando?

Buscou a conexão com a ilha e sentiu-a firme, estável. Era aqui mesmo que deveria estar, com as Way. Mas isso significava então que estava a salvo com elas? Respirou fundo para se aquietar.

– Trabalhei com Moira e Jacinta pelas últimas seis semanas, sei me defender.

Ariel exibiu os dentes.

– Sabe mesmo, prima?

No instante seguinte, um arpão verde brilhante se lançou de Ariel e atirou com ruído Perséfone contra a parede. O ar, agindo em paralelo a Ariel, suspendeu-a e prendeu-a, como um alfinete, no teto. O belo laço se cravou em sua espinha.

– Me pare – falou Ariel com tédio na voz. – Se for capaz.

Perséfone tentou esticar os braços para impelir éter, porém não conseguiu se mover, ficou jogando os ombros para a frente e para trás, mas resistir só piorava a situação. Cordéis invisíveis cingiram com mais força sua pele. Não conseguia mexer as mãos nem abrir a boca para recitar um feitiço; tudo o que podia fazer era olhar com olhos arregalados.

Um sussurro sedutor passou por sua mente:

– *Nós somos as Muitas. Nós a apoiamos.*

Perséfone piscou, e o aposento se estilhou em seções.

A luz se refratou como se decomposta por um prisma. Perséfone passou a enxergar as sombras respirando e se movendo pelo piso, a identificar o deslocamento nos pontos da sala onde uma realidade estabelecia contiguidade com a seguinte. Perséfone descobriu que, se assim desejasse, poderia sair deste tempo e entrar em outro.

Fechou os olhos e concentrou-se na própria respiração, em encontrar o próximo sopro de vida, o próximo instante, como Moira lhe ensinara.

Mesmo sem se mover, ela era capaz de superar Ariel.

Sorriu para a prima, e a temperatura no aposento subiu. Os braços de Ariel se agitaram, tremeram, passaram a pesar toneladas; o ar lhe saiu ofegante.

As vozes das Muitas sussurraram para a mente de Perséfone, que, focando em seu interior, concentrou-se na visão de um mar onduloso e de verdes despenhadeiros – de uma terra com flores brancas em que a luz do sol fazia o orvalho resplandecer. Ali a resposta esperava por ela.

Abriu a boca e disse:

– *Más é do thoil é.*

"Por favor. Se for a sua vontade."

O poder de Ariel foi drenado e percorreu o caminho de prisma até o ponto em que Perséfone flutuava. Como as pétalas de uma íris que se abrem após a chuva, o poder se desfraldou, e Perséfone absorveu cada gota. Então apontou-o na direção contrária e o lançou de volta a Ariel, caída no chão.

Em vez de aniquilar Ariel, o que ela fez foi reabastecer o reservatório agora escasso da prima. Enquanto devolvia a magia, Perséfone se libertou do alfinete mágico que a prendia contra o teto e deslizou vagarosamente ao piso até os pés beijarem suavemente a madeira e se enraizarem, os cabelos flutuando longe dos ombros. Os lábios se curvaram no rosto corado.

– Pela Deusa – disse Ellison, parada a um canto. – Nunca vi alguém drenar essa quantidade de poder de uma vez.

Ariel, levantando-se com movimentos abruptos e agitados, estufou o peito e alisou a saia. Sua pele exibia um brilho extra; os olhos e o cabelo pretos pareciam um tom mais escuros, e as sardas no nariz agora se destacavam como estrelas no céu noturno de um campo.

– Você me drenou – disse Ariel, com um parêntese de irritação marcado entre as sobrancelhas. – E depois me devolveu *a mais*?

– Me pareceu a atitude mais cortês – respondeu Perséfone, segurando uma risada abastecida de poder.

– Que bom que você está achando engraçado – disse Ariel, a expressão astuta. – Resta saber se vai continuar rindo quando tiver de pagar o preço por essa magia, pois não há roubo de poder que passe impune.

Um cordão de estática deslizou pelo aposento. Perséfone esfregou o calafrio que perpassou por seus braços. Ao sorriso presunçoso de Ariel, sentiu um choque de energia puxá-la na região do abdome.

– Já paguei – afirmou Perséfone, pensando nas perdas que sofrera até ali.

– Você pensa que pagou – disse Ariel, balançando a cabeça. – Vamos torcer para que a Deusa não coloque à prova a sua boa sorte.

Com isso, virou-se e marchou para fora da casa, deixando Ellison e Perséfone para trás.

12

Ellison esperou um instante para se voltar a Perséfone.

– Ariel adora uma saída dramática.

– Como se já não houvesse drama o suficiente – disse Perséfone, que foi retribuída com um gesto de concordância de Ellison.

As duas saíram e se juntaram a Ariel na lateral da casa.

– Chegaremos mais rápido à Casa Ever se formos motorizadas – disse ela em referência ao carrinho de golfe com para-brisa ao seu lado. – A minha primeira opção seria irmos de vassoura, mas eu não resistiria à tentação de derrubar vocês duas.

– Ha-ha – falou Perséfone, que mentalmente se preparou para bloquear a bruxa caso ela se atrevesse.

Ariel fitou o homem mecânico apoiado no quadril de Perséfone. Ela não podia seguir sem ele, o boneco tinha até mesmo o cheiro de Dorian, de pinheiro e livros.

– Ele não é um bebê, prima – observou Ariel, a testa franzida.

– Nem você, mas isso não te impede de ficar pegando no meu pé – retrucou Perséfone.

Para surpresa dela, Ariel lhe ofereceu um sorriso genuíno antes de se acomodar no assento do motorista.

– Bruxas presunçosas com homens mecânicos vão no banco de trás – falou Ariel antes de dar partida no carro e fazer um retorno. – Quem quer que seja o seu Dorian, espero que você tenha mais sorte do que eu em matéria de amor.

Perséfone e Ellison embarcaram. Conforme elas avançavam pela estrada, a cor da grama ia adquirindo tons mais escuros – de verde-claro para verde-oliva, até virar verde-escuro.

Não fossem as sombras que se adensavam ao longo do caminho, Perséfone teria achado o trajeto quase idílico.

– O que são essas manchas no solo? – indagou.

O vento se elevou e as estapeou de ambos os lados, fazendo o carrinho balançar. Perséfone segurou com mais força a lateral do assento de couro sintético.

– E como vocês fazem para não seguir o vento quando ele fica à espreita assim?

– Isso não é o vento – falou Ellison, tentando domar com uma mão as tranças que não paravam quietas. – Isso é magia umbrosa. Magia sombria. Estava presa a você quando nos conhecemos, e, agora que você se livrou dela, está começando a se revelar. É uma magia antiga, não pode ser coisa boa.

Um cheiro gorduroso subiu no ar, de óleo e tomilho, e também de algo terroso, mais pungente. A Casa Ever surgiu no monte, e uma presença trevosa infiltrou-se no solo.

– Ela não provém da luz nem da escuridão, mas de algum lugar entre elas – falou Ellison, que se esticou para trás e tomou a mão de Perséfone, na qual deixou cair o rubi, oferecendo-lhe um sorriso que deixaria Mona Lisa com inveja. – A pedra da família, para lhe dar força.

– Pedras – falou Perséfone, agarrando com mais força o homem mecânico –, tudo o que eu sempre quis.

Quando chegaram ao topo do monte, a energia pulsou sobre elas. Ariel parou o carrinho, esticou o braço e empurrou o campo invisível.

– Maldita Jacinta, sempre dificultando as coisas. – Manobrou até o acostamento e saiu do carrinho. – Deste ponto em diante, ele não passa. A gente é obrigada a ir a pé para elas poderem assistir à nossa chegada. Como se fossem generais, e nós, plebeus em guerra contra a coroa.

Ariel pavoneou à frente. Ellison a seguiu serenamente, enquanto Perséfone observou a névoa que se adensava ao redor da casa, desesperadamente torcendo para que tudo se provasse um mero mal-entendido. Tentou passar através da bruma com o boneco, porém foi repelida.

Deixou a versão mecânica de Dorian no carrinho e, com um tapinha em sua bochecha, despediu-se dele.

Veio à mente de Perséfone a carta que a avó escrevera à irmã, na qual dizia caber a elas desfazer a maldição, e também que a maldição não seria desfeita se continuassem divididas. Embora a avó estivesse se referindo ao mal, Perséfone se indagou se não haveria mais coisas além disso. Elas estavam se dividindo entre si, oras, não seria isso uma espécie muito poderosa de maldade?

Quando alcançaram o gramado da Casa Ever, a bruma se desfez. Moira achava-se sentada na varanda, com chá em uma mão e um livro na outra.

Lançou a Perséfone um sereno olhar de reprovação.

– Você confia demais, garota.

– E você não sai do mesmo trecho faz dez anos, Moira – interveio Ellison. – Nós somos quem somos... – Ergueu uma mão e desfez um fio de linha invisível. Um guincho se fez ouvir dentro da casa. – A maioria de nós, pelo menos.

Moira apoiou o livro e ofereceu uma mão.

– Venha, Perséfone. Você está do lado errado desta divisa. Não sei que tipo de feitiço elas teceram para manipulá-la, mas somos nós a sua família. Já não provamos isso?

A mágoa em sua voz provocou uma dor angustiante em Perséfone.

– Eu não as preferi a vocês – falou, dando um passo à frente. – Fui até elas em busca de respostas, mas nunca para causar mal a você ou à Jacinta. – Levantou as mãos à maneira de bandeiras brancas. – Eu estava errada, elas não tentaram me machucar.

A porta de tela se abriu com violência e Jacinta saiu por ela, esfregando a nuca. Direcionou o olhar para Ellison, mas se recusou a sequer relancear o espaço onde Ariel se encontrava.

– Elas estão mentindo – falou para Moira, e então para Perséfone: – Você não pode confiar nelas, Perséfone. *Nós* somos a sua família, e tudo o que eu fiz foi com o objetivo de lhe provar isso.

Perséfone a fitou, frustrada.

– Elas acreditam que você está por trás dos ataques. Foi você quem as atacou? Foi você quem me atacou?

Moira abriu a boca na direção da irmã, que negou com a cabeça.

– Não é o que você está pensando. Eu estava te *protegendo*.

– Jacinta! – falou Moira com um gemido. Encarava a irmã como se uma segunda cabeça houvesse brotado nela. – Me diga que você não fez isso.

– É evidente que fiz – retorquiu Jacinta. – Estou tentando salvar a ilha e proteger Perséfone. *Aquelas ali* não se dignaram a nos ajudar, e as duas poriam tudo a perder se eu não as mantivesse longe dela.

O ar tremeluziu e um óleo preto saiu em borbulhas do canteiro. Perséfone abriu a boca espantada ao ver o gnomo ser arrastado de lado pela imundície.

– Controle-se – disse Ariel, a voz grave.

– Não sou eu que estou fazendo isso – falou Jacinta, seguindo com o olhar o óleo que corria viscosamente pelo jardim.

– Claro que não. – Ariel fitava fixamente a porta da frente. – Nossa barreira foi rompida, a barreira que nossa avó ergueu cinquenta anos atrás para nos alertar do retorno do mal. Como você fez isso? E outra coisa: de quantas maneiras diferentes eu posso acabar com a sua raça antes de você mandar embora a coisa que trouxe para cá?

– Você ouviu algo? – perguntou Jacinta a Moira, pousando uma mão no quadril. – Por um instante pensei ter escutado o zunido de uma colmeia infectada. Me dói o coração quando boas criaturas se deturpam, mas acho que não me resta alternativa senão acabar com o sofrimento desta.

– Tente a sorte – disse Ariel, dando um passo à frente, os dentes cerrados.

Ellison a conteve com um braço.

As sobrancelhas de Perséfone se franziram numa só. Ao perceber isso, Ellison perguntou:

– Você está sentindo? – Saiu de perto da irmã, caminhou até a beirada dos degraus e por dez longos segundos mirou o topo das árvores.

Jacinta lançou um olhar feroz à bruxa.

– Nem pense nis...

Ariel mostrou o dedo do meio para Jacinta, ignorando a expressão de indignação desta assim como a expressão desconfiada de Moira.

– Vá em frente – falou à irmã.

Ellison ergueu as mãos espalmadas para o céu e permitiu que os dedos dançassem – para Perséfone, ela parecia estar tocando notas imaginárias em um piano flutuante.

A casa gemeu e a bruma voltou a se compactar. Uma linha de suor brotou na testa de Ellison. Ariel levantou as mãos também, para enviar ondas de energia na direção da irmã. Um estalido reverberou pelo ar até se fincar no chão, fendendo-o por toda a extensão da trilha.

Perséfone arquejou, espantada, e sob suas veias o éter começou a fervilhar.

O espaço estava sendo reurdido. Uma árvore infecunda cobriu-se de flores, o sol se deslocou no céu sobre a casa e a grama se curvou à frente em resposta a um vento invisível. A ordem natural da Casa Ever se achava fora de sincronia, e Ellison estava mostrando as coisas como elas deveriam ser, revelando o que estava oculto.

– Já chega – falou Jacinta, travando os dentes.

– Já? – perguntou Ariel, apesar dos braços trêmulos do apoio à irmã.

Ellison voltou o rosto para Moira, que até o momento não havia expressado objeção, e Perséfone se deu conta de que, o que quer que estivesse escondido dentro da casa, a bruxa não o queria lá.

Foi por isso que Perséfone fez o que fez. Pela ânsia de proteger Moira, de ajudá-la. Lançou as próprias mãos espalmadas para cima e uma torrente de éter fluiu delas para então se precipitar como um mar de estrelas cadentes a garoar sobre Ellison.

– Você aprendeu a controlar a sua magia! – disse Jacinta, com uma breve expressão de triunfo.

– Diferentemente de certas pessoas – disse Ariel para ela, o cenho franzido pela concentração, o suor gotejando no rosto.

O chão tremeu novamente e a porta da Casa Ever se abriu com violência. Uma sombra se fez ver e então foi arrastada para a varanda.

Perséfone aguardou, porém nenhuma pessoa surgiu da sombra, que permaneceu ali, torcendo as mãos e passando o peso do corpo de um pé para o outro.

– Já *chega*! – disse Jacinta, o olhar fixo no rosto de Perséfone.

– Você trouxe uma criatura de sombra para este mundo? – inquiriu Ariel, que a encarava com ódio. – Depois do que aconteceu com a Stevie, você ainda assim tentou ludibriar a Deusa... É *isso* o que está seguindo a Perséfone?

Jacinta balançou a cabeça, mas uma dor pungente atingiu o peito de Perséfone. Era mentira; aquilo era errado, a sombra, a raiva de Jacinta. A expressão de Moira se tornou extremamente séria, e Perséfone se fincou nos calcanhares para se ancorar na terra.

Ellison mergulhou as mãos, e Moira assentiu levemente com a cabeça. Perséfone então ergueu as suas para derramar poder sobre a prima. Ellison fez um gesto de puxar para baixo, como se quisesse rebocar as estrelas do céu, e um ser distorcido avançou aos trancos até a varanda. Os braços e as pernas não paravam quietos, as partes do corpo se moviam sem sincronia alguma entre si. Quando a luz revelou o rosto, Perséfone arquejou e deixou cair os braços.

– Não estou seguindo ninguém – disse a voz do ser, que oscilava para os lados. – Estou protegendo. Vocês acham que Jacinta sozinha seria capaz de conjurar magias tão poderosas? Ela precisava de um sifão para drenar o poder, e eu sou mais poderosa do que vocês podem imaginar. E você, Ariel Way, deveria saber bem disso.

– Pelo amor da Deusa – disse Perséfone, agarrando a própria garganta. – Deandra?

Era Deandra Bishop quem se achava na varanda, com a cabeça obstinadamente abaixada, pendida para o lado, e os braços pressionados de modo rígido contra o tronco inclinado. A sombra estava recolhida, separada da garota.

– Olá, *Perséfone* – disse Deandra num sussurro esgarçado. – Você sabe?

– Se eu sei? – indagou Perséfone, cujo estômago se revirou quando a mulher se moveu.

Deandra virou a cabeça para trás e para a frente, para cima e para baixo, como um boneco de mola girando o crânio enorme. Era como testemunhar a terra tentando girar fora do próprio eixo, e Perséfone sentiu o gosto de bile.

– Que aberração é você – falou Deandra, curvando um dos cantos da boca para cima.

Os joelhos de Perséfone oscilaram.

– Ela não é quem você está pensando – afirmou Ariel, pálida.

– Ah, Ari, ingênua como sempre. – Deandra colocou uma mão de cada lado da cabeça e parou-a no lugar. – Se você controlar esses cães de guarda, quem sabe eu não te dê um beijo pelos velhos tempos.

O corpo de Ariel balançou, e Ellison correu até ela.

Deandra exibiu os dentes, e o poema que Larkin escrevera tomou forma dentro de Perséfone. A voz das Muitas a advertiu num sussurro febril:

– *Ruge-ruge, a sereia urge.*

Deandra piscou lentamente, um olho primeiro, depois o outro. Os lábios pretenderam se retesar num sorriso, porém se curvaram para baixo.

Um brilho de preocupação perpassou pela primeira vez os olhos de Jacinta.

Perséfone cravou as unhas nas palmas das mãos para conter o pânico. Tinha de tomar uma atitude. Caminhou até a base da escada.

– Olhe para mim, Deandra Bishop. – Ela livrou-se do tremor na voz. – Pelo nome que você carrega, ordeno que *olhe para mim*.

Deandra apenas girou a cabeça de um lado para outro.

– Você está no meu *caminho*, Perséfone. – Ela inclinou a cabeça para a frente e mirou Perséfone de cima a baixo. – Jacinta acredita que você é a chave. Você não deveria ter ido atrás das Way, elas não vão ajudá-la. Elas *não podem* ajudá-la. Você não é como elas; você sabe o que é, você é *igualzinha a mim*.

– Eu não sou nada parecida com o que quer que você seja. – Uma onda de repulsa reverberou dentro de Perséfone diante do júbilo malévolo na expressão da mulher.

– Vamos fazer uma brincadeira – provocou Deandra. – Você me segura ou me deixa cair?

A estática estalou no ar mais uma vez, e a forma de Deandra alçou voo: lançou-se como um foguete para cima, até virar um ponto no céu. Então, a uma velocidade inatural, seu corpo avançou de volta à terra.

Perséfone não raciocinou; ao ver a figura voadora da desagradável e arguta mulher com quem dividira o balcão da cafeteria, ergueu as mãos como que em rendição e emanou poder para o corpo cadente.

O corpo de Deandra não cambalhotou, nem mesmo quicou.

Ele flutuou em direção ao solo e o atingiu com uma força que fez Jacinta se contrair, mas incapaz de machucar Deandra, que então rolou de lado e arreganhou os dentes para Perséfone.

– Estou de olho em você – falou Deandra.

Perséfone recuou um passo e balançou a cabeça como que para limpar a visão. Então se aproximou para observar de perto.

Os olhos de Deandra pareciam *errados*.

As sombras em seu rosto refletiam em pontos nos quais o nariz não estava, adensando-se sob um maxilar inexistente. O rosto estava tentando delinear as próprias linhas e rugas, porém não conseguia, pois a face que o corpo trajava não lhe pertencia.

Perséfone enxergou a alma dentro daquele corpo, a perversidade dela, que muito definitivamente *não* pertencia a Deandra Bishop.

– Quem é você? – indagou Perséfone, sentindo o poder reverberar em sua coluna.

– Vejam só, ela descobriu – disse Deandra, voltando-se para Jacinta. – Mais esperta do que você.

Jacinta soltou um ganido estrangulado. A Perséfone, a mulher curvada sobre a terra ofereceu uma mesura pela metade.

– Você achava que era essa pobre menininha triste, não é mesmo? Com medo de olhar as pessoas nos olhos, de encará-las de verdade. Sem nunca enxergar realmente o que estava ali, sem nunca enxergar quem não estava. – Deandra riu, e sua voz se aprofundou, se alterou. – Tudo sempre esteve bem diante do seu nariz, mas você era idiota demais para perceber. – A risada lancinante rasgou Perséfone. – Os olhos são as janelas da alma. Você recebeu o dom de enxergar a verdade e *virou o rosto*!

A bruxa que usava o rosto de Deandra lentamente se descurvou até ficar de pé, porém o corpo permanecia distorcido, os braços em desacordo com os ombros ou as mãos.

Perséfone não conseguia tirar os olhos dela.

Deandra se aproximou da figura trêmula de Perséfone e correu um dedo pela lateral de seu rosto.

– Quando terminar, vou saborear cada uma de vocês.

A escuridão que fluiu de Deandra envolveu Perséfone, acalentando as duas dentro de si. Ariel se projetou para a frente, mas uma forte onda de poder a arremessou de volta. Ellison e Moira direcionaram sua magia contra o redemoinho que cobria Perséfone e Deandra, e a magia ricocheteou. Em resposta a suas ações, as três bruxas foram lançadas para além dos limites do jardim; somente Jacinta permaneceu indiferente, observando espantada de seu lugar na varanda.

Dentro da tempestade, os olhos da bruxa voltaram a ser os seus próprios.

– Amara Mayfair – sussurrou Perséfone assim que a reconheceu.

Quem mais poderia ser?

A bruxa arqueou uma sobrancelha.

– Você acha que é esperta, mas seu sangue está maculado. – Inalou o ar e esticou o pescoço para a frente. – A biblioteca lhe concedeu um favor, e em troca você a furtou. Elas estão sussurrando detrás das paredes, dizendo-lhe o que fazer. Você as deixou escapar, mas não importa. Não pode libertá-las. Você não é capaz de libertar ninguém. – A boca cruel se curvou. – Nunca se perguntou o que aconteceu com a sua avó e com a sua mãe? Por que as duas mulheres que sacrificaram tudo por você ficaram de fora, se desde antes de você nascer eu venho matando as pessoas que te amam?

Seu rosto se transfigurou como massa de modelar e adquiriu o semblante de uma mulher parecida demais com Perséfone para não ser a sua mãe, antes de exibir a feição da mulher da fotografia. A avó de Perséfone.

Perséfone deixou escapar um gemido de angústia.

– Minha magia é de um tipo engenhoso – continuou a bruxa. – Meu corpo pode estar em um lugar, mas há muito aprendi a alcançar para muito além dele. Sou mais poderosa do que você imagina.

Alcançar para muito além... Mas é claro. Tão simples e tão espantoso. Esta bruxa, sangue de seu sangue, achava-se fisicamente presa à hinterlândia, porém isso não a impedia de viajar. O sorriso que Deandra arreganhou fez Perséfone lembrar que ela saíra ilesa do incidente na cafeteria, a única pessoa ali intocada por seu feitiço. Embora houvesse muito ainda que Perséfone não compreendesse sobre magia, era fácil enxergar que a bruxa que se postava diante dela vinha possuindo pessoas havia anos, incluindo pessoas que faziam parte de sua vida.

– Era você? Sempre foi você? – perguntou Perséfone, acometida pela dor das tantas adoções frustradas, das pessoas que num primeiro momento pareciam querê-la e então não mais, como que por um passe de mágica.

– Você nunca será páreo para mim. – O semblante da bruxa assumiu novamente a fisionomia de Deandra, e Perséfone mordeu a isca.

Abriu a porta para os 32 anos de ódio e de privação e enunciou uma única palavra:

– *Fuasgail.*

Solte.

Deandra soltou um grito que fez o dia se romper em noite, que chacoalhou os ossos de Perséfone, que fendeu a terra.

A ilha tremeu, pois Perséfone arrancou toda a luz, todo o éter da bruxa. O esqueleto de Deandra se estilhaçou, o coração se espremeu, o sorriso se encrespou. Conseguiu grasnar três palavras.

– Você. Vai. Perder.

A sombra recuou, o redemoinho refluiu, e os olhos de Deandra Bishop piscaram duas vezes.

A bruxa não estava mais lá.

Em seu lugar, a colega de Perséfone arregalou os olhos, horrorizada, e seu coração bateu uma última vez antes de o corpo tombar no solo.

– Não! – gritou Perséfone assim que compreendeu. – Não, não, nãonãonãonão. – A palavra se transformou em cântico, em prece, conforme baixavam-se as guardas. Tentou erguer a garota nos braços. – Por favor, Deandra. – Puxou-a ao seu colo, embalou-a em seu peito. – Eu sinto muito, sinto muito mesmo, por favor, acorde, acorde, *acorde*.

Sua intenção era expulsar a bruxa, nunca lhe passou pela cabeça a alma remanescente. Bateu de leve no rosto de Deandra, correu as mãos por seu cabelo, tentou impingir vida à pessoa que não deveria nunca ter estado ali.

Perséfone se voltou para as feições solenes de suas irmãs bruxas, ajoelhadas em pontos espalhados do solo.

– Me ajudem, *por favor*. Vocês têm que me ajudar.

Os olhos de Ellison demonstraram compaixão e dor, mas ela apenas balançou a cabeça. Ariel enterrou o queixo no peito, em oração, ao passo que os olhos de Moira se encheram de lágrimas.

Ninguém notou a partida de Jacinta.

Ninguém viu os fios de linha do espaço se abrirem e rebentarem. Ninguém pôde trazer a garota morta de volta à vida.

ထ

Pela primeira vez em dez anos, Moira Ever prestou ajuda a uma bruxa Way. Juntou-se a Ariel e Ellison para carregar Perséfone até a casa depois que ela tombara sobre o corpo da menina. Obrigou-a a beber um tônico para recuperar algum controle em vista dos próximos acontecimentos. Colocou-as no carrinho e enviou-as ao seu destino.

Moira não queria se afastar de Perséfone, mas não havia outra possibilidade. Vira bruxas dilaceradas antes; ela própria era dilacerada em muitos sentidos. No entanto, nunca estivera no papel do dilacerador.

Tinha consciência de que a culpa era sua – sua e de sua irmã. Eram elas as responsáveis por terem trazido Perséfone.

Moira não sabia como Jacinta se conectara à bruxa Mayfair, não sabia como Amara efetuara as possessões nem por quanto tempo. Havia muitas coisas além do véu que fugiam ao seu entendimento. Não compreendia por que Jacinta as havia traído. Tinha confiado na palavra da irmã de que consultara os cristais, e a Deusa, atendendo ao seu apelo após tantos anos de busca, lhe revelara o paradeiro de Perséfone May. Moira deduzira que fosse devido à proximidade do aniversário de cem anos, uma eventualidade. Deduzira que a passagem para a hinterlândia se abriria e que por isso a chave para destravá-la encontraria o caminho de volta.

Era a vontade da Deusa. O destino, acreditava Moira, era um amigo apenas nas horas boas.

O destino não era amigo coisa nenhuma.

Passara a amar Perséfone como a uma irmã, a admirá-la por sua magia e seu espírito, pelo coração amoroso e a mente aguçada.

Uma mente rachada depois de hoje, sem dúvida.

Ariel e Ellison concordaram em levá-la para a Casa Way, e Moira a embrulhara em sua própria manta, encantada com conforto e sossego. Deixaram Moira com o corpo de Deandra e a incumbência de prepará-lo para o sepultamento. Iriam, juntas, enviá-la ao mar quando a hora das bruxas recaísse sobre elas, orando à Deusa que a jovem encontrasse paz na vida além da morte.

Enquanto trabalhava, Moira escutou o retorno da irmã. Não sabia para onde ela tinha ido; bastava-lhe saber que Jacinta era responsável por aquela tragédia.

Tinha de haver uma justificativa.

Por que trazer Amara Mayfair por meio de uma possessão desastrada, por que colocar tudo a perder, inclusive a única chance de desfazer a maldição? Era uma atitude insensata, desnorteante.

Após ungir apropriadamente o corpo e fazer as preces, Moira se dirigiu ao segundo andar. Achava-se no patamar ainda quando sentiu – um vazio na casa, pelo qual corria uma ânsia, uma saudade, como se o próprio lar estivesse de luto por algo ou alguém. Quando alcançou o corredor, o sangue se congelou em suas veias. A porta oposta ao quarto em que Perséfone se hospedara encontrava-se entreaberta. Moira não gostava de pisar naquele quarto, posto que era próximo demais do coração pulsante da montanha, dos segredos enterrados na ponte ali oculta.

O topo da cabeça de Moira formigou; eram seus sentidos lhe avisando em uníssono que encontraria a irmã dentro do quarto. Cerrando o punho em torno da ametista que levava no pescoço, abriu a porta.

As pernas foram as primeiras a ceder diante da visão.

Não seria apenas um o número de funerais que elas realizariam naquela noite. Jacinta, com o rosto sombrio como as nuvens que anunciam a tempestade, jazia fria tal qual a profundeza do oceano, morta sobre a cama.

13

Existiam, bem sabia Dorian, aqueles preços que mesmo os mortos haviam de pagar. Uma hora antes, todas as luzes da biblioteca bruxulearam e ganharam vida, e ele então se sentara na sala principal para aguardar. Nos duzentos e tantos anos desde que se tornara o guardião, nunca a biblioteca tinha reagido com tamanha intensidade. Sem saber se era um bom ou mau prenúncio, sua preocupação com Perséfone aumentava a cada minuto. A biblioteca não se contentaria em apenas lhe mostrar. Não sabia como isso seria usado contra ele, mas tinha consciência de que, com o beijo, havia de bom grado entregado a adaga na mão da biblioteca, que, se precisasse fazê-lo, não hesitaria em atacar.

Esperava que ela fosse incapaz de agir contra Perséfone. Afinal, pensava, a jovem tinha acessado a força vital da biblioteca e a usado a seu favor. Estava atada, mas não completamente encantada pela biblioteca – muito embora não soubesse o poder que detinha nem por que o detinha.

Dorian sabia que a maldição que Perséfone precisava desfazer requereria mais do que uma parte. Como em qualquer maquinaria bem lubrificada, haveria muitas porcas e parafusos para rosquear. No entanto, ele não sabia do que, precisamente, ela iria precisar, e estava com dificuldade para entender.

Piscou e viu o rosto de Perséfone encarando-o atentamente de cima; piscou de novo, e ela desapareceu. Era a quarta vez dentro da última hora que a olhava. Não sabia quem o estava provocando, se a memória ou a biblioteca – muito embora nunca tivesse sido dado a visões ou alucinações.

Uma longa e preguiçosa batida se fez ouvir na porta da frente, e Dorian se virou para lá.

Havia uma razão para o lugar se chamar Biblioteca para os Perdidos, que não tinha a ver apenas com objetos mágicos perdidos. Ele caminhou até a porta, o corpo tenso. Tentou soprar o nervosismo para longe, usá-lo a seu favor da mesma maneira que suas velas faziam com o vento; em vez disso, porém, os pelos em sua nuca se eriçaram em alerta.

Abriu a porta e fechou a cara.

– Olá, guardião – disse a mulher, a voz reduzida a um sussurro.

– Morta de novo? Mas você acabou de morrer.

As mais valiosas posses da biblioteca, aquelas que Dorian não podia mostrar a Perséfone, eram as almas das bruxas que batiam à sua porta após partirem do mundo externo para o interno.

As mortas não eram uma assombração para a biblioteca; esta era o lar delas. As finadas bruxas das três ilhas residiam ali, e eram tantas!, cada uma mantida no local escolhido pela Deusa.

Perséfone, contudo, não foi a primeira a aparecer no momento inapropriado, isto é, quando ainda não era a sua hora de morrer e chegar; a distinta honraria cabia à irritante bruxa do outro lado da porta.

– Não vai me convidar para entrar?

– Você não é uma vampira, Jacinta Lenore Ever. Porque, se fosse, eu engarrafaria a luz do sol e entornaria na sua cabeça.

Ela torceu o nariz, mas passou por Dorian e entrou na biblioteca.

– Você é ridículo.

– E você não é desejada aqui. Por que retornou?

Não que Dorian precisasse perguntar; já tinha entendido que a bruxa aprendera a encantar a si mesma entre a vida e a morte. Por preciosos instantes, talvez minutos, Jacinta podia flutuar sobre o precipício por tempo o bastante para atravessar a ponte até ali; era a primeira de sua espécie a conseguir fazê-lo, e da primeira vez ludibriara-o a ponto de ele acreditar que ela era algo que não era de fato.

A jovem se apoiou na pequena mesa de madeira, que diminuiu alguns centímetros para se adequar à sua altura. A maldita biblioteca era mais prestativa justamente quando Dorian não queria que fosse.

– Cometi um erro – falou Jacinta.

– Jura?

– Eu... – Jacinta engoliu em seco e fechou os olhos. – Não posso detê-la, não posso deter nada do que está acontecendo.

– Não é fácil deter uma avalanche, pior ainda é assistir de braços cruzados, aposto, ainda mais se foi você quem a causou – disse ele, notando as mãos entrelaçadas da mulher, a guerra que se dava dentro dela.

Jacinta mantinha os olhos cerrados. Parecia uma criança que esquece de se esconder no esconde-esconde por achar que, se não pode ver a pessoa procurando, esta tampouco pode vê-la.

– Ninguém estava fazendo nada para parar a maldição. Eu não podia permitir que minhas ancestrais morressem – disse ela. – Minhas primas estavam vendo de braços cruzados o destino foder com a gente. Depois do que aconteceu com a Stevie... eu fiz o que pude. Fiz o que tinha de fazer.

– O que você achou que tinha que fazer, você quer dizer.

Jacinta engoliu em seco novamente.

– Você fez a sua escolha.

Ela concordou com um gesto de cabeça.

– E me parece que tem outra a fazer.

– Sim. – Jacinta suspirou, e os livros ao redor suspiraram com ela. – Não posso detê-la. – Seus olhos se abriram. – Só há uma coisa a fazer.

Dorian apenas aguardou.

Jacinta examinou os livros que se perfilavam nas prateleiras, pensou, tomou o tempo necessário. Os olhos então se arregalaram para a mais alta estante próxima a eles. Dorian viu-a anuir para si mesma e se empertigar; a carranca que puxava os lábios para baixo sumiu, o peito se estufou.

Ela havia feito sua escolha.

– Preciso da sua ajuda, Bibliotecário.

– Já a ajudei antes – disse ele, virando-se para esquadrinhar as prateleiras, nas quais as lombadas dos livros mais próximos não escondiam a vaidade com a atenção recebida. – E não vou fazê-lo de novo.

– Você me ajudou, de fato – disse ela com suavidade. – Obrigada por isso.

– Não a ajudei de propósito.

Meses antes, Jacinta aparecera na condição de um espectro qualquer, perdida e morta, confusa e desprovida. Ela o estava manipulando. Ninguém jamais havia descoberto a biblioteca antes do tempo devido, porém Jacinta Ever, com seus belos olhos e a boca cruel, o enganara. Portara-se como o restante: solicitara conhecimento antes de se assentar em seu lugar na companhia das almas perdidas que a Biblioteca para os Perdidos guardava. Só que ela não tinha qualquer intenção de permanecer.

Os mortos nem sempre fazem uma passagem tranquila. Sendo assim, ao chegarem, buscam respostas antes que estejam prontos para descansar. A chegada de Jacinta não foi fora do comum; ela se deu como sempre se dava, de modo que Dorian não pensou duas vezes antes de dar à mulher o que ela precisava – a localização de algo perdido. E a biblioteca não fizera nada para impedi-lo.

– Imagino que não – disse Jacinta. – No entanto, se você não tivesse me informado a localização da bruxa Mayfair perdida, Perséfone jamais teria vindo, a ilha continuaria amaldiçoada e você não teria tido a chance de sofrer por amor.

Ele a fuzilou com o olhar, ao que ela sorriu.

– Tem um livro faltando. – Jacinta apontou com o dedo. – Um grimório muito específico que estava nesta prateleira na última vez que pisei aqui. A sala devolve à posse do viajante, não é? Isso significa que o livro sumiu.

Dorian não disse nada.

– Já vi a Perséfone viajando, tá? Deveria ter imaginado que ela viria para cá. – Jacinta ergueu um vaso cor de berinjela e rolou-o para a frente e para trás nas mãos.

Dorian continuou sem dizer nada, e ela virou o vaso de cabeça para baixo. Passou a movê-lo num ritmo febril, que o homem não conseguiu acompanhar, girando-o em todas as direções, virando-o e revirando-o até que a cor do objeto se transformasse na cor da meia-noite.

– Sabe, desta vez não preciso que você faça nada. Na verdade, preciso que *não* faça. – Jacinta deteve o vaso, e o sorriso que exibiu fez Dorian estremecer de medo. – Desta vez, tudo o que você precisa fazer é se esquivar.

O vaso voou das mãos da bruxa, e Dorian tolamente assentiu à sua advertência: ele se esquivou.

Enganara-se a respeito de Jacinta e do poder que ela detinha dentro das paredes da biblioteca. Nada deveria ser capaz de feri-lo aqui; porém, quando o vaso se chocou contra a lateral de seu rosto e as ervas choveram, ele logo percebeu a falha em seu raciocínio.

Qualquer coisa podia acontecer dentro da Biblioteca para os Perdidos: desde que fosse da vontade dela.

O mundo escureceu, e o último pensamento de Dorian antes de tombar foram os olhos cor de avelã de Perséfone afogados em aflição e em lágrimas, que desabavam livremente pelos contornos magníficos de seu rosto.

ര

Perséfone estava na poltrona cor de jade, na sala de estar da Casa Way, com o homem mecânico que tinha o rosto de Dorian. Embora não o houvesse ligado, estava com a forte impressão de que, dentro da última hora, por várias vezes ele *olhara* para ela.

O que era estranhamente reconfortante, já que havia algo em seu olhar que pertencia ao próprio Dorian. Ela queria ir até ele, fugir para a biblioteca. Queria ouvir de sua boca que tudo não passava de um engano. Jacinta não a tinha traído. Tudo ficaria bem.

Mas Jacinta a tinha traído, e nada ficaria bem. Perséfone estava na ilha para desfazer uma maldição; no entanto, ela própria era amaldiçoada a ter o coração partido por aqueles a quem devotava amor, e nada que alguém dissesse mudaria esse fato.

Após restabelecerem as proteções do perímetro – acrescentando novos alertas para o caso de o mal além do véu penetrar novamente a ilha –, Ariel e Ellison não saíram de perto de Perséfone. Ainda que ela lhes tivesse dito duvidar que a malévola bruxa recuperasse a força tão cedo, isso não impediu as duas de se colocarem a norte e a sul de Perséfone como se constituíssem uma fortaleza.

Deandra Bishop havia morrido. Morrera nos braços de Perséfone. Uma garota inocente tinha perdido a vida, e Perséfone carregava a marca dessa perda. Que a corroía como uma batida de carro corrói: era visível a cada passo que ela dava, a cada respiração. A morte a retalhara no mais íntimo da alma, um corte no âmago de seu ser.

Havia tantas perguntas. Por quanto tempo Amara fora Deandra? Por que ela tinha matado sua mãe e sua avó, por que queria tanto destruir Perséfone?

E Jacinta? Como podia ter pensado que se juntar a Amara era uma maneira de proteger Perséfone? E como sequer fizera contato com Amara? Nada fazia sentido. Tudo não passava de cacos espalhados.

As traições e perdas haviam entorpecido o lado esquerdo do rosto de Perséfone, que tinha a impressão de que não conseguiria piscar de propósito se tentasse. Só tinha ciência de que estava chorando porque o dorso das mãos se achava úmido, porém não se deu ao trabalho de afastar as lágrimas.

Se vertesse um oceano de lágrimas, ainda assim de nada adiantaria. Sua dor não afetaria a correnteza, não causaria uma pequena ondulação que fosse na superfície de seu sofrimento. O entorpecimento era um alívio; era a promessa de aceitação, de uma lousa em branco.

Não se importava se a maldição as engolisse de uma vez, se com isso nunca mais tivesse de voltar a sentir.

– Moira precisa de nós – disse Ellison, colocando algo no bolso de Perséfone antes de se levantar e caminhar até a janela.

– Telepatia? – perguntou Perséfone, com o olhar ainda fixo no rosto do homem mecânico.

– Claro que não – disse Ariel, sua primeira palavra depois de muito tempo. – Ela sabe usar o celular.

Havia algo errado com a geniosa bruxa; a pele de Ariel estava gris, como se sua cor tivesse sido drenada. Mas Perséfone não podia ajudá-la; não podia ajudar nem a si mesma.

– Eu vou – falou Ariel, dirigindo-se à irmã, ocupada com algo na otomana que ficava em frente à ampla janela. – Você tem mais condições de – gesticulou com uma mão – lidar com a devastação emocional dela.

– Porque você mesma não quer se confrontar com as próprias emoções, você diz? – falou Ellison, cujas mãos tricotavam agilmente um elegante debrum com um fio de lã tão branco e tão macio que bem poderia ter sido conjurado do sonho de uma nuvem.

– Pessoas contraem sentimentos como turistas contraem gripe – disse Ariel. – Eu me imunizei completamente. – Ao alcançar o leve pulôver no cabideiro, Ariel estremeceu e quase perdeu o equilíbrio.

Ellison não chamou a atenção da irmã, que respirou fundo, pegou a cesta de ervas ao lado da porta e saiu.

– O coração dela nunca sarou – falou Ellison, vendo-a partir. – Não importa quanto tempo passe: quando nos damos conta, somos joguetes nas mãos dos sentimentos.

– Não é possível combater a escuridão quando se está dividido – disse Perséfone numa voz alienígena.

Ellison se virou, acendeu o fogo com um gesto da mão e esquadrinhou a prima.

– Você está desistindo.

Perséfone não respondeu.

– Jacinta foi completamente tola e perversa, mas nem tudo está perdido – afirmou Ellison.

Perséfone fitou o homem mecânico em seu braço e pensou em Dorian; queria estar forte o bastante para ir até ele.

Ellison murmurou tão baixo que Perséfone não entendeu as palavras. O aposento se aqueceu, a iluminação se suavizou. Entregou uma xícara de chá a Perséfone e sentou-se a seu lado. A caneca era enorme, do tipo que um viciado em cafeína compraria numa loja especializada em cafés.

– Não queria estar aqui – falou Perséfone, derrubando a xícara. Pousou o autômato na poltrona e observou a poça espalhando-se pelo piso de madeira. – Sinto muito – disse, para Ellison, para Deandra.

Os olhos do homem mecânico se abriram e se esverdearam com um zunido. Perséfone chegou mais perto. O espaço se deslocou ao redor, os olhos do homem cravados nela, o terror congelado na expressão dele.

A compreensão a atingiu como um trem descarrilado.

Havia algo muito errado com Dorian.

Perséfone sufocou um grito e atirou um braço enquanto passava da Ilha de Astutia à teia do espaço.

ꝏ

A biblioteca estava escura desta vez. O característico aroma de almíscar, brasa e pinheiro tinha dado lugar ao repugnante cheiro de remédio infantil rosa com sabor de chiclete – o bafejo de uma lembrança, não sabia se dela ou de outrem, a qual a fez estremecer mesmo assim.

– Dorian?

Chamou-o conforme avançava com cuidado pelos entornos da biblioteca, tentando controlar o medo. Soube que tinha alcançado o perímetro, pois uma parede invisível que a impedia de alcançar os livros roçava seu ombro. Perséfone precisava de luz, precisava enxergar para poder encontrá-lo, porém uma pequena parte dela se sentia reconfortada na escuridão.

Considerou se esconder ali, envolver-se na biblioteca como uma ferida recém-atada.

– Dorian, não tem graça nenhuma. Cadê você? – Deu três passos e tropeçou em um tapete enrolado.

Abaixou-se para desenrolá-lo, e a mão agarrou um largo, imóvel ombro.

A exaustão remanescente se apartou como um véu de noiva removido do rosto. O sangue de Perséfone se arrepiou. Ergueu uma mão e convocou o éter, lançando-o no ar. Milhares de centelhas brilharam, luzinhas lampejantes como estrelas que iluminaram a forma inerte que jazia à sua frente.

– *Dorian*. – Ofegante, Perséfone se inclinou sobre ele para tomar seu pulso. Não teve certeza, pois não sabia dizer se Dorian estava vivo ou morto, para começo de conversa, mas teve a impressão de sentir a força vital ainda dentro dele.

Estava congelado. Sob um encantamento.

– Quem fez isso? – gritou Perséfone para a biblioteca.

As vozes das Muitas achavam-se quietas, como se tivessem medo deste mundo. Vasculhou o aposento com o olhar. Estava muito diferente; as paredes tinham se alargado, e a sala agora tinha o formato de um vasto retângulo, com paredes de livros perfiladas. O chão sob seus pés era de mármore. O lugar era o que se esperava de uma biblioteca universitária.

Perséfone se levantou, procurou por um cobertor e avistou uma manta ao lado de uma pequena almofada em uma poltrona de couro. Pegou-as, cobriu a figura imóvel do guardião e acomodou a almofada sob sua cabeça. Então dirigiu-se em silêncio às estantes. *Alguém* tinha feito aquilo. Dorian lhe havia dito que nada era capaz de feri-lo dentro dos limites da biblioteca, e no entanto alguém o ferira.

– Foi você que fez isso? – indagou Perséfone, a voz envenenada. – Você é uma entidade... Foi você?

A biblioteca resfriou tão imediatamente que o ar inalado por Perséfone se dilatou até ser expelido de repente por seus lábios.

– Vou entender como um não.

A temperatura voltou a subir, e ela seguiu em frente. Finalmente, após incontáveis fileiras, Perséfone se deteve no centro da última passagem entre estantes. Um cheiro insuportavelmente adocicado pinicou seu nariz. Frutado, leve, o ar estava empesteado dele.

Fechou os olhos e o tragou. Conhecia aquele cheiro, era tão familiar quanto a quase homônima da planta que o exalava.

– *Jacinta*.

As luzes da biblioteca bruxulearam e Perséfone ergueu os dois braços. Seu organismo foi inundado pela ira, e a ira a propeliu. Mais uma vez, Perséfone penetrou o véu.

ↀ

Do outro lado do véu, Perséfone deparou-se com a trilha distorcida. Se fosse uma esfera, como a Terra, o espaço se constituiria de três partes na Ilha de Astutia. A camada externa seria a ilha; a interna seria a biblioteca; e o núcleo por trás do véu levaria à hinterlândia. Perséfone já havia compreendido que, quando se achava no entremeio, era capaz de sentir as trilhas de cada uma das partes; desta vez, no entanto, as trilhas seguiam juntas, de modo que era impossível decifrar qual delas deveria tomar.

No instante em que atravessara, Perséfone estava pensando em Dorian, em Jacinta e em Amara; agora, examinando as luzes que a cercavam, tentou esvaziar os pensamentos e se concentrar na ilha, na trilha de pedra que levava à Casa Ever e na bruxa que abatera sua amiga.

Ao passar a língua pelos lábios, sentiu um gosto amargo como o da folha da mostarda e então começou a mover habilmente as mãos para partir o espaço. Dane-se, abriria uma nova estrada.

Quando saiu do véu, deu-se conta de que não estava só.

– Até que enfim – disse uma voz ardente e intensa logo atrás de seu ombro.

Perséfone se virou para encarar a voz e piscou, espantada: uma bela mulher com sobrancelhas admiráveis e olhos curiosos lhe sorria. Tinha cachos castanho-avermelhados que cascateavam pelas costas do manto cor de esmeralda. As mãos exibiam anéis no formato das fases da lua e o pescoço ostentava um medalhão de ampulheta igual ao que Perséfone levava por baixo da camisa.

– Quem… – começou Perséfone antes que a mulher a tocasse, e ao toque a resposta à pergunta não pronunciada se cristalizou em sua mente.

– Olá, filha de minhas filhas – disse a mulher.

Então Amara Mayfair gesticulou com uma mão, partiu os fios de linha do espaço e arrastou Perséfone atrás de si.

1º de agosto, dez anos atrás

Não paro de sonhar com Stevie. Não faço ideia de como começou. Num dia, com os olhos e os dentes cerrados, eu desejava sua partida a cada estrela cadente que via; no outro, ela tinha se tornado uma coceira no centro das minhas costas.

Eu tentava coçar, mas a coceira sempre mudava de lugar. Subia um centímetro, deslocava-se um milímetro, descia um tiquinho. Até se instalar em toda a sua persistente glória bem no meio dos olhos dela. Eu não queria parar de encarar, não queria abrir mão de olhar para ela nunca mais - pelo menos não... nos meus sonhos.

Em meus sonhos, ela chegava à Ilha de Astutia trajando uma coroa. Suas palavras eram uma canção de ninar que mandava para longe os meus pesadelos.

Ruge-ruge
A sereia urge
Vim, vim
Deixe-me estar
Dê-me as boas-vindas
Aqui é meu lar

14

Jacinta Ever despertou com um arquejo e notou que a observavam como a um cupim que vai parar numa cozinha de madeira recém--reformada. O rosto da irmã estava pálido, ao passo que Ariel, à direita, a fitava como se fosse capaz de desfolhear camada por camada de pele de Jacinta e alegremente rasgar cada uma antes de botar fogo no resto.

– O que você fez? – perguntou Moira, erguendo uma mão trêmula para tocar o braço da irmã, como que para confirmar que ela realmente estava ali.

– Você sabe o que ela fez – disse Ariel, curvando o lábio, com certa apreensão na expressão. – Essas novas faixas cinza dizem mais do que qualquer bola de cristal. Não é o tipo de mecha que se faz num salão de beleza.

– Você caminhou entre os mortos – falou Moira, comprimindo os lábios. – Por que você faria uma coisa dessas?

Jacinta soltou um gemido – a dor de cabeça provocada pelo longo tempo passado entre os mundos não era pouca.

– Água, por favor.

Moira lhe entregou um copo, e Ariel retirou um frasco da cesta que havia acomodado na cama.

– A sua marca de veneno eu passo, obrigada – disse Jacinta, erguendo-se sobre os cotovelos.

– Tem lótus, absinto e algumas ervas que polinizei na minha horta – explicou Ariel, sem piscar. Se existia alguém que era capaz de rivalizar com uma estátua, esse alguém era Ariel Way. – Se quisesse te matar, eu te posicionaria na frente do espelho para você poder me ver cortando a sua garganta. O que, depois do que você fez, me ocorreu.

Jacinta suspirou e conteve um sorriso; não pôde evitar a esperança que borboleteou ao ver a expressão preocupada no rosto da velha amiga.

– Sempre dramática.

Ariel adicionou uma gota à água, e Moira incentivou a irmã com um gesto de cabeça. Jacinta bebeu o líquido e fechou os olhos ao ser preenchida pelo calor. A pele formigou conforme o tônico fazia a sua mágica; os poros se abriram e se fecharam, os chacras vicejaram e se realinharam. Passados cinco minutos, o pescoço e as faces de Jacinta estavam corados, e ela se sentia quase normal. Quase. Examinou as mechas no reflexo do espelho e franziu o cenho para as riscas prateadas em meio ao cabelo escuro.

– Não posso desfazer o que você fez – começou Ariel, fitando seu cabelo. – Mas quem sabe o prateado não ajude a neutralizar a negatividade que você mesma alimenta.

– Não sou a porra de um espírito doméstico – disparou Jacinta.

– Não, você é um demônio mesmo.

– Chega. – Moira espalmou uma mão na própria testa.

– Nada de chega – disse Ariel, aproximando-se de Jacinta. – Ela precisa se explicar, a começar pela colaboração com aquela bruxa perversa, os ataques disfarçados de Perséfone contra mim e Ellison e qualquer que seja o inferno de Hades em que se meteu.

– Hades! Você não errou por muito – disse Jacinta, empinando o queixo.

– Então você deveria ter ficado no lugar ao qual pertence.

Sentindo o golpe, Jacinta evitou o olhar de Ariel. Limpou a garganta e lembrou a si mesma de dar um passo de cada vez. Que outra opção tinha a esta altura?

– Já era insuportável quando vocês eram crianças e ficavam nesse arranca-rabo, mas agora eu realmente pensei que nós tínhamos perdido você, Jacinta – disse Moira, esfregando uma têmpora ao se virar para Ariel. – Muito obrigada pela sua ajuda, mas pode ir agora. Preciso conversar com a minha irmã.

Ariel exalou o ar pelo nariz.

– Nem fodendo. – Diante do cenho franzido de Moira, Ariel sorriu. – Como eu disse, não vou a lugar nenhum até ela explicar a merda que estava fazendo. Vocês acolheram a Amara em sua casa, ela quase matou Perséfone.

– Eu jamais machucaria Perséfone – retorquiu Jacinta, os olhos rompendo em chamas. – Os feitiços eram para ser inofensivos. Você realmente acha que eu seria capaz?

– Conversa fiada.

– Ariel – advertiu Moira.

Jacinta balançou a cabeça e se agarrou à beirada da cama.

– O quê? – perguntou Ariel, chegando perto o bastante para que Jacinta sentisse o mentolado de seu hálito. – Aquela bruxa desvairada que você conjurou claramente queria machucar todas nós, e não só Perséfone.

– Não era para ela machucar ninguém – disse Jacinta, esfregando a testa. – A situação fugiu de controle.

– Uau, uma bruxa possuída fazendo coisas horríveis! Estou chocada.

Ignorando as acusações de Ariel, Jacinta decidiu inspecionar o closet. As coisas eram mais fáceis quando ela não tinha de olhar na cara da antiga amiga. Escolheu um vestido lilás, prendeu os cachos no topo da cabeça e sibilou quando Ariel usou seus poderes para puxar com força as mechas prateadas.

Jacinta correu os dedos pelo próprio rosto, então colocou o vestido e voltou-se para Ariel.

– *Sem chave, não há mundo. Como não há chave sem fechadura. Do giro da chave virá a soltura* – enunciou, palavras que ela e Ariel haviam escrito dez anos antes, quando pretendiam dobrar a magia.

– Você pôs a chave a perder quando trouxe a Amara para cá – afirmou Ariel.

– Você não sabe de nada – disse Jacinta, com um breve suspiro. – Nunca soube.

– Eu sei muita coisa, pode apostar. Sei quem você é e o que fez. – Ariel deu um passo à frente e contraiu os dedos na forma de garras. – Experimente, bruxa.

– Vê se supera. – Jacinta olhou ferozmente para Ariel. Tentou engolir a saliva, fracassou. Precisava sair do quarto, sair da casa. Precisava, acima de tudo, tirar Ariel da sua frente. – Assim como Stevie superou você.

As narinas de Ariel se dilataram, e Jacinta exalou o ar.

– Pare de se vitimizar, Ari. Tudo de ruim acontece com você, não é mesmo? A culpa nunca é *sua*. Você não conseguiu ficar com a garota, ela não quis continuar com você, e a culpa é *minha*. Que palhaçada. Eu não tenho o seu poder, é verdade, mas também não precisei dele para provar para ela quem era mais mulher.

Os olhos cobreados de Ariel se turvaram, fazendo o espelho na parede tremer.

– Já *chega* – falou Moira, batendo as mãos como uma professora de primário irritada, prestes a esganar as duas. – Jacinta, conte-nos onde você estava e por favor nos explique que *não* estava colaborando com Amara. Que a Deusa nos ajude.

– Eu nunca colaboraria com aquela bruxa – disse Jacinta antes de se virar. Ao menos essa parte era verdade.

– Nós a vimos – disse Ariel.

– Vocês viram *uma pessoa*, nunca falei que era Amara. – Jacinta ergueu uma mão. – Eu estava para além desta terra, cuidando de uma ponta solta. Agora me deem licença, pois preciso ir para minha horta aperfeiçoar a receita de um feitiço específico e muito complicado.

– Jacinta… – Moira tentou protestar, porém a irmã a dispensou com um gesto.

Depois lhe exibiu uma expressão culpada.

– Desculpe pelo susto. Estou me sentindo ótima. – Jacinta deslizou os pés para dentro dos chinelos.

– A gente não terminou aqui, bruxa dos infernos – disse Ariel. – Com quem você estava trabalhando, então?

– Engraçado você falar em inferno – provocou Jacinta, espanando a manga do vestido. – Pobre Perséfone. – Seus olhos reluziram ao fitar Ariel.

O relógio tiquetaqueou do lado de dentro do quarto; do lado de fora, no corredor, Opala arranhou a porta oposta ao aposento no qual as bruxas se encontravam.

– A bruxa mais verdadeira tem muitos rostos – disse Jacinta com um lento sorriso. – E neste momento ela se prepara para dar o xeque-mate, pois, *priminha querida*, a rainha acabou de capturar o seu peão.

∞

Amara Mayfair puxava Perséfone pelo pulso através do véu como quem puxa um potrinho – não havia nada de ameaçador em sua ação, nem tampouco na própria mulher. Quem quer que fosse ela, Perséfone logo compreendeu que não era a mesma pessoa que enfrentara na Casa Ever. O que deixava no ar uma enorme pergunta.

Quem era a bruxa que tinha possuído Deandra?

Perséfone não podia fazer tal indagação, pois falar não era permitido no ínterim do espaço; cada vez que ela tentava, as palavras saíam num chuvisco de luz azulada antes de serem absorvidas pela tecitura do mundo ao redor.

Amara partia os fios de linha com um pé depois o outro e assim os atravessava; não parecia simplesmente seguir os caminhos, mas sim comandá-los. A luz e o éter dançavam ao redor da mulher conforme ela avançava.

Elas então passaram ao outro lado do véu e pisaram em um rochedo bastante parecido com aquele que se situava além do Arco para Qualquer Lugar da Casa Ever.

Amara soltou Perséfone e caminhou alguns passos até jogar os braços para trás e voltar o rosto para o sol da manhã. Aqui o dia raiava, enquanto na ilha era noite.

Perséfone estudou a bruxa, que parecia incapaz de se desfazer do largo sorriso.

– Lindo, não é? – perguntou Amara, cuja voz possuía uma cadência peculiar, o rosto a lagartear sob o calor crescente. – O dia de hoje foi o mais glorioso dos dias e ao fim dele tudo terá se desintegrado. – Virou-se para encarar Perséfone. – Passaram-se cem anos, e é necessário rememorar o princípio quando se chega ao fim. Faz muito tempo que estou à sua espera, Perséfone May.

– Não estou entendendo – disse Perséfone. – Se você é Amara Mayfair...

– Eu sou.

– Então quem foi que tentou me matar? – A resposta se suspendeu no ar como uma partícula minerada de cobre. – Foi a sua irmã, não foi?

Amara fitou o mar, de onde pareceu extrair força: afigurou-se mais alta, o peito estufado, a curvatura natural e ao mesmo tempo soberana.

– Há múltiplas respostas para essa pergunta.

Amara se alongou e desceu do mirante até um dos penedos gigantescos. O vestido verde reluzia em contraste com o cinza da pedra; a própria bruxa parecia reluzir, como se fosse iluminada por dentro.

– Houve muitas tentativas desde a sua chegada à Ilha de Astutia, momentos em que você esteve em perigo – disse, oferecendo a Perséfone um pedido de desculpa na forma de sorriso. – Temo que algumas destas vezes foram por obra minha. A trilha entre os mundos está se desfazendo, de sorte que pensei que fosse seguro... Contudo, a cada ocasião em que tentava fazer contato, eu criava um abismo, para o qual você era drenada. Quando uma bruxa é drenada, fica dolorosamente à beira da morte. A minha intenção sempre foi alertá-la, eu jamais quis canalizar o seu poder. Fui uma tola, me perdoe.

Perséfone piscou e cruzou os braços sobre o peito.

– À beira da morte? – Lembrou-se da sensação de antes, de quando fora empoçada pelas sombras e pelas trevas. – Aquela... escuridão que queria me consumir não era por causa da Jacinta?

– Não. A Jacinta fez uma barganha em troca de ninharias.

Perséfone não soube o que fazer senão piscar atordoada.

– Não entendo.

– Nunca foi a intenção atacá-la – disse Amara. – A magia não é dada a cooperar, e é especialmente ardilosa quando alguém como eu tenta fazer contato através dos mundos.

– Alguém como você?

– Alguém com um poder limitado e, mais do que isso, um poder profundamente imprevisível.

– Então o feitiço que você lançou para se livrar da magia perversa funcionou?

– O feitiço funcionou. Embora eu ainda rogue à Deusa que não houvesse funcionado, pois não possuo mais magia perversa, e me resta pouco da magia de luz.

Perséfone esfregou os braços.

– Para onde foi sua magia?

– Para minha irmã. Isto é, a parte da magia que ela é capaz de reter; o restante ela armazenou. O Bestiário da Magia é um tesouro de objetos impregnados de magia, o qual adquiriu poderes além da conta.

– Mas ele está congelado, não é?

– Sim, o bestiário está congelado.

– Então como você está aqui agora?

Bem, como era possível que elas estivessem onde quer que estivessem... em qualquer momento? Ali no rochedo o ar era tépido, salgado e limpo; a grama sobre a qual Perséfone pisava era macia e flexível. Não havia na mulher que deveria estar presa além do véu a mais remota indicação de ameaça, o que não significava, porém, que Perséfone confiasse nela.

– O bestiário está congelado, mas dentro da hinterlândia a magia está implodindo, formando rachaduras. Vera estava tentando subjugá-la aos intentos dela, e a batalha entre vocês acabou por desenrolar os mais fortes fios que mantinham a hinterlândia completamente inacessível. Como eu tive um papel no feitiço, minha barganha me permitiu a liberdade de viajar para cá. – Ergueu a cabeça para o céu mais uma vez. – Por um preço, claro.

– Um preço?

– Um com o qual não vale a pena se preocupar. – Amara dispensou a questão com um gesto. – Nada parecido com o que sua prima provavelmente deve.

– Você está falando da barganha da Jacinta por ninharias?

Amara assentiu com a cabeça.

– Ela foi... Como se diz hoje em dia... Enrolada por Vera.

Perséfone se sentou em um trecho fofo de grama, com os joelhos recolhidos e o queixo apoiado no dorso da mão. Queria saber mais sobre Jacinta, porém havia uma questão mais premente.

– Deandra me perguntou que tipo de aberração eu era. Antes de eu vir para cá. Foi... foi uma das razões por que fui embora de Greenville. Se meu destino é desfazer a maldição, por que me subjugar, por que me trazer à ilha?

– Vera é mais poderosa em sua terra. Ela encontra aqui uma fortaleza, assim tem sido pela última década. Além disso, é por aqui que se pode atravessar para a hinterlândia. Ela precisa de você para se libertar, precisa da sua magia, que é semelhante à minha.

– E a magia armazenada no bestiário?

– Ela não é capaz de controlá-la por completo. A magia está imbuída nos objetos extraordinários que Vera planejava espalhar pela mão dos frequentadores. Era assim que pretendia dar poder a eles, emancipá-los, compartilhar nossa magia. Ela precisa de você para ser o condutor.

– Isso nunca vai acabar, não é?

A responsabilidade, o poder, a perda de controle – era tudo demais. Perséfone pensou em Dorian confinado à biblioteca após o ataque de Jacinta e se obrigou a inspirar calmamente o ar para se centrar.

– Jacinta sabia disso quando me trouxe?

– Vera tem muitos rostos, e quase todos são convincentes na mesma medida. Jacinta não é a primeira a ser enganada por Vera, que conseguiu disfarçar sua habilidade de viajar mentalmente. Não havia como você saber.

Perséfone pensou em Deandra e passou uma mão pelo rosto.

– Não há nenhum consolo nisso.

– É desolador herdar um legado assim.

– Hoje eu matei uma ex-colega de trabalho. Por mais que Vera tivesse possuído seu corpo, fui eu quem o destruí para expulsá-la. Desolação não chega nem perto de descrever o que estou sentindo.

– Uma maldição é promessa de dor. Você deveria ter herdado um legado de magia, mas em vez disso recebeu um legado de perda. Sua mãe. Sua avó. – Amara caminhou pelo perímetro do rochedo. – Poder foi o que minha irmã sempre desejou, e não vai admitir não recobrá-lo, não vai parar por conta própria. Você deve pará-la. Se ela tiver êxito, se você e as demais não forem bem-sucedidas, estaremos condenadas.

Perséfone ergueu uma mão e observou a partícula de éter flutuar incerta.

– Por que tem que ser eu? – A raiva a fazia desejar com toda a força que a salvação não coubesse a ela.

– Porque assim tem de ser. Você carrega o meu sangue, é uma descendente direta.

– Mas e Jacinta e Moira, e Ariel e Ellison? Elas também vêm de você.

– As irmãs Ever descendem de Vera, e suas outras primas provêm de nossa irmã caçula, que estava pescando em alto-mar quando os feitiços se abateram sobre Astutia e nos enviaram à hinterlândia.

Perséfone piscou.

– O quê?

– Minha irmã e eu não éramos as únicas Mayfair de nossa geração. Tínhamos uma irmã mais nova, Louisa, a bisavó de Ariel e Ellison.

– Por que elas não sabem disso? Por que elas acreditam que é o contrário?

– Porque eu guardei essa informação para mim, para proteger Louisa, para mantê-la protegida de Vera. Apenas você descende de mim.

Perséfone balançou a cabeça, perplexa.

– Você amaldiçoou sua irmã, mas inequivocamente também amaldiçoou a si mesma.

– Sob a lua de sangue, eu abri mão de tudo. O preço que nós todas pagamos – disse Amara, a voz falhando – foi o desaparecimento. Louisa ficou a salvo. Imperdoável foi a perda dos mortais no bestiário. Essas vidas se perderam quando a maldição foi lançada. Cem inocentes almas que se foram.

Perséfone engoliu o terror.

– Eu achava que elas também estavam encalhadas na hinterlândia.

– Não. A magia usada por Vera foi se tornando cada vez mais gananciosa. As bruxas não, mas as mulheres mortais tinham pouco a oferecer, por isso a magia lhes fez pagar com a alma.

Perséfone balançou lentamente a cabeça, o estômago se revirando com a informação.

– Meu Deus.

– Eu convivo com elas todos os dias – disse Amara, a voz embargada pelas lágrimas. – Eu desperto com essas mortes, me recolho ao pé delas. Não posso escapar de nossos atos.

Perséfone exalou o ar entrecortado.

– O que Vera deseja?

– Liberdade. Foi o que sempre desejou. Ser conhecida, conhecer o mundo. Reconstituí-lo como ela crê que deva ser, mudá-lo para melhor.

– E o que podemos fazer para detê-la?

Amara se aproximou e se sentou ao lado de Perséfone, que, ao analisar o perfil da bruxa, deu-se conta de algo: Amara não sustentava seu olhar por mais do que poucos segundos.

– Amara.

A bruxa voltou-se para Perséfone, e esta tentou encará-la.

– Você não vai gostar do que verá, filha de minhas filhas – falou Amara.

– Eu enxerguei Vera na Deandra, não enxerguei? Quem você quer evitar que eu enxergue em você?

Amara ficou imóvel. Quando se virou, foi com vagarosa precisão, um doloroso centímetro de cada vez. Assim que os olhos de Amara encontraram os de Perséfone, um turbilhão prateado se agitou atrás das íris. Perséfone a fitava com o olhar arregalado, petrificada. Não foi uma a alma que a fitou de volta, mas duas, três, quatro, cinco e assim por diante.

– Como falei – começou Amara –, eu carrego a morte comigo.

Amara desviou o rosto, e o gosto do medo que Perséfone sentiu foi tamanho que revestiu sua língua inteira.

– O que eu faço para detê-la?

– O caminho que leva à hinterlândia já não está bloqueado como antes. – Amara se colocou de pé. – Vera está recuperando as forças e vai usar o caminho para retornar por completo. Ela queria que você viesse para cá, foi por isso que possuiu Deandra; ela a induziu a vir para Astutia, para que a libertasse. Nós vamos dar a Vera o que ela acha que quer.

ꙮ

Ariel liberava sua ira conforme avançava pelas trilhas a caminho da Casa Way; o tempo já lhe ensinara que não ganharia nada com uma raiva como a que estava sentindo por Jacinta.

A verdade era nua e crua: Jacinta não estava totalmente errada. Stevie de fato *havia* preferido Jacinta; Ariel testemunhara com os próprios olhos.

A outra verdade tinha sido revelada pelo tempo: ela não sentia falta de Stevie; parou de sentir tão logo a garota partiu da ilha.

De quem Ariel sentia saudade?

De Jacinta, de sua amiga.

No entanto, Jacinta já não era aquela pessoa. A bruxa que ela se tornara se pautava por uma bússola quebrada e parafusos soltos.

Ariel estacionou o carrinho e se dirigiu à casa. Os passos tiquetaquearam suavemente na escada lateral. A porta de tela lhe deu suas boas-vindas desafinadas antes de se fechar sozinha com um clique. Os sons do lar eram o melhor tônico de que Ariel tinha conhecimento.

Encontrou a irmã na cozinha, sentada à mesinha de café da manhã, com seu apêndice perdido (mais conhecido como seu notebook) aberto à frente. Um pequeno espelho de cristal se achava próximo de seu cotovelo.

Ellison não ergueu o olhar.

– Qual era a emergência da Moira? Ela perdeu o corpo da ex-colega da Perséfone?

Ariel puxou uma cadeira e se afundou pesadamente nela. O dia estava começando a cobrar seu preço, e ainda havia um longo percurso a percorrer antes de poder dormir.

– Não, ela já preparou tudo, o corpo vai estar pronto para as despedidas quando chegar a hora das bruxas. – Retirou o suéter. – Pobrezinha. Não teve a menor chance.

– Os possuídos nunca têm. Se tivesse sobrevivido, ela provavelmente passaria o resto da vida numa batalha contra a própria mente. É quase impossível se recuperar depois de ter o corpo e a mente violados assim. Não à toa a possessão é o mais obscuro dos saberes.

– Falando em magia perversa, Jacinta está brincando com coisas que não entende – disse Ariel ao mesmo tempo que os copos no guarda-louça se acotovelaram a fim de abrir espaço para sua caneca favorita, no formato de uma excêntrica coruja, que flutuou ao balcão.

A boca do fogão se acendeu e a chaleira começou a esquentar. Seu chá favorito de lavanda se despejou na caneca e, quando a chaleira apitou, Ariel se levantou para derramar a água – embora a casa tivesse muitas habilidades, pilotar o elemento água não era uma delas.

– Não me diga. O que ela tinha na cabeça para canalizar o espírito de uma bruxa morta com o intuito de aumentar seu poder?

– E a coisa só melhora. Quando cheguei lá, Jacinta estava morta na cama.

Ellison, cujos dedos até então golpeavam intermitentemente o teclado, se paralisou.

– Acho que não ouvi bem. O quê?

Ariel acrescentou uma gota de mel ao chá e o mexeu três vezes no sentido anti-horário.

– Ela usou seu poder de vida e morte para se conduzir ao subterrâneo.

– Ela nunca teve um poder capaz de manifestar esse tipo de feitiço – falou Ellison, examinando a irmã.

Ariel suspirou.

– Ao que parece, seus poderes estão finalmente progredindo.

– Ou isso, ou ela está fazendo barganhas para conseguir mais. – A cabeça de Ellison tombou para um lado. – Amara?

– A bruxa que nós vimos não era a Amara. – Ariel sorveu o chá e arqueou uma única sobrancelha. – Era Vera Mayfair.

Ellison se recostou na cadeira.

– Como você sabe?

– Jacinta me falou. Ela a chamou pelo apelido que vovó lhe dava quando nos contava a história de Amara e Vera.

– A bruxa mais verdadeira?

Ariel assentiu com a cabeça.

– Vovó acreditava que ela fosse a luz e que Amara fosse a treva. Eu tinha esquecido essa teoria.

– Não seria a primeira vez que vovó estaria errada.

O canto da boca de Ariel se curvou brevemente para cima.

– O que nos leva à pergunta – disse, recostando-se. – Por que ela me falou? Só para me provocar? Não faz sentido. Só vilões patéticos abrem o jogo cedo assim.

– Jacinta pode ser muitas coisas, mas não é ingênua. – Ellison puxou para si o espelho de cristal e o fitou. – Por que Jacinta fez a travessia?

Ariel encolheu os ombros, farejou o ar, sentiu o cheiro de mudança.

– Cadê Perséfone?

Ellison se voltou para a tela do computador e a virou, para que Ariel pudesse vê-la.

– Não é só Jacinta que está brincando no reino dos mortos.

Ariel observou a imagem, enquanto Ellison passou os dedos pelo cabelo.

– O medalhão Mayfair perdido?

Ellison assentiu com a cabeça.

– Logo após eu preparar uma excelente xícara de chá para ela, o que se mostrou um desperdício da minha canela favorita, Perséfone atravessou o espaço. – Ellison massageou os músculos do pescoço. – Ela não partiu de uma vez.

Ariel a encarou com uma expressão penetrante.

– O espírito dela foi primeiro, somente depois de alguns minutos o corpo o seguiu – explicou Ellison.

– Não foi uma projeção astral.

– Não. As assombrações desaceleraram sua passagem.

– Me conte sobre o medalhão da velha Mayfair.

Ellison sorriu.

– O medalhão de poder é capaz de proporcionar uma passagem segura para bruxas da linhagem Mayfair e suas almas. – Ela batucou o espelho com o dedo. – Pensei ter reconhecido o medalhão usado por Perséfone, e então há o espelho. Ele era da vovó. Surgiu no meu travesseiro na noite em que Perséfone desembarcou. Achei que me mostraria para onde ela foi, mas não vejo nada além de uma sala cheia de livros.

Ariel inclinou a cabeça para o lado.

– Você não está achando que...

– A Biblioteca para os Perdidos é real? Sim, estou. Acho que o medalhão estava guardado para ela da mesma maneira que o espelho estava guardado para mim.

– Quando pequenas, nós passamos anos tentando acessar a Biblioteca para os Perdidos, e nunca deu em nada. Jacinta sempre dizia que...

Ellison ergueu uma sobrancelha graciosa.

– Que para encontrá-la era preciso estar perdida.

– Perdida – repetiu Ariel, pensando em Jacinta inerte na cama, no espírito de Perséfone deixando seu corpo. – Ou morta.

Setembro de 2010

Stevie não é quem diz ser.

Ela esteve na Grande Montanha. A terra vermelha na sola de seus pés deixou um rastro até a horta e sufocou as rosas. Acordei com falta de ar.

Eu me aproximei da janela e a vi dançando sob o luar; os olhos que me fitaram de volta não eram os de Stevie.

Não sei quem ela é. Nem como contar a Ariel.

Não sei o que faço.

15

Amara e Perséfone cruzaram o véu e adentraram a Ilha de Astutia do presente. Eram nove horas da manhã. O ar estava fresco e o céu era um caleidoscópio de estrelas. A noite havia envolvido a lua em seus braços. Perséfone carregava o fardo de querer estar em múltiplos lugares ao mesmo tempo – na biblioteca, para ajudar Dorian, na Casa Ever, esganando Jacinta a fim de obter respostas, e, por fim, no local em que se achava, que era onde precisava estar.

Em silêncio, Perséfone e Amara percorreram a areia e subiram os degraus da entrada frontal da Casa Way. Perséfone desejava fazer da ocasião uma apresentação formal; afinal, a porta lateral não fazia jus a Amara. Esta era digna de anunciação, do gongo que se soa antes da refeição régia, de trombetas.

Não que Perséfone precisasse ter se preocupado, já que, sendo quem eram, as bruxas Way aguardavam a chegada de ambas. Ariel e Ellison achavam-se sentadas em suas cadeiras de balanço na varanda, tomando vinho em enormes canecas e observando o violento influxo da maré.

– Você deve ser a razão de o mar estar tão agitado – falou Ellison para Amara, encaixando uma perna sob a outra. – Mas sua presença não acionou os alarmes, então a menos que nossa avó tenha nos ensinado errado as proteções, você pertence à luz.

– Beatrice Mayfair – disse Amara, com uma mesura régia de cabeça. – Ela era uma bruxa maravilhosa. Sou alguém que recorda.

– Recorda *o quê*, essa é a questão – falou Ariel, e na sequência lançou um olhar rigoroso a Perséfone. – Você parece estar ilesa. – Os ombros descaíram um pouco em alívio, e Ariel passou a encarar a estranha. – Batizamos o vinho com uma generosa dose de folha de zimbro.

– Então vocês sabem que estou falando a verdade. Não tenho nenhuma intenção de lhes fazer mal.

A fala da bruxa tinha uma cadência peculiar, e Ariel a examinou com mais atenção.

– Seu avô – disse a estranha a Ariel – era um procurador. Você se parece com ele.

– Quem é você?

– Você sabe quem ela é – afirmou Ellison após dar um gole em sua bebida.

– Só sei que ela não é a única aqui que tem segredos – falou Ariel, voltando-se para Perséfone.

– Suas primas sabem para onde você viaja quando atravessa os mundos – disse Amara, com um pequeno sorriso.

– Você não pode penetrar minha mente. – Ariel fuzilou Amara com o olhar. – Então não aja como se soubesse o que estou pensando.

– É claro que posso – falou Amara, juntando as mãos. – Você é filha de minhas filhas, e eu não pertenço a este reino. Se isso não bastasse, os olhares que vocês trocam são tão espalhafatosos que só faltam berrar.

– Como você se chama? – perguntou Ariel, uma sobrancelha erguida. – Pois um nome é algo difícil de roubar; é sempre preferível colhê-lo livremente.

– Eu sou Amara Mayfair. E vocês são Ariel e Ellison Way, outrora Mayfair.

Ellison pousou a caneca com um estampido, ao passo que Ariel sorriu.

– Você pode provar? – indagou Ariel.

– O que você tem em mente?

– Que a Deusa a acolha – sussurrou Ellison.

– E a cure, ame e trate bem – completou Amara, com uma reverência expressiva.

– A oração da vovó – disse Ellison, recostando-se e pegando novamente a caneca. – Somente bruxas de nossa linhagem a conhecem, e somente aquelas que não desejam nosso mal podem dizê-la.

– Era minha essa oração, criada sob a lua cheia do equinócio de outono muitos, muitos anos atrás. – Amara apontou para o espelho que Ellison trazia consigo. – Por sorte, descobri que os espelhos da ilha não são bloqueados para mim além do véu. Com o resquício de poder que retive, impregnei os espelhos de éter. Uma magia de espelho simples permitiu que eu observasse vocês, minhas filhas, as filhas de minhas filhas e as filhas das filhas de minhas filhas nesses anos todos. E, assim, me possibilitou manter intactos meus resquícios de humanidade.

– Você deveria ter compartilhado seus espelhos com a bruxa que chama de irmã – falou Ariel.

O sorriso de Amara não tocou o canto de seus olhos.

– Ela negociou sua humanidade no momento em que realizou a maldição.

– Acho que deveríamos entrar – intrometeu-se Perséfone, esfregando a nuca. – Há muitas perguntas a fazer, muito a dizer, pouco tempo para planejar, e eu preciso desesperadamente de um gole desse vinho.

Agachada em sua horta, Jacinta Ever colhia ervas enquanto conversava com as árvores. Fazia-o para se centrar, como a irmã lhe ensinara.

Nada estava saindo como esperado, mas ela não podia desistir agora. Dez anos antes, nesta mesma horta, Ariel Way lhe contara sobre uma garota com quem havia sonhado, a qual, acreditava Ariel, iria desfazer a maldição.

– As avós sempre diziam que ela um dia viria, que era apenas questão de tempo – falara Ari, as mãos inquietas puxando os ramos pendentes do salgueiro, pois a garota não conseguia ficar parada.

– Sim, mas você acha que ela seria uma espécie de Rainha do Submundo?

– Claro. Quem melhor do que uma rainha para desfazer a maldição que mantém nossas parentas em uma espécie de submundo? – Ariel largara os galhos esqueléticos e passara a soprar bolhas a partir do nada, exibindo sua magia, porém sem a intenção de ostentar; a magia, a energia, era a segunda natureza de Ariel.

Jacinta desviou o olhar, envergonhada por ser capaz, no máximo, de enriquecer o solo; sua magia era um sussurro em comparação ao brado de poder que corria pelas veias de Ari.

Havia dias em que esse fato a perturbava.

– Não sei não, Ari. Por que nossas mães tentariam desfazê-la se essa garota mitológica que aparece em sonhos virá?

– Talvez elas tenham cansado de esperar – disse Ariel, as mãos subitamente imóveis. Ela nunca falava sobre o que havia acontecido, por mais que desejasse a ajuda de Jacinta para encontrar um jeito de enviar uma mensagem a suas mães.

– Talvez – falou Jacinta, em dúvida se concordava com aquilo. – Seja como for, é melhor termos cuidado para não fazermos besteira e sermos expulsas da ilha também.

– Nós temos algo que elas não tinham. – Ariel escancarou um sorriso. – O desejo de não causar mal, e uma à outra.

Passaram semanas lendo, estudando feitiços com dezenas de diferentes maneiras de quebrar uma maldição, de perfurar o véu, de invocar espíritos perdidos, de mandar uma mensagem de esperança pelas marés. Por fim, decidiram invocar um espírito perdido de volta à casa, porém o feitiço não funcionou. E Jacinta sabia o motivo: qualquer tipo de grã-magia requeria uma bruxa das mais poderosas, e ela simplesmente era fraca demais.

E então Stevie chegou ao vilarejo trazendo segredos e mudanças.

Naquela mesma horta, Jacinta misturara absinto e milefólio a um tônico, para reversão de magia e um pouco de boa sorte, e orara à Deusa que eliminasse a fascinação de Ariel por Stevie. Queria sua amiga de volta, e não confiava na estranha garota que fazia perguntas demais e fitava Jacinta como se fosse capaz de enxergar sua alma.

Após finalizar o tônico, ela escutara o som – uma agitação no vento, o eco de uma voz. Provinha da Grande Montanha, dentre os carvalhos, desde as raízes, direto das terras declinadas esculpidas em segredos.

A Grande Montanha não existia na Ilha de Astutia até a realização do bestiário, até a noite da maldição, na qual um mundo apartado fora congelado. O folclore da ilha narrava que a montanha crescera da noite para o dia, mas Jacinta não conseguia ignorar o quê de faz de conta que havia nessa história.

Quando Jacinta era criança, ela e Moira exploraram as cavernas que se embrenhavam na montanha, para tentar encontrar as bruxas perdidas e congeladas no tempo; no entanto, não encontraram nada além das habituais estalactites e estalagmites. Além disso, nenhuma das duas era fã de lugares apertados, de modo que as aventuras espeleológicas duraram uma única temporada.

Naquela tarde, dez anos antes, Jacinta escutou o sussurro chamá-la pelo nome. Enunciado numa carícia suave, com *sofreguidão*. Ela sentiu a verdade nos ossos. Jacinta não estava sozinha.

O sussurro trouxe um pedido por saúde, por cura. Jacinta logo compreendeu que a pessoa do outro lado da voz estava morrendo; achava-se capturada entre mundos, com o poder definhando, a vida a murchar.

Chamava-se Vera e estava presa entre mundos.

Jacinta a conhecia, conhecia sua história da mesma maneira que conhecia as fábulas de Papai Noel, da fada do dente ou das oito sacerdotisas élficas.

Vera contou a Jacinta que a irmã a aprisionara fora da hinterlândia – achava-se perdida no véu, existia tão somente no vento e precisava de ajuda. Precisava da magia de Jacinta.

Que aquela grande bruxa a considerasse poderosa era por si só um tônico. Que uma figura tão célebre fosse relegada a uma vida a tal ponto limitada era uma tragédia. Como recompensa, Vera prometeu dar a Jacinta o poder com o qual esta sempre sonhara, e a promessa soou-lhe como redenção.

Tudo o que precisava fazer era entregar seu tônico a Stevie, na noite da lua de sangue, sob a macieira que nunca floria. Segundo Vera, assim a garota tomaria seu caminho, o que possibilitaria uma abertura para que ela, Vera, escapasse.

Jacinta fez o que lhe fora pedido sem analisar por todos os ângulos. Enxergou apenas dois coelhos e uma cajadada só: livrar-se de Stevie, obter uma magia incontestável, tornar-se a bruxa que pretendia ser. E depois poderia encontrar sua mãe e a de Ariel e trazê-las para casa.

O feitiço não deu errado, mas também não deu certo.

Stevie bebeu a taça de vinho. Deixou-a cair. E tombou ao solo.

– O que está acontecendo? – indagou Jacinta, cujo sangue palpitou ao notar o rosto da garota desbotar de um rosa-escuro para um rosa mortiço.

Agachou-se e a chacoalhou, e os olhos de Stevie se abriram.

– Muito prazer, minha querida – disse uma voz que não pertencia a Stevie, que então tomou nas mãos as faces de Jacinta e pousou um beijo longo e enérgico em sua boca.

Ao soltá-la, Stevie gargalhou tão alto que as folhas da macieira tremularam. Jacinta não percebeu que Ariel as observava do caminho de pedra; nunca soube que a amiga do peito testemunhou o beijo entre ela e a falsa bruxa sob o luar.

Levaria muitos anos até Jacinta se dar conta de que Vera utilizou seu poder para encontrar um caminho para sua mente. Usada pelo espírito de sua mais próxima consanguínea, foi a fraqueza de Jacinta que fez dela a pessoa ideal para abrir as portas para Vera.

O intuito de Jacinta era banal: adeus, Stevie, bem-vinda de volta, amizade com Ariel. Era para ter se tornado mais poderosa, era para ter sido a heroína.

No fim das contas, livrou-se de Stevie, porém isso lhe custou absolutamente tudo.

Stevie serviria a Vera como um meio de entrar e sair da ilha; Vera partiu dizendo que libertaria a garota assim que alcançasse terra firme. Desse modo, Stevie se foi; e, depois do que testemunhou, Ariel nunca perdoou Jacinta, que, durante o primeiro ano, por várias vezes fez menção de se explicar, mas sempre que abria a boca era acometida por soluços, uma crise de tosse, e então pneumonia. Acabou aceitando que a magia cobrava um preço, e aquele feitiço em específico, um preço bastante alto.

Até tentou bancar o cupido para Ariel e Laurel; sabia da queda que Ariel sempre tivera pela outra, e via os olhares que Laurel lançava a Ariel quando esta não estava prestando atenção. Contudo, esse tiro também saiu pela culatra. Assim, parou de tentar retornar à vida de Ari.

É próprio do tempo trilhar novos caminhos, e, quando finalmente encontrou Perséfone, Jacinta estava disposta a fazer o que fosse preciso, a corrigir os erros do passado.

Na horta, ela se sentou sobre os joelhos e escutou a irmã; dentro da casa, Moira batia a porta dos armários, preparava um chá e murmurava consigo mesma.

Em muitos aspectos, Moira fora uma mãe para Jacinta. No entanto, possuía mais magia do que Jacinta jamais ousou controlar; a irmã não sabia o que era passar a vida inteira na sombra de alguém, gastando cada minuto com desejos que nunca se realizariam.

Moira não teria feito as escolhas que a irmã fizera, mas isso já não importava.

Mexendo-o no sentido horário, depois no anti-horário, Jacinta terminou o elixir e então acendeu o fogo na tigela. Era chegada a hora. Depositara as esperanças todas em Perséfone, e agora orava à Deusa que a prima encontrasse o caminho.

Só dependia dela.

Jacinta inalou o ar, ergueu o punhal e o fincou.

ꝏ

No interior da Casa Way, Perséfone admirava a reação da casa à chegada de Amara: a lareira acesa, as cascas de laranja espalhadas pelo piso em desejo de bênçãos e boa fortuna, as pétalas de rosa contornando o espaldar das poltronas. Levou uma hora para que Amara contasse sua história, ao fim da qual a mulher mais velha examinou o aposento em que haviam se recolhido.

– A madeira destas paredes veio da Casa Ever – disse, passando uma mão pelas tábuas. – Era… Foi nossa casa. Depois que a maldição foi lançada – voltou-se para Ariel –, testemunhei do meu novo lar, na hinterlândia, a tentativa de cada bruxa remanescente na ilha de quebrá-la. Por décadas, vocês tentaram os mais variados feitiços e só encontraram frustração. Até que as avós de vocês, Beatrice e Viola Mayfair, na companhia de Magnolia Ever, encontraram três pedras preciosas capazes de desintegrar as sendas do espaço.

– Pedras preciosas? – indagou Ellison.

– Os amuletos perdidos das Três Filhas. Pedras astrais que carregam a energia lunar, emprenhadas pelas mãos da própria Deusa. Um rubi abençoado em vermelho, um quartzo rosa nascido do amor verdadeiro e uma selenita colhida durante a lua de sangue.

– O que elas fizeram com as pedras? – perguntou Perséfone, a mão apalpando a ampulheta, em cujo fundo falso repousavam o quartzo rosa de Dorian e o rubi de Ellison.

– Tentaram usá-las – disse Amara. – Elas não sabiam que as três pedras se encaixavam em uma só chave nem que a chave se encaixava em uma singular fechadura. Movidas pelo entusiasmo, lançaram um feitiço que quase dividiu a Ilha de Astutia em duas. Durante o terremoto que isso causou, sua avó, Perséfone, teve uma visão. Alguns meses depois, durante o equinócio de primavera, Viola conheceu um viajante, entregou-se à luxúria e concebeu uma criança, Artemis, sua mãe.

– Típico de nós – disse Ellison, que fitava o movimento da maré através da janela. – Deitar com viajantes de outras paragens, trazidos pelo mar e, uma vez satisfeitas, devolvê-los como peixes a esse mesmo mar. Uma vez perguntei à vovó se também era por causa da maldição que o amor nunca permanecia; ela disse que era uma dádiva a diversidade, a variedade de nossa linhagem, assim como de nossos talentos. Falou que nosso mundo era vasto, ainda que não pudéssemos deixá-lo com frequência.

– E em parte tinha razão – afirmou Amara. – A luxúria é fugaz, ao passo que nossa irmandade é eterna. Mas o amor verdadeiro permanece, sim... se o coração estiver aberto a acolhê-lo. – Ofereceu um breve sorriso a Ellison antes de continuar: – Viola teve uma visão e enxergou o preço da magia perversa.

– Que era?

Amara balançou a cabeça.

– Não sei. Não sou capaz de enxergar as visões alheias. Ela recolheu seus pertences, escreveu uma carta à irmã e partiu. Temeu o preço, qualquer que fosse, a ponto de abandonar sua terra.

– Foi para me proteger – disse Perséfone, relembrando a visão de Jacinta e Moira mortas a seus pés; a voz fraquejou com uma dolorosa pancada do coração.

Amara esticou o braço e removeu o cabelo que caía sobre o rosto de Perséfone.

– Nossa mãe tentou quebrar a maldição – falou Ariel. – Ela foi expulsa da ilha. Qualquer magia que esteja conectada à maldição carrega em si um preço exorbitante.

Sentando-se na baqueta azul-marinho, Amara olhou por cima do ombro para Ellison. Ariel semicerrou os olhos.

– O que foi isso?

– O que foi o quê? – retorquiu Amara.

– Esse olhar. O que significa *esse olhar*?

– Sua mãe estava perdida – disse Amara.

– Estava?

Impotente, Amara encolheu os ombros, enquanto Perséfone percebeu de relance a expressão pungente de Ellison e engoliu com dificuldade – por pouco não engasgou. Sabia para onde iam as coisas perdidas, as bruxas perdidas. A verdade estava contida nos detalhes das falas de Amara.

– E as pedras? – perguntou Ellison. – A avó de Perséfone as levou?

– Ela lançou ao mar as duas que encontrou, inclusive seu quartzo rosa. A terceira se achava aqui. – Amara bateu levemente o pé contra uma das tábuas removíveis da Casa Way. – A casa se recusaria a renunciar a ela. No entanto, não há que se preocupar tanto com uma se faltam duas.

– Na carta que enviou para Beatrice, Viola dizia que nós éramos a chave – falou Perséfone. – A nossa geração.

– Que carta? – questionou Ariel, fitando-a. – Você nunca comentou nada sobre carta nenhuma. Por que todo mundo deu para falar em código agora? O objetivo é deixar a gente frustrada mesmo?

– Eu não sabia que já tinha sido outra coisa que não frustrante – brincou Perséfone. – Têm acontecido muitas coisas merecedoras de serem ditas e não ditas. Não tive a chance de comentar sobre a carta antes de a situação *explodir*.

Ariel ergueu uma sobrancelha, e Amara se pronunciou:

– Viola estava certa. Era cedo demais para quebrar a maldição. Feitiços têm regras próprias e, ainda que possamos dobrá-los, as consequências de quebrá-los são horríveis. Haveria de se passar cem anos, um peculiar selamento temporal, até que a maldição pudesse ser desfeita.

– Parece que você está falando de uma pessoa, e não de uma maldição – observou Perséfone.

– A magia pertence ao divino, e o divino é parte da Deusa. Quem pode afirmar que não se trata de uma espécie de entidade?

Perséfone imediatamente se lembrou da biblioteca, de Dorian, e mordeu o lábio para não perder o foco.

– Elas também precisavam da chave certa para a fechadura – falou Ellison, que fitava a porta de entrada da casa. – Uma chave concreta e uma metafórica. Perséfone e... mais alguma coisa.

– Sim. – Amara deixou a cabeça pender para o lado e perscrutou Ellison. – Você viu.

Ellison deu de ombros.

– Vejo muitas coisas, e nem todas acontecem.

– E essa outra coisa? – perguntou Ariel. – Onde está?

Os lábios de Amara se curvaram.

– Perdida.

– Uau, outra coisa perdida! E você ainda sorri, que ótimo – debochou Ariel.

– Sim – disse Amara –, porém tenho a impressão de que o que está perdido pode ser encontrado, quando é para ser.

Ariel revirou os olhos e saiu batendo o pé. Perséfone, por outro lado, encarou Amara.

Só conhecia um lugar para onde iam as coisas perdidas.

ꝏ

Moira estava cansada de abrigar um cadáver na cozinha. Embora não houvesse se passado mais do que poucas horas desde que descobrira que Jacinta havia oferecido a própria vida ao plano astral para tentar obter alguma porção de trevas em socorro a uma bruxa malévola, a Casa Ever estava lhe parecendo o mundo dos mortos.

O fato de que o corpo de Deandra Bishop estava preparado e coberto por uma manta apenas adicionava um elemento de discórdia a um dia marcado pelo horror – um dia das compreensões mais bizarras.

Jacinta se aliara a uma bruxa das trevas. Perséfone matara a ex-colega numa tentativa torta de expulsar a escuridão. A maldição não estava nem perto de ser quebrada. As bruxas Way tentaram ajudar as Ever.

Eram quatro os cantos da Terra, e quatro eram os cantos desse novo apuro. Moira não sabia em quem confiar. Não sabia o que fazer. Ela arrancaria o próprio coração e tentaria viver sem ele, mas não daria as costas à irmã assim tão rápido.

Por outro lado, não sabia até que ponto Jacinta estava metida com magia perversa, nem como arrancá-la das sombras. Não era algo que lhe houvesse sido ensinado, e tampouco passara por sua cabeça aprendê-lo por conta própria.

As leis na Ilha de Astutia eram diretas e concisas: aprenda com a luz, busque a Deusa e *não faça mal a ninguém*; no tempo certo – e o aniversário da maldição se aproximava –, conte com a estranha que não é estranha para quebrar a maldição. A profecia era inequívoca. Perséfone havia chegado, ela era a chave.

Só que Jacinta tinha bagunçado as coisas de maneira colossal.

Quando Moira tentara confrontá-la na horta, Jacinta começou a cantarolar e desbastar as violetas – com o *cabelo*. Recusou-se a conversar com Moira, que voltou para dentro a fim de preparar um sérum de sinceridade. Se Jacinta não iria falar por espontânea vontade, Moira extrairia as respostas à força. Fodam-se as leis.

Moira sabia que um dos efeitos colaterais de se afastar do próprio corpo por tempo demais era a mania astral; os espíritos e as trevas ocultos no véu além deste mundo eram capazes de manipular quem viajasse destituído de sua forma. Ela receava o que tinha acontecido com a irmã, e se perguntava por quanto tempo vinha acontecendo. A mania era, entre as conjecturadas por Moira, a única explicação aceitável para o comportamento de Jacinta.

Finalizou o sérum e o guardou no bolso. Faria a aplicação depois que a tarefa atual, prioritária, estivesse concluída. Lavou as mãos e dirigiu-se ao local onde jazia o corpo de Deandra Bishop. Preparou-o com lavanda, erva-cidreira e eucalipto. No momento adequado, contornou-o com sal, traçou o círculo e lançou o feitiço balizador. Então afastou-se e aguardou.

Diante de seus olhos, o cadáver ondulou como um canal de televisão se sintonizando e dessintonizando. Fez-se um sibilo, depois um sonoro estampido, e o corpo desapareceu. A tentativa de Ariel de arrastar o corpo pelo espaço tinha dado certo.

Livre do corpo, o ar se purificou.

Moira inalou-o profundamente, expirou-o e notou o cheiro de ferro e enxofre – não no interior da casa, mas vindo da horta.

Jacinta.

Virou-se e saiu em disparada pela cozinha, atravessando a porta dos fundos.

O ponto no solo onde Jacinta estivera sentada meia hora antes estava escuro. Um círculo da cor de tinta derramada contornava seu trechinho preferido na horta, no qual ela jurava que as fadas faziam sentinela. O nariz de Moira foi roçado pela ferrugem, e a mulher se aproximou para analisar melhor a cicatriz na terra.

Magia de sangue. Magia perversa, venenosa, batumando o solo, coagulando o ar.

Moira apanhou a capa que estava jogada sobre o corrimão e emanou seu poder, evocou qualquer traço da irmã, uma impressão vacilante que fosse deixada por Jacinta na ilha.

Só recebeu como resposta o rio de sopa primordial, preto como o círculo, maculado como o solo, a correr nas profundezas da grande montanha. Com o coração martelando no peito e as palmas das mãos encharcadas de suor e medo, Moira jogou a capa sobre os ombros e disparou em direção à Casa Way.

ൠ

Quando o relógio soou onze horas, Ariel, lançando mão de sua habilidade de penetrar o espaço, transportou o corpo de Deandra Bishop de um ponto a outro da ilha. Embora tenha dito a Perséfone que, em essência, era uma magia rudimentar, esta notou que mesmo Amara ficou impressionada com a proeza.

O luto de Perséfone, que observava o corpo, era uma mortalha de tristeza. As lágrimas que ela derrubava sufocavam o ambiente; a sensação era a de estar dividindo espaço com uma nuvem de chuva, e Ellison se retirou à cozinha para se abrigar.

– Por que agora? – indagou a Amara, enquanto Ariel e Perséfone proferiam orações sobre o corpo. – Você tinha o espelho, tinha a motivação. Por que não roubou dela um pouco da sua magia para retornar, como ela fez?

– Minha irmã roubou a magia de pessoas que cruzaram seu caminho, e para isso ela se introduzia furtivamente em suas mentes. Possessão é magia perversa. É muito poderosa, mas cobra um preço alto demais. Eu jamais a tiraria assim de quem quer que fosse. Tampouco abriria mão da minha humanidade em troca de poder – disse Amara, a voz cansada. – Você bem sabe o quanto o poder é oneroso. Você sabe o que ele cobrou de sua mãe.

Ellison soltou um suspiro esgarçado e ficou em silêncio por um longo instante.

– Estar no lugar certo, na hora certa – disse após algum tempo, notando que Ariel envolvia Perséfone com um braço enquanto levitava o corpo. – É sempre uma questão de estar no lugar certo, na hora certa, não é?

– Desde que seja da vontade da Deusa, sim.

– Isso significa que eu estou possuída? – perguntou Perséfone quando Ariel retornou à cozinha para buscar um sachê de áster. Até que enfim conseguira colocar em palavras a dúvida que atormentava seus pensamentos. – Pelas Muitas?

– Não – disse Amara. – É *você* quem as controla.

– Como você tem tanta certeza?

– Há muitas coisas que não compreendo, mas possessão não é uma delas. Você não é um ser possuído, Perséfone May. Foi você quem abriu a porta para as Muitas, e pode muito bem fechá-la.

A porta da casa se abriu, e todas as bruxas seguiram o corpo para o lado de fora, pelos degraus, até a jangada que o aguardava na praia. Deandra Bishop seria sepultada no mar, e sua alma – assim esperavam – retornaria ao lugar onde repousavam as almas que não mais vagueavam.

– Você sabe quem são as Muitas – falou Ariel para Amara, quando Perséfone e Ellison se achavam um pouco afastadas, ao pé da água.

– Claro que sim. – Amara sorriu. – Você não?

Ariel olhou na direção do medalhão Mayfair, sob a camisa de Perséfone.

– A biblioteca guarda a alma das mortas – disse, lembrando-se das palavras da avó.

Amara deslizou as mãos aos bolsos de seu manto.

– E as mortas vigiam a chave.

– E minha mãe? Ela está lá também, não está? Foi por isso que você olhou para Ellison daquele jeito. Não sou ingênua, Amara Mayfair. Faz tempo que não posso me dar ao luxo de ser.

Amara liberou uma mão para pressionar gentilmente o braço de Ariel, que abaixou a cabeça por um momento; quando a reergueu, um brilho cintilou em seu olhar.

– Elas estão aprisionadas dentro de Perséfone? Todas as mortas que se perderam e estão amarradas àquele lugar?

Amara negou com a cabeça.

– Não, nem todas, e não estão aprisionadas. O medalhão é um portal mágico, uma passagem de entrada e de saída. É ele próprio um tipo de liberdade.

Ariel compreendeu.

– E o preço de quebrar a maldição, que você insiste em fingir não saber?

– Sempre há um preço, Ariel Way. A esta altura, você sabe disso melhor do que ninguém.

ꝏ

À meia-noite, as quatro bruxas colocaram o corpo de Deandra Bishop para descansar. Orações e cânticos foram enunciados e entoados. As lágrimas de Perséfone tombaram no oceano – uma perda a mais em sua lista interminável.

As mulheres não precisaram atear fogo na jangada nem esperar que uma tempestade a partisse; apertaram as mãos umas das outras e evocaram os quadrantes.

Evocamos os guardiões do Leste, do Sul, do Oeste e do Norte
e os elementos do Ar, do Fogo, da Água e da Terra.

Deem-nos força e proteção, paz e guiamento.
Encontrem o espírito de Deandra Bishop,
para que ela possa descansar, e guiem-na de volta à casa.
Ao nosso querer, que assim se faça.

A jangada oscilou para cima e para trás e então partiu ao alto-mar, onde afundou lentamente nas acolhedoras águas. Lá se foi o pequeno barco, lá se foi o corpo da garota que jamais alcançaria seu pleno potencial.

As quatro mulheres se viraram para retornar à casa quando Moira Ever surgiu na bainha do oceano.

Caminhava lentamente em direção ao grupo, a capa ondulando em seu encalço. O semblante parecia gasto, cansado, como se ela houvesse envelhecido anos, e não minutos.

Quando Moira alcançou as demais, deteve o olhar no rosto de Amara.

– Olá, filha minha – disse Amara, a feição tranquila.

– Amara Mayfair. Eu deveria ter imaginado – respondeu Moira. – Preciso da sua ajuda.

16

Dorian achava-se na escuridão. Compreendeu que era onde estava, pois não enxergava um milímetro que fosse no espaço. E compreendeu que estava vivo – tão vivo quanto nos últimos duzentos anos, pelo menos – pois ainda escutava os próprios pensamentos.

"Olá?"

Repetiu a palavra muitas vezes, sendo cumprimentado pela voz interior. Era surreal, para dizer o mínimo, a sensação de ser uma consciência destituída de corpo.

Lera inúmeros livros a respeito da morte, já que a Biblioteca para os Perdidos possuía coleções intermináveis sobre basicamente qualquer assunto. Lembrou-se de um capítulo com testemunhos de pessoas que haviam experimentado a ausência de peso; contudo, achou que não se tratava disso, porque a sensação de flutuar, ou de não pesar nada, implicava a existência de um corpo e a perda da conexão desse corpo com a gravidade. Já ele simplesmente existia; ao mesmo tempo que... não existia.

Sua mente se turvou, os pensamentos ficaram lentos, escorregadios. Ele fez força para raciocinar, para lembrar. Onde estava mesmo? Ah, claro.

Jacinta, aquela desgraçada.

Dizia muito sobre as bruxas Mayfair e Ever o fato de que ele, naqueles dois séculos como guardião da Biblioteca para os Perdidos, não houvesse sido anulado uma vez sequer, isto é, até que a atual geração de bruxas da Ilha de Astutia pisasse neste mundo.

Estava irritado, mas não completamente entregue à raiva. Se Jacinta não o tivesse ludibriado, não teria trazido Perséfone à ilha; se nunca tivesse pisado em Astutia, Perséfone não teria tomado posse de seus poderes nem o encontrado. O encontro com ela era a única coisa que ainda fazia valer a pena o intolerável período como guardião. Ainda, será?

Enfim.

Dorian não conhecera o amor durante sua vida de mortal; assim, foi uma surpresa a descoberta de que talvez fosse o tesouro mais potente, mais poderoso que já subestimara. No entanto, agora havia se perdido de Perséfone, estava perdido no tempo e não havia nada a fazer.

Pensou nos livros da biblioteca, no catálogo que tinha de memorizar de tempos em tempos. Ela trazia informações novas como a correnteza traz a água; reabastecia-se constantemente conforme os conhecimentos e as histórias se perdiam a cada hora de cada dia.

Conhecimentos e histórias perdidos.

Como ele, como a biblioteca. Era simples assim?

Se Dorian estivesse de fato perdido, a biblioteca certamente o encontraria. Restava-lhe esperar. Só mais um pouco.

Sua mente começou a se obstruir, a se turvar de fora para dentro mais uma vez.

Havia algo que deveria saber, ao qual se agarrar.

Se ao menos lembrasse o quê...

ထ

Moira não demorou a informar às demais sobre o desaparecimento da irmã assim como sobre a escuridão que Jacinta evocara na horta da Casa Ever. Perséfone foi sacolejada por um medo misturado com raiva. Jacinta havia lançado um feitiço sobre Dorian e agora ela não teria a oportunidade de confrontá-la, de saber o porquê nem de obrigá-la a desfazê-lo.

Perséfone teria de fazer tudo com as próprias mãos.

– Magia perversa... – disse Moira, fitando o céu noturno. – Não entendo o que a levou a fazer isso. A força da trindade, o plano, não resta mais nada. Ela estragou tudo.

– Vera sempre foi muito hábil em manipular aqueles que estão cedendo a ponto de quebrar – disse Amara, deslizando as mãos para dentro do manto.

– Jacinta não é fraca – falou Ariel, recebendo de Moira um olhar de gratidão.

– Ela... – Perséfone hesitou, porém o medo e a angústia estampados na expressão de Moira a incitaram a falar. – Ela não é fraca. Eu senti sua força no instante em que nos conhecemos. – Folheou nas páginas da memória as muitas conversas com Jacinta. – Ela apenas parecia solitária às vezes, acho.

– Solitária? – indagou Moira.

Perséfone assentiu.

– É um sentimento que conheci bem. Como se Jacinta estivesse à espera de alguém, ou de algo.

Ariel desviou o rosto, depois se afastou.

– Leva tempo para remendar um coração partido – disse Ellison, olhando Moira de relance.

Moira pôs-se a caminhar de um lado para outro na areia.

– Preciso encontrá-la antes que seja tarde demais. – Respirou fundo como se quisesse se recompor, mas o tremor que correu por suas mãos quando entrelaçou os dedos não passou despercebido por Perséfone.

– Vera certamente está preparada para nossa chegada. – Amara estudava o movimento das nuvens no céu azul-marinho. – Pelo que você descreveu do feitiço que Jacinta lançou, suponho que Vera a amarrou a si e a atraiu à hinterlândia. Ela saberia que a presença de Perséfone causaria inúmeras fissuras no feitiço e que isso me permitiria atravessar para cá. Minha irmã não pode atravessar, nem se a porta estiver escancarada, mas, com a abertura certa, pode atrair um ser mágico... desde que seja o desejo genuíno desse ser ir até ela.

– Jacinta só está amarrada a uma pessoa, e essa pessoa sou eu – afirmou Moira, cuja capa descaída revelava o sofrimento gravado em seu rosto, o brilho feroz no olhar.

– Mas que merda, Jacinta – praguejou Ariel, marchando de volta às mulheres. Agachou-se para recolher um punhado de areia e observou os grãos caindo de modo irregular, depois espalhou os restantes. – Ela está amarrada a todas nós. – Ariel esfregou as mãos. – Amara tem razão. A terra a marcou como aqui, mas não aqui.

– Eu vou com você deter Vera – disse Moira. – Sou capaz de lutar, sou capaz de qualquer coisa para trazer minha irmã de volta em segurança.

Amara deixou a cabeça pender para o lado e observou as quatro mulheres dispostas num retângulo, cada uma naturalmente atraída a seu quadrante: norte, sul, leste e oeste.

– Somos família, afinal – disse Ariel, tomando a mão da irmã.

Ellison assentiu.

– Somos. Sempre sonhei que encontraríamos uma maneira de cumprir a profecia e libertar nossas familiares. Precisamos ajudar Jacinta.

Moira esticou o braço na direção de Ellison, e as duas se deram as mãos.

– Temos poucas horas antes de o sol nascer – disse Perséfone, aproximando-se para pousar uma mão no ombro de Moira.

Amara fitou os grãos de areia na saia de Ariel, formando uma sólida linha, e inclinou levemente a cabeça.

– O caminho deve se manter.

Então, sob a lua de sangue, as mãos de Perséfone May, Ariel e Ellison Way, Moira Ever e Amara Mayfair se cerraram sobre os punhos. Da caixa do medalhão em forma de ampulheta que levava pendurado no pescoço, Amara retirou uma pequena agulha, perfurou o dedão e solicitou a cada mulher que prestasse juramento na mesma moeda.

Cinco dedos, cinco gotas de sangue, cada uma das pérolas rubras derramada dentro de um cálice do tamanho de um dedal.

Uma após a outra, as mulheres banharam a ponta do dedo no cálice, depois marcaram com a gota combinada de sangue o terceiro olho, os lábios, assim como o pedaço de pele e osso sobre o coração pulsante.

Pela primeira vez após três gerações, um novo círculo estava formado.

Só o tempo diria se ele se manteria ou se, como os demais surgidos daquela mesma terra, se quebraria.

∞

O aposento no qual Dorian se viu parecia um gabinete com o temperamento de uma criança de quatro anos à qual tivesse sido proibido brincar com seus brinquedos favoritos: havia roupas espalhadas pelo chão e pelas estantes de livros e ainda havia aquelas enfiadas nos espiráculos ou penduradas no lustre. Roupas que eram *florais*, nas cores bordô, lavanda e cinza-escuro acastanhado.

– É o meu conceito de festa no jardim – disse a melodiosa, senão irritante, voz à sua esquerda.

Dorian olhou para baixo e só então se deu conta de que vestia uma das afrontosas túnicas com estampa floral, cujos amarrilhos das mangas descaíam em suas palmas e dedos.

– O que está acontecendo? – perguntou ele, que então divisou uma mulher mais velha com um sorriso fatigado e olhos parecidos com os de Perséfone.

– Melhor perguntar o que *não* está acontecendo – falou ela, recolhendo os pés sobre a otomana floral. – Passou-se uma pequena eternidade sem que nada acontecesse, e agora cá estamos diante dos fios de linha do espaço se entretecendo às fissuras no tempo. Parece a festa de aniversário do caos.

Dorian fechou os olhos. Seu crânio martelava contra a cabeça, o aposento tinha cheiro de vinho e cigarro, e de algum modo Viola Mayfair estava lhe dirigindo a palavra.

– Você não pode estar aqui.

– Querido, não me diga o que eu posso ou não fazer.

Ele abriu um só olho.

– Suponho que foi de você que ela herdou a atitude.

– Se é da minha neta que está falando, aceito o elogio, muito embora você esteja equivocado. Sua determinação é fruto dela mesma. E foi conquistada a duras penas.

– Por que eu estou aqui, Viola Mayfair?

– E eu lá sou bola de cristal, Dorian Moskito? Dizer o meu nome em voz alta não vai fazer surgir uma profecia, mas você conhece o bastante para não ficar surpreso.

– A biblioteca é feita de surpresas, o que faz das surpresas notavelmente esperáveis.

– Pois é. Ainda assim, acho que o tempo trará surpresas.

Dorian olhou para o corpo de Viola e percebeu que ela estava tremendo. Na sequência, fitou-a nos olhos.

– Preciso de sua ajuda, rapaz, e o tempo é curto; portanto, me escute, e escute com atenção. Quando minha neta vier em seu auxílio, e bem sabe a Deusa que é o que ela tentará fazer, você deverá lhe entregar algo em meu nome, e também transmitir uma mensagem.

Dorian arqueou uma sobrancelha e abriu a boca para contestar, porém a mão de Viola serpenteou no ar e ele sentiu como se seu pulso tivesse sido envolvido por gelo.

– Não estou para brincadeira, guardião. Ela precisa de você, e eu preciso que você me prometa.

Uma parte do medo dela escalou o corpo de Dorian até roçar seus braços, o que o fez engolir em seco.

– Certo, eu prometo.

– Da mesma maneira que sua biblioteca precisa de um guardião, assim também o mundo além. A Ilha de Astutia é um mundo dentro de um mundo. Foi como a Deusa o construiu, e quando Amara e Vera alteraram sua estrutura, o novo mundo passou a ser parte do equilíbrio. Para que Wile exista, para que a biblioteca exista, a hinterlândia deve existir. Se um deixar de existir, todos perecerão.

Ela lhe estendeu uma caixa.

– Entregue este espelho para minha Perséfone. E dê-lhe sem contestar o que ela precisar, mas não deixe de dizer que *sempre* há um preço a pagar. A dívida deve ser quitada.

Com o coração ribombando no peito, Dorian pegou a pequena caixa.

– O preço é grande demais, o que você está pedindo a ela é...

O tilintar de um carrilhão interrompeu o homem, que olhou por cima do ombro, pois outro som surgiu: um ruído dilacerante, impetuoso, terrível.

Fissuras abriram caminho pela sutura das paredes até se encontrarem com as tábuas do assoalho.

– O que você fez, Viola Mayfair?

A bruxa içou-se, o peito estufado, o queixo empinado.

– O que é preciso para ajudar minha neta. – Seus lábios tremularam, e o sorriso que ela deu quase partiu o coração de Dorian. – Agora é a sua vez de fazer o que for preciso para ajudar nossa menina.

Os sinos voltaram a tilintar, e a sala se fendeu em duas.

Impotente, Dorian ainda viu Viola Mayfair ser tragada do aposento antes de gritar e o mundo ficar escuro novamente.

ꝏ

As bruxas retornaram à Casa Ever. Amara não tinha pressa: deixava a mão roçar o corrimão, os olhos saboreavam cada pedacinho dos aposentos que percorriam. Ela contara a Perséfone que a Casa Ever um dia fora sua, e estava claro que, por mais tempo que se passasse longe, era no lar que permanecia o coração. Perséfone desejava que, quando tudo estivesse terminado, Amara pudesse voltar a viver dentro de sua casa, que encontrasse um pouco de paz.

– Quando se trata de magia, a chave – falou Amara – é entender onde reside o poder: no coração e na mente, duas câmaras interligadas, divididas pelo corpo. A mente que acredita é capaz de submeter a realidade a ela. Quando o desejo do coração é sincero, o caminho surge. E, quando mente e coração trabalham juntos, tudo é possível. – Amara se deteve no alto da escada e puxou o ar para si. – O mesmo cheiro de jasmim – falou com certa surpresa na voz. – Era nosso cheiro favorito, meu e de Vera.

– Está sempre presente – disse Moira. – Como um borrifo de perfume da natureza.

– Meu quarto era por aqui – observou Amara, na frente da porta que passara a ser de Perséfone. Pousou a mão no batente. – É seu agora – falou, fitando Perséfone por cima do ombro. – Fico feliz.

Antes que Perséfone formulasse uma resposta, Amara dirigiu-se ao quarto onde poucas horas antes Jacinta estivera morta e, sem tocar a maçaneta, fez a porta se abrir.

– Este era o quarto de Vera.

O aposento se achava entregue às sombras. Conforme Amara avançava em seu interior, as sombras recuavam e se empoçavam como tinta numa página. O quarto tinha uma aparência ordinária: um balaústre emoldurava a cama com uma colcha azul-marinho, travesseiros cor de creme, abajures e mesas antigos e um amplo tapete redondo no piso.

A sensação que transmitia, entretanto, não era ordinária. Havia um rastro de magia perversa que aderia tal qual o azedo na língua ou uma película na pele.

– A Jacinta tem usado este quarto – falou Amara, correndo um dedo pela colcha. Aproximou-se da parede e retirou do manto cor de romã uma pedra vermelha, uma granada. – Existe um motivo para o Arco para Qualquer Lugar estar situado aqui. Quando é canalizada adequadamente, e desde que seja da vontade da Deusa, magia gera magia. O arco é um dos condutos mais poderosos deste hemisfério, ele foi projetado para grandeza. – Estudou a pedra e a devolveu ao manto. – É para lá que devemos ir.

– Por que o arco? – indagou Perséfone assim que o grupo se virou para seguir Amara escada abaixo, então pela sala, pela cozinha, ao longo da parede de relógios, até onde o Arco as aguardava.

– Vamos usar a magia do arco como um portal. Vamos puxar a energia e então canalizá-la. A chave é visualizar o lugar ao qual pretendemos ir, visualizar Jacinta e viajar até ela.

Diante do arco, as cinco mulheres cerraram os olhos e ergueram as mãos com as palmas voltadas para cima. Conforme elas concentravam a atenção, os elementos passaram a se mover ao redor: o espírito bruxuleou na ponta dos dedos de Amara e flutuou das mãos de Perséfone, a água brotou da pele de Ellison, ao passo que o ar vibrou em torno de Ariel e Moira.

O arco de pedra tremeluziu e a porta desapareceu gradualmente; em seu lugar, surgiu uma passagem feita de luz.

Perséfone imaginou Jacinta com seu esvoaçante cabelo escuro e os olhos perspicazes. Enxergou-a e enxergou, além do véu, a hinterlândia onde havia estado. Esticou o braço, e sua mão tocou de leve a porta sólida do arco.

– Eu… eu não entendo – disse Amara, ecoando frustração.

Perséfone abriu os olhos e virou o rosto para os lados: cada uma das bruxas tinha uma mão espalmada pressionada contra a porta, que se achava parcialmente aberta e além da qual não se via nada mais do que uma despensa de tamanho comum.

– Que coisa dos infernos é essa? – disse Moira.

– É um… armário de louça – falou Ellison, confusa.

– Não – disse Ariel. – É nada.

– A passagem está bloqueada – afirmou Amara, passando uma mão pela madeira. – Não sei como Vera conseguiu fazer isso.

– Não foi ela – afirmou Moira, movendo-se para o lado e esticando o braço para apanhar do chão uma fina corrente da qual pendia um jacinto de prata. – Foi Jacinta.

Ariel engoliu em seco.

– Eu dei esse colar para ela de aniversário, dez anos atrás.

Moira a fitou nos olhos.

– O que nós fazemos agora? – perguntou Perséfone, esfregando o rosto. – Tentamos uma nova variação do poder da trindade?

– Não seria suficiente – informou Amara.

– O quê? – Moira voltou-se para encará-la. – Por que não?

Amara encolheu elegantemente um ombro.

– Nunca foi sobre o poder de um trio. A ideia de Jacinta foi boa, mas não teria funcionado.

– Você só pode estar brincando! – falou Moira, que trocou um olhar com Perséfone. – Você está dizendo que tudo o que fizemos foi para nada?

– Nada, não. Foi tudo. Vocês três estavam batendo na porta errada, apenas isso.

– E que porta a gente precisa arrombar agora? – indagou Moira, os braços agitados. – Eu vou derrubar essa porta na voadora, basta dizer onde fica.

– A terra além do véu está trancada – disse Amara em palavras vagarosas, e seus olhos miraram Perséfone. – Ela requer a chave certa, e nada mais.

– A chave... Ah. – Perséfone assentiu com firmeza. – Sim. Você está se referindo a mim.

– Então vamos – disse Moira, virando-se.

– Não – retrucou Amara. – Você está me ouvindo, mas não me escutando. Aquela porta em particular exige uma chave. *Somente* a chave.

– Sozinha? – questionou Ellison em um tom agudo. – Isso é loucura.

– O que você sugere que ela faça caso consiga chegar lá? – perguntou Ariel. – Malabarismo? Vera é mais poderosa em sua própria terra, você mesma disse. Ela está apenas armazenando sua magia em moringas ou sei lá onde e esperando Perséfone chegar para usá-la como um condutor para realizar seus planos absurdos.

– Perséfone é a bruxa mais forte que já conheci – disse Ellison, passando uma unha sobre os dentes.

– Não se trata apenas de ser forte ou não – retorquiu Ariel.

– Então você quer deixar a minha irmã presa? – perguntou Moira.

– Eu não quero mandar a Perséfone sozinha para ela ficar presa também.

– Parem – ordenou Perséfone. – As duas. Vocês estão perdendo tempo. Amara, o que eu preciso fazer?

Amara respirou fundo.

– Como não podemos atravessar o arco juntas, você precisará da chave original. Quantas pedras você tem aí?

– Duas.

– Então precisará encontrar a terceira e última. Com elas, será capaz de destrancar qualquer coisa.

– E *nós* poderemos salvar a minha irmã – afirmou Moira. – Também não vou deixar nada acontecer a Perséfone.

Ariel balançou a cabeça, hesitou, praguejou.

– Jacinta disse que a bruxa mais verdadeira lhe falou que "*a* rainha acabou de capturar o seu peão". Com o caos da chegada de Amara e da partida de Deandra, acabei me esquecendo disso.

– Rainha captura peão. – Os dedos de Perséfone se flexionaram. Dorian. Até que enfim. – O peão não é quem vocês estão pensando. – Ela cerrou os olhos. – Preciso ir. – Gesticulando com um braço à frente, Perséfone penetrou o espaço. – Vou encontrar a pedra. Vou encontrar o caminho, prometo.

Perséfone deu um passo à frente, libertando seu espírito. Com isso, seu corpo desabou às suas costas, caindo inerte no solo.

ꝏ

A Biblioteca para os Perdidos havia mudado de feição mais uma vez: incontáveis lençóis de seda e de linho drapejavam dos caibros. Era como estar dentro de um sonho, ou, deu-se conta Perséfone, dentro da cabine do barco da lembrança que a biblioteca lhe mostrara. Dentro da lembrança de Dorian.

No centro da sala, erguia-se um tablado e, sobre ele, flutuava o grimório da família de Perséfone.

A biblioteca não exibia quaisquer livros a não ser o grimório; de fato, as estantes e prateleiras haviam desaparecido. Cá estava um aposento destituído de história, destituído de guardião. Perséfone alcançou o grimório e correu a mão pela capa, e o espírito choveu sobre as páginas como faíscas tremeluzentes.

– Mostre-me o que preciso.

As páginas baralharam até se deterem num feitiço: Conjurar uma Alma Perdida.

Perséfone passou o olho pelas palavras, depois apanhou o medalhão e fechou os olhos.

As vozes das Muitas, em silêncio desde a morte de Deandra Bishop, se pronunciaram:

Ouça o feitiço.
Você deve renunciar a algo.
Para que outro algo possa receber.

– Já fiz renúncias demais – disse Perséfone, embora tivesse consciência de que as parcas não se importavam.

O feitiço requeria um sacrifício.

Tateou os bolsos.

– Já não renunciei a coisas demais?

– *O que é demais?*

Perséfone olhou ao redor do aposento.

– Não faço ideia do que posso oferecer.

Estava com a sensação de que olhos percorriam sua pele. Ela tinha seu poder e pouca dúvida de que a biblioteca o aceitaria como oferenda.

– *Isso seria inaceitável. O que mais você tem?*

A mão de Perséfone tocou o pescoço. O medalhão Mayfair. O primeiro e único presente que ganhara. Abrir mão dele seria como abrir mão de uma parte da conexão que havia criado com Dorian.

Perséfone suspirou. Precisava tentar.

Guardou no bolso as pedras antes armazenadas no medalhão, fez um corte na palma da mão com a quina do objeto, para garantir, e jogou o colar ao ar.

A ampulheta pairou por um momento antes de explodir em uma massa de estrelas cadentes, que bruxulearam no alto. Perséfone teve a impressão de ver o próprio rosto refletido. As estrelas caíram do céu, e, agindo por instinto, Perséfone lançou os braços acima para recebê-las.

Uma tépida precipitação de ar jorrou sobre ela, emaranhou-se em seu cabelo, abraçou seus ossos. Ela inalou profundamente e olhou para baixo.

Uma figura surgiu no piso, a mesma na qual tropeçara em sua última visita à biblioteca.

– Dorian – falou, aproximando-se dele.

Dorian estava em cacos, porém vivo – ou tão vivo quanto lhe era possível. As roupas estavam molhadas; o cabelo, congelado. Qualquer que fosse o lugar de onde voltara, o homem tinha trazido consigo uma parte desse reino. O aposento então vibrou e se transformou: os tecidos de seda se arrancaram e revelaram a biblioteca tal como esta se apresentara a Perséfone da primeira vez.

A lareira ampla tinha madeira e brasas apagadas. Perséfone encontrou fósforos e gravetos, e o fogo ganhou vida. Passou as mãos sob os largos ombros de Dorian e o arrastou pelas axilas, um centímetro por vez, até colocá-lo diante da lareira. Também tentou usar sua magia para aquecê-lo, mas, como de costume, na biblioteca as regras que se aplicavam eram outras.

Recolheu cada retalho de cobertor que encontrou, praguejando contra a biblioteca por ter se desfeito dos lençóis de seda e linho. Depois, removeu a camada de roupa mais superficial de Dorian e enrolou-o da melhor maneira que conseguiu. Isso feito, retornou ao grimório da família.

Fez força para se concentrar, porém o olhar e o coração eram repetidamente atraídos para o homem. Cada frase que ela lia se transfigurava de palavras para símbolos; para todos os fins, era como se Perséfone estivesse lendo finlandês.

– O que eu faço para ajudá-lo? – indagou.

– *Tempo.*

– Tempo?

Olhou ao redor; não havia tempo ali, ao menos não um tempo que respeitasse as leis da física. Perséfone caminhou até Dorian e postou-se a seu lado. Passou os braços em torno de sua figura adormecida, observou o semblante forte, o declive do nariz, a elevação das maçãs do rosto. Com os dedos, acariciou a mandíbula e pensou no fato de que ele a tinha enxergado, a visto por quem de fato era, praticamente desde o primeiro instante.

O coração, que martelava no peito desde que ela chegara à biblioteca, agora tinha se acalmado. O pesar se assentou próximo a Perséfone como um leal labrador que reconhece que a dona retornou para casa.

Havia perdido tanto; não poderia perdê-lo também.

Mesmo enquanto esse pensamento lhe passava pela cabeça, Perséfone tinha consciência da tolice que era. Dorian nunca fora seu; ele pertencia à biblioteca. Se não o perdesse agora, o perderia mais tarde.

As lágrimas desabaram, silenciosas e insistentes. Perséfone curvou a cabeça sobre a dele e desejou com toda a sua magia possuir as respostas que as demais bruxas precisavam, a força para quebrar a maldição, tempo para desfrutar livremente com aquele homem.

Em resposta às lagrimas, as luzes no aposento se intensificaram. As vozes das Muitas faziam silêncio, mas então algo mudou: na prateleira mais baixa, livros se agitaram e tombaram sozinhos, depois espalharam-se pelo piso de modo a formar uma ponte sobre o mármore.

Abaixo de Perséfone, Dorian se agitou.

Preenchida de esperança, ela o abraçou com mais força.

– Dorian? – sussurrou. – Você está me ouvindo?

Ele gemeu em resposta, as pálpebras adejaram. Dorian piscou lentamente uma única vez.

– Perséfone. – Alcançou o rosto dela e puxou-o para sua boca.

Foi uma pergunta e uma resposta. À qual ela respondeu com um beijo cheio de tudo aquilo que desejava oferecer, antes de gentilmente desgarrar-se.

– Você está bem? – perguntou, ajudando-o a se sentar e ajeitando os cobertores em torno dele.

– Nunca fui tão paparicado assim. – Dorian abriu um sorriso torto. – Se eu soubesse que para isso bastava perder a luz…

– A luz?

O quase sorriso dele se desfez.

– Jacinta descobriu uma maneira de me destituir da minha forma física, de separar o guardião da biblioteca. Bem, pelo menos eu acho que era esse o plano. A biblioteca necessita de um guardião. A biblioteca simplesmente desalojou a luz de mim, enviou minha consciência para os arquivos.

– Da biblioteca?

Ele assentiu.

– Só assim eu posso acessá-los. – Dorian olhou bem no fundo de seus olhos, e seus dedos pressionaram com mais força os braços de Perséfone. – Viola Mayfair. Estou lembrando. Ela me... encontrou. Eu estava perdendo a compreensão sobre mim mesmo. Os arquivos podem apagar informações antigas, informações não mais perdidas. Viola apareceu. – Ele olhou ao redor e notou os livros espalhados pelo piso. Apoiando-se em Perséfone, colocou-se de joelhos e falou com urgência: – Ela me falou para te dar o que você precisasse, mas também para dizer que "*sempre* há um preço a pagar. A dívida deve ser quitada". Viola me mandou dizer isso, ela estava frenética, fora de si. Só podia estar, para me procurar no lugar aonde as almas jamais devem ir. Ela... ela... – Ele se perdeu na imagem do lugar em que havia estado.

– A magia sempre arranca seu preço – disse Perséfone.

– Ela não estava se referindo à magia. – Ele a fitou.

– Ao quê, então?

Dorian balançou a cabeça.

– Eu... eu não quero ter que dizer.

– Dorian.

Ele cerrou os olhos.

– A profecia estava incompleta. – Revelou uma caixinha e a abriu; dentro, havia um pequeno espelho. – Você detém o poder para quebrar a maldição e, para isso, deverá refazer o mundo. Apenas você tem a capacidade de fazê-lo, mas, se fizer... – Dorian mirou a caixinha em suas mãos. – O mundo precisará de um guardião. Se quebrar a maldição, você terá de permanecer na hinterlândia.

Perséfone nem sequer tentou conter o estremecimento que percorreu seu corpo.

– Já se não quebrar a maldição, o mundo vai se despedaçar e as almas dentro dele vão se perder para sempre. Se você não fizer isso... – Dorian umedeceu os lábios e balançou a cabeça.

– Se eu não quebrar a maldição, Vera conseguirá se libertar – completou Perséfone. O significado de sua visão tomou corpo, e um calafrio se instalou em seus ossos. – Minhas primas morrerão.

– *Você* morrerá – falou Dorian, um pouco grosseiro. – O mundo da Ilha de Astutia e além estará à mercê de Vera.

Perséfone fechou os olhos.

– Eu posso protegê-la aqui. – Ele olhou ao redor e tomou os braços dela. – O tempo é diferente na biblioteca. Nós podemos ficar aqui. Você não precisa ir embora. Você não precisa fazer nada.

Perséfone deixou escapar uma gargalhada histérica, que se metamorfoseou em uma risada espremida e então em um soluço de medo.

– Se não quebrar a maldição e detiver a bruxa, minhas primas e eu morreremos. – As lágrimas ficaram presas em sua garganta, e ela esfregou o pescoço para obrigá-las a recuar. – Já se quebrar a maldição e detiver a bruxa, posso me considerar mortinha da silva, não é?

Dorian pousou as mãos em seus ombros.

– Você vai estar presa, como eu, só que numa concha do mundo da qual jamais poderá se libertar.

Perséfone cobriu a boca para conter os soluços. Era demais para suportar.

Passara a vida em busca da família, com a convicção de que não pertencia, de que o poder que possuía era sofrimento, e agora que finalmente tinha família e amigos e um homem por quem estava se seduzindo, por mais ridículas que fossem as circunstâncias, era informada de que tinha de renunciar a isso tudo.

Não lhe faltava mais nada.

Dorian se pôs de pé; tinha uma aparência deformada e grotesca e fez o estômago dela se revirar mesmo agora que se segurava para não berrar a plenos pulmões.

– Eu vim por causa da chave – disse ela.

– Seu objetivo não era me resgatar, então?

– Era um atalho.

– Você não é obrigada a seguir por caminho nenhum. Vamos nos jogar no arbusto. Eu e você.

Perséfone nunca se sentiu tão atraída por uma proposta. Cada célula de seu corpo queria dizer sim, fugir do problema.

Mas estava fugindo havia tempo demais, e os problemas nunca paravam de surgir.

Por mais tentada que estivesse a escapar com Dorian pela eternidade do tempo, Perséfone tinha consciência de que não daria certo. Se era verdade que seu coração estava rapidamente se entregando a ele, também era verdade que ela se apaixonara por Moira, Jacinta – a quem queria estrangular mesmo assim –, Amara, Ariel e Ellison. Não as deixaria morrer, não permitiria que elas continuassem amaldiçoadas se estava em suas mãos deter a maldição.

Não queria largar Amara sozinha nesta batalha – ela, que tinha passado cem anos lutando para reparar o estrago que ajudara a causar –, ainda mais sendo ela, Perséfone, a sua única chance de vencer.

– Eu iria com você para outro mundo, Dorian – falou com toda a sinceridade –, se isso não fosse causar a extinção daquele em que vivem as pessoas que amo.

Foi a vez dele de cerrar os olhos e assentir. Perséfone deslizou as mãos pelos braços de Dorian até tomar nelas o rosto do rapaz, que, após um breve para-sempre, perguntou:

– Do que você precisa?

Quando Perséfone falou, não foi com sua voz, e sim com a das Muitas:

– *Ela está buscando uma chave que leve a toda parte e a pedra derradeira que destranque o véu.*

Os olhos de Dorian se arregalaram.

– Perséfone.

Ela piscou.

– Sim? – A voz voltara a ser a sua.

– Só conferindo – disse ele, exalando o ar. – Viola... ela também me pediu para te dar o que você precisasse. – Exibiu um sorriso para ela, o qual não chegou ao canto dos olhos. – Que tal você conduzir o caminho? – Fez um gesto para que ela seguisse na frente. – Como fez muitas semanas atrás, quando esteve na biblioteca pela primeira vez. Acho que ela vai levar o seu pedido em consideração.

Dando-se as mãos, os dois caminharam até uma porta e a atravessaram.

– Dorian? – chamou Perséfone conforme ambos percorriam o longo corredor. Embora seu corpo inteiro tremesse, ela não parou; em vez disso, acelerou o passo. – Por que a biblioteca te escolheu?

Às suas costas, ouvia-se o farfalhar da toga feita de cobertores de Dorian contra o chão de pedra.

– Porque eu nasci para piratear. E porque acionei as engrenagens quando perdi os itens mágicos que tinha sido contratado para proteger.

– Mesmo assim, não faz sentido que a biblioteca não te deixe ir embora.

– Ela precisa de um guardião.

– Oras, mas não pode ser outra pessoa?

– Acho que não é assim que funciona.

– Mas não poderia ser? – Perséfone se deteve e olhou para trás. – Nunca passou pela sua cabeça que na verdade o que a biblioteca teme é a mudança?

As luzes do corredor bruxulearam e se extinguiram.

Um gongo soou muito ao longe, e uma fenda se abriu na parede da biblioteca.

Uma dor lancinante quase dobrou Perséfone ao meio. Sua mão foi arrancada da de Dorian antes que sequer sufocasse um grito.

As sombras descenderam.

O vento se avivou na altura do chão, lançando Perséfone ao ar. Um vendaval inclemente a envolveu e a arremessou para a frente e para trás como uma toalha no ciclo de centrifugação, emaranhando seu cabelo e sua roupa.

Conforme ascendia, ela percebeu de relance a determinação e também o medo na expressão de Dorian, que tentou alcançá-la, em vão.

A biblioteca se partiu ao meio.

Perséfone viu Dorian esmurrar uma parede, praguejar e esmurrá-la novamente. Na terceira tentativa, uma portinhola se abriu e ele arrancou do nada uma caixa, sacou dela uma algibeira e jogou-a para Perséfone, que a apanhou ao mesmo tempo que um berro inumano rasgou sua garganta.

As vozes das Muitas bradaram, e Perséfone se dilacerou em mil pedaços.

Dorian chamou seu nome. Ela teve a impressão de ouvi-lo implorar à Deusa que o levasse em seu lugar. Perséfone jogou a cabeça para trás e gritou com toda a sua força.

ග

Depois de a dor tê-la consumido, o vento a depositou dentro do véu. Perséfone não estava convicta de que continuava viva. Mal conseguia segurar-se no espaço. Ou se manter em um mesmo caminho. Os braços tremiam e a cabeça latejava ao batuque de mil tambores. As vozes das Muitas esbarravam umas nas outras, aceleravam-se, tornavam-se mais altas para alertá-la do que estava prestes a acontecer. Perséfone não era capaz de distinguir nada além do som, nem de sugar o ar para dentro do corpo.

Era como se estivesse presa no interior de uma colmeia hiperativa com uma rainha revoltosa. Prostrou-se e implorou à Deusa que fizesse aquilo parar.

Uma parte minúscula dentro dela pensou que talvez fosse melhor não se levantar. Talvez pudesse continuar perdida. Bruxas perdidas iam parar na biblioteca, e ela já não queria continuar, não queria quebrar a maldição, não queria morrer.

Após um longo tempo, quase longo demais, Perséfone encontrou o caminho certo que a levou à Ilha de Astutia. Arrastando-se para fora do arco, viu-se sob a árvore de Moira e Jacinta, a poucos metros do círculo preto que maculava a terra.

Apoiou a face no tronco, mas não teve força para passar os braços em torno dele. Tentou abraçá-lo com a mente, e as lágrimas escorreram pelo rosto – teria rido de si mesma se não estivesse na iminência da morte.

Nem mil abraços em árvores seriam capazes de recompô-la. Pensou no esforço da avó para encontrar uma maneira de informar a Dorian a escolha que se colocaria diante de Perséfone. As respostas que precisava, que todas elas precisavam, cabiam a ela. O problema era que o preço da magia não era alto: era absoluto.

Ela faria isso mesmo, pagaria com a vida?

Por 32 anos, Perséfone pulara de casa em casa, vivera uma vida sem amor, destituída de companheirismo, de esperança, ainda que se agarrasse à possibilidade de um dia encontrar seu lugar no mundo. Havia finalmente se achado entre aquelas bruxas, no seio de uma família que a enxergava, que a amava e que a ajudara a se descobrir uma mulher forte e destemida – uma mulher, neste exato momento, morta de medo.

Fechou os olhos e desejou poder fazer a maldição e a dor sumirem completamente.

A voz de Ellison foi a primeira a alcançá-la:

– Inspire as bênçãos, expire o medo. – A figura de Ellison flutuava fora de seu campo de visão. – Uma respiração de cada vez.

Além dela, escutou Moira discutindo com Ariel:

– Faltam horas, *horas!*, para o aniversário de cem anos da maldição. Se não conseguirmos quebrá-la até lá, Jacinta ficará perdida para sempre.

Já Amara cantava brandamente em uma voz baixa e acolhedora, uma canção sobre tempo e amor, sobre madressilvas escuras e macieiras congeladas.

Então Amara e Ellison se aproximaram e pousaram as mãos em Perséfone.

– Aí está nossa menina – disse Ellison.

O poder de Perséfone flamejou, vacilante. Um calor afluiu para seu corpo, que foi preenchido como um córrego desértico subitamente inundado. Esse poder era consentimento – uma porta não para a mente, mas para o coração das bruxas que despejavam nela sua magia. Ele transportava amor e esperança. Era força e era fé.

E era... titubeante.

Perséfone se sentou num sobressalto, recolhendo violentamente as mãos. Amara estava quase cinza, e Ellison vacilou no lugar.

– Vocês me deixaram drená-las! – disse Perséfone, sentindo-se uma vampira homicida. – Onde está o instinto de autopreservação de vocês?!

– Pois é – respondeu Ariel por elas com um grito. – Tentei avisar que você absorveria muito, mas ninguém me escuta.

– Ela não fez de propósito – disse Ellison, enxugando a sobrancelha.

– Você não devia ter partido daquele jeito – repreendeu Amara, acariciando o rosto de Perséfone.

– Foi necessário. Nós precisávamos da pedra e eu precisava...

Encontrar respostas. Compreender o preço de quebrar a maldição. Ter seu coração partido.

– Sim? – disse Amara.

Perséfone limpou a garganta. Sua família a fitava com preocupação e compaixão, com uma lealdade desenfreada. Perséfone sopesou as palavras e escolheu uma verdade que não era a pura verdade.

– Eu precisava salvá-lo.

– O peão dela. – Ellison assentiu com a cabeça, dando um sorriso meigo.

– Você fugiu para a biblioteca sem maiores avisos para salvar um homem – afirmou Ariel, revirando os olhos. – Onde está o *seu* instinto de autopreservação?

– O homem mecânico – murmurou Ellison, cuja cor estava retornando às faces.

Perséfone se virou para Amara, cuja aparência, por alguma razão, piorava conforme os minutos passavam. Virou-se para Moira então.

– Eu acho que Jacinta sabia. Ela desconfiava que estava sendo usada, mas ainda assim compreendeu que eu era a chave, e precisou enganar o Dorian para que minha avó tivesse a chance de me enviar uma mensagem por meio dele.

Perséfone ergueu a algibeira que se achava em suas mãos e a inclinou de lado: um grande pedaço de obsidiana caiu de dentro dela.

– Seu homem mecânico se encontrou com Viola? – perguntou Moira.

– Sim.

– O que ela disse?

Perséfone mirou a pedra. Podia contar a elas. Tudo. Tudo o que Viola dissera, o que Dorian lhe dissera. Podia contar-lhes o preço da maldição. Elas a amavam, sabia disso. Não iriam querer que ela fizesse um sacrifício como aquele.

Ergueu o olhar e notou a fé na expressão das mulheres – no ângulo da cabeça, na intensidade do olhar, na postura dos ombros, à espera –, cada uma com ela, e não apenas junto dela.

Sua família.

Assim como as pessoas presas no arco; aquelas mulheres faziam parte de sua família também, e Perséfone sentiu no tutano dos ossos que, se as conhecesse, passaria a amá-las tanto quanto amava as irmãs de coração que se encontravam à sua frente.

Respirou profunda e metodicamente, então mentiu:

– Viola disse a Dorian que Jacinta estava tentando ajudar e que era chegado o momento de quebrar a maldição.

– Oh, Jacinta – disse Moira, fitando a pedra.

Perséfone estufou o peito e pousou uma mão em Moira. Amara e Ellison colocaram as mãos em Perséfone mais uma vez, e Ariel assentiu brevemente com a cabeça.

– Então chegou a hora. Me dê a pedra, prima – pediu Ariel, esticando o braço.

ꝏ

Enquanto na varanda as demais mulheres realizavam um feitiço para se amarrarem a Perséfone, que aceitara a missão de dar fim a todas as missões, Ariel examinava o naco de obsidiana.

Ela adorava enigmas. Quando criança, passava horas resolvendo as mais variadas charadas, estudando os detalhes dos quebra-cabeças de mil peças para recriá-los depois; já adulta, seu passatempo favorito nos dias de chuva era um Sudoku novinho em folha acompanhado de três dedos de uísque. A pedra não era diferente. Movendo-a sob a luz, notou um veio que não deveria existir. Analisando a varanda das Ever, aproximou-se do pequeno baú ao lado da estante de livros ao ar livre de Moira e vasculhou-o até encontrar o que procurava. Segurando o maço de fósforos, desceu os degraus, recolheu um pouco de terra e se sentou com firmeza no chão.

– O que você está… – começou Moira, mas Ariel lhe fez um gesto de psiu.

Derramou a terra em cima da pedra, acendeu um fósforo e sustentou-o por baixo. Soprou a terra, virou a pedra e apagou o fogo com a saliva: um som alto de pancada cortou o ar. A pedra se partiu em duas. As bruxas acercaram-se furtivamente para verem Ariel deitar a pedra de lado e bater três vezes na obsidiana, da qual tombou uma solitária chave raquítica.

O queixo de Perséfone caiu.

O sorriso de Amara foi um lampejo do que costumava ser.

– Somente com um enorme sacrifício conseguiria tirar isso da biblioteca. – Amara pinçou a chave e examinou a cabeça ovalada. Voltou-se para Perséfone. – Ambos, Viola e seu bibliotecário, amam você de verdade.

Perséfone engoliu o nó e desviou o olhar. Ariel pegou a chave de volta.

– Já vi isso antes. – Ellison aproximou-se dela e bateu o indicador sobre o símbolo triangular sobreposto a um retângulo que abrigava em si o algarismo oito. – Numa visão que tive depois que Perséfone me atingiu com o feitiço. Eu estava em um domo, de frente para uma porta, e o algarismo oito se fez visível nela.

– É o símbolo da Maldição dos Pesadelos – explicou Amara. – Três em um. Entrelaçados, eternamente trancados, presos no mundo secreto.

Ariel deu um golpe seco e rápido na face oposta da obsidiana, e uma pedra lunar caiu.

– Eis a última das três pedras. – Retomou a chave. – Cadê as outras?

Perséfone sacou-as do bolso e entregou-as à prima. Ariel debruçou-se e começou a murmurar consigo mesma.

– Entrelaçadas, dois círculos completos. – Conteve-se. – Dois círculos completos. – Girou a chave três vezes e soprou. – Dentadura – falou e depositou as pedras dentro da obsidiana, e elas se encaixaram com um clique.

ꝏ

– A chave – disse Perséfone, com um caderno e uma caneta emprestados de Moira. Coçou o local onde o medalhão Mayfair deveria estar e começou a desenhar. – Para chegar além do véu, quebrar a maldição… nós precisaríamos voltar ao ponto de partida de Amara, o momento em que seu poder foi roubado, em que a maldição foi lançada e em que o mundo foi congelado. – Perséfone rabiscava os pensamentos no papel. – Também tem a questão do meu retorno para casa, para um lugar com o qual sonhei a vida inteira, a família que sempre desejei. Eles se entrelaçam, os dois círculos. Isso deve ter algum significado.

Ela observou o que havia desenhado:

– Parece um pequenino par de óculos – disse Ellison. – Feito sob medida para seu homem mecânico.

– Essa é a parte entrelaçada – falou Perséfone. – São três os mundos que nós habitamos: a Ilha de Astutia, a Biblioteca para os Perdidos e a região das bruxas perdidas que estão congeladas além do véu, a hinterlândia. Não sou capaz de remover objetos da biblioteca, mas quem sabe aqui… se eu tiver o poder necessário. – Fitou Amara. – Sacrifício. Preço. Preciso completar o ciclo. – Compreendeu pela expressão de Amara que a bruxa sabia exatamente o preço que custaria quebrar a maldição. – Nunca se tratou do poder de um trio.

Amara concordou com um gesto da cabeça.

– Não, minha querida. Trata-se do poder de todas.

Moira examinou a prima.

– E se todas nós oferecermos a Perséfone boa parte de nossa magia? Não seria uma maneira de imitar a amarração do feitiço original?

– Desde que a conexão se sustente – disse Amara.

– Então, quando terminar – disse Perséfone, o olhar fixo nos círculos –, eu puxo vocês para o outro lado.

– Sim, mas, se você falhar, ficará sozinha lá – observou Amara. – Pode facilmente ficar tão perdida quanto eu fiquei.

– Quebrar a maldição é quebrar a magia da bruxa que a sustenta – disse Perséfone. – Nós usaremos o poder de todas, e não o poder de apenas três. Encontraremos Vera, traçaremos nosso círculo, expulsaremos o poder dela e salvaremos Jacinta. – Engoliu em seco. – Simples.

– E, assim que o feitiço estiver quebrado, você vai mandar todo mundo de volta para casa? – indagou Ariel, com uma sobrancelha arqueada.

– Isso. Tiro e queda. Moleza, mamão com açúcar – mentiu Perséfone, evitando o olhar das demais bruxas.

Ariel resfolegou.

– A magia sempre requer um preço – falou suavemente Amara.

Perséfone pensou em Dorian capturado na biblioteca. Pensou em Deandra, na avó, em Jacinta, que continuava tentando quebrar a maldição de dentro para fora. Fitou os rostos das mulheres que estavam dispostas a atravessar mundos ao seu lado para salvar aquelas que as haviam precedido e forçou os lábios a se curvarem para cima. As palavras tinham poder, e nenhuma teria tanto peso na promessa das mulheres quanto estas:

– Eu aceito o preço.

Planos feitos, as bruxas rapidamente formaram e traçaram o círculo, com Perséfone ao centro e as outras divididas entre os quatro quadrantes.

Com o consentimento delas, Perséfone drenou-as até que trilhas de espaço começassem a cintilar vivamente ao seu redor em vibrantes cores.

Ela ergueu os braços, e o poder drenado zunzunou sob sua pele. O ar fresco cascateou ao longo de suas costas, então o vento precipitou-se para cima, fazendo seu cabelo esvoaçar à frente. Bastou pensar "brisa" para agitar o ar. Perséfone sentiu-se poderosamente selvagem, o corpo inteiro pulsando com a energia que rugia por baixo da derme.

Após absorver a quantidade que precisava, Perséfone examinou as bruxas para se certificar de que ainda possuíam força suficiente. Elas pareciam tranquilas. Exceto Amara, de quem Perséfone drenara menos.

– Estou bem – disse Amara, exibindo um breve sorriso para Perséfone. – Não sou capaz de recarregar como vocês. Quando retornar desta terra para o outro mundo, ficarei mais forte.

Perséfone assentiu, aliviada, e tomou a chave de Ariel, que a entregou de má vontade. Então, com os dedos Perséfone urdiu os fios do espaço e deixou-os cair sobre a cabeça como uma coroa; amarrou outros no tronco, nas pernas, sob os pés e sobre o peito para se amarrar às demais.

Desta vez, Perséfone May não deixou para trás o corpo.

Toda ela cruzou o véu e aterrissou além dele.

17

Diferentemente das outras vezes, Perséfone não aterrissou no próprio véu, onde precisaria achar seu caminho, mas *do outro lado* dele – onde lhe aguardava o mundo de bruxas e magia, de grãos de tempo congelados e de sonhos feitos de sombra.

Após atravessar a bruma, olhou para baixo e se deparou mais uma vez com a prístina estrada de lajota. Era o mundo da Ilha de Astutia duplicado quase à perfeição; contudo, Perséfone reconheceu nos detalhes algo de estranho.

Neles residia a verdade, oculta nas palavras que Amara lhe cantara: madressilvas escuras e macieiras congeladas. Elas estavam em toda parte. Maçãs de gelo, a casca tão afiada que a ponta do dedo curioso de Perséfone se cortou. Além da estrada, escondidos, carvalhos se retorciam pouco acima do solo, os galhos musgosos cobertos de tufos em vez de folhagem.

Magia perversa. Sentia o cheiro nos quatro cantos.

Até o sol estava congelado na mesma posição, emoldurado por nuvens de estrato branco. Perséfone olhou por cima do ombro e viu a lua em oposição ao sol: as duas metades do tempo se encaravam, e era impossível prever o vencedor.

Precisava convocar as outras; não tinha tempo a perder, não podia se permitir questionar a escolha que havia feito. Traçou o círculo com um pequeno frasco de sal que levava na bolsa e um item pessoal de cada bruxa: o cachecol de Ellison, o alfinete de chapéu de Ariel, o medalhão de Amara e o anel de Moira. Postou cada item em um quadrante, sentou-se no centro e penetrou o espaço.

A vibração começou pelo dedo indicador de Perséfone, passou à palma, ao cotovelo, subiu ao ombro. Dali, um choque de dor atingiu de ricochete a clavícula e desceu à pelve.

Isso não estava certo; não era para haver qualquer desconforto, e sim compreensão, apenas compreensão.

A dor se intensificou, fazendo Perséfone se dobrar em busca de ajuda, erguendo as mãos no ar.

– *Para receber, você precisa dar.*

A voz das Muitas tinha se escoado numa única, solitária, insistente voz em sua mente.

– Dar? – indagou Perséfone, o oxigênio preso no peito. – Não me resta nada para dar.

– *Se você não equilibrar as balanças, acontecerá com elas o mesmo que se deu com o guardião.*

– Como assim? – Perséfone fez força para se retesar. – O que aconteceu com Dorian?

– *Antes. Quando você tentou tomá-lo sem o devido equilíbrio. Ele foi dilacerado.*

O mundo se sacudiu e rodou em torno de Perséfone, que perdia o controle. A magia sempre vinha acompanhada de um preço. Claro que vinha. Por que Dorian não lhe dissera o que ela havia feito?

Lembrou-se das palavras de Amara sobre amor. Amor. Ele tem essa mania de virar as coisas de cabeça para baixo. Perséfone agora sabia disso.

Precisava ajustar as contas para poder trazer as primas. Mas como? Já havia dado o medalhão à biblioteca, já havia sacrificado o único talismã. Tentou novamente puxar o ar. A biblioteca tinha querido poder.

E este mundo, o que este mundo queria? Mais do que isso: o que ele temia?

Só havia uma maneira de descobrir. Ela teria de fazer o que fosse preciso para seguir em frente.

Perséfone se desfez do solitário fio de linha que cingia seu dedo e a amarrava através dos mundos. A dor sumiu. Mas também a conexão – o feitiço de amarração tinha sido quebrado. O caminho de volta para a Ilha de Astutia não mais existia.

O oxigênio a inundou, fazendo-a arfar. Passando um dedo pela sobrancelha, assoprou o contorno de sal, recolheu os itens e guardou-os na bolsa.

– Como eu equilibro as balanças? – questionou, esfregando a cintura e observando a distância entre a lua e o céu.

– *Para receber, você precisa dar.*

– Muito obrigada. Vocês são tão úteis quanto um biscoito da sorte.

Perséfone teve a nítida impressão de ouvir uma risada antes que a voz desaparecesse. Por ora, teria de seguir por conta própria, pois o sol não era a única entidade a vigiá-la – sentiu a presença de olhos na bruma, a espionarem seus passos rumo ao vilarejo. Vera já teria ciência da chegada de Perséfone. O tempo estava acabando.

Da primeira vez que viajara para além do véu, Perséfone aterrissara no centro do vilarejo. Foi para onde começou a se dirigir agora em busca da padaria, com a esperança de que, se refizesse os passos, a Deusa lhe ajudaria a chegar a Jacinta.

A primeira coisa que viu ao pisar no vilarejo foi o véu sucumbindo. O tempo tinha sido fixado: cem anos que abrigariam esta terra e estas bruxas. O espaço criado, o feitiço de pesadelo, estava se extinguindo e, ao fim, levaria as bruxas consigo.

O solo já não era de um verde vibrante, exuberante, e sim um púrpura primitivamente escuro. A grama tombava de lado como um peixe arquejante. Não havia brisa que soprasse, nem tampouco bruxas que caminhassem – achavam-se congeladas como as macieiras. Perséfone se deteve diante de uma mulher com um relógio, cujos olhos miravam o céu para além dela.

Não piscava, não enxergava, não se mexia. Era a mulher da padaria. Se Perséfone falhasse, o mundo dela seguiria rumo à dizimação; as bruxas, todas as bruxas, estariam perdidas.

– *Tantas almas, e nenhum lugar para ir.* – Havia uma profunda tristeza na voz que falou pelas Muitas.

– É assim para vocês também… – perguntou Perséfone.

– *Não, filha. Será assim para nós se você falhar.*

A mão com que Perséfone cobriu os olhos para protegê-los do sol tremia.

– Sinto muito – falou.

– *Não foi você quem fez a barganha, mas é você quem deve pagar o preço. Assim há de ser, e somos nós que sentimos muito.*

Perséfone tentou resgatar a determinação. Tinha consciência de que as almas das bruxas – suas ancestrais – não chegariam à terra da Deusa se ela falhasse, porém não pensara no que aconteceria com as Muitas se não fosse bem-sucedida.

Sem dar, não se pode receber.

E, sem ser derrotada, ela não poderia vencer. Que se danasse, então. Respirou fundo. Se Perséfone não detivesse Vera, elas seriam não mais do que fantasmas.

Os sinos badalaram em sua mente à maneira do despertar de um sonho: uma piscada lenta, uma parte da consciência se alongando, um alerta de repente disparado.

Os sinos soaram de novo e Perséfone se virou.

Um trovão rugiu acima, a evocação de uma tempestade invisível. Ao longe, Perséfone avistou um pináculo, semelhante a um campanário. Um relâmpago cortou o céu, e o ar se eletrizou por um instante antes de o solo sob seus pés ribombar. O tempo dentro deste mundo estava se acelerando.

Jacinta berrou.

As Muitas gritaram alarmadas.

Perséfone disparou na direção da voz da prima, percorrendo as lajotas no centro do vilarejo, passando pela agência de correio, pela padaria, pelas casas e lojas com suas pedras e telhas de ardósia novas. Conforme ela corria desabaladamente, a decadência insinuou-se, seguindo em seu encalço.

Maçãs de gelo passaram a cair dos galhos das árvores. Perséfone acelerou; tentava puxar o espaço para si, mas ele escorria por seus dedos.

Virou em uma esquina e, no lugar da montanha que deveria ter assomado no horizonte, havia uma enorme tenda. Perséfone tinha retornado ao início de tudo. Vista de relance, assemelhava-se a uma tenda de circo ou de campanha; observada de frente, a tenda denunciava o que era: uma grande árvore com os ramos envoltos em si mesma. Perséfone cortou o ar com uma mão e a vibração estrondou desde o solo, entretecendo a veracidade da visão.

A criação diante dela era um mar de galhos entrelaçados; era impossível apontar onde começavam as raízes e onde terminavam as pontas. Não era bem um carvalho, definitivamente não era bordo nem salgueiro; era uma árvore como nenhuma outra que ela tivesse visto.

Na base, erguia-se um arco preto, fazendo as vezes de uma porta mórbida.

– O Bestiário da Magia – sussurrou Perséfone, que notou um colorido tremeluzir do lado de fora.

Todos os fios do espaço se enrolavam naquele ponto, como um sorvete de arco-íris que descesse escorrendo em direção ao ralo de uma pia – um turbilhão de matizes, dos quais os mais dilatados eram sombras que formavam poças a partir das extremidades.

– *Dentro, o espaço e a magia não respeitam regras.*

– O quê? – perguntou Perséfone, procurando a voz dentro de sua cabeça e descobrindo, é claro, que não havia um alguém sequer ali.

– *Dentro do Bestiário da Magia, o espaço se dobra, a magia espera, mundos inteiros adquirem novas formas.*

Perséfone prestou atenção à voz. Conhecia aquela cadência. De algum modo... de algum lugar.

– Você pode repetir?

Foi respondida pelo silêncio.

Enfiou a mão no bolso e retirou a chave que Ariel havia reconstruído. Pensou no que sabia sobre magia. Mente e coração devem estar em concordância. Você se torna aquilo em que acredita. Parecia uma frase motivacional que se leria num calendário comprado na loja de suvenires de algum museu... E contudo, ainda assim, entretanto, porém...

Ergueu a chave, que, ao seu querer, adquiriu o formato de um círculo. Um círculo completo. Deslizou a chave até o punho, deu um passo, depois outro. As sombras nadavam pelo chão em sua direção, porém Perséfone se concentrou na chave e na porta. *Precisava* entrar – ela alcançaria *sim* a porta.

Um sibilo rolou por seus ombros, e um trovão estalou contra o céu.

Perséfone pensou em Dorian, na fé que tinha nele e na fé que ele tinha nela. Deu mais três passos, e o vento soprou com força em suas costas, puxando os fios de cabelo como as garras de um gato brincando com a presa antes da pancada final.

Pensou em Deandra e no sacrifício desta, e o mundo ao redor ficou escuro como breu.

A chave em seu punho se aqueceu e começou a mudar, uma nova transfiguração.

Uma luz espirrou dela, um brilho no escuro.

– *Abra a porta* – disseram as Muitas.

Perséfone olhou de novo e, em vez do escancarado arco preto, viu à sua frente um buraco em forma de chave. Um buraco de fechadura do tamanho de uma pessoa. Inalou coragem e avançou.

ᔕ

Perséfone deslizou para dentro do arco como qualquer chave adequada se encaixa numa fechadura sólida. Do outro lado da árvore que não era árvore, recebeu-lhe o Bestiário da Magia.

O saguão era um mar de espelhos. Ovais, quadrados, cúbicos, retangulares – espelhos dos mais variados formatos e tamanhos que esquadrinhavam Perséfone dos pés à cabeça (ou da cabeça aos pés). No centro do aposento, havia uma pequena mesa com uma única vela púrpura mais larga do que sua mão e mais comprida do que seu braço; não estava acesa e ainda assim sua luz se lançava sobre as paredes.

Perséfone reprimiu um calafrio. Ela, que não era uma apaixonada por espelhos, tentou não pensar no que se encontrava dentro da caixa em seu bolso. Sabia que Amara tinha feito uso daquela magia em particular, porém aprendera com Moira que espelhos costumavam ser usados para capturar espíritos inquietos. Contudo, *estes* espelhos Perséfone não tinha como evitar.

E nem eram a coisa mais assustadora que havia ali. Nem chegavam perto. Entre os espelhos, sombras arrastavam-se sem destino pelas paredes – sombras de homens, mulheres e crianças deslizavam por elas como cães de guarda prontos para atacar. Se alguma vez Perséfone quis saber o que acontecia com os espíritos inquietos quando não se achavam encerrados nos espelhos, aí estava a resposta.

Uma vastidão de monstros de sombra.

Encoleiradas, mas não enjauladas, as criaturas só podiam se deslocar até certo ponto. Os corpos das bruxas estavam congelados, separados das almas furtadas e aprisionadas por Vera Mayfair. As almas destilavam um lamento tão desesperado e aflito que a determinação de Perséfone foi sugada.

– *Almas congeladas. Bruxas penhoradas.*

A compreensão da veracidade contida na fala das Muitas fez Perséfone estremecer. As bruxas de Astutia estavam congeladas na ilha, mas suas almas não; estas encontravam-se aprisionadas aqui, no bestiário, pelas mãos de Vera.

– *Aprisionadas.*

A cabeça de Perséfone tombou para o lado. Aquela voz. Ela a conhecia.

– Quem é você? – sussurrou às Muitas, mas deu com o silêncio.

Perséfone se forçou a mover um pé após o outro no aposento forrado de almas perdidas e percorreu os últimos passos até a vela. Correu a mão sobre o pavio, que bruxuleou e pulou. A chama estava viva. À resposta da vela, os lamentos pesarosos das sombras avultaram-se no interior da sala antes de serem sugados pelos espelhos.

Perséfone ignorou o nó na garganta e passou a procurar uma porta. Outro arco se erguia no ponto mais distante do aposento – era praticamente uma réplica do que existia na Casa Ever.

Não havia aqui o tiquetaquear dos relógios de cuco para lhe avisar do tempo que se esvaía. Perséfone queria gritar por Jacinta, lançar palavras mágicas ao ar para traçar um círculo e trazer as outras, porém sabia que agir de um jeito assim tão óbvio era o mesmo que entrar em uma casa assombrada e soltar fogos de artifício, revelando-se a um sorrateiro serial killer à sua procura. Embora acreditasse não possuir o elemento surpresa, ela queria crer que, se agisse com astúcia, teria algo semelhante.

O que tinham lhe dito as Muitas do lado de fora? "*Espaço e magia.*"

Se dentro do bestiário as leis podiam ser subjugadas, então Perséfone encontraria sua oportunidade. Não se atreveria a procurar Jacinta por conta própria. Provavelmente estava diante de um ardil, se não de uma armadilha. Não tinha conseguido trazer as primas mesmo fora do bestiário, como deixara aparente a revolta da terra quando Perséfone tentara conservar intacta a amarração a elas.

Não, teria de ser mais esperta do que o problema se quisesse ter as primas ao lado.

Não tentou traçar o tradicional círculo nem seguiu nenhuma das leis da magia que aprendera nos últimos meses; em vez disso, Perséfone fez o que fazia de melhor: escutou o próprio coração.

Circundou a vela com os braços e arrastou os dedos para si através da chama, de modo a absorver a luz. Viu os filamentos de éter dobrando o espaço. Viu as bruxas esperando na Ilha de Astutia.

Com a palma das mãos, cingiu a visão das bruxas e chamou-as nome a nome. Enraizou os pés no chão, respirou com determinação e as *puxou.*

O ar ao redor remoinhou, o piso chacoalhou e a vela tremeluziu, provocando náusea em Perséfone. As bruxas fizeram a travessia *por dentro dela.* A dor sugou-lhe o fôlego, o suor brotou em suas costas. Quando as quatro achavam-se a seu lado, Perséfone espremeu as mãos em torno da chama.

Cavou fundo e então arrancou: o poder da vela, o poder da ilha, o próprio poder inundavam seu organismo.

Nunca se sentira tão carregada energeticamente, tão cheia de vida.

– Onde nós estamos? – indagou Ariel, ao passo que Amara pousou uma mão nas costas de Perséfone, que a fitou.

Os ombros curvados e a pele com aspecto de cera de Amara fizeram um tremor de apreensão percorrer o poder nas veias de Perséfone.

– Estamos na câmara interna do Bestiário da Magia – disse Amara, a luz refletindo em seu rosto. – Você conseguiu nos trazer para dentro.

– Foi a única maneira – disse Perséfone, cuja voz ecoou alto demais na câmara.

– Não a *única* – observou Ellison. – Aquilo que você tentou logo depois de atravessar quase funcionou, mas devo dizer que prefiro este outro método. No anterior, parecia que você estava tentando arrancar nossas tripas.

Perséfone deixou as mãos caírem. Sim, era o que tinha feito com Dorian quando tentara conjurá-lo da biblioteca. Fechou os olhos por um breve instante para dizer em pensamento seu nome, visualizar seu rosto e orar à Deusa que ele estivesse a salvo, mesmo sabendo que nunca mais o veria.

Reprimiu a dor que tentou se apossar dela – seria um tsunami, se permitisse. Choraria por Dorian mais tarde, caso sobrevivesse.

– Este mundo não me permitiu trazer vocês depois que o cruzei – contou Perséfone. – A magia não funciona do mesmo jeito dentro do bestiário. Jacinta está por aqui, precisamos encontrá-la agora.

– As leis deste mundo estão ruindo – concordou Amara. – Precisamos encontrar o coração, o ponto em que a magia começa e termina, é lá que Jacinta e Vera estarão.

Moira assentiu com um gesto brusco de cabeça e começou a se dirigir ao arco. Amara ainda fitou Perséfone nos olhos antes de se virar e segui-la.

Perséfone observou como a luz e a escuridão se mesclavam no aposento. Tinham sido tão tolas. Ela se achava diante de uma sala cheia de almas aprisionadas, presas nas trevas. Esperou as Muitas sussurrarem algo, uma indicação, um sinal de como ajudar, porém as vozes estavam tão silenciosas quanto um túmulo açoitado pela pá do coveiro.

Perséfone caminhou em direção ao arco. Não podiam mais recuar; precisavam salvar Jacinta e as demais. A única saída era aquela passagem.

Moira passou à sua esquerda e se aproximou para inspecionar o arco.

– Parece igual ao da Casa Ever.

Amara assentiu.

– A madeira do Arco para Qualquer Lugar veio do duplo desta árvore. Quando nos vimos presas aqui, Vera decidiu replicar neste mundo absolutamente tudo o que existia no de vocês. No começo, eu achava que o bestiário era para ela um pedaço da antiga casa.

– Mas acabou se tornando um meio de aumentar seu poder – disse Ariel, olhando de relance os espelhos atrás. – Ela quer se libertar deste mundo e voltar para infestar o nosso.

– Não posso dizer que a culpo completamente – falou Ellison, estremecendo de leve com a pulsação do bestiário tiquetaqueando mais rápido sob seus pés. – Este lugar é aterrorizante.

– A magia de Vera – disse Amara – se tornou tão corrompida quanto ela.

– Precisamos encontrar Jacinta, parar Vera e dar o fora daqui – alertou Ariel.

– Como o outro arco, este deve funcionar com base no desejo e na determinação. – Amara bateu de leve um dedo contra ele.

– Deve? – ecoou Perséfone. – Você não sabe?

Amara balançou a cabeça.

– Faz mais de cinquenta anos que a minha entrada neste aposento foi proibida. Eu tenho uma pequena casa no vilarejo. Ou tinha, pois suspeito que ele esteja se decompondo.

– *Tudo* está se decompondo – falou Perséfone. – As tessituras do espaço que dão sustentação a este mundo estão se desmanchando.

– Sim, eu sinto. O mundo está me suplicando para puxá-las – disse Ellison, cujas mãos estavam unidas. – É o melhor que posso fazer para me impedir de puxar algum fio. Me sinto como uma criança desesperada para passar um dedo na cobertura do bolo.

– Posso te amarrar – sugeriu Moira –, se você quiser.

– Tente a sorte, e eu arranco as sobrancelhas da sua cara – ameaçou Ariel.

– Ela não gosta muito de viajar – falou Ellison, quase se desculpando.

Perséfone sentiu o gosto de ferrugem na ponta da língua. Pela Deusa, como ia sentir saudades daquelas mulheres!

– Vamos – falou. – Não sabemos para onde estamos indo, a não ser pelo desejo de encontrar Vera. Amara, você está com uma cara de quem vai desabar a qualquer instante.

– Vou aguentar – garantiu Amara, que ainda assim se colocou atrás de Perséfone.

As demais bruxas se posicionaram nos flancos e, embora não se tocassem, a magia ondeava como fitas de uma para outra, a conexão sólida.

Cerraram os olhos, deram-se as mãos e visualizaram no olho da mente o desejo de encontrar Vera.

Desta vez, os esforços deram resultado. Num instante, estavam no saguão do bestiário; no seguinte, viram-se sobre um lago congelado, debaixo de uma árvore de luzes. Mais adiante, o mundo era borrado, esmaecido nas extremidades.

– Estamos dentro de uma lembrança – observou Amara, a voz tingida de espanto.

Perséfone lembrou de quando fora carregada para dentro das páginas do passado de Dorian, na Biblioteca para os Perdidos. Naquela época, não percebera que livros eram capazes de reter lembranças; agora sabia que eles podiam reter muito mais do que isso. Podiam reter almas, podiam reter praticamente qualquer coisa.

– É uma lembrança da Jacinta – sussurrou Moira, dando um passo à frente, mas Perséfone segurou-a pelo pulso e apontou para a clareira adiante, onde havia uma mesa com uma cesta cheia de frutas.

Ariel se paralisou.

– Por suas oferendas não devemos nos encantar, são presentes feitos para nos envenenar – falou após um momento, levando os dedos aos lábios.

– Face com face, peito com peito, entrelaçadas uma à outra em um mesmo leito – a voz de Jacinta surgiu como um sussurro dentro do lugar para completar a rima.

– *Salve-a, salve-a* – sussurraram as Muitas.

Perséfone girou sobre os calcanhares, mas não viu Jacinta em lugar nenhum.

– *O mercado dos goblins* – disse Ariel, mirando a árvore luzente sobre o grupo.

Os galhos de luzes tremeluziram e então vaga-lumes gotejaram dos invólucros e flutuaram até pairar pouco acima dos ombros e cabeças das mulheres.

– Apareça, Vera – falou Amara, a voz pouco mais pronunciada do que o repuxo no canto de sua boca.

– Venha me achar, irmã – sussurrou em resposta a voz, feita de fumaça. – Eu estava à sua espera.

Amara ergueu um dedo no ar quando Ellison fez menção de falar. Em seguida, fechou os olhos, esticou uma mão e arrastou-a pela base da árvore; quando a recolheu, a palma estava cheia de sangue.

Mostre-me o que preciso ver,
faça-se livre com meu poder
E assim será, ao meu querer.

As gotas formaram uma poça no lago congelado, e a imagem de um recinto surgiu no sangue.

Não era um recinto terrivelmente vasto. Os objetos contidos ali se empilhavam de parede a parede, alguns visíveis, outros cobertos por lonas. Perséfone já tinha visto um quarto parecido. Era um depósito de tesouros perdidos, tesouros naufragados que deveriam estar com as almas das duas outras ilhas das Três Filhas. Este não era um tesouro perdido, mas furtado – de certo modo, como as almas da Ilha de Astutia que se achavam presas naquela mesma árvore.

– O poema – disse Ariel. – É o favorito da Jacinta. Nós costumávamos trocar versinhos isolados durante os intermináveis meses de inverno.

Moira assentiu.

– Ela fazia o mesmo comigo. Tínhamos o hábito de deixar páginas no arco; eram como migalhas de pão que ajudavam a passar o tempo.

– Pode ser uma pista – sugeriu Ariel.

Elas examinaram a árvore, a interminável vastidão do aposento escuro.

– É *O mercado dos goblins* – falou Amara, que precisou se apoiar em Moira. – Precisamos comer a fruta. Para ir além deste lugar, temos de provar o vinho, ceder à tentação.

– Venham comprar nossas frutas, venham comprar. Que maravilha. Deixe-me adivinhar, é aquela parte em que as oferendas malignas nos causam mal? – disse Ariel, correndo uma mão por um filamento de espaço.

– Você alcança do lado de lá da lembrança? – perguntou Perséfone.

Ariel negou com a cabeça e deixou a mão cair.

– Talvez eu alcance a nossa Ilha de Astutia, mas, do jeito que este mundo fica mudando e titubeando, seria arriscado. Eu poderia perder o braço... ou algo pior.

– Então vamos comer a fruta – declarou Ellison, pressionando a barriga com uma mão. – Claro, por que não? Eu consigo comer.

Elas avançaram a passos lentos até a mesa, atentas a qualquer armadilha que pudesse se manifestar, porém o lago congelado assim permaneceu, um mundo trevoso e gélido sob seus pés. As luzes na árvore, invólucros cintilantes que pareciam casulos, se transfiguraram em pequenos besouros, que então se metamorfosearam em borboletas bruxuleantes um palmo fora de alcance.

Moira farejou e pegou uma exuberante ameixa roxa, porém Ariel tomou-a de sua mão.

– Fale para ela – Ariel olhou bem nos olhos de Moira – que eu a amo. Que eu a perdoo e que também sinto muito, ok?

Antes que Ariel pudesse abocanhar a fruta, Moira pegou-a de volta.

– Diga você mesma, Ariel Way. – Moira mordeu a ameixa, cujo suco escorreu por seus lábios e queixo; depois, a mulher ergueu o copo que se achava na mesa e virou seu conteúdo. – O poder está com você, minha brilhante Perséfone – falou com a voz irritada, fitando Perséfone. Lambeu os lábios e sussurrou com dificuldade: – Não hesite. – Então o semblante de determinação pura se congelou em sua face.

Os joelhos de Perséfone travaram. Ela engoliu as lágrimas que surgiram quando os sumos se esbranquiçaram no rosto de Moira, o qual passou do tom oliva para o rosado e finalmente para um branco glacial. O orvalho se espalhou a partir de seus lábios e bochechas, apagando a cor do cabelo, das mãos, do corpo. Em questão de segundos, Moira, de bruxa, virou gelo.

Uma fenda rachou ao meio o lago congelado e, antes que um berro pudesse se formar em suas gargantas, as bruxas – à exceção de Moira – foram tragadas pela fissura.

ꝏ

Caíram como Alice na toca do coelho por dez dolorosos segundos. Do outro lado, um oceano de telas interrompeu a queda.

Perséfone se desemaranhou rapidamente, ergueu-se de um pulo e gritou por Moira; no entanto, quando tentou dar um passo, a trama se agarrou a seu tornozelo e a derrubou novamente.

Uma gargalhada vinda do centro do aposento fez os punhos de Perséfone se lançarem para cima em uma tentativa de ela se livrar do tecido que a prendia.

– Sério, Vera? – A voz de Amara se suspendeu de algum ponto sob os linhos. – Esse truque caquético?

Uma onda de magia atravessou sala e vibrou contra o plexo solar de Perséfone. O puxão familiar, seu velho amigo, retornou, porém desta vez reagiu numa única direção.

As mantas despencaram e formaram uma poça têxtil no chão antes de se dissolverem por completo.

Enquanto desabava, Perséfone conseguiu ter a primeira visão clara do lugar.

Parecia um pouco um ninho de passarinho – mais especificamente, um ninho de pega. Diferentemente do barco, neste cômodo o tesouro se achava em pilhas sobrepostas a outras pilhas, enfiado em qualquer reentrância, em baús ou em cestas, em sacos enormes jogados sobre camas. Os itens se socavam em absolutamente todos os cantos.

– Moira? – perguntou Jacinta, a voz acanhada, reduzida, vinda do canto.

Os olhos de Jacinta estavam vidrados. A bruxa estava drogada ou morrendo.

Um praguejamento inaudível proveio de Ariel. Ellison sussurrou baixo demais para que Perséfone escutasse.

As Muitas lamuriaram.

– Alguém precisava comer a fruta – disse Perséfone para Jacinta, e um nó surgiu em sua garganta ao examinar o semblante da prima.

Qualquer cor remanescente desapareceu do rosto dela.

– Ela não faria isso, o poema era um aviso, ela com certeza saberia, ela não...

– Faria o que fosse preciso para te salvar? – completou Ariel em um tom surpreendentemente brando. – Você sabe que ela faria qualquer coisa.

Amara deu um passo à frente, mas tarde demais.

Jacinta já tinha se levantado e disparado. Chegou ao arco no lado oposto do aposento e abriu a porta: através de um buraco do tamanho de uma ameixa, espiou a irmã. Congelada. Aprisionada em um instante para além do espaço.

A figura de Jacinta estremeceu, com dificuldade para se manter de pé. Os olhos de Ariel se encheram de lágrimas, e Perséfone precisou se conter para não acudir Jacinta – notou pela expressão de Ellison que a bruxa sentira o mesmo ímpeto.

Já Vera, que era uma cópia em papel-carbono de sua gêmea Amara, não tirava os olhos de Amara e Perséfone. Tinha uma postura mais empertigada do que a irmã e o cabelo era um tom mais escuro; porém, à primeira vista, era quase impossível distingui-las. Então Vera rosnou e a diferença entre ambas não poderia ter ficado mais marcada.

Perséfone arquejou. O jogo estava longe de terminar.

– Duas chaves na palma da minha mão – disse Vera. – Qual eu devo destrancar primeiro?

Perséfone não podia hesitar, não podia ceder ao remorso em relação a Moira que se acumulava como charco sob sua pele. Olhou de relance para Amara, que tinha o queixo empinado.

Ariel e Ellison, no canto do cômodo, começaram a construir metodicamente um caminho até Vera.

Vera não notou que cada irmã manuseava um filamento de espaço enrolado ao dedo, ambas concentradas no destino ao qual queriam chegar. Elas a alcançaram, e Perséfone viu a expressão estupefata da prima ao assimilar o que as duas pretendiam fazer. Jacinta berrou, mas o alerta foi ignorado.

Ariel e Ellison entreteceram seus fios em volta de Vera para amarrá-la e assim dar início à primeira fase do feitiço, porém a magia ricocheteou.

As Muitas sussurraram com força no ouvido de Perséfone:

Dentro do Bestiário da Magia,
o espaço se dobra,
a magia espera,
mundos inteiros
adquirem novas formas.

A magia de Vera estava apenas esperando por elas.

Ariel e Ellison tombaram ao chão, trêmulas, pois o poder se despejava delas em ondas. Foi a vez de Perséfone berrar, enquanto Jacinta cambaleava até onde Ariel jazia e apalpava a prima, tentando ajudá-la.

– Oh, que ótimo – disse Vera, recolhendo uma urna e dirigindo-se a elas. – Vai ser muito mais fácil do que eu pensava.

A magia desembocou de Ariel e Ellison para a urna até enchê-la. As sobras deslizaram como sombras pelos objetos antes de sumirem completamente.

– *A magia precisa ir para algum lugar.*

Embora seu coração martelasse no peito, Perséfone se obrigou a exalar vagarosamente o ar; não podia contra-atacar, precisava se lembrar por que estava ali. Observou os objetos e lembrou-se da biblioteca, lembrou-se do que Amara lhe contara sobre a irmã e o que ela a princípio tentara conseguir, o poder que almejara reter.

Perséfone era um condutor. Era *o* condutor. Moveu-se furtivamente pela beirada do cômodo até onde Vera aguardava. Farejou o ar e correu a mão pelos filamentos do espaço. Perséfone não tinha muito tempo; assim que Vera percebesse o que ela estava fazendo, provavelmente passaria ao elemento do ar e puxaria os itens para si.

O Bestiário da Magia não era a morada de itens mágicos; era a morada do *poder mágico*. Perséfone era o condutor: tinha uma capacidade de puxar o poder que nenhuma outra bruxa tinha. E extrairia até a última gota.

Ariel e Ellison, encolhidas ao chão, viraram a cabeça para Perséfone como se ouvissem seus pensamentos. Os dedos de Ariel entrelaçaram os de Jacinta e deram um único apertão.

Perséfone elevou as mãos ao alto, as palmas viradas para cima. Por sua vez, Ariel sussurrou um pedido de desculpa para Jacinta, recolheu a mão, trocou um olhar com Ellison, e as duas bruxas direcionaram para Perséfone os últimos resquícios de seu poder.

Enquanto a magia se desprendia de Ariel e Ellison, a de Vera congelou-as por completo, aprisionando-as da mesma maneira que aprisionara Moira.

Jacinta vociferou um lamento primitivo e passou os braços em torno da figura congelada de Ariel.

Perséfone reprimiu a dor e o medo e lançou-se em direção à urna. Tocou seu terceiro olho, correu a ponta de um dedo pelos lábios, passou o dedo no peito no ponto em que o coração batia e ordenou...

"*Solte.*"

Não foi preciso pedir uma segunda vez ao poder.

A magia brotou como uma fonte termal e passou a se desprender dos objetos abrigados e a encristar-se de lado a lado do aposento.

"*Retorne.*"

Ao comando, a magia rumou para Perséfone, levantando mais e mais cristas, cada vez mais altas.

Perséfone ansiou por mais, por ar, por luz, e quando a magia se tornou perversa... acolheu-a de braços abertos.

A quantidade de poder que pulsava dentro de Perséfone era capaz de rebocar da praia o oceano; de transformar nuvens em montanhas e pingos de chuva em cavernas.

Não havia nada no reino dos elementos que fosse intocável ou impossível a Perséfone.

Só que...

– Sempre há um preço – disse Vera numa voz metálica e presunçosa. – Você não aprendeu ainda?

A magia se *desviou* e se acometeu numa direção antes de acelerar na direção oposta.

Todo o poder, toda a magia que Perséfone havia obtido se derramou dela, que tentou tapar o buraco, tentou localizar o vazamento a fim de pará-lo, porém ele se recusava a cessar.

A nova magia se verteu até a última gota e, quando acabou, consumiu o resto – tudo o que Perséfone era, tudo o que estava destinada a ser fora roubado dela.

– Abençoada seja – disse Vera, que se colocou ao lado da irmã e passou um braço sobre seu ombro.

Perséfone ergueu o olhar, exalou um arquejo que se definhou em chiado e fitou o rosto idêntico ao de Amara.

∽

Era quase como olhar para um espelho. Amara e Vera Mayfair. Mais do que irmãs, elas eram os dois lados de uma mesma moeda.

Perséfone apoiou-se na lateral do corpo, e seu olhar passou das irmãs para a urna repleta de magia – a magia dela, de Ariel, de Ellison, sabia-se lá de quem mais. Sua mão se cerrou num esforço involuntário, porém ela foi incapaz de conjurar o mais ínfimo vestígio de éter.

– Eu sabia que você não se voltaria contra mim – disse Vera a Amara, que parecia uma versão diluída da irmã, cuja força vicejava enquanto a de Amara murchava. – O que você tinha na cabeça quando decidiu ir atrás da chave sozinha?

Amara se sentou na banqueta próxima a Jacinta, que ainda não havia se separado da figura marmorizada de Ariel. Não era possível saber se Vera tinha sequer inventariado o fato de que Jacinta continuava na sala, já que sua atenção se voltava completamente para Amara.

– Do que vai adiantar tudo isso lá do outro lado? – indagou Amara, com a voz exausta, gesticulando com uma mão. – Você sabe que não é capaz de reter esse tanto de poder.

– Não preciso reter todo ele – afirmou Vera, pressionando uma mão carinhosa contra o rosto da irmã. – Só preciso transportá-lo. Quando estivermos em casa, vou usá-lo para restaurar as Três Filhas e também para recuperar você, restituir a magia e a escuridão, reconstruir nosso povo.

– E transformar em quê?

Vera sorriu, o que transformou sua feição na versão casa-maluca do rosto de Amara.

– Em qualquer coisa que eu precisar.

Amara cerrou os olhos.

– Você não tem um plano, não é?

Vera se empertigou e jogou o cabelo para trás.

– Vou tomar o que me pertence, e ninguém vai me impedir desta vez, nem homens imbecis nem bestas de carga. Seremos rainhas, e as ilhas serão apenas o começo. – Juntou as mãos e entrelaçou os dedos. – Será como antes, porém agora eu farei tudo certo. Você terá sua casa e seus jardins, e eu terei todo o poder que não consegui reter até agora. Vou controlar a fonte e as ilhas.

Amara balançou a cabeça.

– Eu não posso ir com você.

– É claro que pode – retrucou Vera, apanhando um pequeno espelho e erguendo-o para se admirar.

– Não, não posso.

Amara moveu-se um centímetro em seu assento, e esse um centímetro foi o suficiente: seu elemento, o éter, o espírito, escorreu dela para Perséfone.

Não posso dar todas as respostas de que você precisa. Sinto muito por isso, mas nosso tempo está se esgotando.

Perséfone pestanejou e visualizou a imagem que Amara transferira para sua mente: Amara ficando mais fraca a cada dia que se passava.

A magia de Amara sugando sua vida neste mundo e em qualquer outro.

Amara não sobreviveria para ver a Ilha de Astutia novamente, nem nenhum lugar que não este aposento. Ainda assim, seu poder, o último vestígio dele, ela guardara.

Vinha retendo-o havia anos.

Esta sempre foi a única solução, Perséfone. Quando a hora chegar, você deve atacar, Amara sussurrou na mente de Perséfone.

Jacinta se virou, e a conexão entre Perséfone e Amara se quebrou. A prima a fitou, depois fitou Amara, antes de dirigir o olhar para Vera.

– E Moira? – indagou Jacinta, as palavras encharcadas de angústia. – E Ariel, Ellison?

Vera estampou no semblante uma tristeza de palhaço, exagerada, plástica, a carranca espalhada por toda a cara – mas os olhos estavam intocados.

– Sacrifícios são necessários, Jacinta. Sempre há um preço. E esse é o preço para você ser verdadeiramente livre. Eu mantive minha palavra; seu reservatório de magia será reabastecido quando retornarmos. Você poderá viajar para onde quiser, poderá ser o que quiser. Todas nós seremos libertadas.

Jacinta voltou-se para Perséfone e lhe abriu sua mente. Perséfone viu que Vera a enganara, viu que a prima passara os últimos dez anos tentando quebrar o laço que a amarrava à bruxa. Viu que Jacinta tinha tentado fazer as pazes com Ariel, pois mostrou-lhe o desfecho da lembrança que Perséfone vislumbrara antes: Jacinta encorajando Laurel a convidar Ariel para sair, a dar uma chance ao amor, o que Ariel interpretou mal, fazendo as fissuras entre as duas adquirirem a largura de um abismo. Aquelas lembranças continham o coração de Jacinta, e ele era tão despedaçado quanto o de Perséfone.

Perséfone viu-se sentada no sofá de frente para Jacinta, as duas bebendo chá, e o amor da prima a banhou.

Os olhos de Jacinta, fixos em Perséfone, lacrimejaram por um instante, porém, assim que os dirigiu a Vera, esvaziaram-se por completo. Perséfone nunca tinha visto o pesar se transmutar em poder, mas Jacinta buscou-o em si, agarrou-se a ele, reivindicou-o a si mesma.

Antes que Vera se desse conta do que estava acontecendo, Jacinta cortou a palma das mãos, lançou-as para a frente e a derrubou. Levou ao chão tanto a bruxa quanto a urna, a qual caiu de pé.

– *Salve-a, salve-a* – entoaram as Muitas.

Jacinta se banhou na magia que manava da urna até que esta tornasse vazias suas íris e vermelho-escuro seu cabelo.

Vendo que a magia devorava a prima, Perséfone tentou se mover, tentou gritar, mas se viu paralisada – a força de vontade de Jacinta a mantinha presa no lugar.

Sangue jorrou da boca de Jacinta, cujo corpo inteiro murchava em decomposição instantânea.

Retendo a magia, ela se virou para tirar ainda mais da derradeira fonte à disposição.

Vera berrou. Levou as mãos ao rosto, arranhando-o com as unhas. Jacinta não cedeu mesmo após ser engolfada pela magia perversa que havia acolhido.

Agora, Perséfone.

Amara se levantou, calma como o mar depois de uma tempestade, e alcançou Perséfone, puxando-a a seus pés e fitando-a nos olhos.

A mudança, por inevitável que seja, pode mostrar um caminho novo, melhor.

Perséfone enxergou com olhos arregalados as profundezas da alma de Amara, viu o passado avançar numa torrente: Amara e Vera se balançando sob um carvalho gigante, colhendo cenouras na horta, entoando canções e lançando feitiços.

Amara e Vera, abraçadas durante as violentas tempestades outonais, dando-se as mãos após aprenderem a controlar o mar e mudar a maré.

O poder de Amara tomando o controle, manifestando-se nas trevas que consumiriam a ela e a terra.

Vera arquitetando um plano para salvar ambas, o fracasso de Amara em detê-la, o plano tornando-se tão trevoso quanto a magia.

A magia sempre decreta seu preço.

– Sinto muito – lamentou Perséfone, o olhar movendo-se rapidamente para Jacinta, o coração pesado no peito.

Voltou-se para Amara, que sorriu.

Vou sentir saudades, filha de minhas filhas.

O sorriso de Amara tocou Perséfone no fundo de seus ossos. Então a bruxa escancarou a alma e verteu sobre a tataraneta cada grama de seu ser, uma abundância de pureza, de brilho e de luz.

Ao final, Amara Mayfair desabou ao chão, numa forma que era apenas um resquício de quem fora um dia.

Vera berrou novamente, um som tão estridente que trincou os espelhos, fazendo cacos se espalharem pela sala e pelas câmaras ao redor.

Perséfone ficou livre para se mexer, e os rostos das Muitas apareceram de repente diante de seus olhos. Ao mesmo tempo, ouviu os versos do poema de Christina Rossetti:

Um tinha de gato a face
Outra a cauda espanava
Um palmilhava como se rato fosse
Outra havia que rastejava
Um vagueando, texugo fofo e obtuso,
Outra cambalhotando tal qual ratel confuso
Escutou a voz de pombas, muitas pombas entoando:
Arrulhavam dóceis seus amores, sob o tempo brando.

Não eram quaisquer vozes – as Muitas eram a sua família. Eram as mulheres que partiram antes dela, perdidas, aprisionadas na biblioteca até que Perséfone lhes mostrasse um novo caminho, primeiro o do medalhão, depois quando finalmente as acolhera dentro de si.

Os dois últimos rostos se detiveram diante dela. O primeiro, com os olhos idênticos aos de Ariel e a boca tão generosa quanto a de Ellison, fez um aceno de cabeça; Perséfone reprimiu o pesar e retribuiu o gesto à mãe de Ellison e Ariel. Já o rosto seguinte lhe era tão familiar quanto o de Moira e Jacinta; era o rosto da mãe *delas*.

Você sempre carregou o poder em si. Era a voz que Perséfone tinha reconhecido, muito semelhante à da filha mais velha. *Por favor, salve-a.*

As paredes se sacudiram com a força. O piso se reduziu a pedaços. A terra além do véu e o Bestiário da Magia estavam ruindo.

Perséfone piscou e a visão se desfez. Desta vez, ela não hesitou. Alcançou Jacinta e agarrou-a com os dedos.

– Solte – sussurrou, ciente do que precisava fazer, já não mais com medo. – Como me ensinou, Jacinta. Eu amo você. Apenas solte.

Pérolas de sangue pingaram dos olhos de Jacinta, que fitou Perséfone, e sua dor circulou em fiapos entre as duas.

As lágrimas de Jacinta começaram a cair mais rapidamente, o sangue se transformando em gelo, o gelo em água. Seu organismo estava se livrando da magia, que, conforme fluía límpida de Jacinta, refluía para Perséfone, que lutou para manter o controle.

Voltou-se para Vera, e a tentação cresceu dentro de si.

Bastaria uma vez, e não mais. Espírito, o elemento de Perséfone, que preenchia Perséfone, era capaz de obliterar a bruxa maligna. Ela poderia se vingar. Vingança.

A mudança, por inevitável que seja, pode mostrar um caminho novo, melhor.

As palavras de Amara se urdiram em volta de seu coração.

Perséfone sentiu as Muitas – recosturando-a, infundindo nela a mais crua fé.

Um novo caminho.

Esticou uma mão e pressionou-a contra a bochecha de Vera.

– Solte – disse Perséfone, os olhos muito mais ponderados do que a própria alma.

Então drenou a magia da bruxa até a última gota.

18

Vera crispou-se no chão. Viva, porém congelada. Uma casca seca não inteiramente esgotada.

O mundo externo, do lado de lá do véu, começou a penetrar o bestiário agora que este já não era feito de magia. A parede mais distante colapsou, derrubando tronco, galhos e maçãs de gelo, que se espalharam pelo chão ao mesmo tempo que se decompunham.

O controle de Perséfone sobre aquele volume de magia era frágil, tênue, se tanto, mesmo com a ajuda das Muitas. O poder se insurgia, sempre prestes a reivindicá-la.

Jacinta, levantando-se com dificuldade, cambaleou até Perséfone e a abraçou.

– Sabia que você ia conseguir – disse, as palavras sufocadas pelo choro. – Eu estraguei tudo! Só estava tentando consertar as coisas…

– Viola preencheu as lacunas – disse Perséfone, abraçando a prima, tentando manter a concentração. Ao redor, os filamentos de tempo se desemaranhavam e então se entreteciam em uma nova configuração. – O Dorian me deu a pedra. No fim, você consertou as coisas.

Jacinta balançou a cabeça.

– Eu só queria proteger você e a Moira, e agora…

– Pegue a sua irmã – comandou Perséfone, sob os fios de éter que se desprendiam. – Nem tudo está perdido.

Ela se forçou a respirar: inspirar e expirar com serenidade, como Moira lhe ensinara. Perséfone precisava de controle – a vida dela e daquelas que a cercavam dependia disso.

Graças aos olhos adicionais das Muitas e à liberdade proporcionada pela magia, agora ela era capaz de enxergar o que estava destinada a fazer. O poder sempre lhe pertencera, não era algo a temer.

Sem Amara, as almas que ela transportara se perderiam com as bruxas nesta ilha abandonada, aprisionadas em espelhos, sombras de si mesmas. Para receber, é preciso renunciar. Há sempre um preço alto a pagar.

As Muitas sabiam disso, como certamente sabiam que Perséfone precisaria delas para colher e reter tamanha magia, ainda que por uma breve janela de tempo.

Pensou em Dorian e na biblioteca. Enfiou a mão no bolso e retirou a caneta que ele lhe dera dias antes. Para emergências, o homem dissera. Perséfone a examinou e compreendeu como usá-la.

Arrancando a tampa com a boca, escreveu no ar: *Dorian?*

A palavra se dissolveu e, após uma longa espera, foi substituída por outra caligrafia, que se rabiscou rapidamente: *Você não está sozinha, Perséfone. Jamais poderia ter estado. Dentro do Bestiário da Magia, o espaço se dobra, a magia espera, mundos inteiros adquirem novas formas.*

Perséfone sorriu para as palavras, mudou-as de posição.

A magia espera. Mundos inteiros adquirem novas formas. O elemento dela era o espírito. Tinha sido tão solitária durante a vida que era chocante se dar conta de que nunca poderia ter estado só.

Pensou nas duas estradas conectadas, nos dois lados de uma moeda. Os ciclos completos. Mudança. A mudança podia ser ela própria magia, a magia de criar novas possibilidades e um futuro melhor.

Perséfone sabia o que deveria fazer.

Esperou Jacinta retornar com a figura congelada da irmã nos braços; apanhou os cacos de vidro do chão e puxou das sombras um fio de éter.

Com ele, passou a urdir os fragmentos de vidro. Conforme o espelho era reformado, as sombras – os espíritos aprisionados das bruxas congeladas além do véu e as almas mortais que Amara arrastara consigo e as quais libertara com sua morte – começaram a se aproximar da face espelhada, entrando e saindo do espaço delimitado pela moldura, esticando-se para além dele.

– Quebre-o quando estiver em casa – disse Perséfone para Jacinta. – O azar será seu por um tempo, não posso fazer nada quanto a isso, mas todas as almas perdidas e aprisionadas além do véu, bruxas e mortais, serão libertadas. – Ela hesitou. – Sempre há um preço.

– Que eu pagarei com prazer – disse Jacinta, apertando a mão de Perséfone. – Eu sinto muito, eu...

– Está tudo bem, prima. Eu entendo. – Puxou Jacinta para si e a abraçou com força, contando até vinte enquanto inalava o aroma floral com a esperança de que a lembrança dele perdurasse.

Soltou Jacinta e tocou Moira. Acariciou o nariz e a boca da prima, lembrou-se da feição que adquiriam quando ela praticava tai chi, do sorriso que se estampava neles enquanto mostrava a Perséfone como peneirar farinha. Pressionou os lábios contra os de Moira e transmitiu à figura congelada uma atrevida quantia de luz. Então Perséfone sussurrou em sua orelha a estrofe final de *O mercado dos goblins*:

Pois não há companheira como uma irmã
Seja na tempestade, seja na plácida manhã;
Para animar a outra quando esta se entedia,
Para resgatá-la quando se desvia,
Para lhe dar a mão caso o chão lhe falte,
E, com a mão, ânimo e coragem.

Quando voltasse plenamente à vida, Moira captaria a mensagem de Perséfone; ela seria uma fortaleza para as demais.

Perséfone se prendeu aos filamentos do espaço novamente e entreteceu-os em volta de Ellison, Ariel, Moira e Jacinta. Visualizou na mente a Casa Ever, a horta tal como era antes das marcas de queimadura macularem a terra; visualizou o gnomo que com um único olho guardava o território em nome das fadas e das parcas.

– Abençoadas sejam as minhas irmãs – sussurrou Perséfone para as formas congeladas das bruxas Way e também para as Ever.

Com o coração abundante de amor, lembrou-se das palavras contidas na carta da mãe: "amar é renunciar ao mundo inteiro pelas pessoas que se ama. Eu renunciei ao meu mundo por você, e o faria de novo sem pestanejar. A única maneira de mantê-la segura era lhe dar um novo começo. Posso não ter estado ao seu lado, mas sempre estive com você".

Compreendia agora os sacrifícios que o amor podia demandar, e estava disposta a fazê-los pelas mulheres que tinha à sua frente.

Com um último sorriso para Jacinta, Perséfone as propeliu para além daquele domínio, para casa, para a Ilha de Astutia.

ꝏ

O vento se agitou no bestiário e um calafrio perpassou pela bochecha de Perséfone, que por dentro era rasgada pela dor da perda.

Seu poder vibrou, e ela se virou e caminhou até o amontoado que era Vera Mayfair.

Vera já não era bruxa; seu poder havia sido drenado, deixando para trás um fiapo de mulher com olhos tristes e medo no coração.

– Sua irmã me deu um presente – disse Perséfone, agachando-se ao lado de Vera. – Agora é minha vez de presentear você e assim restabelecer o equilíbrio do processo.

Pousou o polegar sobre o terceiro olho de Vera e enxergou, além desta terra, a Biblioteca para os Perdidos. Compreendeu o que a biblioteca buscava.

Sorriu seu mais secreto sorriso e realizou um desejo por mudança.

Estalou os dedos, e os fios que soltou prenderam os punhos e tornozelos de Vera.

Perséfone esticou uma mão e empurrou.

Vera tombou deste mundo ao seguinte e então despencou na Biblioteca para os Perdidos.

Com a caneta, Perséfone escreveu no ar: *a biblioteca necessita de um guardião. Este aqui, embora não possua magia, tem uma dívida a quitar. Talvez assim a biblioteca dê a sua obrigação por cumprida.*

O chão sob Perséfone ribombou e depois serenou.

Por um momento, a decomposição cessou. A terra além do véu aguardou.

O coração de Perséfone tinha feito seu maior pedido. Ela esticou um braço, fez uma demorada contagem regressiva e, quando abriu os olhos, riu ao toque caloroso dos dedos que se entrelaçavam aos seus.

ꝏ

– Como você veio para cá?

Os olhos de Dorian estavam sorridentes.

– Essa fala é minha. – Ele esquadrinhou o aposento, observou os objetos antes poderosos e que agora não passavam de itens comuns abrigados no destruído bestiário. – O que você fez, Perséfone May?

Ela apertou a mão dele e, com a outra, gesticulou para a parede, na qual se formaram buracos altos feito portas.

– Estou restabelecendo o equilíbrio, todos os equilíbrios – falou. – Quer dar uma olhada?

Quebrar uma maldição é como quebrar qualquer outra coisa; é necessário que a fratura sare. A natureza tentadora da magia pode por si só causar uma fratura. A acumulação gera acumulação e, como Vera Mayfair havia aprendido, quando se tem um pouquinho só de algo bom, é um passo para "por que não ter muito?". Perséfone não possuía o mesmo desejo de Vera; nem mesmo de Jacinta ou das demais primas. Sempre desejou uma única coisa: pertencer. Ter uma família que a amasse e apoiasse, encontrar seu lugar no mundo.

Assim, no fim, para ela foi de certa maneira fácil fazer o que era preciso para que os mundos se curassem. Sacrificar a si mesma. Graças ao sacrifício, as pessoas que ela havia passado a amar poderiam retornar para casa. E, sabendo que elas ficariam seguras, que Moira compreenderia o que ela precisou fazer, Perséfone podia ficar em paz.

Conhecia agora seu papel no mundo: ela era o equilíbrio. A chave.

Finalmente entendia tudo.

A avó e a mãe haviam lhe dado um dos maiores presentes; com elas, Perséfone aprendera uma valiosa lição: você deve sacrificar o que for preciso por aqueles que ama, especialmente quando é a coisa certa a fazer.

Amara tinha ecoado tal sentimento, do mesmo modo que as primas. Sendo assim, sempre fora este seu caminho: que se sacrificassem por ela para então sacrificar-se em troca.

Essa, concluiu Perséfone, *era a essência do amor, e a essência do amor era boa.*

O mundo além do véu já não desmoronava; seus laços com o mundo além se sustentavam, conectados a Perséfone e ao feitiço que ela entretecia ao mesmo tempo que conduzia Dorian ao centro do vilarejo – era o Feitiço de Sonhos, como sempre deveria ter sido.

– Por que estamos aqui? – perguntou Dorian, a mão cálida entrelaçada à sua, o rosto voltado para cima a fim de absorver o sol.

Era a primeira vez que pisava fora da biblioteca após duzentos anos e parecia estar receoso de piscar e assim correr o risco de perder uma árvore, um riacho, um galho, uma nuvem que fosse.

A atmosfera pura, imaculada, continha milhares de aromas, era um delicioso assalto aos sentidos. Os calçados de Dorian tiquetaqueavam contra as lajotas. Tudo era real ali, descerrado das portas, lonas e mantos da magia opressora.

– Eu queria me despedir – disse Perséfone, que tentou manter a voz branda, muito embora o coração se atropelasse no peito.

Dorian deteve o passo.

– Se despedir? Por que você precisa se despedir? – Aproximou-se de Perséfone e olhou bem no fundo dos olhos dela e das Muitas que ali habitavam. – Você conseguiu, Perséfone. Você salvou a todos. Salvou a mim. Eu não estaria aqui, liberto da biblioteca, se isso não fosse verdade. Como você conseguiu?

– Era a última etapa do feitiço. Era necessário restabelecer o equilíbrio na biblioteca e também na Ilha de Astutia. Vera Mayfair foi drenada de seu poder. Ela perambulará pela eternidade se a biblioteca assim quiser, vigiando as pilhas, sempre a um palmo do poder que tanto deseja, sem jamais poder fazer mal a quem quer que seja.

Perséfone sacou a caixa que a avó dera a Dorian, abriu-a e mostrou a ele o espelho ali contido.

– Minhas primas voltaram ao lugar a que pertencem, para proteger e conservar a ilha.

O reflexo do espelho mostrava quatro mulheres: Moira abraçada à árvore abençoada no jardim, com Jacinta logo atrás, os braços em torno da irmã, e as irmãs Way com os braços sobre os ombros de Jacinta.

– Elas finalmente são livres para irem aonde quiserem no Beltane, no dia de São Miguel, no equinócio de primavera e em todos os dias entre eles. – Perséfone respirou fundo após fechar a tampa da caixa. – O mundo precisa de seu guardião, e as almas da Biblioteca para os Perdidos merecem sair do purgatório. Aqui, posso dar isso a elas.

Perséfone arrastou-o pela rua de pedra até uma clareira que não existia horas antes. Dorian não tinha como saber, mas era uma réplica do lugar ao qual Amara conduzira Perséfone quando elas se conheceram –

uma imagem espelhada da terra de origem da família, nos rochedos escoceses.

O restante do terreno daquele mundo ainda estava sendo fabricado por Perséfone, que dava a cada área a feição de lugares que lhe lembravam Ariel, Ellison, Moira e mesmo Jacinta. Bastava Perséfone visualizá-los com o coração e a mente, e eles surgiam. Fragmentos de diferentes mundos se entrelaçavam, formando o tecido único de uma tapeçaria.

Na região do rochedo, Perséfone parou diante de um chalé de pedra com uma chaminé em pleno funcionamento, margeada por um pequeno córrego. No quintal, havia uma rede de dormir e um balanço pendurado em um enorme carvalho. Na pequena varanda, viam-se duas cadeiras rústicas cor de jade, com uma pequena estante de livros entre elas. Ao lado da pequenina horta no jardim, postava-se um gnomo com a cara travessa retorcida numa expressão confusa. Era caolha, a figurinha élfica.

Perséfone sorriu para a cena que se apresentava aos dois.

– Sabe, eu nunca tive uma casa de verdade.

ꙮ

Durante o tempo em que ia e vinha de um porto a outro, Dorian vivia no e para o mar. No entanto, um barco não era uma casa, não propriamente. E a biblioteca havia sido uma prisão – por vezes adornada, é verdade, mas ainda assim uma prisão.

Ele admirou o perfil de Perséfone, a tenacidade com que observava a terra, o peito se estufando, como um soldado em plena preparação. Era tão surpreendente assim, perguntou a si mesmo, que o tesouro mais improvável se revelasse ser uma bruxa capaz de esmagá-lo com um meneio de dedo?

– Está tudo ótimo – disse Dorian. – Não vou te atrapalhar, mas daqui eu não saio, daqui ninguém me tira.

O semblante resoluto e a postura combativa se desfizeram no instante em que Perséfone girou sobre os calcanhares para encará-lo.

– Quê?

– Você me trouxe para se despedir? – Ele balançou a cabeça. – Você me salva e acha que depois vai me afastar assim?

– Estou te dando a chance de viver a vida que você nunca teve – falou ela, a voz tingida de exasperação, os olhos turvados.

– Não se for longe de você.

– Não é um passeio de férias, Dorian. Você acabou de sair de um purgatório, por que trocaria por outro?

– Não é um purgatório. Talvez tenha sido uma escala, uma parada, mas você disse que está restabelecendo o equilíbrio, e não posso crer que o equilíbrio seja sacrificar tudo e mesmo assim nunca conseguir o que você quer.

– Você sabe que não é assim que a magia funciona.

– O que eu sei é que sempre tem um jeito, uma brecha para quem procura com perspicácia. Coisa que por muito tempo eu não tive. Aceitei meu destino, tive pena de mim mesmo. Não briguei com unhas e dentes, diferentemente de você! Você lutou com todas as forças, você fez muito mais do que mover montanhas, você desfez e depois refez mundos inteiros. – Dorian tomou o rosto dela em suas mãos. – Nem era para eu estar aqui. Não vou te abandonar agora.

A respiração de Perséfone congelou. As coisas não estavam caminhando conforme planejado, e a proposta era generosa demais.

– É o que eu quero – afirmou Dorian. – Tudo o que quero.

Ele pousou os lábios nos dela e derramou no gesto o que não era capaz de expressar em palavras. Os braços de Perséfone passaram sobre seus ombros, e um pouco da magia que ela carregava acabou escorrendo para ele. A luz que se atava a Perséfone atou-se a Dorian, e Perséfone finalmente cedeu à grande esperança de seu coração.

O beijo pintou as estrelas no céu e os vaga-lumes, aqueceu as águas e cobriu a paisagem de bruma.

Quando, muito tempo depois, os dois se desentrelaçaram, Dorian colocou a mão no bolso e retirou um livro cuja última página se achava em branco.

– Acho que chegou o momento – falou.

Perséfone passou a mão pelo cabelo e soltou uma gargalhada. Entregou a Dorian a caneta que ele lhe tinha dado, convocou o vento, arrancou de dentro de si as estrelas e expediu-as.

Dorian escreveu as palavras proferidas por Perséfone: AS MUITAS ENFIM FORAM LIBERTADAS...

De duas em duas, as Muitas foram deixando Perséfone. Conforme caminhavam, iam tomando forma e se transformando de espectros em sombras, de sombras em seres sólidos.

Uma onda de agradecimento e amor coroou Perséfone quando já não havia nenhuma alma perdida, fosse da biblioteca ou das Três Filhas.

Perséfone e Dorian as observaram caminhando para o vilarejo, para a vida nova, seguras de que eram amadas e protegidas.

Ele fitou Perséfone com todo o seu afeto.

– Pela primeira vez em duzentos anos, estou conhecendo a sensação de ser livre.

Perséfone devolveu o olhar, segura de que já não estava desacompanhada nem sozinha. As pessoas que amava estavam a salvo e a maldição tinha sido quebrada.

Ela era amada e protegida. Perséfone May estava livre, enfim.

AGRADECIMENTOS

Este livro mágico não existiria não fosse a ajuda de pessoas maravilhosas durante a jornada que foi escrevê-lo.

Ashley Blake, você é muito mais do que uma defensora incansável do meu trabalho ou uma agente extraordinária: é uma grande amiga. Não sou capaz de colocar em palavras a importância que sua orientação e seu apoio tiveram para mim. Rebecca Podos, obrigada por mover mundos e fundos, e por toda a ajuda para fazer as coisas acontecerem.

Minha editora espetacular, Monique Patterson, que acreditou na magia das mulheres da Ilha de Astutia. Sou imensamente grata a você e à visão que teve do livro. Sou uma sortuda por ter a oportunidade de trabalhar com você. Meu muito obrigada a Mara Delgado Sánchez, assim como a DJ DeSmyter, Rivka Holler, Sara LaCotti, Jessica Zimmerman e os demais funcionários maravilhosos da St. Martin's Press.

Faço parte de uma irmandade de escritoras extraordinária, a The Porch. JT Ellison, Ariel Lawhon, Laura Benedict, Helen Ellis, Patti Callahan Henry, Lisa Patton e Anne Bogel: cada uma de vocês me inspira de mil e uma maneiras diferentes. JT e Ari, obrigada por terem me apoiado (literalmente, às vezes) e me encorajado nos dias mais difíceis.

Minhas Goonies, as únicas pessoas no mundo todo que eu seguiria em uma jornada pelas profundezas sem pestanejar: Lauren Thoman,

Sarah Brown, Myra McEntire, Court Stevens, Carla Lafontaine, Kristin Tubb, Erica Rodgers, Alisha Klapheke e Ashley Blake. Vocês tornam a vida melhor.

Alisha, este livro não existiria se não fosse por você. Você me encorajou a escrevê-lo, você o leu enquanto ele era escrito, você jamais duvidou de mim ou da história.

Myra, obrigada por dançar até o chão comigo e por sempre me defender.

Um agradecimento especial a Lauren Roedy, Rae Ann Parker, Victoria Schwab, Dana Carpenter, River Jordan, Joy Jordan Lake, Bren McClain, Kerry Madden, Alissa Moreno, Jolina Petersheim, Blake Leyers e Brent Taylor, cujas palavras de carinho e incentivo eu carrego no coração. Vocês fizeram uma diferença enorme.

Rachel Sullivan, obrigada por sempre me colocar para cima, você é uma verdadeira deusa, como a rainha da sua mãe foi um dia. Lynne Street e Jenn Fitzgerald, obrigada por terem sido as melhores primeiras leitoras do mundo, além de constantes apoiadoras. Amelia McNeese, obrigada por nunca duvidar que um dia eu chegaria lá.

Dallas Starke, Katy Melcher, Sara Cornwell e Julia Sullivan, todo o meu amor e agradecimento a cada uma de vocês por me manterem sã durante esses vinte ou trinta e tantos anos de amizade, por compartilharem minha empolgação em cada etapa desta jornada até a publicação e por me aceitarem e me celebrarem por quem eu sou.

Litros e mais litros de abraço para meu irmão Josh McNeese, por me aturar com tantos livros e por me ensinar a poesia da música boa. Todo o meu agradecimento a Marilyn Weaver, Ken McNeese, Mel e Mack Weaver, meus pais e avós, que me incentivaram a celebrar minha imaginação hiperativa, patrocinaram minha aptidão para a leitura e também, bem, todas as outras coisas em que me meti ao mesmo tempo desde que não precisasse abrir mão dos livros e me permitiram ser tão estranha quanto eu queria.

Marcus, seu amor e sua parceria transformaram minha vida e me mostraram do que é feita a verdadeira magia. Você, Rivers e Isla são meu tudo.

Leitora, leitor, este livro é para você. Que seja um farol, se estiver precisando de um, ou então um simples lembrete de que você guarda em si uma luz tão intensa que chega a ofuscar.

Esta obra foi composta em Adobe Caslon Pro e
Odile e impressa em papel Pólen Natural 70 g/m^2
pela Gráfica e Editora Rettec